ullstein

Das Buch

Ein Jahr nach dem Tod ihrer Schwester Justine und ihrer Verwandlung zur Sirene kehrt Vanessa an den Ort des Geschehens zurück. Sie versucht verzweifelt, über die Trennung von ihrer großen Liebe Simon hinwegzukommen, doch alles in Winter Harbor erinnert sie an ihn. Vanessa wünscht sich nichts sehnlicher, als wieder mit ihm zusammen zu sein. Doch wie soll Simon sie je wieder lieben können, wenn er erfährt, dass Vanessa ihrer Sirenennatur folgen muss, um zu überleben? Denn egal, wie viel Salzwasser sie trinkt und wie oft sie im Meer badet: Vanessa wird von Tag zu Tag schwächer werden, wenn sie dem Ruf der Sirenen nicht folgt …

Die Autorin

Tricia Rayburn hat bereits mehrere Kinder- und Jugendbücher veröffentlicht. Sie lebt gemeinsam mit ihrem Verlobten auf Long Island. *Erfüllung* ist der dritte Band der *Ocean-Rose*-Trilogie.

Von Tricia Rayburn sind in unserem Hause bereits erschienen:

Ocean Rose – Erwartung
Ocean Rose – Verwandlung

Tricia Rayburn

Ocean Rose

Erfüllung

Roman

Aus dem Amerikanischen
von Ulrike Nolte

Ullstein

Besuchen Sie uns im Internet:
www.ullstein-taschenbuch.de

MIX
Papier aus verantwortungsvollen Quellen
FSC® C083411

Deutsche Erstausgabe im Ullstein Taschenbuch
1. Auflage März 2013

Titel der amerikanischen Originalausgabe:
Dark Water (Egmont USA, New York)
Umschlaggestaltung: ZERO Werbeagentur, München
Titelabbildung: Trevillion Images/© Yolande de Kort
Satz: LVD GmbH, Berlin
Gesetzt aus der Bembo
Papier: Holmen Book Cream von
Holmen Paper Central Europe, Hamburg GmbH
Druck und Bindearbeiten: CPI – Clausen & Bosse, Leck
Printed in Germany
ISBN 978-3-548-28513-9

Dieses Buch ist für Susie Q

Kapitel 1

Wir waren kaum eine Stunde unterwegs, da fing es an. Herzflattern, weiche Knie und eine zugeschnürte Kehle, bei der sich jeder Atemzug anfühlte, als würde ich Glassplitter statt frischer Luft in meine Lunge saugen. Diese Gefühle waren mir nicht neu. Seit fast einem Jahr schickte mein Körper mir solche Signale, wann immer ich zu viel Energie verlor, schwach und matt wurde … austrocknete.

Der Unterschied war, dass ich diesmal nicht an Durst litt. Wir hatten mehrere Raststätten entlang des Highways besucht, um sicherzugehen, dass ich genug Flüssigkeit bekam.

Nein, diesmal hatte ich einfach nur Panik.

»Möchtest du Chips?«

Eine Riesentüte erschien zwischen den Autositzen und wurde aufmunternd geschüttelt.

»Deine Lieblingssorte«, fügte Mom hinzu. »Salz und Balsamico.«

»Sehr viel Salz«, fügte Dad hinzu.

Ich sah zu, wie er einen Salzstreuer aus dem Becherhalter nahm und den Inhalt großzügig über den Tüteninhalt verteilte. Während die weißen Körner auf die Chips rieselten, kam mir der Gedanke, dass der bloße Anblick dieses Snacks mir eigentlich den Magen hätte umdrehen sollen. Tat er aber nicht.

»Danke«, sagte ich, »aber ich habe keinen Hunger.«

»Du hast den ganzen Tag noch nichts gegessen«, erwiderte Mom. »Und in deinem Abendessen hast du gestern auch nur herumgestochert.«

»Ich spare mir meinen Appetit eben auf. Für die Pommes im *Harbor Homefries*.«

Mom warf Dad einen Blick zu, und er nickte so unmerklich, dass ich es nur sah, weil ich darauf wartete.

»Wisst ihr was?«, sagte er, legte die Tüte zurück auf die Konsole und stellte den Salzstreuer in den Becherhalter. »Ein paar von meinen Studenten haben diesen Sommer ein Ferienhaus in Kennebunkport gemietet und mir erzählt, das sei jetzt die fetteste Location überhaupt.«

»Die fetteste Location?«, fragte ich ungläubig.

»Na ja, du weißt schon ... cool ... flippig. Eine dieser jungen Dichterseelen ging so weit, den Ort als Megahammer zu bezeichnen.«

»Wow, megahamma«, sagte Mom.

Dad schaute sie an. »Wieso klingt das nur halb so lächerlich, wenn du es sagst?«

»Weil ich es richtig ausspreche.« Sie versuchte, im Rückspiegel meinen Blick aufzufangen. »Man sagt es mit einem ›a‹ am Ende wie bei ›Digga‹. Stimmt doch, Schatz?«

Ich wandte den Kopf ab und schaute aus dem Fenster. »Ja, ich glaube schon.«

»Na gut«, gab Dad zu. »Wenn unsere baldige Dartmouth-Studentin dir recht gibt, muss es wohl stimmen.«

Ich lehnte die Stirn an das Glas und blinzelte das Erinnerungsbild altertümlicher, mit Efeu umrankter Universitätsmauern weg.

»Jedenfalls ist in der Stadt ziemlich viel los, sie liegt am Wasser und soll hübsch sein. Vielleicht könnten wir sie uns ansehen. Gleich jetzt, meine ich.«

»Ja, gute Idee«, stimmte Mom zu. »Wir sind ja schon fast bei der Abfahrt.«

Ich richtete mich auf. »Haben wir nicht einen Termin?«

»Stimmt«, bestätigte Mom, »aber den können wir verschieben.«

»Du hast alles seit Wochen geplant. Wieso plötzlich dieser Umweg?«

»Wieso nicht?«, fragte Mom. »Es kann nie schaden, sich Alternativen anzuschauen. Das gilt besonders für den Wohnungsmarkt.«

»Aber unser Ziel liegt auch am Wasser, und einen schöneren Ort kann es gar nicht geben.« Ich bemühte mich um ein Lächeln. »Außerdem dürfte es nach dem letzten Sommer längst nicht so überlaufen sein wie sonst.«

Der letzte Satz sollte die Stimmung auflockern, was absolut nicht gelang. Immerhin hatte mein erbärmlicher Versuch eine Wirkung, nämlich dass die Gute-Laune-Fassade meiner Eltern in sich zusammenbrach.

»Wir müssen nicht dorthin zurückkehren«, erklärte Mom und umklammerte das Lenkrad fester.

»Wir können die Ferien verbringen, wo immer wir wollen«, stimmte Dad zu. »Mal was Neues ausprobieren.«

»Ich weiß«, sagte ich. »Das erzählt ihr mir seit sechs Monaten regelmäßig. Aber ihr müsst euch nicht so viele Gedanken machen. Ich will nichts Neues probieren.«

Mom warf einen Blick über die Schulter. Ihre Lippen waren zu einer dünnen, geraden Linie zusammengepresst. Ich wusste trotz der Sonnenbrille, dass sie mich mit zusammengezogenen Brauen und verengten Augen betrachtete.

»Bist du sicher, Vanessa? Ich meine, wirklich sicher? Natürlich bist du seit … damals … schon öfter kurz in Winter Harbor gewesen, aber das war etwas anderes.« Sie zögerte, bevor sie fortfuhr: »Diesmal haben wir *Sommer.*«

Das Wort hing wie eine drückende Gewitterwolke in der Luft, die bald den ganzen Wagen ausfüllte. Ich schaute auf den leeren Sitzplatz neben mir, griff nach vorn zu der Chipstüte und steckte mir ein paar in den Mund.

»Ja, bin ich«, versicherte ich.

In den letzten Monaten hatte ich unzählige Male beteuern müssen, dass ich kein Problem damit hatte, aber ich verstand ihre Besorgnis. Mein ganzes Leben lang waren wir jeden Juni zu dieser Urlaubstour aufgebrochen, nur fehlte dieses Mal meine ältere Schwester Justine. Dazu kam noch, dass wir ausgerechnet an diesem Tag hatten aufbrechen müssen, um in den Terminplan der Maklerin zu passen. Sie hatte angeblich ein fantastisches Objekt für uns, das gerade erst auf den Markt gekommen war. Also begannen wir unsere Reise direkt nach meiner Aufnahmefeier an der Hawthorne ... und an Justines erstem Todestag.

Wie mein Körper mir die ganze Zeit mitteilte, war das Grund genug für nervöse Magenschmerzen. Allerdings gab es etwas, das ich noch mehr fürchtete.

Nämlich, dass wir *nicht* nach Winter Harbor zurückkehren würden.

Ich aß mehrere Handvoll Chips und spülte mit zwei Flaschen Salzwasser nach. Die nächste Viertelstunde hörte ich meinen Eltern nur mit halbem Ohr zu und nickte an den richtigen Stellen, während sie über Fassadendämmung diskutierten. Als wir an der Abfahrt nach Kennebunkport vorbei waren, wartete ich noch angespannte fünf Minuten, dann lehnte ich mich zurück und checkte meine Handynachrichten. Ungefähr zum hundertsten Mal, seit ich heute Morgen aufgewacht war.

V! Ich freu mich so auf dich! Kaum zu glauben, aber 20 Stunden können sich echt wie 20 Jahre anfühlen. Bin den ganzen Tag im Restaurant. Komm vorbei, wenn du kannst. Hdgdl, P

Paige. Meine beste Freundin und bis vor kurzem meine Mitbewohnerin. Sie war der Hauptgrund, warum ich es unvorstellbar fand, die Sommerferien woanders zu verbringen. Mit einem Lächeln simste ich zurück.

Kann auch nicht erwarten, dich zu sehen. Sind noch ein paar Stunden unterwegs. Melde mich, wenn wir näher kommen. Arbeite nicht zu viel! Dd, V

Ich schickte die SMS ab und scrollte die früheren Nachrichten entlang, wobei ich wie immer hoffte, dass ich eine übersehen hatte. Vielleicht hatte es einen technischen Fehler gegeben, und ich war nicht benachrichtigt worden, als sie ankam.

Natürlich fand ich nichts dergleichen. Vorsichtshalber rief ich bei meiner Mailbox an, und die funktionierte auch tadellos.

Ich legte das Handy weg und griff stattdessen nach der Auflistung aller Dartmouth-Seminare, die ich mir von der Uni-Website ausgedruckt hatte. Damit rollte ich mich auf der Rückbank zusammen. Ich wusste zwar schon ziemlich genau, welche Kurse ich im Herbst belegen wollte, aber darüber hatte ich meine Eltern nicht informiert. Wenn ich sie davon abhalten wollte, über die Vergangenheit zu reden, war die beste Methode, mich scheinbar in die Planung meiner Zukunft zu vertiefen. Tatsächlich funktionierte die Kursliste als Schutzmauer so gut, dass mich den ganzen Rest der Fahrt niemand fragte, wie es mir ging oder ob ich etwas brauchte.

Andererseits war das wohl auch nicht nötig, denn als wir vom Highway herunterfuhren, sprach mein Aussehen für sich. Mom schaute öfter in den Rückspiegel als auf die Straße, und Dad bestreute eine Tüte Minibretzel mit extra viel Salz, bevor er sie in Reichweite zwischen die Sitze klemmte.

»Mir geht's gut«, versicherte ich, während mir mein Puls in den Ohren hämmerte. »Ehrlich.«

Damit gaben sie sich zufrieden, bis wir uns dem Schild in Form eines Segelbootes näherten, auf dem »Willkommen in Winter Harbor« stand. Plötzlich riss Mom das Steuer nach links, und wir bogen ab, bevor wir die Hauptstraße mit ihren Läden und Restaurants erreichen konnten. Ich wollte schon protestierten, aber zögerte. War ich tatsächlich wild darauf, im Ausflugsverkehr festzustecken? Wir würden im Schritttempo an Eddies Eisladen vorbeikriechen, der sonst immer unser erster Stopp gewesen war und den Beginn des ersehnten Familienurlaubs eingeläutet hatte.

Nein, eigentlich wollte ich das nicht. Dieser Punkt ging an meine Eltern.

Ich holte eine weitere Wasserflasche aus meinem Rucksack und konzentrierte mich aufs Trinken. Ein paar Minuten später führte die Umgehungsstraße wieder zurück auf die Strecke, die wir normalerweise nahmen. Gleich würden wir rechts in Richtung der Berge abbiegen und eine lange, gewundene Straße entlangfahren, die ich so gut kannte, dass ich sie selbst nachts ohne Scheinwerfer bewältigt hätte. Ich wartete auf das Klicken des Blinkers und darauf, dass der Wagen einen sanften Bogen nach Westen machte. Nichts von beidem geschah. Wir fuhren einfach weiter geradeaus.

Zuerst war die schnurgerade Strecke flach, doch dann begann sie zu steigen, es gab weniger Häuser und mehr Bäume. In diesem Teil von Winter Harbor war ich noch nie gewesen. Bevor ich mich entscheiden konnte, ob mir der Gedanke gefiel oder nicht, endete die Straße. Der Wagen hielt an. Wir alle starrten ungläubig nach vorn.

»Soll das ein Witz sein?«, fragte ich zwischen den Sitzen hindurch.

»Ich glaube nicht«, antwortete Mom nach einem Moment. Sie reichte Dad den Zettel mit den Richtungsanweisungen und öffnete ihr Autofenster. Direkt neben unserem Wagen befand sich eine kleine Metallbox mit einem Knopf. Als sie daraufdrückte, schwangen die hohen Torflügel auf. Ihre schmiedeeisernen Gitter zeigten Nixen mit Fischschwänzen.

»Geben wir dem Haus eine Chance«, sagte Dad. Seine Hände waren nervös damit beschäftigt, den Zettel auf- und zuzufalten.

Am liebsten hätte ich den Stapel Uni-Seminare vor mein Gesicht gehalten, um alles abzublocken, was ich nicht sehen wollte. Stattdessen hingen meine Blicke wie festgebannt an den gesichtlosen Körpern, dem wogenden Haar, den fein ausgearbeiteten Flossen. Ich sagte mir, dass es sich nur um Dekoration handelte, dennoch suchte ich fast zwanghaft nach etwas an den Gestalten, was mir bekannt vorkam. Als sich die Tore hinter uns schlossen und der Wagen die lange Zufahrt emporkroch, drehte ich mich sogar um und beobachtete, wie die Nixen hinter uns kleiner wurden. Irgendwie wollte ich sichergehen, dass sie sich wirklich entfernten.

Der steile Weg wand sich durch dichten Wald, und als wir fast eine Meile gefahren waren, verlor Mom die Geduld. Vielleicht war sie auch nervös, jedenfalls trat sie kräftig aufs Gas. Der Wagen schoss eine Anhöhe hinauf … und direkt auf den Rand eines Steilufers zu.

Dad und ich klammerten uns an die Panikgriffe über den Türen. Mom keuchte und trat hart auf die Bremse. Das Auto rutschte noch ein paar Meter und kam dann zum Stehen.

»Okay, wir brauchen einen Zaun«, stellte Mom aufatmend fest. »Und zwar einen sehr stabilen.«

Sie öffnete die Tür und stieg aus. Dad beugte sich vor und

begann, sich umzudrehen, doch ich hatte keine Lust auf einen weiteren Schwall fürsorglicher Fragen. Also riss ich die Tür auf und sprang aus dem Wagen, ehe mich seine Besorgnis überrollen konnte.

»Jacqueline! Ich bin so froh, dass der Termin noch in letzter Minute geklappt hat.«

Eine Frau kam die breiten Steinstufen zu unserer Linken heruntergeschritten. Sie trug eine helle Leinenhose, eine lange weiße Tunika und Ledersandalen. Ihr Haar war zu einem Pferdeschwanz zurückgebunden, der so stramm saß, dass ihre Augenwinkel regelrecht hochgezogen wurden. Anscheinend hatte mich das Eisentor mit dem Meerjungfrauen-Emblem mehr mitgenommen als gedacht, denn für den Bruchteil einer Sekunde kam sie mir vor wie eine andere Frau, die zu meinen Erlebnissen im letzten Sommer gehörte.

Aber das war unmöglich.

Oder nicht?

»Und das muss deine bildhübsche Tochter sein.« Die Frau schüttelte meiner Mutter die Hand und lächelte mich strahlend an. »Die Elitestudentin. Ich habe schon so viel von dir gehört. Dartmouth, stimmt's?«

Ich zwang mich zu einem Lächeln und gesellte mich zu den beiden. »Stimmt.«

»Von einer Tochter wie dir können andere Eltern nur träumen.«

Ich schaute zu Boden.

»Vanessa«, mischte sich Mom schnell ein, »das hier ist Anne, unsere Maklerin. Und Anne, du hast ganz recht, dieses bildhübsche Mädchen ist unsere Tochter.«

»Und ich bin der total durchschnittliche Ehemann und Vater«, stellte sich Dad vor, der hinter uns angeschlurft kam. »Da haben Sie uns wirklich ein ungewöhnliches Anwesen ausgesucht.«

»Na bitte, habe ich doch gesagt. Habe ich es nicht gesagt, Jacqueline?«

Anne nahm meine Mutter am Ellbogen und zog sie den Pfad entlang, wobei sie alle möglichen Details über die Schlafzimmer, die Badezimmer und die energiesparende Bauweise des Bungalows herunterratterte. Dad folgte ihnen dicht hinterher. Er hatte die Hände in den Taschen vergraben und den Blick nach rechts auf den Meereshorizont gerichtet. Ich hielt mich ein paar Meter hinter ihm und hatte mein Handy griffbereit, für den Fall, dass sich jemand nach mir umschaute und ich abgelenkt wirken musste. Natürlich war ich auch neugierig auf das Haus, aber ich wollte die Entscheidung meiner Eltern nicht noch mehr beeinflussen, als ich es bereits getan hatte.

»Das Gebäude ist nie bewohnt worden«, erklärte Anne, als wir uns dem Eingang näherten. »Der Besitzer, ein Architekt aus Boston, hat es eigentlich für seine Frau entworfen. Es sollte ein Geschenk zu ihrem zehnten Hochzeitstag werden. Aber vor einer Woche hat Madame schon mal vorgefeiert, und zwar mit einem Geschäftskollegen ihres Mannes. Tja, das Leben kann grausam sein, nicht wahr?«

Dads Rückenmuskeln spannten sich unter dem rotkarierten Hemd. Mom senkte den Kopf und blätterte mechanisch durch die Papiere in ihrer Hand.

»Ja«, sagte sie, »so etwas passiert häufiger, als man denkt.«

»Ist das ein Swimmingpool?«, fragte ich.

Anne erholte sich augenblicklich von ihrer Enttäuschung über den traurigen Zustand moderner Ehen und warf mir ein Grinsen zu. »Und ein Whirlpool. Warte nur, bis du es von nahem siehst.«

Während sie und Mom das Haus stürmten, blieb Dad draußen an einem großen Blumentopf in Korallenform stehen. Ich stellte mich neben ihn.

»Danke«, sagte er.

Ich nickte.

»Daran muss man sich erst gewöhnen, was?«, fragte er nach einer kurzen Pause.

Ich brauchte einen Moment, um zu verstehen, dass er das Haus meinte. Es sah aus wie eine Ansammlung quadratischer Glaskästen, die durch hölzerne Korridore verbunden waren. Der Eingang hatte wirklich keine Ähnlichkeit mit unserem gewohnten klapperigen Treppenaufgang. Die unzähligen Glasscheiben sorgten dafür, dass ich bis hinten in den Garten schauen konnte. Ich sah keine gemütliche Holzveranda, aber auch keine abblätternde Farbe, bröckelnden Ziegel oder baumelnden Rohrleitungen.

»Stimmt«, erwiderte ich, »genau wie an vieles andere.«

Ich ging ins Haus, und da ich von rechts Stimmen hallen hörte, wandte ich mich nach links. Nacheinander kam ich durchs Wohnzimmer, Esszimmer und zwei Schlafzimmer, die allesamt in modisch blassen Tönen gestrichen waren und noch immer nach Farbe und Sägemehl rochen. Ein besonders langer Korridor endete vor einer zweiflügeligen Glastür. Ich ging hindurch, gelangte in ein drittes Schlafzimmer ... und wurde von einem Schwall frischer salziger Luft fast umgeworfen. Wie von selbst schloss ich die Augen und atmete tief ein. Ein warmes Gefühl strömte durch meine Kehle und brachte meinen schmerzenden Körper dazu, sich zu entspannen.

Als ich die Augen wieder aufschlug, sah ich das Meer vor mir. Ich ging weiter in das Zimmer hinein, und der graublaue Horizont schien sich zu wölben, als wolle er mich einhüllen. Ohne meinen Blick eine Sekunde abzuwenden, durchschritt ich eine weitere Glastür und befand mich auf einer steinernen Terrasse.

Vor mir lag der Ozean. Er war so nah, dass ich bei jeder

Welle, die unten gegen den Fels schlug, die Gischt zu mir heraufsprühen spürte.

»Etwas Besseres werden wir kaum finden.«

Ich zuckte zusammen und fuhr herum. Mom stand in der offenen Glastür, hatte die Arme vor der Brust verschränkt und starrte an mir vorbei in die Ferne.

»Um dem Meer noch näher zu sein, müssten wir schon auf einem Hausboot leben. Und sorry, Schatz, aber dafür ist mein Magen einfach nicht geschaffen.«

Ich fand es schon beeindruckend genug, wie sie überhaupt mit der Situation umging. Die wenigsten Frauen hätten sich auf ein seltsames Kuckuckskind wie mich eingelassen.

»Gefällt es dir?«, wollte sie wissen und trat neben mich auf die Terrasse.

Eine weitere Welle donnerte auf die Felsen. Salziges Meereswasser traf meine nackten Arme, und ich rieb es mir in die Haut. »Ja, sehr. Aber ich weiß nicht recht, ob es Dads Geschmack trifft.«

»Dein Vater wird mit allem einverstanden sein, was wir beschließen.«

Ja, das war mir klar. Ich kannte auch den Grund dafür. Wenn überhaupt jemand dafür verantwortlich gemacht werden konnte, dass wir uns hier befanden, dann Dad. Zumindest waren meine Eltern dieser Meinung.

Mom hob das Gesicht und atmete tief die Meeresluft ein. »Ich kenne noch jemanden, der dieses Haus geliebt hätte. Hier gibt es unzählige Möglichkeiten, um das perfekte Sonnenbad zu nehmen.«

Ich musste lächeln. »Justine wäre bestimmt begeistert gewesen.«

Eine Minute standen wir schweigend beieinander. Dann legte Mom mir ihren Arm um die Schultern, zog mich näher heran und gab mir einen Kuss auf den Scheitel. »Ich bespreche die Details mit der Maklerin. Bleib so lange hier draußen, wie du möchtest.«

Als sie fort war, ging ich bis an den Rand der Terrasse und schaute mich auf unserem neuen Grundstück um. Das Schwimmbecken und der Whirlpool befanden sich auf einer zweiten Terrasse, die ungefähr fünfzehn Meter südlich von meiner lag. Dazwischen erstreckte sich ein grüner Rasenteppich. Eine Treppe aus Steinplatten führte vom Garten zu einem privaten Strand.

Zumindest hätte er privat sein sollen. Denn als ich hinuntersah, entdeckte ich einen hochgewachsenen Teenager, der gerade ein rotes Ruderboot über den Sand zerrte. Er hatte dunkles Haar, trug Jeans, T-Shirt … und eine Brille.

Mein Herz begann, wie wild zu klopfen, und ich vergaß fast zu atmen. Meine Füße setzen sich ganz von selbst in Bewegung. Ich rannte von der Terrasse und den Felspfad hinunter.

Woher wusste er, dass ich hier war? Hatte Paige ihm Bescheid gesagt? Hatte er sie gefragt, wann und wo unser Maklertermin stattfand? Waren sie sich zufällig im Restaurant über den Weg gelaufen, oder hatte er regelmäßig dort vorbeigeschaut, um mich nicht zu verpassen?

Ganz egal, jedenfalls war er hier. Er hatte mich gefunden. Und wir würden meinen ersten Sommertag in Winter Harbor gemeinsam verbringen, so wie wir es immer getan hatten.

Ich kletterte über einen flachen Fels und sprang in den Sand hinunter.

»Simon!«

Er richtete sich auf und begann, sich umzudrehen. Ich beschleunigte meine Schritte und fragte mich, wie er reagieren würde, wenn ich ihm einfach in die Arme fiel. Jede Faser meines Körpers sehnte sich danach.

»Hi.«

Ich grub die Fersen in den Sand und kam abrupt zum Stehen. Mein Lächeln verschwand, während seins immer breiter wurde.

»Also, eigentlich heiße ich Colin.« Er ließ das Boot los, wischte sich die Hände an den Jeans ab und hielt mir eine Hand entgegen. »Ich bin der Sohn von Anne.«

Zuerst schienen seine Worte gar keinen Sinn zu ergeben. Dann sah ich, dass die Brille dunkle UV-Gläser hatte. Und sein Haar war blond statt braun. Das Ruderboot war in Wirklichkeit ein Kajak.

»Meine Mom inszeniert gerne ein paar Details, um ihre Immobilien ins rechte Licht zu rücken«, erklärte er, als er meinen Blick auf das Kajak bemerkte. »Dabei hat dieses Haus bestimmt keine Extras nötig. Bist du schon mal draußen gewesen?«

Ich schaute zu ihm hoch. »Draußen?«

»Mit einem Kajak, meine ich. Auf dem offenen Meer.«

Ich schüttelte den Kopf und trat einen Schritt zurück.

»Dann solltest du es unbedingt versuchen.« Er trat einen Schritt vor. »Vielleicht können wir zusammen einen Ausflug machen, damit ich es dir beibringen kann. Das würde ich echt gerne tun.«

Ich stand da wie angewurzelt. Meine Beine begannen zu zittern, und meine Brust verengte sich. Ich öffnete den Mund, um automatisch zu sagen, wie begeistert ich von seinem Vorschlag war. Nichts würde ich lieber tun, als mir von einem so erfahrenen Sportler alles beibringen zu lassen. Wann sollte unser Date denn stattfinden? Hoffentlich bald! Bevor die Worte meinen Mund verlassen konnten, klappte ich ihn schnell wieder zu.

Wenn mein Körper neue Energie brauchte, gab es nur eine Methode, die noch besser wirkte als ein Salzwasserbad:

Ich musste flirten und dafür sorgen, dass der Junge auf mich ansprang. Aber zu solchen Methoden hatte ich nicht mehr gegriffen, seit sie mich meine erste, einzige, echte Liebesbeziehung gekostet hatten. Also würde ich jetzt nicht damit anfangen.

Ich wusste nicht, ob es für Simon und mich noch eine Chance gab. Aber falls auch nur die geringste Möglichkeit bestand, wollte ich sie nicht aufs Spiel setzen.

»Vielen Dank, kein Interesse«, sagte ich.

Und wandte mich schnell ab, bevor meine Tränen zu fließen begannen.

Kapitel 2

»Aubergine, Brombeere oder doch lieber Heidelbeere …« Paige lehnte drei Farbtonkarten an den Serviettenspender. »Was meinst du?«

»Die sehen alle gleich aus«, sagte ich.

»Na endlich.« Chefkoch Louis kam die Treppe herauf und zu uns an den Tisch. »Eine Stimme der Vernunft.«

»Was soll das heißen: na endlich? Ich habe meine Vernunft schon genug angestrengt, um die Auswahl auf drei Farben zu reduzieren. Versuch du mal, den perfekten Farbton zu finden, wenn du achthundert zur Auswahl hast.«

Louis grinste und stellte zwei gefüllte Teller vor uns ab. »Das ist einer der Unterschiede zwischen uns. Ich bräuchte nicht zwischen achthundert Farbtönen zu wählen, weil ich das Restaurant perfekt finde, wie es ist.«

»Also in Grau? Sorry, Grau ist nicht perfekt. Um genau zu sein, ist Grau nicht einmal eine Farbe.«

»Da bin ich anderer Meinung. Wenn die Sonne richtig steht, ist es geradezu purpurn.«

Paige öffnete den Mund, um zu widersprechen, aber dann spießte sie stattdessen eine Himbeere auf ihre Gabel. Louis füllte unsere Kaffeetassen nach, blinzelte mir zu und verschwand wieder nach unten.

»Ein Bonbonladen«, murmelte sie, als er außer Hörweite war.

»Was?«

»Louis ist der Meinung, so wird das Restaurant aussehen, falls – nein, *wenn* wir es neu streichen. Er behauptet, dann sollten wir auch gleich den Namen ändern und uns ›Bettys Marshmallows Mampfstube‹ nennen.«

Ich grinste. »Klingt nicht schlecht.«

»Okay, aber er übertreibt maßlos. Wir bringen schon seit sechzig Jahren den besten Fisch und Meeresfrüchte auf den Tisch, und das wird sich nicht ändern, nur weil wir uns einen neuen Look verpassen.«

»Stimmt. Klar ist das Aussehen wichtig, aber vor allem kommt es auf das Essen an. Seit Wochen träume ich davon, wieder euer berühmtes ›Seehexen‹-Special auf dem Teller zu haben.« Schwungvoll machte ich mich über den Pfannkuchen mit Hummerfüllung her.

Paige hatte gerade in einen Bagel beißen wollen, hielt aber inne. Ich ließ die gefüllte Gabel vor meinem Mund schweben.

»Was ist?«, fragte ich.

»Du hast keine ›Seehexe‹ auf dem Teller«, erklärte sie mit bedauerndem Unterton. »Okay, die Zutaten sind immer noch dieselben – Pfannkuchen, Hummer, Ei und Seetang –, aber jetzt nennen wir es ›Winter Harbors Morgensonne‹.«

»Daran werde ich mich noch schwerer gewöhnen als an violette Wände.«

»Ja, ist mir klar.« Sie ließ den Bagel sinken und griff nach der Farbkarte in Aubergine. »Aber was soll ich machen? Das Geschäft ist am Boden. Am tiefsten Tiefseeboden. Oma B ist der Meinung, wenn wir uns über Wasser halten wollen, müssen wir alles entfernen, was an letzten Sommer erinnert. Und da der Name ›Seehexe‹ unsere Kunden an Killersirenen erinnern könnte … nun ja, manchmal können schon kleine Veränderungen einen großen Unterschied machen.«

Wir saßen nicht als Einzige im Pausenraum. Hinten in der linken Ecke des verglasten Balkons tranken zwei Kellner ihre Cola und spielten mit ihren Handys herum. In der rechten Ecke saßen ein Tellerwäscher und eine Aushilfskraft mit Teetassen und schaute den Booten zu, die im fast leeren Hafen dümpelten. Vielleicht war es nur Einbildung, aber ich hatte das Gefühl, dass bei dem Wort »Killersirenen« alle mitten in der Bewegung gefroren. Ich wartete, bis die Gespräche wieder einsetzten, dann beugte ich mich zu Paige vor und senkte die Stimme.

»Aber ich dachte, die Leute in Winter Harbor glauben, dass an allem nur das verrückte Wetter vom letzten Sommer schuld ist.«

Vielleicht war es wirklich zu viel verlangt, dass sich die Touristen und Einheimischen mit dieser Erklärung zufriedengaben. Immerhin war eine einzigartige Serie von Katastrophen über den Ort hereingebrochen: die plötzlichen, auf ein winziges Gebiet konzentrierten Stürme. Die Todesfälle. Die massige Eisdecke auf dem Hafen, der sonst nicht einmal im Winter zufror, geschweige denn im Juli. Aber wie Simon vorausgesagt hatte, glaubten die Menschen im Allgemeinen, was sie glauben wollten. Da eine logische Erklärung für die seltsamen Vorkommnisse fehlte, sahen sie darin nur eine Laune von Mutter Natur.

Hatte sich daran etwas geändert?

»Stimmt, am Anfang haben das alle geglaubt«, beantwortete Paige mir die Frage, die ich nicht zu stellen wagte. »Aber Oma B und Oliver haben mir erzählt, dass einige Leute misstrauisch geworden sind, als in Boston ganz ähnliche Katastrophen passiert sind. Seit letzten Herbst macht sich Panik breit.«

Erinnerungsbilder blitzen in meinem Kopf auf: Die Leiche von Colin Cooper aus meiner Schule wird den Charles

River hinuntergeschwemmt. Matthew Harrison, der Headhunter fürs Bates-College, treibt tot in der Schwimmhalle.

Parker King, der Superstar unseres Schul-Wasserballteams, steht neben mir am Spind, läuft über den Rasen auf mich zu, beugt sich näher …

… küsst mich.

Ich griff nach dem Salzstreuer auf dem Tisch, drehte den Deckel ab und schüttete die Hälfte des Inhalts in meinen Kaffee. Fragend hielt ich den Rest hoch, und als Paige nickte, streute ich die andere Hälfte in ihre Tasse.

»Aber in Boston hat das Wetter nicht verrückt gespielt«, sagte ich, nachdem ich einen großen Schluck hinuntergestürzt hatte. »Manchmal gab es ein bisschen Regen, aber für die Jahreszeit war alles völlig normal.«

»Das war für die Leute erst recht ein Grund, nervös zu werden. Schließlich haben die Todesopfer ähnlich ausgesehen wie die in Winter Harbor, aber diesmal konnte man es nicht auf freakige Naturphänomene schieben.«

Ich war froh, dass Paige sich so vage ausdrückte. Die Mitarbeiter in Hörweite mussten nicht daran erinnert werden, dass die ganzen ermordeten Männer mit einem breiten Grinsen auf ihren blauen Lippen gefunden worden waren.

»Aber woher wissen die Leute davon?«, fragte ich. »Wir haben doch beide jeden Tag den *Boston Globe* gelesen, und nirgends wurde erwähnt, dass die Opfer ungewöhnlich ausgesehen haben, als man sie gefunden hat.«

»Was spielt das schon für eine Rolle? So was spricht sich eben herum – und zwar schnell. Wahrscheinlich hat ein Schüler von der Hawthorne einem Ferienkumpel davon erzählt, und schon begann die Gerüchteküche zu brodeln. Die meisten Touristen hier stammen nun mal aus Boston.

Genug davon haben ihre eigenen Schlüsse gezogen und sich entschieden, diese Ferien woanders zu verbringen. Unser Restaurant ist nämlich nicht als Einziges leer. Der ganzen Stadt geht es schlecht.«

Inzwischen hatte ich völlig den Appetit verloren. Lustlos schob ich mein Ei auf dem Teller herum und dachte nach. Wenn Paige recht hatte, würde diese Sommersaison sehr anders aussehen als die üblichen. Normalerweise boomten die Touristenläden in den ersten Ferientagen, und jeden Tag strömten mehr Urlauber in die Stadt. Unwillkürlich bekam ich ein schlechtes Gewissen, auch wenn mir nach den ersten Morden durch die Sirenen nichts anderes übriggeblieben war, als mich einzumischen.

»Miss Marchand!«

Mein Kopf fuhr hoch, und ich sah eine junge Kellnerin auf der obersten Treppenstufe stehen. Sie rang die Hände und warf gehetzte Blicke über die Schulter.

»Louis … er hat was gekocht … und da war, na ja … eine neue Sorte Peperoni drin. Das konnte ich ja nicht wissen. Ein Kunde ist fast erstickt. Jetzt will er mich verklagen.«

Paige neigte den Kopf zur Seite. »Louis will dich verklagen?«

»Nein, der Kunde!« Die Kellnerin warf noch einen Blick nach unten und keuchte. »O nein. Er ist in der Küche und schreit Louis an.« Mit zitternder Unterlippe starrte sie Paige an und brach fast in Tränen aus. »Ich kann keinen Schadenersatz zahlen. Dafür habe ich kein Geld. Deswegen habe ich doch mit dem Kellnern angefangen. Und heute ist mein erster Tag, und bisher habe ich nur zwei Dollar Trinkgeld bekommen und …«

Paige hob die Hand. Das Mädchen verstummte.

»Siehst du den Jachtanleger da unten?«

Die Kellnerin nickte.

»Jetzt setzt du dich dort ans Wasser und machst eine kurze Pause.«

»Jetzt? Aber ich habe erst vor einer Stunde angefangen. Und Louis hat gesagt …«

»Louis ist fürs Kochen zuständig«, unterbrach Paige sie, »und ich fürs Personal. Nimm dir eine Viertelstunde frei, um dich zu beruhigen. Wenn du zurückkommst, ist alles unter Kontrolle.«

Ich konnte meinen Augen kaum trauen, aber die Kellnerin reagierte mit einer regelrechten Verbeugung. Sie legte die Hände aneinander, senkte den Kopf und verneigte sich.

»Danke, Miss Marchand, vielen Dank«, sagte sie und verschwand die Treppe hinunter.

Ich wandte mich Paige zu. »Sie nennt dich Miss Marchand?«

»Da kann ich nichts für. Ehrenwort, ich habe ihr gesagt, sie soll mich mit dem Vornamen anreden.« Sie nahm eine Weintraube von ihrem Teller und warf sie sich in den Mund. »Aber anscheinend haben alle einen Riesenrespekt vor mir. Dazu muss ich mich nicht mal anstrengen. Die ganze Belegschaft ist überhöflich und liest mir jeden Wunsch von den Augen ab, seit ich wieder zurück bin. Ausgenommen natürlich unser berüchtigter Chefkoch.«

»Meinst du, das liegt daran, dass Betty dir das Management überlassen hat?«

»Vermutlich.«

Ich beugte mich näher zu ihr. »Oder glaubst du, es hat auch etwas damit zu tun, dass … na ja … benehmen sie sich vielleicht anders, weil …«

»Weil zum ersten Mal in der Sommersaison meine fiese Schwester nicht da ist, um die Mitarbeiter zu terrorisieren? Wahrscheinlich sind alle furchtbar erleichtert, aber haben deswegen ein schlechtes Gewissen. Dazu kommt noch eine

Prise echtes Mitgefühl, und schon fassen sie mich mit Samthandschuhen an.«

Ganz so hätte ich es nicht ausgedrückt, aber da mir keine passendere Umschreibung einfiel, sagte ich: »Ja?«

»Kann schon sein.« Die Blicke aus ihren strahlend blauen Augen wanderten zu den beiden Kellnern in der anderen Zimmerecke. Dann sagte sie ein kleines bisschen lauter: »Ziemlich kalt hier. Ich wünschte, ich hätte meine Jacke mit hoch genommen.«

Die jungen Männer wechselten einen Blick und sprangen auf. Gleichzeitig fuhr der Tellerwäscher so schnell von seinem Stuhl in die Höhe, dass die Lehne gegen das Balkongeländer krachte. Auch die Aushilfskraft – im Moment die einzige weibliche Angestellte im Pausenraum – beugte sich ruckartig vor, doch dann runzelte sie die Stirn und blieb sitzen. Kaum eine Sekunde später stand der Tellerwäscher neben Paige und bot ihr seinen Pullover an.

»Danke.« Sie lächelte und berührte ihn am Arm. »Das ist total süß, aber ich gehe sowieso gleich runter.«

Der Tellerwäscher wurde knallrot. Er nickte und kehrte wieder an seinen Platz zurück. Die beiden Kellner standen aktionsbereit an der Treppe, wo sie kurz davor gewesen waren … ja, was eigentlich? Die Küche zu stürmen und Louis seine Kochjacke zu entreißen? Oder Paige in wärmende Schürzen einzuwickeln? Jetzt richteten sie sich aus ihrer Sprinterhaltung auf und setzen sich wieder, wobei sie verwirrte Blicke in unsere Richtung warfen. Die weibliche Aushilfskraft lehnte sich zurück und schaute mit Schmollmiene auf den Hafen hinaus.

Paige flüsterte mir verschwörerisch zu: »Damit könnte es allerdings auch zu tun haben.«

Bevor mir eine Antwort einfiel, leerte sie ihre Kaffeetasse und stand auf.

»Okay, dann will ich mal für Ordnung im Küchenchaos sorgen.« Sie drückte meine Schulter, als sie um meinen Stuhl herumging. »Falls du wieder einen Sommerjob haben möchtest, sag jederzeit Bescheid. Respekt ist schön und gut, aber lieber hätte ich mehr Mitarbeiter mit Erfahrung.«

Ich musste lächeln. Meine Erfahrung bestand aus einem einzigen Sommer, indem ich ab und zu gekellnert und Paige bei ihrer Arbeit zugeschaut hatte. Als ich letztes Jahr zum ersten Mal im Restaurant aufgetaucht war, hatten wir uns auf den ersten Blick gemocht. Paige hatte mir spontan den Job angeboten, und da ihre Großmutter die Chefin war, hatte niemand allzu sehr protestiert. Nun ja, ihre ältere Schwester Zara hatte mich nicht gerade mit offenen Armen empfangen. Um genau zu sein, war sie so kalt und abweisend gewesen, dass ich jedes Mal in ihrer Nähe eine stechende Migräne bekam. Erst sehr viel später hatte ich verstanden, dass die Kopfschmerzen nicht einfach nur ein Zeichen nervöser Anspannung waren.

Mein Körper hatte mir signalisiert, dass Zara und ich miteinander verbunden waren … fast so etwas wie blutsverwandt. Und das Gleiche galt nun auch für Paige und mich.

Da mir bewusst war, dass die Aufmerksamkeit der männlichen Angestellten nun allein mir galt, schluckte ich schnell den Rest von meinem Ei und Kaffee herunter und begann, das Geschirr einzusammeln. Der Wind frischte auf, als ich dort stand, und brachte einen Schwall feuchter, salziger Luft mit. Ich schloss die Augen und atmete tief ein. Als ich sie wieder aufschlug, schaute ich genau auf den Parkplatz unter mir.

Letztes Jahr war Bettys Fischerhaus so gut besucht gewesen, dass man einen Parkwächter gebraucht hatte, um die Reservierungen zu prüfen und die Gäste einzuweisen. Aber jetzt war der Platz fast leer. Obwohl wir uns der Mittagszeit näherten und am Wochenende auch noch die Brunchgäste hätten dazukommen sollen, sah ich nur ein halbes Dutzend Wagen.

Einer davon war Moms schwarzer BMW. Ich hatte meine Eltern an unserem alten Ferienhaus abgesetzt und mir das Auto für den Rest des Tages geborgt.

Daneben stand ein grüner Kombi.

»Entschuldigen Sie, Miss?«

Ich riss meinen Blick los. Einer der Kellner stand neben mir.

»Geht es Ihnen gut?«, erkundigte er sich.

»Natürlich.« Ich zwang mich zu einem Lächeln und fragte mich, ob er meinen hämmernden Herzschlag hören konnte.

»Ich kann das gerne für Sie in Ordnung bringen!«

Er nickte in Richtung des Bodens, und erst da stellte ich fest, dass ich inmitten von Porzellanscherben stand.

»Machen Sie sich keine Sorgen.« Seine Stimme sollte beruhigend klingen, wirkte aber eher nervös. »So etwas passiert mir andauernd.«

Ich starrte auf meine Hände. Sie waren leer. Anscheinend hatte ich meinen Teller und die Tassen fallen lassen, und sie waren auf dem Boden zerschellt … aber ich hatte nichts davon gemerkt.

»Danke«, sagte ich. »Ist schon okay. Ich hole einen Besen.«

Ich versuchte, mich zusammenzureißen, als ich nach dem restlichen Geschirr auf dem Tisch griff und die Treppe hinuntereilte. In der Küche stellte ich alles bei der Spüle ab, rannte an der Besenkammer vorbei und stürzte stattdessen durch die Schwingtür zur Bar. Dort checkte ich unauffällig mein Aussehen in der verspiegelten Rückwand hinter dem Alkoholsortiment. Erst dann marschierte ich in die Gaststube.

Aber sie war leer. Nun ja, einige Paare und Familien saßen schon herum, nur nicht die Person, auf die ich gehofft hatte. Also hätte der Raum genauso gut leer sein können.

In diesem Moment kam die neue Kellnerin, die Paige nach draußen geschickt hatte, wieder herein. Als unsere Blicke sich trafen, lächelte ich und winkte sie zu mir heran.

»Hi.« Sie hatte sich die Augen getrocknet, aber ihre Stimme war immer noch zitterig. »Will Miss Marchand mich sprechen?«

Bei diesem Namen wirbelten bruchstückhafte Bilder wie Puzzlestücke durch meinen Kopf: silberne Augen, lange schwarze Haare, abgemagerte Gestalten … und eine wunderschöne Frau, die mir am Grund eines dunklen Sees gegenüberstand.

Aber natürlich sprach die Kellnerin nicht von Paiges Mutter. Sie meinte Paige.

»Nein.« Ich vermied es, den Kopf zu schütteln, da sich das Bilderchaos nur langsam auflöste. »Jedenfalls noch nicht. Ich wollte nur wissen, ob du vielleicht einen Gast bedient hast, der jetzt nicht mehr da ist. Also, bevor du an die frische Luft gegangen bist.«

»Ja. Den Mann, der mich verklagen will.« Sie trat einen Schritt vor und schaute sich in der Gaststube um. »Er ist doch weg, oder?«

Gerade wollte ich das Missverständnis aufklären, als ich durchs Fenster rote Bremslichter auf dem Parkplatz sah.

»Schon gut, hat sich erledigt«, sagte ich und rannte los. Über die Schulter rief ich noch: »Und keine Sorge … Miss Marchand hat alles unter Kontrolle!«

Ich stürzte durch die Ausgangstür und sah den Kombi wenden, so dass auf dem Rückfenster ein Bates-College-Aufkleber erkennbar wurde. Für eine kurze Sekunde war ich in Versuchung, wieder nach drinnen zu verschwinden.

Das bekannte Emblem wühlte schmerzhafte Erinnerungen an den Herbst wieder auf und erinnerte mich daran, was ich verpasst hatte – und warum. Aber als der Wagen lautstark Fahrt aufnahm, rannte ich trotzdem los.

Ich hatte den halben Weg zur Parkplatzeinfahrt geschafft, da blieb das Auto plötzlich stehen. Die Tür der Fahrerseite wurde geöffnet.

Und Caleb stieg aus.

»Vanessa, ist alles in Ordnung?«

Mit gerunzelter Stirn und zusammengezogenen Brauen schaute er zwischen mir, dem Restaurant und dem Hafenbecken hin und her. Ich brauchte nicht lange, um seine Besorgnis zu begreifen.

Als die Autotür aufging, war ich wie angewurzelt stehen geblieben. Nun zwang ich meine Füße zu einem Schlenderschritt, der nicht länger aussah, als würde ich um mein Leben rennen. Davon hatten wir alle letzten Sommer genug gehabt.

»Hi.« Ich lächelte und versuchte, an ihm vorbei auf den Beifahrersitz zu schauen. »Mir geht's prima. Ich habe einfach nur dein Auto gesehen und wollte dich einholen, bevor du vom Parkplatz fährst.«

Seine Miene entspannte sich. Er begann, mein Lächeln zu erwidern, aber dann runzelte er die Stirn und legte den Kopf schräg. »Du hast also mein Auto gesehen?«

»Ja, drinnen aus dem Restaurant. Ich habe ganz zufällig nach draußen geschaut und …« Ich brach ab und riss meinen Blick von dem leeren Wagen los. »Oh.«

»Ja, genau. Ich habe kein Auto.«

»Ich weiß.«

Er nickte. Ich nickte. Keiner von uns sagte ein Wort.

In den letzten acht Monaten hatte ich mir fast jeden Tag vorgestellt, was ich zu Simon sagen würde, wenn wir uns das nächste Mal sahen. Und in der ganzen Zeit hatte ich kein einziges Mal darüber nachgedacht, wie ich mit seinem jüngeren Bruder – und Justines großer Liebe – reden sollte, wenn *wir* uns begegneten. Ein Fehler, wie sich herausstellte. Denn die Situation fühlte sich sogar noch unangenehmer an, als zu erwarten gewesen war. Was sagt man zu einem Menschen, dem man zum ersten Mal über den Weg läuft, nachdem die Freundschaft in die Brüche gegangen ist?

Besonders wenn man selbst an dem Zerwürfnis schuld ist. Schließlich hatte ich ihn angelogen, genau wie alle anderen, die mir nahestanden. Ich hatte sie darüber beschwindelt, wer – oder was – ich wirklich war.

»Wie geht's dir denn so?«, brachte ich schließlich heraus.

»Gut.« Er klang erleichtert. »Ein bisschen im Stress, aber sonst gut.«

»Jobbst du immer noch am Hafen?«

»Ja, sehr oft. Ich habe dieses Jahr alles gelesen, was ich über Schiffsmotoren in die Finger bekommen habe, und Captain Monty lässt mich allmählich an die echte Technik ran.« Er zögerte. »Simon ist auch oft dabei und hilft. Deshalb konnte ich mir heute seinen Kombi ausleihen.«

Mir wurde innerlich ganz warm. »Ist er …? Hat er …? Ich meine –«

»Mit ihm ist alles okay«, sagte Caleb sanft.

Ich atmete aus.

»Normalerweise hättest du dich sogar selbst überzeugen können, denn Betty hat sich mit einem lebenslangen kostenlosen Mittagessen bei uns bedankt. Louis hat die Anweisung, uns alles zu kochen, was wir haben wollen. Also sind wir beide eigentlich jeden Tag hier, aber heute musste Simon auf Montys Laden aufpassen, weil der Captain zum Fischen rausgefahren ist.«

Wenn ich mir jemals Gedanken gemacht hätte, was ich

nach fast einem Jahr zu Caleb sagen würde, dann wären mir die nächsten Worte nicht herausgerutscht.

»Ich vermisse ihn unglaublich.«

Er schwieg einen Moment. »Ja, er vermisst dich auch.«

Mein Herz machte einen Hüpfer. »Hat er das zu dir gesagt?«

»Braucht er nicht.«

Ein Auto näherte sich dem Parkplatz und blinkte. Caleb und ich versperrten die Zufahrt, also wichen wir auseinander, um Platz zu machen. Leider wurde dadurch auch der emotionale Abstand wieder größer.

»Ich muss los«, sagte er und schaute auf die Uhr.

»Klar, geht mir auch so.« Ich hielt den Atem an und hoffte, dass er nachfragen würde, wohin ich wollte. Nämlich zu unserem alten Ferienhaus – dem Nachbargrundstück der Carmichaels –, das uns nicht mehr lange gehören würde. Aber Caleb schwieg. Er drehte sich einfach nur um und ging zurück zum Wagen. Da ich nicht zuschauen wollte, wie der Kombi wieder einmal ohne mich wegfuhr, wandte ich mich ebenfalls ab.

»Vanessa?«

Ich wirbelte herum.

Caleb schaute zu Boden und nestelte an seinem zerfransten Shirtärmel herum. »Ihr seid gerade erst angekommen, oder?«

»Vor ein paar Stunden.«

Er ließ seinen Ärmel los und schaute mir in die Augen. »Gehst du zum Treffpunkt?«

Caleb brauchte nicht zu erklären, was er damit meinte. Ich verstand ihn auch so.

Die Chione Cliffs. Dorthin waren wir immer als Allererstes gegangen. Jeden Sommer wieder.

Und letzten Sommer war Justine dort gestorben.

»Ich glaube kaum«, erwiderte ich.

Er nickte. »Okay, bis irgendwann«, sagte er zum Abschied.

Diesmal schaute ich ihm nach, als er davonfuhr. Ich tat es für Justine. Sie hätte hier neben mir stehen sollen. Und dann wären wir zu viert aufgebrochen, wie immer an unserem ersten Tag in Winter Harbor. Bis letztes Jahr hatte es kaum einen Ferientag gegeben, an dem wir nicht alle vier zusammen gewesen waren.

Als der Kombi an der Hauptraße ankam, nach rechts abbog und verschwand, eilte ich zurück ins Restaurant. Ich entdeckte Paige im Foyer, wo sie weitere Streifen mit Farbproben vor die Wand hielt.

»Entschuldigen Sie, Miss Marchand », sagte ich, »haben Sie vielleicht noch einen Job frei?«

KAPITEL 3

Nach der ganzen Aufregung des letzten Jahres waren diese Ferien eigentlich dazu gedacht gewesen, mich vor dem College-Studium zu erholen und Zeit mit meiner Familie zu verbringen. Aber in kaum einer Woche hatte ich es geschafft, mich so zu verplanen, dass ich meine Eltern nur noch zum Abendessen sah und an Erholung kaum zu denken war. Statt drei Monate zu faulenzen, hatte ich mir zwei Jobs gleichzeitig aufgehalst. Erstens kellnerte ich in Bettys Fischerhaus. Paige schrieb mir keine Arbeitszeiten vor, aber da ich im Restaurant die größte Chance hatte, Simon zu begegnen, kam ich oft schon zur Frühstücksschicht und blieb bis zum Abend. Leider hatte sich mein Einsatz bisher nicht gelohnt. Wahrscheinlich hatte Caleb erwähnt, dass ich im Restaurant jobbte, denn er war immer allein, wenn er das Mittagessen abholte. Trotzdem wollte ich so erreichbar wie möglich sein. Nur für den Fall, dass Simon es sich anders überlegte.

Zweitens half ich der Maklerin Anne dabei, den Interessenten unser altes Ferienhaus vorzuführen. Diesen Job hatte ich eher unfreiwillig bekommen. Am liebsten wäre Mom der Maklerin auf Schritt und Tritt gefolgt, damit auch alles perfekt lief, bis das Haus verkauft war. Aber gleichzeitig war sie entschlossen, dass wir uns so schnell wie möglich in unserem neuen Heim einleben sollten, also war sie vollauf damit beschäftigt, zu dekorieren, zu organisieren und einzukaufen. Natürlich hätte Dad sie vertreten können, aber davon hielt Mom nicht viel. Er hatte das Ferienhaus gekauft, lange bevor die zwei sich begegnet waren, und eigentlich hatte es ihm immer mehr gehört als uns. Zwar behauptete Dad, der Abschied würde ihm nicht schwerfallen, doch ab und zu überraschten wir ihn dabei, wie er sehnsüchtig in Richtung des Lake Kantaka schaute, auch wenn wir uns gerade am Strand, mitten in der Stadt oder sonst wo befanden.

Also blieb nur ich übrig. Mom ging davon aus, dass ich die Vergangenheit genauso dringend hinter mir lassen wollte wie sie, und damit hatte sie recht. Jedenfalls zum größten Teil.

»Lieber Himmel, ist hier jemand gestorben?«

Die Haustür schlug krachend zu. Als ich mich vom Wohnzimmerfenster abwandte, sah ich Anne im winzigen Eingangsflur stehen. Sie hatte die Arme voller Backwaren und blauer Hochglanzmappen. Ihr Gesicht war zu einer missbilligenden Grimasse verzogen.

»Wie bitte?«, fragte ich.

»Ich meine den Geruch! Als hätten sich kleine pelzige Tierchen den Weg in eure Wände gebahnt und nicht mehr herausgefunden.«

»Das Haus ist alt«, erklärte ich, und mir wurde innerlich ganz heiß. »Es ist seit Monaten unbewohnt, und am Anfang der Ferien riecht es eben immer etwas feucht.«

»Tja, ob Feuchtigkeit oder Mäusekadaver, auf jeden Fall werden die Interessenten nicht nach ihrem Scheckbuch greifen, wenn sie zu beschäftigt damit sind, sich die Nase zuzuhalten.« Sie kam ins Wohnzimmer, ließ die Mappen auf den Couchtisch fallen und marschierte weiter in Richtung Küche. »Und bei dem Preis, den deine Mutter verlangt, sollte es hier besser duften wie in einem Blumenladen.«

Ich stand unschlüssig da und wusste nicht, was ich tun sollte. Eine Sekunde später erschien Annes Kopf im Kücheneingang.

»Los, los, die Fenster!«, sagte sie.

»Was?«

»In ein paar Minuten kommen die ersten Interessenten. Also können wir jetzt nichts weiter tun, als die Fenster aufzureißen und unseren Schutzengel um ordentlichen Durchzug zu bitten.«

Ihr Kopf verschwand wieder. Schranktüren wurden quietschend geöffnet und lautstark zugeschmissen. Ich nahm an, dass sie nach Tellern für das Gebäck suchte. Sollte ich ihr sagen, dass Mom alles in die Speisekammer gestellt hatte, was zum Aufhübschen der Küche gebraucht wurde? Ich entschied mich dagegen und begann stattdessen, im Wohnzimmer die Vorhänge aufzuziehen und Fenster zu öffnen, wie sie verlangt hatte.

Danach ging ich die Treppe hinauf.

Die Tür ganz hinten im Korridor war geschlossen, genau wie beim letzten Mal, als ich mich hier hoch gewagt hatte. Während unserer Monate in Boston hatte es schon ein paar Hausführungen gegeben, aber jetzt wirkte alles so still und leblos, als hätte seit dem Sommer niemand diesen Flur betreten. Die Ereignisse, die mich das letzte Mal hierhergeführt hatten – als Mom sich endlich überwunden hatte, Justines Kleidung in Kartons zu packen, und ich mit der Nachricht zu ihr gekommen war, dass ich nach Dartmouth gehen würde –, kamen mir unwirklich vor.

Trotzdem waren sie sehr real. Daran wurde ich jeden Tag aufs Neue erinnert.

»Vanessa, hier sollten doch Kerzen sein. Weißt du vielleicht, wo …«

Annes Stimme von unten verklang, als ich ins Zimmer

trat und die Tür hinter mir schloss. Diesen kleinen Raum hatten Justine und ich uns jeden Sommer geteilt, solange ich mich erinnern konnte. Ich setzte mich auf die Kante meiner Matratze und ließ meinen Blick über das zweite Bett schweifen. Es sah anders aus. Das Laken war zu weiß, das Kissen zu rund. Mom hatte aus unserem Zimmer zwar keine Möbel mitgenommen, aber einige Kleinigkeiten aufgehoben, darunter auch Justines Bettzeug. Vermutlich hatte sie die Vorstellung nicht ertragen, Fremde könnten darin schlafen oder noch schlimmer, die Decken auf den Müll werfen, in denen sich ihre älteste Tochter während unzähliger Sommerabende eingekuschelt hatte.

Das Bett wirkte so verändert, dass ich mir Justine gar nicht darin vorstellen konnte. Ich konnte sie nicht vor mir sehen, wie sie sich auf einen Ellbogen stützte und mit mir die Unternehmungen für den nächsten Tag besprach, oder wie sie auf dem Rücken lag und ihr Haar flocht, während wir über Filme, Musik und Jungs redeten. Ständig hatte sich bei ihr alles um Jungs gedreht, aber am Ende war ihr nur einer wichtig gewesen: Caleb.

Am liebsten hätte ich mich hingelegt und die Augen geschlossen, um ihr Bild zurückzurufen. Jeden Tag fiel es mir schwerer, Justine vor mir zu sehen. Aber manchmal gelang es mir, wenn ich mich vor anderen Ablenkungen abschirmte. Ich war kurz davor, mich auf die Matratze sinken zu lassen, als es unten an der Tür läutete. Vor dem Haus wurde eine Autotür zugeworfen. Ich erhob mich auf die Knie und beugte mich übers Bett, um aus dem Fenster zu schauen. Glücklicherweise hatte ich es geschlossen gelassen, denn sonst wäre ich vermutlich kopfüber in den Garten gefallen.

Draußen sah ich Simon. Meinen Simon, der gerade auf dem Weg nach Hause war und den Steinplattenpfad zum

Nachbargrundstück entlangging. Sein Haar war länger und weniger ordentlich als sonst. T-Shirt und Jeans waren mit Farb- und Ölflecken verschmiert. Seine gebräunten Arme sahen umwerfend kräftig und muskulös aus.

Mir wurden die Knie weich, meine Kehle schnürte sich zusammen, und meine Beine versagten mir den Dienst. Plötzlich wollte mein ganzer Körper nur noch eins: in diese Arme sinken.

»Ich bin hier«, flüsterte ich und legte eine Hand an die Scheibe. »Hier oben. Du musst nur hochschauen. Bitte, schau zu meinem Fenster.«

Aber das tat er nicht. Er ging ins Haus, ohne einen Blick in meine Richtung zu werfen.

Ich sank in mich zusammen. Erinnerte der Anblick unseres Hauses ihn denn gar nicht mehr an mich? War es schon so weit, dass er mich total vergessen hatte?

Mir blieb nur eine Möglichkeit, das herauszufinden. Obwohl ein kleiner Teil meines Gehirns mich warnte, dass er mehr Zeit und Freiraum brauchte, sprang ich vom Bett, stürmte durchs Zimmer und riss die Tür auf.

»Ach, hallo.«

Ein Ehepaar stand vor mir im Flur. Fast wäre ich automatisch wieder ins Zimmer geflüchtet und hätte die Tür vor den beiden zugeschlagen

Der Mann lächelte mir entgegen. Er hatte blondes Haar, braune Augen … und eine sehr hübsche Frau, deren Gesicht abweisend gefror, als sie mich sah.

»Wohnen Sie hier?«, fragte mich der Mann.

»Ja«, antwortete ich. »Also, fast. Das Haus gehört meiner Familie.«

»Es ist wunderschön«, sagte er.

»Vor allem ist es *alt*«, fügte seine Frau hinzu.

Falls er ihren scharfen Tonfall bemerkte, ließ er sich jedenfalls nichts anmerken. »Wann ist es denn gebaut worden?«

Ich zögerte. Bis vor ein paar Sekunden hatte ich die Jahreszahl noch gewusst. Sie gehörte zu dem guten Dutzend Fakten, die ich auswendig gelernt hatte, bis ich sie im Schlaf herunterrasseln konnte.

»Neunzehnhundertvierzig«, schätzte ich schließlich. Ungefähr musste das wohl stimmen.

»Damit ist es doch mitten in den besten Lebensjahren.« Er hielt mir seine Hand entgegen. »Brian Corwin.«

Seine Frau schaute zwischen uns hin und her und verzog die Lippen zu einem steifen Lächeln. Ihr Blick sagte mir deutlich, dass ich sorgfältig darüber nachdenken sollte, ob ich ihren Brian anfasste.

»Vanessa Sands.« Ich hob die Hand zu einem angedeuteten Winken und nickte in Richtung der Treppe. »Wenn Sie mich bitte entschuldigen würden, ich muss dringend –«

»Wieso wollen Sie verkaufen?«

Ich schaute ihn an. »Bitte?«

»Das Haus ist in einem fantastischen Zustand, hinreißend gemütlich und liegt direkt am See. Genau das, was man von Winter Harbor erwartet … nun ja, jedenfalls bis letzten Sommer.« Er zuckte mit den Schultern. »Also muss Ihre Familie einen guten Grund haben, hier wegzuziehen.«

Da fiel mir eine ganze Menge ein: schlechte Erinnerungen – gute Erinnerungen – die gefährliche Nähe zu Süßwasser – unser verzweifeltes Bedürfnis nach einem Neuanfang. Aber einem potentiellen Käufer konnte ich nichts davon erzählen. Das hätte bloß zu weiteren Fragen geführt. Außerdem wusste ich aus bitterer Erfahrung, dass Brian nicht wirklich an einer Antwort interessiert war, sondern nur an *mir*. Weil sein Körper ihm signalisierte, dass ich seine Traumfrau war.

»Vielleicht ist der Grund die ganze düstere Holzverkleidung«, schlug seine Frau vor, als ich nicht gleich antwortete. Ihre Stimme klang angestrengt liebenswürdig. »Oder die abblätternden Tapeten. Oder der verblichene Teppichboden. Oder die bröckelnde Eingangstreppe. Oder *vielleicht* …«

»Vor drei Minuten hast du noch behauptet, das Haus würde voller wunderbarer Möglichkeiten stecken.« Brians Lächeln war verschwunden. »Du warst ganz wild darauf, es wieder auf Vordermann zu bringen.«

Der Druck auf meiner Brust wurde immer unerträglicher, und ich fühlte die Haut auf meinem Gesicht, dem Hals und den Armen trocknen. Meine Finger zuckten, um den Juckreiz wegzukratzen, aber stattdessen griff ich nur nach der Wasserflasche, die ich in der Tasche meines Sweatshirts herumtrug. Während Brian und seine Frau miteinander stritten, nahm ich ein paar Schlucke und wartete darauf, dass mein Körper sich abkühlte und entspannte. In stressigen Situationen trocknete ich noch schneller aus als normal. Die Energie schien nur so aus mir herauszuströmen. Und von Tag zu Tag wurden die körperlichen Probleme schlimmer. Ich hatte meinen Salzverbrauch entsprechend gesteigert, war aber nicht sicher, ob das reichte.

Sosehr ich unser Ferienhaus auch liebte und seinen Verkauf bedauerte, musste ich doch zugeben, dass unsere neue Residenz mit Meerblick klare Vorteile besaß. Allerdings war das Grundstück teuer. Anne betonte, dass wir letztes Jahr noch doppelt so viel dafür hätten zahlen müssen, und Mom behauptete, wir würden finanziell gut zurechtkommen. Aber wir brauchten die Einnahmen vom Verkauf unseres alten Ferienhauses, und zwar möglichst bald.

Unter diesen Umständen fragte ich mich, ob ich nicht ein einziges Mal meine strengen Regeln brechen sollte. Eigentlich hatte ich mir verboten, meine Talente zum eigenen Vorteil einzusetzen. Aber was konnte ein kleiner Ausrutscher schon schaden? Hier war die Gelegenheit, zwei Fliegen mit einer Klappe zu schlagen: Ich würde meiner Familie finanziell helfen und gleichzeitig genug Energie bekommen, um zu Simons Haus zu marschieren und ihm alles zu sagen, was sich seit Monaten in mir angestaut hatte.

Während ich noch mit meinem Gewissen diskutierte, trank ich die Wasserflasche in einem Schluck leer. Ich atmete tief durch und sagte: »Es gibt einen ausgebauten Keller.«

Brian und seine Frau wandten sich mir zu. Ich redete weiter, bevor ich die Nerven verlieren konnte.

»Mom hat ihn erst vor fünf Jahren frisch renovieren lassen. Sie hatte dort ihr Büro, aber bestimmt ließe sich auch ein toller Fitnessbereich daraus machen.«

Ich war mir ziemlich sicher, dass die beiden darauf anspringen würden. Die Frau war gertenschlank und trug ein ärmelloses Top, das ihre durchtrainierten Arme zur Geltung brachte. Über ihrer Schulter hing eine sportliche Schultertasche, die groß genug war, um mindestens eine Yogamatte darin zu verstauen.

»Wenn man im See von einem Ufer zum anderen schwimmt, ist das eine gute Meile«, fuhr ich fort. »Gerade die richtige Strecke fürs morgendliche Trimm-dich.«

Die Frau musterte mich skeptisch, doch zum Glück war ich vom vielen Schwimmen genauso durchtrainiert wie sie und daher glaubwürdig. Unter meiner Jeans und dem weiten Oberteil konnte man die Muskeln wahrscheinlich nicht allzu gut erkennen, aber es schien auszureichen, um sie zu beruhigen. Die Falten auf ihrer Stirn verschwanden, und ihre Miene entspannte sich.

»Wir können uns den Keller ja mal anschauen.« Sie hakte sich bei Brian ein und führte ihn auf die Treppe zu.

»Also«, mischte ich mich ein, »hier oben gibt es auch noch ein paar Räume. Bei denen müsste handwerklich einiges getan werden, aber –«

»Prima, ich werfe gleich einen Blick darauf«, sagte Brian und befreite seinen Arm. »Vielleicht eignet sich einer davon als begehbarer Kleiderschrank.«

Ich nahm an, dass er mit diesem Vorschlag seine Frau besänftigen wollte. Trotzdem schaute er nur mich an, während er sprach.

Sie zögerte, dann seufzte sie. »Na gut. Aber lass dein Handy angeschaltet.«

»Tut mir leid«, entschuldigte sich Brian, als seine Frau verschwunden war. »Sie hat einen ziemlich anstrengenden Geschmack.«

Ich zwang mich zu einem Lächeln. »Kein Problem.«

Während ich vor ihm den Flur entlangging, warf ich ab und zu einen Blick über die Schulter, der kokett und mysteriös sein sollte. Ich war alles andere als ein verführerischer Vamp, aber hatte genug Gelegenheit gehabt, es mir abzuschauen: von Paiges Schwester Zara, ihrer Mutter Raina und meiner eigenen Mutter, die ich erst im Herbst kennengelernt hatte. Daher wusste ich, wozu ich fähig war und wie ich es anstellen musste. Allerdings hatte ich seit acht Monaten keinen Jungen auch nur angelächelt … mein letztes Lächeln hatte Simon gegolten. Also war ich nicht gerade in Übung. Aber das spielte anscheinend keine Rolle.

Denn Brian folgte mir, verschlang mich mit Blicken und grinste. Er schien völlig vergessen zu haben, dass seine Ehefrau sich im selben Haus befand oder dass er überhaupt verheiratet war. Am Gruseligsten fand ich, dass er gar nicht wusste, was er tat. Er konnte seine Instinkte nicht kontrollieren. Das konnte nur ich.

Die ganze Situation fühlte sich falsch an. Pervers. Ich

hätte eine Gänsehaut bekommen, wäre ich nicht selbst dafür zu ausgetrocknet gewesen.

Meine Haut wirkte wie verdorrt, und es wurde immer schlimmer. Als ich mit der Hand über meinen Arm strich, rieselten durchsichtige Flocken zu Boden. Also machte ich weiter und steuerte auf das Gästeschlafzimmer am anderen Ende des Korridors zu.

»Wow.« Als wir in den Raum traten, wurde Brians Aufmerksamkeit für einen kurzen Moment von mir abgelenkt. »Was für ein Blick!«

Ich stellte mich neben ihn an das Fenster, das den See überschaute. Das geräumige Gästezimmer war fast leer, nur ein altes Sofa und ein Tisch standen noch darin. Ich lehnte mich so nah an Brian, dass unsere Ärmel sich berührten.

»Noch schöner ist es bei Sonnenuntergang.«

Er drehte sich zu mir um. »Darauf würde ich gerne warten.«

Eine Welle aus warmer Energie durchflutete meinen Unterleib. Anscheinend hatte ich Erfolg. Ich stellte mir Justine vor, wie sie Caleb verliebt anstrahlte, und versuchte, ihren Gesichtsausdruck nachzuahmen.

»Wo kommen Sie denn her, Brian?«, hielt ich das Gespräch in Gang.

»Providence. Das liegt in Rhode Island.«

Diesmal musste ich wirklich grinsen. »Ich habe davon gehört.« Immerhin war es die Hauptstadt und lag gleich um die Ecke.

Er schüttelte den Kopf und lachte. »Ja, natürlich.« Dann nahm er einen neuen Anlauf. »Ich bin Dozent für Wirtschaftswissenschaft an der Brown University. Marley arbeitet als Yogalehrerin.«

»Und Marley ist ...«

Er stieß scharf die Luft aus, als ich noch näher an ihn herantrat. Die Hitze in meinem Bauch verbreitete sich rasend schnell, schoss in meine Beine, meine Brust und meine Arme. Vor wenigen Sekunden war ich noch zum Umfallen müde gewesen, und nun fühlte ich mich, als könnte ich ein Dutzend Mal den Lake Kantaka durchschwimmen. Ich warf einen Blick auf meine Arme und stellte fest, dass die Haut bereits viel weicher und glatter aussah.

Dann schaute ich zu Brian hoch, und mein Gewissen fühlte sich millionenfach schlechter an als vorher.

Er hatte die Augenbrauen zusammengezogen und murmelte mit einem vagen Lächeln: »Marley … sie ist … also, ich glaube … vielleicht ist sie …«

Er konnte sich nicht einmal an sie erinnern. An seine eigene Frau. Mit der er vermutlich einen wunderbaren Hausbesichtigungstag gehabt hatte, bevor die beiden mir über den Weg gelaufen waren.

»Ja also, ich wollte Ihnen nur den Blick von hier oben zeigen.« Ich trat einen Schritt zurück, dann einen zweiten und dritten. »Freut mich, dass er Ihnen gefällt. Wenn Sie noch weitere Fragen haben oder auf das Haus bieten wollen, wenden Sie sich bitte an Anne, unsere Maklerin.«

Im Flur rannte ich los. Ich flog regelrecht die Treppe hinunter, sauste um ein Grüppchen von Leuten herum, die ebenfalls das Haus besichtigten, und stürzte nach draußen auf die Veranda. Dort hielt ich kurz an, um Atem zu schöpfen, bevor ich die Hintertreppe nahm, die über den Rasen zum See führte. Ich wollte Simon immer noch sehen und wissen, was er für mich fühlte und wie es mit uns weitergehen sollte … aber nach dem, was ich gerade getan hatte, traute ich mir kein logisches, vernünftiges Gespräch zu. Zuerst musste ich mich beruhigen und meine Gedanken ordnen.

Ich machte mich auf den Weg zum Bootsschuppen. Zwar war er ziemlich baufällig, aber immerhin hatte er eine Tür, die ich hinter mir zuziehen konnte. Da die Hausbesichtigung gerade erst begonnen hatte, was es unwahrscheinlich, dass jetzt schon jemand auf die Idee kam, ganz hinten in den Garten zu gehen.

»Das macht doch keinen Sinn.«

»Du meinst, das Wasser hat regelrecht ... gekocht?«

Ich wurde langsamer und horchte auf die flüsternden unbekannten Stimmen. Anscheinend befanden sich Leute hinter dem Schuppen.

»Ja, das habe ich gehört. Der ganze See hat wie verrückt gebrodelt. Muss ausgesehen haben wie ein riesiger Whirlpool.«

Mir wich das Blut aus den Wangen, aber ich zwang meine Füße weiter vorwärts.

»Aber warum? Und wie?«

»Keine Ahnung, warum. Aber über das Wie kann ich euch eine Menge erzählen. Deshalb sind wir nämlich hier.«

Jedes bisschen Energie, das ich aus meinem Flirt mit Brian gezogen hatte, ballte sich in meinem angespannten Magen zusammen und verpuffte. Als ich den Schuppen umrundet hatte und eine Gruppe von Leuten um unser altes rotes Ruderboot versammelt sah, taumelte ich bereits. Ich war gerade noch genug bei Bewusstsein, um die nächsten Worte zu hören.

»Das hört sich vielleicht an wie eine Horrorstory, ist aber die reine Wahrheit. Schuld an allem sind ein paar mörderische Meerladys, die man auch ... Sirenen nennt.«

Ich hörte auf, gegen meinen Körper anzukämpfen.

Und stürzte ohnmächtig zu Boden.

Kapitel 4

Das Wasser war kalt. Bitterkalt. Im Vergleich dazu hatte sich der Bostoner Hafen immer wie eine warme Wanne angefühlt. Jeder normale Mensch hätte sich kaum bis zu den Knöcheln hineingewagt. Um dieses aufgewühlte Meer zu genießen, musste man schon ein verrückter Abenteurer sein oder ein Surfer mit lebenslanger Erfahrung und dickem Neoprenanzug.

Ich war weder verrückt noch ein normaler Mensch. Mit nichts bekleidet als meinem Badeanzug vergaß ich beim Schwimmen die Zeit und tauchte in unbekannte Tiefen. Ich konzentrierte mich nur auf meinen Körper. Rhythmisch dehnte sich meine Lunge, und meine Brust wurde abwechselnd mit Wärme und Kälte gefüllt, während meine Muskeln sich streckten und zusammenzogen. Zuerst gierte ich nach Salzwasser wie ein erschöpfter Sprinter, der am Ende eines Wettrennens nach Luft schnappt. Aber mein Körper stellte sich schnell um, und bald wurde mein Atem gleichmäßiger.

Es fühlte sich so wunderbar natürlich an, dass ich unter Wasser blieb, bis das Meer sich abendlich dunkel zu färben begann.

Dann schwamm ich zurück an den Strand, wo Mom auf mich wartete.

»Siebenundneunzig Minuten«, sagte sie. »Aber denk nicht, dass ich mir Sorgen mache.«

Lächelnd griff ich nach dem Handtuch, das sie mir entgegenhielt. »Danke.«

»Na, wie war das Wasser?«, fragte sie, als wir auf die Ufertreppe zugingen.

»Genial. Ein bisschen kalt, aber sonst genial.«

Wir durchquerten den Garten und kamen bei der Terrasse vor meinem Zimmer an.

»Fühlst du dich besser?«, wollte Mom wissen.

Ich brauchte einen Moment, um zu antworten, denn ich war zu abgelenkt von dem Anblick, der sich mir bot. Ein Feuer flackerte in dem eisernen Terrassenofen, den Mom heute gekauft hatte. Der Tisch war mit Tellern gedeckt, und mehrere zusammengelegte Fleecedecken warteten auf einem neuen Gartensofa.

»Mir geht's prima«, versicherte ich. »Was ist denn das?«

»Nur ein kleines Willkommensgeschenk. Wir waren alle so beschäftigt, dass wir noch gar keine Gelegenheit hatten, uns zusammenzusetzen und unser neues Ferienhaus zu genießen.« Sie winkte mich zu dem Sofa und begann, einen Teller vollzufüllen.

»Soll ich Dad holen?«

Sie schaute durch den Garten zum anderen Ende des Bungalows. Als ich ihrem Blick folgte, sah ich durch die gläserne Küchenwand, wie Dad gerade in einem Topf rührte.

»Ich habe ihm das Dessert überlassen«, sagte sie. »Er kommt nach, wenn er fertig ist.«

Ihre Stimme war so energisch, dass ich mich automatisch setzte und mir eine Decke umlegte. Zwar war ich noch erhitzt vom Schwimmen, aber die Abendluft war kühl, und es würde nicht lange dauern, bis meine Körpertemperatur sank.

Mom reichte mir den Teller, nahm sich selbst einen und setzte sich auf den Stuhl neben mich.

»Ich habe heute Nachmittag mit Anne gesprochen«, sagte sie.

Das Hamburger-Brötchen flutschte mir aus der Hand und landete auf dem Boden. Ich nahm mir ein neues. »Ach ja?«

»Sie hat gesagt, der Besichtigungstag war ein voller Erfolg.«

Ich schaute sie an. »Hat jemand ein Angebot gemacht?« Dann hatte sich mein abscheuliches Verhalten wenigstens gelohnt.

»Noch nicht.« Sie biss in ihren Burger und kaute. »Aber Anne meinte, es seien mehr Interessenten gekommen als erwartet. Immerhin ist der Tourismus am Boden, und es gibt im Moment viel zu viele freie Immobilien.«

»Da war dieser Typ ...«

Mom legte den Kopf schräg und hob die Augenbrauen.

»Ich habe eine Weile mit ihm und seiner Frau geredet. Die beiden schienen über einen Kauf nachzudenken. Ich glaube, er hieß Brian?«

Mom nickte. »Mr Corwin. Ja, Anne hat ihn erwähnt. Anscheinend war er kurz davor, den vollen Preis in bar auf den Tisch zu legen, aber seine Frau hat ihn davon abgehalten. Die beiden sind sich richtig in die Haare geraten. Anne musste sie bitten, ihren Streit vor der Tür fortzusetzen. Danach sind sie nicht wiedergekommen.«

Mir wurde das Herz schwer. Ich griff nach meinem Salzwasserglas auf dem Tisch. »Das ist schade.«

»Vielleicht überlegen sie es sich noch. Nicht jeder trifft seine Entscheidung so schnell wie wir.«

»Die meisten haben auch keinen Grund dazu.«

Sie hielt im Kauen inne und schluckte. »Okay, ja.«

Danach aßen wir schweigend. Genauer gesagt fuhr Mom mit dem Essen fort, während ich ein Glas nach dem anderen trank. Ich war erst vor ein paar Minuten aus dem Wasser gekommen, und trotzdem begann meine Haut schon wieder zu spannen, und meine Kehle wurde eng.

»Da hast du also gesteckt«, bemerkte Mom eine Minute später.

Das Glas begann, mir aus den schlaffen Fingern zu rutschen, und ich griff fester zu. »Wann denn?«

»Während der Hausbesichtigung. Anne hat gesagt, dass du für eine Weile verschwunden warst. Du hast mit potentiellen Käufern geredet? Sie auf dem Grundstück herumgeführt?«

Meine Fingerkuppen wurden weiß, weil ich das Glas so krampfhaft umklammerte. »Ja, genau. Da war eine Familie, die genau wissen wollte, wo unser Garten anfängt und endet. Mit denen bin ich ziemlich lange draußen gewesen.«

»Wie hießen sie denn?«

»Äh, was?«

»Wenn du so lange mit ihnen geredet hast, haben sie sich bestimmt vorgestellt, oder nicht?«

Ich versuchte, mir schnell einen Nachnamen einfallen zu lassen, aber in meinem Kopf drehte sich alles.

»Vanessa.«

Ich ließ den Kopf hängen. Mom legte mir die Hand aufs Knie.

»Tut mir wirklich leid«, sagte sie.

»Wieso? Was denn?«

Mit einem Seufzer lehnte sie sich auf dem Stuhl zurück. »Ich hätte dich nicht bitten sollen, bei dem Verkauf zu helfen. Das Haus bedeutet dir so viel. Kein Wunder, dass du die erste Gelegenheit benutzt hast, dich zu drücken. Ich bin eine Rabenmutter, weil ich dir diesen Job überhaupt zugemutet habe.«

Ich setzte das Glas ab und schaute sie an. »Du hast dein

ganzes Leben für mich umgekrempelt, und zwar mehr als einmal«, protestierte ich. Und kopfschüttelnd fuhr ich fort: »Stimmt, ich habe das Haus immer geliebt. Ein Teil von mir wird es sehr vermissen. Aber deshalb bin ich nicht in den Garten verschwunden.«

Ich hatte gehofft, sie beruhigen zu können, aber ihr Stirnrunzeln bewies, dass es mir nicht gelungen war.

»Mom, du kannst mir ruhig glauben, ich habe –«

»Simon.«

Ich ruckte zurück.

»Du warst mit ihm zusammen, stimmt's? Ach, mein Schatz, das ist wirklich keine gute Idee. Warum willst du die alten Gefühle wieder wecken, wenn in ein paar Monaten sowieso alles vorbei ist? Fernbeziehungen halten nie, wie sehr man sich auch das Gegenteil wünscht, und –«

»Mir ging es nicht gut.«

Mom klappte den Mund zu und presste die Lippen zusammen.

Ich wählte meine Worte sorgfältig. »Davon habe ich nichts gesagt, weil du dir nur Sorgen gemacht hättest. Mir ist ein bisschen komisch geworden … also bin ich in den Bootsschuppen gegangen. Da habe ich mich eine Weile ausgeruht.«

Sie nickte, während sie darüber nachdachte. »Was meinst du mit ›komisch‹?«

»Das Übliche eben: müde, durstig, erschöpft.«

»Migräne?«

Unsere Blicke trafen sich. »Nein, keine Migräne.«

Sie senkte den Kopf und schob das Essen auf ihrem Teller herum.

»Mom.« Diesmal legte ich ihr die Hand aufs Knie. »Sie sind fort. Wir brauchen uns keine Sorgen mehr zu machen.«

»Ja, das sagst du jetzt, aber kannst du dir sicher sein? Ganz sicher? Du hast schon einmal geglaubt, dass sie fort sind, und dann sind sie trotzdem wieder aufgetaucht.« Mom zitterte am ganzen Körper. »Vielleicht hätten wir nicht zurückkommen sollen. Bestimmt wären wir zu Hause sicherer. Oder … ich weiß auch nicht … wir könnten nach Kanada ziehen. Irgendwohin. Hauptsache, weg von hier.«

Meine Sirenenfamilie stammte aus Kanada. Aber darüber wollte ich sie jetzt bestimmt nicht aufklären. Ich hatte Mom in den letzten Monaten eine Menge erzählt – zum Beispiel von den bohrenden Kopfschmerzen, die mich in der Nähe feindseliger Sirenen überfielen –, doch es gab auch genug Einzelheiten, die sie einfach nicht wissen musste.

»Ich habe ihre Leichen gesehen«, erinnerte ich Mom mit leiser Stimme. »Im Süßwasser des Sees sind sie unglaublich schnell verwest. Ich bin extra dorthin zurückgekehrt, um ganz sicherzugehen.«

Sie schniefte und wischte sich über die Augen. »Du hast schon so viel durchgemacht. Das alles hätte ein Mädchen in deinem Alter nie erleben sollen. Und ich will einfach nur mein Bestes tun, damit du von der Vergangenheit loskommst und glücklich wirst.«

»Ach Mom, hast du dich mal umgeschaut?« Ich zeigte auf die Bilderbuchidylle um uns herum. »Damit könnte *Schöner Wohnen* eine ganze Sonderausgabe füllen. Eigentlich müsste es als Highlight in jedem Reiseführer stehen: ein Architekturwunder inmitten paradiesischer Natur …«

Jetzt musste Mom lächeln. »Ja, es ist ganz hübsch geworden.«

»Hier ist es einfach umwerfend! Ich habe ein Riesenglück, hier zu wohnen.«

Gerade wollte Mom noch etwas sagen, als mein Handy klingelte. Ich nahm es vom Tisch und warf einen Blick darauf.

»Das ist Paige. Ich kann sie später zurückrufen.«

»Nein, ist schon in Ordnung.« Mom sprang auf und strich ihr vom Wind zerzaustes Haar glatt. »Ich mache mich kurz frisch und schaue nach deinem Vater. Grüß Paige von uns.«

Sie gab mir einen Kuss auf den Scheitel und eilte ins Haus. Ich goss mir ein weiteres Glas Wasser voll, während ich den Anruf annahm.

»Dunkle Traube«, sagte Paige in den Hörer.

»Ist das ein Codewort?«, fragte ich. »Der Tag war echt zu lang, um jetzt Rätsel zu lösen. Meine Gehirnzellen haben sich schon verabschiedet.«

»Nein, kein Codewort«, beruhigte mich Paige, »sondern die offizielle neue Restaurantfarbe von Bettys Fischerhaus.«

»Also hast du dich wirklich für Violett entschieden. Louis hat einen Anfall bekommen, stimmt's?

»Na ja, er hat ziemlich laut mit Töpfen und Pfannen hantiert, aber ist nicht völlig in die Luft gegangen. Immerhin ist die Farbe ein Kompromiss. Erinnert an Heidelbeercreme, nur vornehmer und weniger bonbonartig. Ein neuer Look für neue Kunden.«

»Klingt toll. Ich kann es kaum erwarten, das Ergebnis zu sehen.«

»Geht mir genauso. Okay, jetzt erzähl mir dein Problem.«

Fast wäre mir der letzte Schluck Wasser im Hals stecken geblieben. »Was für ein Problem?«

»Du hast gesagt, es war ein langer Tag. Wieso? Ist bei der Hausbesichtigung etwas passiert?« Sie stieß ein Keuchen aus. »Du hast ihn gesehen, stimmt's? Du hast Simon gesehen.«

Ich füllte das Glas nach und trank es mit einem Schluck leer. »Ja, schon. Durch ein Fenster aus dreißig Metern Entfernung.«

»Du hast nicht mit ihm gesprochen?«

»Kein Wort.«

Darauf folgte eine längere Stille. Ich wusste, dass Paige gerade an meiner Stelle wütend auf die Welt war.

»Ist schon okay«, sagte ich. »Wenigstens weiß ich, dass er immer noch in Winter Harbor ist. Er ist nicht aus der Stadt geflüchtet, sobald er von Caleb erfahren hat, dass ich in der Nähe bin.«

»Das ist der jämmerlichste Silberstreif am Horizont, von dem ich je gehört habe.«

Unwillkürlich musste ich grinsen. Aber dann fiel mir ihre andere Frage wieder ein, und das Lächeln verschwand. »Bei der Hausbesichtigung ist tatsächlich etwas passiert. Noch etwas anderes, meine ich.«

»Warte mal kurz. Dazu sollten wir besser ungestört sein, was? Ich gehe in die Gaststube.«

Am anderen Ende der Leitung hörte ich Türen krachen und lauter werdende Stimmen, die wieder verklangen, als Paige sich entfernte. Ich suchte mir ebenfalls einen ungestörten Fleck und stellte mich an den äußersten Winkel der Terrasse. Von hier aus konnte ich Mom und Dad in der Küche sehen. Er ließ sie gerade aus dem Topf probieren, der auf dem Herd köchelte. Anscheinend hatte ich noch ein bisschen Zeit, bevor sie auftauchten.

»Alles klar«, sagte Paige, »schieß los.«

»Okay, also am Anfang war alles in Ordnung, aber dann –« Ich unterbrach mich. »Hast du gerade gesagt, du gehst in die Gaststube, um allein zu sein?«

»Genau. Sie ist im Moment total leer.«

»Aber wir haben noch früh am Abend. Wo stecken die ganzen Touristen?«

»Die essen heute wohl lieber zu Hause. Egal, erzähl weiter. Was ist passiert?«

Ich holte tief Luft. Am liebsten hätte ich gar nicht darüber gesprochen. Aber meine Entdeckung war zu wichtig, um sie für mich zu behalten, und Paige war die Einzige, mit der ich offen reden konnte. Außerdem musste sie möglichst schnell davon erfahren, falls ich die Situation richtig gedeutet hatte.

»Hier gibt es Leute, die Bescheid wissen«, flüsterte ich.

Einen Moment herrschte Stille in der Leitung. »Worüber? Was für Leute?«

»Als ich heute bei unserem alten Ferienhaus war, bin ich kurz rausgegangen, um Luft zu schnappen. Hinter dem Bootsschuppen standen ein paar Menschen, die ich nicht kannte.« Durch die Fensterfront sah ich, wie Dad meiner Mom einen Kuss auf die Wange gab, und sie ihn in die Arme nahm. »Sie haben darüber geredet, wie das Seewasser am Kochen war.«

Diesmal folgte eine lange, bedrückende Pause.

»Paige?«

»Ich bin noch da.« Sie dämpfte ihre Stimme zu einem Flüstern. »Was meinst du mit ›kochen‹?«

»Na ja, eben brodeln, blubbern wie ein Riesensuppentopf über einem Feuer.«

»Aber woher wissen sie? Wie kann denn jemand …«

»… entdeckt haben, was im Herbst passiert ist? Obwohl wir alles so sorgfältig vertuscht haben?«

»Genau. Charlotte hat die Polizisten umgarnt, die dabei waren. Also würde von denen keiner plaudern. Vielleicht waren die Ferienhäuser am See doch nicht leer, wie wir dachten?« Und als wolle sie sich selbst überzeugen, fuhr sie fort: »Aber ist auch egal. Falls es Augenzeugen gab, haben sie bestimmt das verrückte Wetter verantwortlich gemacht. So wie immer. Und die Leute, die du gehört hast, haben nur rumgerätselt.«

Ich zögerte, bevor ich mit der schlechten Nachricht herausrückte. »Der See war nicht das Einzige, worüber sie gesprochen haben.«

Paige schluckte. »Was denn noch?«

Ich schloss die Augen und erinnerte mich an die gedämpften, aufgeregten Stimmen. Ich flüsterte regelrecht, als ich hinzufügte: »Einer sprach von einer Horrorstory. Über mörderische Meerladys. Wesen, die man auch –«

Ein lautes Krachen ertönte durch die Leitung. Paige stieß einen spitzen Schrei aus. Ich fuhr erschrocken zusammen.

»Sorry, Vanessa, kann ich dich später zurückrufen? Louis beehrt uns gerade mit einem weiteren seiner bühnenreifen Wutanfälle.«

»Klar«, sagte ich und war ein bisschen erleichtert. Bloß weil wir dringend über das Thema reden mussten, hieß das nicht, dass ich Lust dazu hatte. »Viel Glück. Melde dich, wenn du kannst.«

Wir verabschiedeten uns und legten auf. Ich warf einen Blick durch den Garten und stellte fest, dass meine Eltern noch immer in der Küche beschäftigt waren. Kurz entschlossen wählte ich unsere Festnetznummer und schaute zu, wie Mom nach dem schnurlosen Telefon griff. Ich ließ sie wissen, dass ich mich ein bisschen müde fühlte – ansonsten aber völlig okay –, und fragte, ob wir unser gemütliches Beisammensein auf später abends verschieben könnten. Nachdem sie zugestimmt hatte, ging ich in mein Zimmer.

Mein neues Zimmer mit einem neuen Himmelbett, einem neuen Kleiderschrank und einem neuen Tisch, alles aus Holz im Retro-Schick. Ebenso neu waren die Bettdecke, die Kissen, der Teppich, die Wandfarbe und das angeschlossene Badezimmer mit Fliesen und Granit.

Alles hatte nicht die geringste Ähnlichkeit mit meinen früheren Zimmern. Für einen Neuanfang sollte es perfekt sein. Mom wollte, dass ich in die Zukunft schaute. Ich selbst wollte das ebenso.

Die Frage war nur, ob ein umgemodeltes Schlafzimmer ausreichen würde.

Darüber nachzudenken erschöpfte mich so, dass ich in meinem feuchten Badeanzug ins Bett kroch und mir die Decke über den Kopf zog. Ich schob die Hände unter das Kopfkissen.

Denn dort hatte ich den Pulli mit dem Bates-Logo und die kleine Wasserflasche verstaut, die ich heute Nachmittag als Erstes gesehen hatte, als ich aus meinem Ohnmachtsanfall erwacht war. Ich hatte allein hinter dem Bootsschuppen gelegen und die Sachen mitgenommen, obwohl sie mir nicht gehörten.

Denn sie gehörten Simon.

Kapitel 5

»Ein Tisch für zwei, bitte«, sagte eine bekannte Stimme.

»Betty!« Ich schaute vom *Winter Harbor Herald* hoch, in dem ich gelangweilt geblättert hatte, und eilte hinter dem Empfangstresen hervor. »Paige hat gar nicht erwähnt, dass du heute kommst.«

»Weil sie nichts davon wusste.« Paiges Großmutter öffnete die Arme, damit ich sie drücken konnte. »Bei dem schönen Wetter habe ich spontan entschieden, vorbeizuschauen und mir das wundervolle neue Restaurantdesign anzusehen, von dem sie die ganze Zeit redet.«

Ich sah ihr in die Augen, als wir uns aus der Umarmung lösten. Beide strahlten hell und blau wie ein wolkenloser Himmel. Kein Vergleich zu letztem Sommer, als Betty von Raina und Zara gefangen gehalten und ausgetrocknet worden war … oder zu letztem Herbst, als sie ihre Stärke zurückgewonnen hatte, aber unter der Gedankenkontrolle des aus dem Todesschlaf erwachten Sirenenclans gestanden hatte. Von Paige wusste ich, dass Bettys Blindheit nur teilweise geheilt war, seit ihr Körper sich von der Gefangenschaft erholen konnte, aber der Anblick machte mich so glücklich, dass ich sie gleich noch einmal umarmte.

»Ihr hättet mich vorwarnen können, dass es hier aussieht wie im Zirkus. Dann hätte ich Popcorn mitgebracht«, scherzte Bettys Lebenspartner Oliver und betrachtete das Chaos aus Farbtöpfen und Abdeckplanen im Foyer.

»So schlimm kann es wohl nicht sein«, erwiderte Betty und kniff kurzsichtig die Augen zusammen.

»Nun ja, verglichen mit einem Tornado ist es harmlos.«

Ich beugte mich vor und gab ihm einen Kuss auf die Wange. »Schön, dich zu sehen, Oliver.«

Seine Gesichtszüge wurden weicher. »Hallo, Vanessa. Nimm mir mein Gemecker nicht übel, ich habe nur …«

»… das Beste für unsere Familie im Kopf. Wie immer.« Paige kam aus der Gaststube auf uns zu.

»Wer könnte es mir verdenken?«, sagte Oliver mit einem zärtlichen Blick auf Betty.

»Ich bestimmt nicht. Im Gegenteil, ich kann dir gar nicht genug danken.« Paige begrüßte beide mit einer flüchtigen Umarmung. »Was haltet ihr von einer Rundtour? Ich zeige euch, woran ich gerade arbeite, und erzähle euch, was ich noch geplant habe.«

Paige blinzelte mir zu, hakte sich bei Betty unter und führte sie in den Essbereich. Oliver folgte den beiden dichtauf. Als sie um die Ecke außer Sicht verschwanden, hörte ich als Letztes die Worte: »Aber Paige, Liebes, hier ist es so still. Wo sind die Gäste? Ich dachte, wir hätten uns geeinigt, dass während des Umbaus geöffnet bleibt.«

»Ich weiß, Oma B. Wir *haben* geöffnet.«

Pflichtbewusst kehrte ich an meinen Platz beim Empfang zurück und schaute auf die Uhr. Es war Viertel nach zwölf an einem Dienstag. Normalerweise hätte das Restaurant voll mit Einheimischen, Sommergästen und Ausflüglern sein sollen. Man hätte hektische Betriebsamkeit hören müssen, klirrende Teller, rasselndes Besteck und das Klappen der Schwingtür, durch die gehetzte Kellner hin- und hereilten. Aber außer uns und dem Personal befand sich kein Mensch im Restaurant, und der einzige Lärm kam von Hämmern und Sägen.

Paige hatte gesagt, dass Bettys Fischerhaus nicht als Einziges unter Gästemangel litt, und mein Blick in die Zeitung bestätigte ihre Einschätzung:

AUF STURMSOMMER FOLGT
TOURISTENFLAUTE

Der offizielle Start der Hochsaison am Unabhängigkeitstag rückt näher, und die Läden und Restaurants von Winter Harbor überbieten sich gegenseitig. Dieses Jahr hat Winter Harbor nicht nur den frischesten Hummer der Ostküste und die Souvenirs und Attraktionen der Ferienregion Maine im Angebot, sondern Rabatte, Bonuspunkte und Sonderangebote, um den Tourismus anzukurbeln.

Das Problem ist nur, dass die Gäste auf sich warten lassen.

»Letzten Sommer standen hier Schlangen von zwanzig Leuten, und zwar von Mittag bis Mitternacht«, sagte uns Eddie Abernathy, der Besitzer von Eddies Eisdiele. »Jetzt verschenke ich zu jeder vollen Stunde Eiskugeln, um Kunden anzulocken … aber trotzdem ist mein Laden leer.«

»Diese Saison ist wie verhext«, erklärte auch Nina Poole, die Managerin von Waterside-Bademoden. »Letztes Jahr hatten wir unsere Bikinis kaum ins Schaufenster gehängt, da wollte sie schon jemand kaufen. Jetzt können wir von Glück sagen, wenn die Leute auch nur einen Blick auf unsere Auslagen werfen.«

Das Immobiliengeschäft hat ebenso zu leiden. Die Eröffnung des luxuriösen Lighthouse Wellness Resorts lockte im letzten Frühjahr neue Investoren an, die auf einen Tourismusboom hofften, und erhöhte die Verlaufsumsätze um satte 100 Prozent. Die ganze Region erlebte einen Aufschwung, und die lokalen Händler befanden sich im Begeisterungstaumel. In Erwartung der besten Saison von Winter Harbors Tourismusgeschichte wurden die Regale und Warenlager zum Überquellen gefüllt.

Dann begannen die Stürme.

»Man kann es den Gästen kaum verdenken«, sagte uns Hafen-

meister Captain Monty. »Zuerst ging das verrückte Wetter los, und dann ist fast jeden Tag einer ertrunken. Ich kann kaum glauben, wie viele Leute durchgehalten haben und geblieben sind. Jetzt mal ehrlich, wenn Winter Harbor nicht der Ort wäre, wo meine Mom mich zur Welt gebracht hat, dann hätte ich auch einen ruhigeren Hafen angesteuert.«

Die Touristenflaute ist besonders niederschmetternd, da in den letzten zehn Monaten unterdurchschnittlich wenig Regen verzeichnet wurde und die Sonne seit Memorial Day ununterbrochen geschienen hat. Die wenigen Stammgäste, die genug Durchhaltevermögen hatten, um die Stürme mit uns abzuwettern, werden diesen Sommer mit idealen Urlaubsbedingungen belohnt.

Was den Rest angeht …

»Wer diesen Sommer verpasst, ist selber schuld«, kommentierte Paige Marchand, die Enkelin der bekannten Restaurantbesitzerin von Bettys Fischerhaus, das seit 1965 zu den lokalen Highlights gehört. »Winter Harbor wäre selbst dann noch der schönste Fleck auf Erden, wenn es einen Meter unter Wasser stände.«

»Wo ist denn das Schild?«, fragte eine Stimme.

Ich schaute auf, und bei der ruckartigen Bewegung pulste es schmerzhaft hinter meiner Stirn. Schnell verdeckte ich die Zeitung mit einer Speisekarte, als eine junge Frau durchs Foyer auf mich zusteuerte.

»Bitte?«, fragte ich.

»Das Restaurantschild.« Sie hielt eine der Stadtkarten hoch, die man an der Touristinformation bekam. Cartoons und Strichmännchen wiesen auf die Sehenswürdigkeiten der Umgebung hin. »Hier sollte Bettys Fischerhaus sein, aber es sieht eher aus wie eine Baustelle.«

Ich lächelte freundlich und erklärte: »Das Schild wurde kurzzeitig abgenommen. Wir renovieren, haben aber trotzdem ganz normal geöffnet.«

»Dann sollte man auch erkennen können, dass man am richtigen Ort gelandet ist.«

Ich wurde rot. »Ja, natürlich.«

Sie hielt meinen Blick einen Moment fest, dann grinste sie plötzlich. »Ist die Hummersuppe wirklich so genial, wie alle behaupten?«

»Noch viel besser.« Ich nahm eine zweite Speisekarte aus dem Halter an der Wand und führte die junge Frau in die Gaststube.

»Gibt es hier auch eine Bar?«

Ich wurde langsamer und warf einen Blick über die Schulter. Die Touristin sah nicht viel älter aus als ich. Höchstens zwanzig, also durften wir ihr keinen Alkohol ausschenken.

»Ich sitze nicht gerne ganz allein an einem Restauranttisch«, sagte sie. »Und bei der Bar gibt es meistens auch einen Fernseher. Wenn ich schon sonst keine Gesellschaft habe …«

Ich verstand gut, was sie meinte. Letztes Jahr war ich ebenfalls ganz allein ins Restaurant gekommen. Ich hatte die Gesellschaft von Menschen gebraucht, aber nicht über mich oder Justine reden wollen. Vielleicht war das Mädchen aus einem ähnlichen Grund hier? Ich dachte darüber nach, während ich sie zur Bar führte und ihr die Fernbedienung gab.

»Ich schicke gleich eine Kellnerin vorbei.«

»Danke.« Sie nahm die Speisekarte, und ich wandte mich ab. Da fragte sie plötzlich: »Wie heißt du?«

Ich blieb stehen und drehte mich um.

»Hier ist weit und breit keine Bedienung zu sehen, also falls ich jemanden brauche, würde ich gerne nach dir rufen können. Ich bin keine zickige Touristin, aber wahrscheinlich wirke ich so, wenn ich einfach ›Hey du!‹ brülle.«

Sie wirkte nett, aber von einem unbekannten Gast kam mir diese Frage ziemlich seltsam vor, und ich hätte fast eine ausweichende Antwort gegeben.

»Vanessa«, sagte ich schließlich.

Sie hielt mir die Hand entgegen. »Ich heiße Natalie. Danke, dass du dich so um mich kümmerst.«

»Kein Problem.« Sie hatte einen warmen, festen Händedruck.

Danach wandte sie sich dem Fernseher zu, der auf einem Regal nah an der Decke stand, und ich lief in die Küche, um eine Kellnerin zu finden. Natalies Bemerkung war durchaus berechtigt gewesen. Man konnte das Restaurant zwar nicht als unterbesetzt bezeichnen, da es schließlich keine Gäste gab, aber unsere einzige Kellnerin ließ sich selten blicken.

»Du brauchst mich, stimmt's?« Louis stand an der Hintertreppe, lehnte an der geöffneten Tür und rauchte. »Bitte, sag mir, dass ich was kochen kann.«

»Ja, schon«, antwortete ich. »Aber nur für einen einzigen Gast.«

»Das ist mehr als genug.« Er ließ die Zigarette auf die Steintreppe fallen und trat die Kippe aus. »Du hast gerade mein Leben gerettet.«

Ich wollte gerade fragen, wo die Kellnerin steckte, als ich sie schon die Treppe vom Pausenraum herunterrennen hörte. Die junge, unerfahrene Carla sauste als schwarzweißer Wirbelwind an mir vorbei durch die Schwingtür.

»Ich behalte sie besser im Auge«, erklärte ich. »Paige ist immer noch mit Betty und Oliver beim Rundgang.«

Anscheinend hörte Louis mich gar nicht, denn er war zu sehr damit beschäftigt, Herd und Backofen vorzubereiten. Der Rest des heutigen Personals bestand aus einem jungen Mann, der als Tellerwäscher und Hilfskoch diente und gerade am anderen Ende der Küche in einer Zeitschrift blätterte. Niemand achtete auf mich, aber trotzdem kam ich mir ein bisschen seltsam vor, als ich mich neben die Schwingtür stellte und durch das kleine Fenster spähte, das ins Holz eingelassen war.

Der Kellnerin-Kundin-Kontakt dauerte höchstens ein paar Sekunden. Carla begrüßte Natalie im Restaurant. Natalie stellte einige Fragen zur Getränkekarte, Carla stammelte sich durch die Antworten und schrieb das Gewünschte auf. Dann steuerte die Kellnerin auf die Küche zu, aber machte mitten auf dem Weg kehrt, um stattdessen an der Bar zwei Gläser vollzugießen. Sie stellte einen Eistee und ein Wasser vor Natalie ab.

Danach war unsere einzige Kundin wieder allein, aber ich blieb trotzdem auf meinem Beobachtungsposten. Ich war nicht sicher, worauf ich wartete – dass Natalie sich umschaute, um zu sehen, ob jemand auf sie achtete?

Natürlich tat sie nichts dergleichen. Sie saß einfach nur an der Bar, trank Wasser und zappte sich durch die Fernsehkanäle.

Ich benahm mich paranoid, das war mir klar, und ich verstand selbst nicht genau, warum. Vielleicht lag es an ihrem Aussehen. Mit ihren braunen Augen, dem superkurzen blonden Haar und den endlos langen Beinen, die von der Sonne gebräunt waren, gehörte sie zu dem Typ Mädchen, der Jungs magisch anzog … so magisch wie eine Sirene. Außerdem hatte ich Kopfschmerzen bekommen, als ich sie das erste Mal sah. Zwar war es nur ein kurzes, harmloses Pulsieren gewesen, nicht zu vergleichen mit den extremen Migräneattacken in Zaras Nähe. Aber Betty hatte mir erklärt, dass eine neu verwandelte Sirene wie Zara ihre Körpersignale noch nicht kontrollieren konnte. Also war es nur logisch, dass ich eine erfahrene Sirene weniger deutlich spürte.

Oder vielleicht hatte das letzte Jahr dazu geführt, dass ich von nun an unter Verfolgungswahn leiden würde. Wann immer mir ein unbekanntes hübsches Mädchen begegnete, würde sie mein Misstrauen wecken, selbst wenn sie total nett war und ich mir den Gedanken aus dem Kopf zu schlagen versuchte.

Ich musste damit aufhören. Das College würde auch ohne dieses Zusatzproblem eine Herausforderung werden. Wenn ich die Zeit überstehen wollte, brauchte ich mindestens eine Freundin in Dartmouth, die mich unterstützte.

»Aaachtung, Empfangsfräulein«, rief Louis.

Ich drehte mich gerade noch rechtzeitig um, da kamen auch schon zwei Lunchtüten auf mich zugeflogen.

»Carmichaels im Anmarsch!« Er nickte in Richtung des Fensters über der Spüle. »Ihr Auto ist gerade eingebogen. Ich hoffe, sie mögen kalte Fritten. Ich habe mich hier so gelangweilt, dass ich ihr Essen schon vor einer Stunde fertig hatte. Aber wenn man anständigen Hunger mitbringt, schmeckt alles, stimmt's?«

»Kann schon sein.« Ich drückte die Tüten mit den Sandwichs an meine Brust, und spürte mein Herz durch die Tüten schlagen. »Bin gleich zurück.«

Als ich an der Bar vorbeikam, warf ich Natalie ein flüchtiges Lächeln zu, aber sie löste den Blick kaum vom Bildschirm. Den Rest des Weges rannte ich regelrecht, stürmte ins Foyer … und sah nur Caleb auf mich warten.

»Hallo«, sagte er.

»Hi.« Ich versuchte, mir die Enttäuschung nicht anmerken zu lassen, als ich ihm die Tüten hinhielt. »Hier ist euer kostenloses Lunch.«

»Ist mit dir alles –«

»Okay«, fiel ich ihm ins Wort. Anscheinend war ich eine schlechte Schauspielerin. »Mir geht's gut.«

Was sogar stimmte. Ich hatte nur insgeheim gehofft, dass Simon heute eine Ausnahme machen und selbst kommen würde. Immerhin hatte er sich gestern beim Bootsschuppen um mich gekümmert. Aber Caleb brauchte nicht zu wissen, wie sehr ich seinem Bruder hinterherschmachtete.

»Freut mich zu hören.« Er nickte mir zu und hielt die Tüten in die Höhe. »Danke. Also, bis morgen.«

»Ja klar. Schönen Tag noch.«

Er drehte sich um und ging. Ich kehrte an den Empfang zurück, schlug die Zeitung auf und starrte auf den Text, ohne ihn wirklich zu sehen. Da ich so in Gedanken versunken war und das Dröhnen der Motorsägen jedes Geräusch übertönte, merkte ich nicht, dass jemand auf mich zukam, bevor ich direkt angesprochen wurde.

»Hat Louis unsere Fritten in den Eisschrank gesteckt statt in den Ofen?«

»Tschuldigung, was –?«

Ich verstummte. Alles schien plötzlich stillzustehen. Die Motorsägen … die Zeit …

… vor allem mein Herz.

»Simon.« Ich spürte meine Lippen nicht, aber irgendwie brachte ich trotzdem seinen Namen heraus. »Bist du … ich dachte … wieso hast du …?«

Seine Mundwinkel hoben sich ein winziges bisschen. Man konnte es nicht als Lächeln bezeichnen, aber immerhin wirkte er auch nicht wütend.

»Du hast einen Bart!«

Die Worte waren mir kaum herausgerutscht, da lief ich vor Peinlichkeit rot an, aber ein anderes unverfängliches Thema war mir nicht eingefallen. Ich entkrampfte mich erst, als er zu lachen anfing.

»Stimmt.« Er rieb sich über die hellbraunen Stoppeln auf

seinem Kinn. »Kann man so ausdrücken. Das passiert anscheinend, wenn man ständig mit Seeleuten zusammen ist.«

»Da hält man nicht viel von der Barbierkunst?«

»Sagen wir mal, sie sind alle besser im Entfernen von Fischschuppen als von Bartstoppeln.«

Ich lächelte schwach und suchte krampfhaft nach einem weiteren Gesprächsthema. Alles, was mir einfiel, war: *Ich vermisse dich. Ich liebe dich. Ich würde absolut alles dafür geben, noch eine Chance zu bekommen.*

Als Simon zuerst das Wort ergriff, wusste ich kaum, ob ich erleichtert oder enttäuscht sein sollte.

»Caleb macht sich Sorgen um dich.«

Unsere Blicke trafen sich. Er schaute zu Boden.

»Tut er das?«, fragte ich.

»Er hat gesagt, du wirkst … angestrengt. Nervös. Erschöpft.«

Das alles sollte Caleb aus unseren kurzen Wortwechseln abgelesen haben? Seit ich hier kellnerte, liefen wir uns zwar regelmäßig über den Weg, aber unsere Gespräche hatten nie länger als dreißig Sekunden gedauert und nur aus Höflichkeitsfloskeln bestanden. Wenn es Grund zur Sorge gab, dann wohl viel eher, weil ich am See ein spontanes Nickerchen eingelegt hatte. Und darüber wusste Simon Bescheid, der mich gefunden hatte, aber nicht Caleb.

»Er kann sich denken, wie schwierig es für dich sein muss, wieder in Winter Harbor zu sein«, fuhr Simon fort, ohne den Blick von seinen Turnschuhen zu heben. »Besonders zu dieser Jahreszeit. Dazu kommt noch, dass deine Eltern das Haus verkaufen. In so einer Situation wäre wohl jeder gestresst.«

Ich sah zu, wie er schützend die Arme vor der Brust verschränkte und von einem Fuß auf den anderen trat.

»Aber trotzdem hat er sich gefragt …« Simon hob den

Kopf und schaute mich direkt an. »Gibt es noch andere Probleme?«

Ja. Ich vermisse dich. Ich liebe dich. Ich würde absolut alles dafür geben …

»Ehrlich, ich habe das perfekt im Griff. In diesem Zirkus führe ich das Kommando«, scherzte Paige, die in diesem Moment mit Betty und Oliver um die Ecke bog. »Lasst es euch von Vanessa bestätigen.«

Ich schaute zwischen ihnen und Simon hin und her. Er hatte den Blick wieder von mir abgewandt und sich ein paar Schritte entfernt, so dass die anderen ihn gar nicht bemerkten.

»Was soll ich bestätigen?«, fragte ich.

»Dass ein Teil des Restaurants zwar aussieht, als würden gleich die Clowns die Manege stürmen, aber trotzdem alles bestens läuft. Ich habe den Umbau voll im Griff.«

»Paige, wir hatten nur besprochen, dass die Außenwände neu gestrichen werden sollen«, wandte Betty ein. »Von den Innenräumen war nie die Rede. Ganz zu schweigen vom Foyer, den Lampen und den Restauranttüren.«

»Genau, alles unnützer Kram«, grummelte Oliver. »Die alten Lampen haben perfekt funktioniert.«

Paige wandte sich zu mir um und wartete darauf, dass ich ihr zu Hilfe kommen würde.

»Sorry«, sagte ich und trat hinter dem Empfangstresen hervor. »Ich habe gleich Zeit für euch, erst muss ich nur …«

Simon die kalten Fritten erklären, hatte ich sagen wollen.

Aber Simon war nicht mehr da.

Kapitel 6

»Heiliger Bob!«, rief Paige.

»Wie bitte?«, fragte ich.

»Na, Bob Vila«, erklärte sie. »Dieser Typ aus dem Fernsehen mit seiner Schöner-Wohnen-Show. Ich schaue mir jetzt ständig Ausschnitte auf YouTube an, um sicherzugehen, dass die Bauarbeiter im Restaurant auch alles richtig machen.«

Wir saßen in ihrem Auto und näherten uns der Auffahrt zu meinem neuen Zuhause. Paige hatte bei ihrem Ausruf auf das geöffnete schmiedeeiserne Tor geschaut, vor dem eine männliche Gestalt mit Hammer und Schraubenschlüssel stand.

»Bob Vila sieht aus wie mein Dad?«, vermutete ich.

»Ja, ein bisschen. Aber deshalb musste ich nicht an ihn denken.« Sie ließ den Wagen neben meinem Vater ausrollen, der sich gerade über einen funkelnagelneuen roten Werkzeugkoffer beugte. »Ich hatte nur den Eindruck, er könnte den Rat eines professionellen Handwerkers gut gebrauchen.«

Und damit hatte sie recht. Dad starrte die Werkzeuge im Koffer an wie exotische Fische in einem Aquarium.

»Was macht er da eigentlich?«, fragte Paige.

»Keine Ahnung.« Ich löste meinen Sicherheitsgurt, um auszusteigen. »Wenn du willst, kannst du gerne noch mit hochkommen und zum Abendessen bleiben.«

»Klingt nett, aber ich bin völlig erledigt.« Sie ließ ihren Kopf gegen die Lehne fallen und schaute mich mit einem müden Lächeln an. »Außerdem brauche ich meine restliche Energie, um Oma B zu überzeugen, dass Veränderungen wirklich ihre guten Seiten haben. Später mal?«

»Klar, jederzeit.« Ich stieg aus und winkte ihr nach, als sie sich aus der Sackgasse manövrierte.

»Vanessa!«, wurde ich von Dad begrüßt. »Gott sei Dank. Ich könnte hier eine zweite Meinung gebrauchen.«

Als ich neben ihm vorm Werkzeugkoffer stand, hielt er mir eine schwarze Stange mit einem silbernen Knauf entgegen.

»Was glaubst du, wozu man das hier braucht?«

»Um eine Symphonie zu dirigieren?«

Er lachte. »Stimmt, danach sieht es wirklich aus. Oder auch wie ein Zauberstab. Der würde mir jetzt sehr gelegen kommen.«

Ich kauerte mich neben ihn. »Klassische Musik ist eher dein Gebiet. Wozu brauchst du denn magische Tricks?«

Seufzend hockte er sich auf den Boden und zeigte mit dem Stab auf das schmiedeeiserne Tor.

»Die Seejungfrauen? Willst du sie zum Leben erwecken?« Ich machte es mir neben ihm bequem. »Sorry, aber da kommst du zu spät, Big Papa. Diese Magie gibt es schon.«

Er schaute mich ungläubig von der Seite an. Ich zuckte nur mit den Schultern.

»Nein, im Gegenteil«, erwiderte er. »Ich will sie abmontieren.«

Ich wollte schon nach dem Grund fragen, aber dann schluckte ich die Worte hinunter. Denn warum hätte er diese lästige Erinnerung an ihrem Platz lassen sollen? Zwar gab es einige wesentliche Unterschiede zwischen Seejungfrauen und Sirenen – Nixen hatten Fischschwänze und dafür keine mörderischen Instinkte –, aber trotzdem wurden sie in Mythen und Populärkultur gern miteinander vermischt.

»Deine Mutter zuckt jedes Mal zusammen, wenn wir auf das Tor zufahren. Ich glaube, diese Reflexbewegung fällt ihr selbst nicht einmal auf. Aber mir schon.«

»Hat sie dich gebeten, die Nixen abzunehmen?«

»Natürlich nicht. Würde sie mal eine Sekunde an sich selbst denken, dann hätte sie längst einen Schlosser beauftragt, das zu erledigen. Wir wissen alle, dass ich nicht der geborene Heimwerker bin.« Er schüttelte den Kopf. »Aber da sie sich seit Ewigkeiten nur noch um die Bedürfnisse anderer kümmert, muss ich eben einspringen.«

Eine lobenswerte Einstellung … trotzdem deprimierte sie mich. Dad liebte Mom über alles. Die beiden waren seit zwanzig Jahren verheiratet, und er trug sie immer noch auf Händen. Und Mom liebte ihn genauso, sonst hätte sie ihm kaum seinen Seitensprung verziehen und mich als viertes Mitglied in die Familie aufgenommen. Siebzehn Jahre lang hatte sie mich wie ihre eigene Tochter behandelt. Meine Anwesenheit musste sie ständig an Dads Untreue erinnert haben, und trotzdem hatte sie sich damit abgefunden und damit gelebt.

Aber das letzte Jahr hatte sie auf eine Weise belastet, die jede andere Ehefrau und Mutter in den Zusammenbruch getrieben hätte. Zuerst hatte sie Justine verloren, ihre einzige wahre Tochter. Kurz darauf wäre ich fast gestorben. Und das alles wegen einer Gruppe von Fantasygeschöpfen, die uns bis dahin nur in Büchern begegnet waren … und zu denen ich nun auch gehörte, ob ich nun wollte oder nicht.

Was für ein Liebesbeweis, dass meine Eltern nach diesen unvorstellbaren Umwälzungen noch zusammen waren!

Aber leicht war es für sie trotzdem nicht. Obwohl Dad inzwischen wusste, dass sein Seitensprung mit Charlotte Bleu nur zu einem kleinen Teil seine eigene Schuld war, machte er sich immer noch Vorwürfe. Das schlechte Gewissen würde nie ganz verschwinden. Und ich wusste, dass er den Rest seines Lebens damit verbringen würde, es wiedergutzumachen.

»Was hast du ihr gesagt?«, fragte ich nach einer Weile, noch immer in meinen düsteren Gedanken versunken.

»Wann?«

Ich zögerte. »Als du dich bei ihr entschuldigt hast.«

Er antwortete nicht gleich, sondern dachte darüber nach. Meine Frage war recht allgemein gewesen, denn mir war klar, dass er sich mehr als einmal entschuldigt hatte. Also dachte er jetzt automatisch an die Situation, die sich ihm am meisten eingebrannt hatte, weil sie am schwierigsten gewesen war. Ich wollte ihn mit meiner Frage nicht quälen, und die näheren Umstände waren mir eigentlich egal. Aber ich wollte wissen, was man in solch einer Situation sagen konnte, um die Partnerschaft zu retten.

»Na ja ... was man eben so sagt. Ich habe mich entschuldigt und ihr versichert, dass ich ihr nie weh tun wollte. Ich habe gesagt, wenn ich die Zeit zurückdrehen könnte, würde ich alles besser machen. Aber ich könnte verstehen, dass sie mich am liebsten rauswerfen und nie wiedersehen würde.«

»Und das hat funktioniert?«, fragte ich hoffnungsvoll.

»Nein.«

»Oh.«

»Sie hätte mich verlassen, wenn ich am Ende nicht noch einen Satz hinzugefügt hätte.« Er schaute mich an. »Ich sage ihn dir gleich, aber erst will ich klarstellen, dass ich ihr zu diesem Zeitpunkt nichts von dir erzählt hatte. Denn hätte sie gewusst, dass ich ein mutterloses Kind habe, wäre sie auf keinen Fall gegangen. Ich wollte ihr die Wahl lassen. Das war ich ihr wenigstens schuldig.«

Damit wusste ich, welches Geständnis ihm am schwersten gefallen war: nicht das uneheliche Kind, sondern der Seitensprung. Kein Wunder, schließlich hatte er erst vor kurzem den wahren Grund erfahren, warum er der Versuchung damals unmöglich hatte widerstehen können.

Ich nickte. »Okay.«

Er wandte den Blick wieder dem Tor zu. Als er weitersprach, war seine Stimme leise, aber fest. »Als Letztes habe ich ihr gesagt, dass ich ohne sie nicht weiterleben könnte. Wahrscheinlich klingt das wie eine Floskel, aber ich meinte es ernst. Ich habe es damals geglaubt und glaube es noch heute.« Er stupste mich leicht mit dem Ellbogen an. »Nicht gerade mein stolzester Moment. Ich kann ihn dir nicht zur Nachahmung empfehlen.«

»Aber du hast es von ganzem Herzen so gemeint. Deshalb hat es funktioniert.«

»Nein, eigentlich war das auch nicht der Grund, warum Jacqueline geblieben ist. Sie ist eine stolze, starke Frau und hätte sich nicht umstimmen lassen, nur weil ihr untreuer Gatte mit seinem baldigen Ableben drohte.«

»Okay, und was hat sie dann überzeugt?«

»Eine zweite Wahrheit, die sie für sich selbst herausgefunden hatte.«

Ich wartete. Für einen kurzen Moment schimmerten seine Augen feucht, und er wischte sich mit dem Handrücken darüber.

»Aus einem seltsamen, unerklärlichen Grund war deine Mutter zu dem Schluss gekommen … dass sie auch nicht ohne mich leben konnte.«

Jetzt standen mir ebenfalls Tränen in den Augen. Dabei

dachte ich nicht nur an meine Eltern und was sie alles zusammen durchgemacht hatten, sondern auch an Simon.

Falls ich ihm gestand, dass ich ohne ihn nicht leben konnte, würde er mir dasselbe antworten?

Ich lehnte mich zur Seite und ließ den Kopf auf Dads Schulter sinken. Sein Arm zitterte ein wenig, als er ihn mir um den Rücken legte. So saßen wir stumm mitten in der Auffahrt, bis sein Atem wieder gleichmäßig wurde und das Brennen in meiner Brust nachließ.

»Weißt du, was wir jetzt brauchen?«

»Ein großes Glas Rotwein?«

Ich sprang auf die Füße. »Einen Schneidbrenner.«

Er setzte sich aufrechter hin und warf einen Blick in den Werkzeugkasten. »Vielleicht kann der Zauberstab einen erscheinen lassen?«

»Ich tippe eher auf den Eisenwarenladen. Kein Problem, ich fahre schnell hin.«

»Nein, schon okay.« Er erhob sich. »Es ist schon ziemlich spät, und deine Mutter hat bestimmt bald das Abendessen fertig. Die Nixen können bis morgen warten.«

»Keine Chance. Ich will nicht, dass sie sich noch ein einziges Mal vor dieser blödsinnigen Deko erschrickt.« Und mit einem Nicken in Richtung des Werkzeugkastens fragte ich: »Soll ich dir beim Zusammenpacken helfen, bevor ich das Auto hole?«

»Nicht nötig. Ich schmeiße nur alles notdürftig rein und lasse ihn hier am offenen Tor stehen. Der Kasten gibt einen guten Türstopper ab.«

Ich umarmte ihn noch einmal und joggte dann die Auffahrt hoch. Im Haus schnappte ich mir den Autoschlüssel und eine Wasserflasche und schaute kurz bei Mom hinein. Ich erzählte ihr, dass ich noch einmal wegfahren wollte, um Eiscreme zum Nachtisch zu besorgen. Den wahren Grund würde sie bald genug erfahren. Wenn ich jetzt damit herausrückte, würde sie nur behaupten, das sei überhaupt nicht nötig. Und ich hatte keine Lust, lange mit ihr zu diskutieren.

Die Sonne ging gerade unter, als ich in die Hauptstraße einbog, und hüllte die alten Fischerhäuser und neueren Kolonialstil-Bauten in ein warmes Licht. Der Kontrast zu letztem Sommer konnte kaum größer sein. Damals hatten alle noch so farbig gestrichenen Häuser rund um die Uhr grau ausgesehen, weil das Städtchen vor lauter Gewittern und Regengüssen kaum Zeit gehabt hatte, zwischendurch trocken zu werden. Die Nässe hatte die Gemäuer durchdrungen und alles dunkel und deprimierend werden lassen.

Dagegen waren Abende wie dieser genau der Grund, warum die Touristen nach Winter Harbor kamen. Wenn die Sonne demnächst hinter dem Horizont verschwand, würde die Luft gerade genug abkühlen, um noch angenehm zu sein. Ideale Temperaturen für ein langes gemütliches Abenddinner und einen Stadtbummel mit Freunden oder Familie, bei dem man Musikbands und Straßenkünstlern zuhören konnte.

Nach der Leere in Bettys Fischerhaus hätte ich wohl nicht überrascht sein sollen, als ich in der Hauptstraße höchstens ein Dutzend Autos stehen sah. Trotzdem konnte ich es kaum fassen. Ich fand einen Parkplatz direkt vor dem Eisenwarenladen und eilte nach drinnen zu den Schneidbrennern.

»Wow, Baby, das ist ein großes Spielzeug für ein kleines Mädchen.«

Ich befand mich in einer Regalreihe ganz hinten im Laden und versuchte, mich zwischen zwei Modellen zu entscheiden, die für mich genau gleich aussahen. Als der Typ mich ansprach, stellte ich hastig eins davon weg und wandte mich zum Gehen.

»Hey, was hab ich denn gesagt?«, rief er mir hinterher. Er war groß, trug eine fleckige Arbeitshose, eine zerfledderte Feldjacke im Militärlook und eine gestrickte Fischermütze. Ich nahm mir nicht die Zeit, sein Gesicht näher zu betrachten, aber er schien kaum älter als zwanzig zu sein. Aus seiner Kleidung schloss ich, dass er wahrscheinlich auf einem der Fischtrawler arbeitete, die im Hafen angedockt hatten.

Er ist nur ein harmloser Junge, versuchte ich, mich zu beruhigen, als ich auf die Kasse zueilte, *und er glaubt, dass er mit einem ganz normalen Mädchen flirtet.*

Trotzdem zitterten mir die Hände, als ich das Geld aus meiner Börse holte. Ich hatte nun fast ein Jahr gehabt, um mich an solche Anbaggerei zu gewöhnen, kam aber immer noch nicht damit zurecht. »Marshmallows?«, erklang eine weitere Stimme.

»Hä, was?« Die Frage hatte mich so überrumpelt, dass ich automatisch darauf reagierte.

Hinter mir war ein zweiter Typ in einem verwaschenen Overall, dicken Strickpulli und einer Baseballkappe mit dem Logo der Winter-Harbor-Highschool aufgetaucht. Er nickte in Richtung der Kassiererin, die gerade vergeblich versuchte, ein Preisschild auf dem Schneidbrenner zu finden.

»Sieht aus, als wolltest du Marshmallows rösten. Tja, so was lieben die Touristen ... obwohl sie normalerweise Stöckchen fürs Lagerfeuer suchen, statt gleich einen Flammenwerfer zu kaufen.«

Er grinste. Ich bemühte mich, das Grinsen zurückzugeben, bevor ich mich wieder zur Kasse umwandte.

»Am Regal war ein Preisschild.« Ich beugte mich zu der Frau vor. »Ich glaube, da stand 49,99 Dollar.«

»Okay, ich schaue kurz nach, um sicherzugehen.«

»Nein, warten Sie, ich –«

Bevor ich mein Gestammel beendet hatte, war sie schon verschwunden. Hinter mir gesellte sich der erste Typ zu dem zweiten. Ein Geruch von Salz, Nikotin und rohem Lachs hüllte mich ein. Die beiden begannen, darüber zu reden, dass man die richtigen Köder braucht, um sich was Leckeres zu angeln. Aus ihrem Tonfall wurde klar, dass es hier nicht um Fische ging.

»Du bist nicht von hier, oder?«, fragte der Erste mit lauter Stimme.

Da sich außer der Verkäuferin nur wir drei im Laden befanden, war die Frage offenbar an mich gerichtet.

»Nicht wirklich«, sagte ich, ohne mich umzudrehen.

»Dachte ich mir. So ein Gesicht vergisst man nicht. Stimmt's, Griff?«

»Nee, bestimmt nicht.« Der beißende Geruch wurde schlimmer, als sie näher kamen. »Wir kennen alle süßen Girls, die hier rumlaufen. Das ist 'n Hobby von uns.«

»Wie nett.« Ich war nicht ganz sicher, ob ich verängstigt oder erleichtert sein sollte. Ihre Flirterei war ungewöhnlich aggressiv. Normalerweise waren Männer erst mal sprachlos, wenn sie mich sahen. Viele trauten sich nicht an mich heran, außer ich ermunterte sie ungewollt dazu. Vielleicht benahmen sich die beiden wirklich bei allen Mädchen so, und die Anbaggerei hatte nichts damit zu tun, dass ich in Wirklichkeit ganz anders war als die übrigen süßen Girls der Stadt.

»Weißt du was?«, fragte der erste Typ. »Wir hatten 'nen langen Tag, und ich bin hungrig. Am liebsten hätte ich jetzt was richtig Heißes.«

Okay, egal, warum die beiden mich anbaggerten … die letzten Worte wurden mir direkt ins Ohr geflüstert. Meine Panik gewann die Oberhand.

»Ich hab's mir anders überlegt!«, rief ich der Verkäuferin

zu und wich rückwärts in Richtung Ausgang zurück. »Aber danke fürs Nachschauen!«

Draußen zwang ich meine Füße, den kurzen Weg zum Auto normal zu gehen, statt zu rennen. Als ich einstieg, warf ich einen Blick zurück und sah die beiden Typen auf die Frau einreden, die an ihre Kasse zurückgekehrt war. Da sie schon älter war, passte sie wahrscheinlich nicht so ins Beuteschema wie ich. Und falls die beiden doch Ärger machen wollten, war sie schließlich von jeder Menge Taschenmessern, Schraubenziehern und anderen Werkzeugen umgeben. Bestimmt konnte sie unwillkommene Flirtversuche abwehren, falls nötig. Ich verspürte nur einen kleinen Anflug von schlechtem Gewissen, als ich den Zündschlüssel umdrehte und aufs Gaspedal trat.

Ein Stück weiter die Straße hinunter lag Eddies Eisladen. Da ich nicht mit leeren Händen zurückkehren wollte, entschloss ich mich, tatsächlich Nachtisch mitzubringen. Ich parkte den Wagen und kaufte drei Kugeln im Becher und dazu noch eine Vorratspackung, die so groß war, dass ich sie kaum tragen konnte. Natürlich war ich nicht direkt verantwortlich für die Stürme im letzten Jahr, aber eine gewisse Mitschuld spürte ich schon, auch was die diesjährige Touristenflaute betraf. Also konnte ich Eddie wenigstens um einen Teil seiner Vorräte erleichtern.

Zurück in meinem Auto, fuhr ich einen Schleichweg, um nicht an der Eisenwarenhandlung vorbeizumüssen. Ich bog gerade in eine schmale Wohnstraße ab, als hinter mir Scheinwerfer auftauchten. Mein Puls beschleunigte sich, wurde aber gleich wieder langsamer, denn der Wagen – ein alter orangefarbener Pick-up-Truck – verschwand kurz darauf in eine andere Seitenstraße.

Um mich abzulenken, schaltete ich das Radio an. Außerdem wühlte ich in der Handtasche auf dem Beifahrersitz nach meinem Handy und platzierte es griffbereit im Becherhalter. Ich nahm eine Handvoll Minibretzeln aus der Notfallpackung, die ich immer in der Mittelkonsole aufbewahrte, und spülte sie mit dem Salzwasser aus meiner mitgebrachten Flasche herunter.

Gerade wollte ich einen Blick auf das Handy werfen und nach neuen SMS schauen, als der orangefarbene Pick-up-Truck wieder auftauchte und schlitternd an der nächsten Kreuzung bremste. Ich nahm den Fuß vom Gas und wartete, dass der Wagen vor mir einbog, aber das tat er nicht. Er blieb mit tuckerndem Motor stehen.

Bleib ganz ruhig … sie haben sich nur verfahren … bestimmt wollten sie eigentlich auch auf diese Straße … weil es hier so eng ist, lassen sie dich erst vorbei …

Ich trat aufs Gas. Inzwischen war die Sonne untergegangen, aber das Licht reichte aus, um im Näherkommen einige Angeln aus dem Truck ragen zu sehen. Der Fahrer trug eine Baseballkappe. Ich ließ mich auf meinem Sitz tiefer rutschen, stützte den Ellbogen aufs offene Fenster und schirmte mein Gesicht mit der Hand ab. Als ich an dem Truck vorbeifuhr, starrte ich stur geradeaus.

Der Pick-up-Truck blieb stehen und rührte sich nicht.

Mit angehaltenem Atem fuhr ich weiter und beobachtete, wie die rostige Wagenschnauze in meinem Rückspiegel kleiner wurde. Als ich das Stoppschild am Ende der Straße erreicht hatte, konnte ich ihn nicht mehr sehen.

Ausatmend bog ich nach links zum Meer ab.

Da tauchte hinter mir ein Paar Scheinwerfer auf.

Das Licht kam näher und wurde immer heller. Ich beschleunigte, doch der Truck tat dasselbe. Ich drückte noch mehr aufs Gas. Die Tachonadel zeigte 60, 70, 80. In der Stadt durfte man nicht schneller als 50 fahren, und das Tempolimit wurde streng überwacht, aber das war mir egal.

Den Typen hinter mir leider auch.

An der nächsten Abbiegung riss ich das Steuer nach links, ohne vorher auf die Bremsen zu gehen. Mein Range Rover segelte elegant um Kurven, mit denen der alte Truck sichtlich Probleme hatte. Ich entspannte mich, denn wenn die Typen nicht weiter aufholten, würde ich hinter dem Metalltor in Sicherheit sein, bevor sie mich erreichen konnten. Dann schoss mir ein weiterer Gedanke durch den Kopf.

Sie würden immer noch wissen, wo ich wohnte. Selbst wenn sie aus der Entfernung nicht erkennen konnten, welche Auffahrt ich benutzte, wäre die Adresse leicht zu erraten. Diese Straße war zwar lang, doch nur spärlich bewohnt, und sie endete als Sackgasse an unserem Grundstück. Was bedeutete, ich würde heute in Sicherheit sein … aber in Zukunft? Möglich, dass die Typen bloß ein bescheuertes Spiel trieben, nur konnte das leicht in Gewalt umschlagen. Was war, wenn sie sich in den Kopf setzten, mich später aufzuspüren?

Ich trat hart auf die Bremse. Der Range Rover kam ins Rutschen, aber ich benutzte den Schwung, um eine volle Drehung zu machen und zu wenden. Nach einer Viertelmeile schoss ich an dem Truck auf der Gegenfahrbahn vorbei. Er bremste sofort und begann ebenfalls zu wenden.

Die Tachonadel stieg auf 90, 100, 110. Während ich mit einer Hand das Lenkrad umklammerte, griff ich mit der anderen nach meinem Handy. Ich begann, die Nummer einzutippen, die ich immer noch im Schlaf wählen konnte, obwohl ich sie seit Monaten nicht benutzt hatte … brach aber vor der letzten Zahl ab.

Mein Instinkt drängte mich, Simon anzurufen. Ich wollte ihm sagen, dass es vielleicht ein Problem gab, denn früher hätte er Bescheid wissen wollen. Um helfen zu können. Okay, beim Bootsschuppen hatte er mir trotzdem geholfen, aber wahrscheinlich nur, weil ihm nichts anderes übriggeblieben war. Schließlich war ich direkt auf dem Nachbargrundstück umgekippt. Falls wir überhaupt noch eine Chance hatten, unsere Beziehung zu retten, musste ich ihm die Entscheidung überlassen. So wie Dad es bei Mom getan hatte.

Ich warf das Handy auf den Beifahrersitz und raste zurück in Richtung Stadt. Dort wurde ich von anderen Wagen, Ampeln und Stoppschildern aufgehalten, so dass der Truck mich wieder einholte. Ich fuhr kreuz und quer durch zufällige Straßen und hoffte, dass sie daraus den Schluss zogen, ich hätte sie von Anfang an nur abschütteln wollen. Die Hauptsache war, dass sie nicht mehr an die gewundene Zufahrtsstraße dachten, die sich oben am Meeresrand entlangzog.

Dieser Teil der Verfolgungsjagd dauerte nur Minuten, aber fühlte sich wie Stunden an. Ich war gerade an der Bibliothek vorbeigerast, als in meinem Rückspiegel ein Blaulicht aufflackerte. Das Licht war so grell, dass ich nicht sehen konnte, ob der alte Truck sich hinter dem Polizeiwagen befand, aber ich hielt trotzdem in der nächsten Parkbucht.

»Tut mir leid«, sagte ich, als der Streifenpolizist mein offenes Fenster erreichte. »Ich weiß, dass ich zu schnell gefahren bin, aber ein paar Typen in einem alten Truck sind mir aus dem Eisenwarenladen gefolgt und haben mich durch die ganze –«

Den Rest schenkte ich mir, denn weiterzureden hatte keinen Sinn. Ich hatte es bei dem Polizisten mit einem jungen Mann zu tun. Er lächelte mich bereits strahlend an. Zwar schien er zuzuhören, aber ich wusste, dass er nur dem Klang meiner Stimme lauschte. Außerdem war die Straße leer. Unsere beiden Wagen waren die Einzigen weit und breit.

Anscheinend hatte ich meine Verfolger abgeschüttelt. Zumindest für heute.

Kapitel 7

Notfallbesprechung mit Personal heute um 9. Kommst du? P.

Sorry, ist echt kurzfristig, ich weiß.

Hab dich bei Treffen vermisst! Alles okay? Erzähl dir davon, wenn du auftauchst. PS.: Keine Eile. Laden ist völlig tot.

Autsch, blöde Wortwahl. Voll ins Fettnäpfchen! Sorry! J

Hab ich dir schon gesagt, dass du meine allerbeste Freundin bist? Für immer und ewig! P

Nachdem ich Paiges Nachrichten zu Ende gelesen hatte, schob ich die Bettdecke beiseite und richtete mich auf – oder zumindest versuchte ich es. Meine Schultern hoben sich, aber mein Oberkörper fühlte sich bleischwer an und wollte sich keinen Zentimeter bewegen, als hätte man meine Lungen mit Steinen gefüllt. Ich bohrte die Ellbogen in die Matratze, um mich abzustützen, trotzdem schaffte ich nur ein winziges Stück, bevor ich erschöpft wieder zurückfiel. Von der Anstrengung war mir ganz schwindelig. Ich schloss die Augen und tastete nach der Wasserflasche auf meinem Nachttisch.

Ich war es gewohnt, am Morgen schwächer aufzuwachen, als ich zu Bett gegangen war. Meistens war ich so durstig, dass ich einen ganzen Liter Salzwasser auf einen Zug herunterstürzen konnte. Aber heute fühlte es sich anders an, als hätte ich mir eine Grippe oder etwas Ernsteres eingefangen. Seit meiner Umwandlung letzten Sommer war ich kein einziges Mal krank gewesen, und ich fragte mich, wie mein Körper mit dieser zusätzlichen Belastung fertig werden würde.

Mein Handy zeigte schon wieder eine neue SMS, und ich öffnete den Posteingang, ohne die Wasserflasche abzusetzen.

Louis Lautstärke erreicht neuen Rekord. Komm bitte bald!?? Vlg, P

Ich schrieb mit einer Hand zurück.

Bin auf dem Weg. V

Als ich die Flasche leer getrunken hatte, wartete ich einige Sekunden, damit die Flüssigkeit meinen Körper durchströmen konnte. Beim nächsten Aufstehversuch fühlte sich meine Brust immer noch zentnerschwer an, aber meine restlichen Muskeln waren kräftig genug, um mich trotzdem zu erheben. Ich holte zwei weitere Wasserflaschen aus dem kleinen Kühlschrank, den Mom in meinem Badezimmer aufgestellt hatte und immer gut gefüllt hielt. Nachdem ich beide leer getrunken hatte, streifte ich meinen Badeanzug über und wagte mich nach draußen.

Es war schon recht spät am Morgen, aber die Sonne hatte die Luft noch nicht ganz aufwärmen können. Ich rieb mir die nackten Arme, als ich über die Terrasse lief und den Abstieg zum Strand begann. Auf halbem Weg kehrte das bleierne Gefühl zurück, und die Beine drohten mir wegzuknicken. Ich überlegte kurz, ob ich zurück nach drinnen gehen sollte, doch entschied mich dagegen. Wenn ich mich jetzt schon schlecht fühlte, würde es ohne meine morgendliche Schwimmrunde nur noch schlimmer werden.

Kaum berührten meine Zehen das Meerwasser, kehrte meine Energie zurück. Ich schob mich durch die Brandung und tauchte in die Tiefe. Sofort wurde mein Körper ganz schwerelos, und ich genoss das Gefühl. Ich atmete tief ein und überließ mich der Strömung. Die Wellen schaukelten mich zwischen dem fernen Horizont und dem Ufer hin und her. Schließlich probierte ich aus, ob meine Arme und Beine mir wieder richtig gehorchten. Ein einziger Schwimmzug ließ mich mehrere Meter durchs Wasser schnellen. Zufrieden wendete ich und ließ mich zurück zum Strand treiben.

»Geht's dir gut?«

Abrupt hielt ich an, als ich den Jungen sah, der nur mit einer Outdoor-Hose bekleidet am Ufer stand. Ich war wie erstarrt und fühlte die Brandung um meinen Körper spülen.

»Was machst du hier?«, brachte ich schließlich hervor.

Colin musterte mich und zeigte auf zwei Kajaks hinter sich. »Ich wollte unser Boot abholen. Schließlich ist das Haus jetzt verkauft. Meine Mutter hat bei deiner nachgefragt, und die hat gesagt, dass ich jederzeit vorbeikommen kann, also ...« Er schüttelte den Kopf und schaute mich ungläubig an. »Geht's dir *gut*?«

Am liebsten wäre ich in die Meerestiefe zurückgeflüchtet, bis er aufgab und wegpaddelte. Aber vermutlich wäre er mit medizinischer Begleitung zurückgekehrt, also verschränkte ich die Arme vor der Brust und wollte stumm an ihm vorbeimarschieren. Doch dann sah ich, dass sein Pulli, das T-Shirt und die Schuhe zu seinen Füßen im Sand lagen. Er hatte sich tatsächlich ins Meer stürzen wollen, um mich zu retten. Da war ich ihm wenigstens eine Antwort schuldig.

»Mir geht's prima«, sagte ich über die Schulter.

»Aber du warst so lange unter Wasser ... die meisten Leute wären ...«, stammelte er mir hinterher. »Ich meine, wie bist du ... ohne Sauerstoffflasche oder ...«

Ich hielt wieder an, diesmal bei den Felsstufen, die zu meinem Teil des Bungalows hinaufführten. Zwar hatte ich nicht die geringste Lust, mich weiter zu unterhalten, aber meine Energie verschwand so schnell, wie sie gekommen war. Normalerweise hielt mich eine solche Schwimmtour mehrere Stunden frisch, oft bis in den frühen Abend. Lag es am Stress? An dem Schock, dass ein Fremder beobachtet hatte, wie ich etwas tat, was nicht menschenmöglich war? An der erschreckenden Vorstellung, er könnte anderen davon erzählen?

Was auch immer der Grund war, jedenfalls streikte mein Körper, und ich sackte zusammen. Meine Knie landeten auf dem Fels und meine Handflächen gleich daneben.

»Ist schon okay«, sagte ich mit möglichst normaler Stimme. »Mir geht es gut, ich muss nur –«

Seine Hand legte sich auf meinen Rücken – ganz sanft, als hätte er Angst, mir weh zu tun – doch die Berührung reichte aus, um eine Welle von Energie durch meinen Körper zu jagen, die in meiner Brust regelrecht zu explodieren schien. Ich stieß ein Keuchen aus, und er zog erschrocken die Hand zurück.

»Tut mir leid«, flüsterte ich. »Könntest du … würde es dir was ausmachen …?«

Ich war nicht einmal sicher, worum ich ihn bat. Zum Glück verstand Colin mich trotzdem. Er umfasste meine Arme und half mir, mich sitzend auf den Felsen aufzurichten. Dann hockte er sich neben mich. Als ihm bewusst wurde, wie nah wir uns waren, versteifte er sich. Mir ging es genauso, aber nur kurz. Die Versuchung, einfach die Augen zu schließen und mich an ihn zu lehnen, war zu groß.

Kaum hatten wir den ersten Hautkontakt, schlang er mir auch schon die Arme um die Taille.

Alles okay … das ist bloß Simon … mein Simon, der sich um mich kümmert wie immer …

»Sind deine Eltern zu Hause? Soll ich –«

»Nein.« Ich fasste nach seinem Handgelenk und drückte

es sanft. »Ich brauche nur eine Minute, um mich zu erholen. Bitte, geh nicht.«

Er nahm mich fester in die Arme, so dass ich seinen beschleunigten Herzschlag an meinem Rücken spüren konnte. Nach einem kurzen Moment löste er eine Hand, um mir das feuchte Haar aus der Stirn zu streichen. Mit jeder Sekunde fühlte ich mich kräftiger – und schuldiger. Am liebsten hätte ich mich losgemacht und wäre die Stufen hochgerannt, sobald ich die nötige Energie dazu besaß … aber um ganz sicherzugehen, musste ich noch eine letzte Vorkehrung treffen.

»Colin?«

Er lehnte das Gesicht an meins, was mir einen weiteren Energieschub verpasste. Ich drehte mich in seinen Armen um, bis ich ihm in die Augen schauen konnte. Mir fiel es schwer, nicht den Blick zu senken.

»Danke, dass du geblieben bist.«

»Machst du Witze? Wie hätte ich denn gehen sollen, nachdem du …«

Ich legte ihm die Hand an die Wange, und aus seinem offenen Mund kam kein Laut, als hätte er mitten im Satz vergessen, was er sagen wollte.

»Ich habe gar nichts gemacht.« Ich versuchte zu lächeln, während ich mit dem Daumen sein Kinn entlangfuhr. »Jedenfalls nichts, über das sich zu reden lohnt. Ich wäre dir wirklich sehr dankbar, wenn du … wenn wir diesen Morgen als unser Geheimnis betrachten könnten. In Ordnung?«

Er schluckte. Nickte. Sein Blick wanderte von meinen Augen zu meinen Lippen. Als er sein Gesicht meinem näherte, wandte ich den Kopf ab und konzentrierte mich auf das Glitzern der Sonne auf der Wasseroberfläche. Seine Lippen landeten verrutscht an meiner Stirn und blieben dort.

Ich ließ ein paar Sekunden verstreichen, dann richtete ich mich auf und erklärte, dass ich gleich zur Arbeit müsste.

Zurück in meinem Zimmer, schaute ich ihm durch die Glasfront bei seinem Aufbruch zu. Zuerst wanderte er noch ein paar Minuten am Strand herum, als wüsste er nicht genau, was er dort eigentlich wollte. Dann bemerkte er die Kajaks und begann, sie ins Wasser zu zerren. Als er aus meinem Blickfeld verschwunden war, eilte ich ins Badezimmer, um zu duschen und mich anzuziehen. Mein Energielevel blieb unverändert, was mein schlechtes Gewissen milderte, aber nicht ganz überdeckte.

Zehn Minuten später war ich aufbruchsbereit und suchte das Haus nach meinen Eltern ab. Trotz der vielen Glaswände konnte man sich immer noch aus den Augen verlieren. Als ich auch in der Küche niemanden fand, rief ich auf ihren Handys an, erreichte aber nur die Mailbox. Schließlich ging ich zur Garage, um zu sehen, ob ihr Auto noch da stand – und fand einen Zettel und einen Umschlag an die Tür geklebt.

Liebe Vanessa,

Dein Vater und ich haben auf den perfekten Moment gewartet, um Dich mit einem Examensgeschenk zu überraschen. Uns war klar, dass Du es nur annehmen würdest, wenn Du es wirklich dringend brauchst. Heute ist die Gelegenheit gekommen, da Du zur Arbeit musst, während wir beide weg sind. Also hoffen wir, dass Du Dein Bestes tust, Dich darüber zu freuen. Wenn Du trotzdem protestieren willst, bekommst Du heute Nachmittag die Gelegenheit.

Wir sind beide sehr stolz auf Dich und lieben Dich mehr, als Du Dir vorstellen kannst.

Unter Moms ordentlicher Handschrift befand sich ein Zusatz von Dad. Seine Buchstaben sahen eher aus, als hätte ein Hühnerhaufen im Sand gescharrt.

Elektrische Fensterheber und eine funktionierende Heizung dürften eine ganz neue Erfahrung sein. Aber damit kommst Du bestimmt zurecht, wie mit allem im Leben.

Übrigens, denk bitte daran, Dich anzuschnallen. Deine Mutter wollte ihre Nachricht nicht mit übervorsichtigen Ermahnungen füllen, also übernehme ich das an ihrer Stelle. Sicherheit geht vor!

Elektrische Fensterheber? Eine funktionierende Heizung? Anschnallen?

Ich musste zugeben, die Überraschung war ihnen gelungen. Und sie hatten mich genau richtig eingeschätzt. Denn wären sie zu Hause gewesen, als ich die Tür öffnete und in der Garage einen brandneuen tiefgrünen Jeep Wrangler vorfand, hätte ich mich bestimmt nicht hineingesetzt. Ich wäre nie auf die Idee gekommen, den Schlüssel aus dem Umschlag zu nehmen und ihn ins Zündschloss zu stecken. Aber da meine Eltern nun einmal weg waren und ich irgendwie zur Arbeit kommen musste, tat ich es doch.

Ich grinste, als der Motor schnurrend zum Leben erwachte. Mein erstes eigenes Auto! Bisher hatte ich nur Dads uralten Volvo fahren dürfen, bis dieser im Frühjahr mit einem letzten kläglichen Rattern den Geist aufgegeben hatte. Da wir diese Sommerferien die meiste Zeit zusammen verbringen würden, waren wir übereingekommen, uns den Range Rover zu teilen – oder zumindest hatte ich das geglaubt. Jetzt wurde mir klar, dass meine Eltern das Geschenk wahrscheinlich schon vor Monaten geplant hatten. Vermutlich, seit Dartmouth meine Bewerbung angenommen hatte. Schließlich machte es wenig Sinn, dass sie mich für sämtliche Ferien und Feiertage nach New Hampshire fuhren und wieder abholten.

Das Problem war nur, dass so ein neues Auto teuer war. Konnten meine Eltern sich dieses großzügige Geschenk tatsächlich leisten? Immerhin pausierte Mom nun schon sehr lange bei ihrer Arbeitsstelle. Und wir mussten unser altes Ferienhaus verkaufen, um das neue zu bezahlen.

Okay, jetzt aber Schluss mit den Grübeleien! Das hätte Justine mir gesagt, wenn sie hier gewesen wäre. Sie hätte erklärt, dass die Entscheidung nun mal bei meinen Eltern lag und die beiden selbst wissen mussten, was sie sich leisten konnten. Um mich vollständig zu beruhigen, sagte ich mir, dass dieses Geschenk nicht extravagant, sondern praktisch war. Wenn ich mit einem sicheren, verlässlichen Auto unterwegs war, hatten meine Eltern genauso viel davon wie ich. Also rief ich noch einmal die Mailbox ihrer Handys an, um mich ausführlich zu bedanken, dann schnallte ich mich an und fuhr aus der Garage.

Der Jeep hatte mit offenem Dach auf mich gewartet, und als ich nun zum Restaurant sauste, erfüllte mich die feuchte, salzige Luft mit neuer Energie. Ich fühlte mich so wunderbar, dass ich es sogar schaffte, nicht über meine Erlebnisse heute Morgen nachzugrübeln. Das alles war nur ein dummer Zufall gewesen, ein einmaliger Ausrutscher. Da Colin das Kajak abgeholt hatte, würde er nie wieder unerwartet am Strand stehen, wenn ich aus dem Meer auftauchte. Also musste ich auch nicht befürchten, dass ich noch mal vor Schreck fast zusammenklappte und seine männliche Nähe als Heilmittel brauchte.

»Vanessa!« Kaum war ich auf den Parkplatz eingebogen, kam Paige winkend auf mich zugelaufen. »Gott sei Dank bist du hier!«

Ich stellte den Wagen beim Eingang ab und stieg aus.

»Schicker Flitzer«, stellte Paige grinsend fest und betrachtete den Jeep. »Ist der Range Rover in der Werkstatt?«

»Nein, bei meinen Eltern. Dieser hier gehört –«

Ich wurde von einem lauten Krachen unterbrochen. Paige wirbelte herum. Über ihre Schulter sah ich, wie einer der Bauarbeiter mit entschuldigendem Schulterzucken einen Holzbalken aufhob, der auf die neue Eingangsveranda gepoltert war.

»Ihr seid schon ziemlich weit gekommen«, merkte ich an. Die Veranda war schon fertig, bis auf das Geländer, und die ganze Gebäudefront erstrahlte in dem Farbton »Dunkle Traube«.

»Stimmt.« Paige nickte. »Ich glaube, der Vorarbeiter hat eine kleine Schwäche für mich. Ist schon erstaunlich, was ein bisschen Flirten bewirken kann.«

Ich starrte sie an. Sie drehte sich um und marschierte auf das Restaurant zu.

»Okay, wir hatten heute Morgen schon unsere erste kleinere Katastrophe«, informierte sie mich über die Schulter hinweg, als ich ihr hinterherhastete. »Carla ist zwanzig Minuten zu früh zur Arbeit aufgetaucht, und Louis hat einen totalen Anfall bekommen.«

»Weil sie überpünktlich war? Das ist doch lobenswert, oder nicht?«

»Ja, eigentlich schon.« Als wir die Veranda erreicht hatten, warf Paige dem jungen, gutaussehenden Bauarbeiter ein Lächeln zu, woraufhin er den Balken gleich wieder fallen ließ. Er stürzte mit einem Hechtsprung auf die Tür zu, um sie aufzuhalten. »Leider hatte unser geehrter Herr Chefkoch da noch keine Zeit für seine morgendliche Dosis Koffein – und das hat er uns alle lautstark wissen lassen.«

Der Bauarbeiter hielt mir ebenfalls höflich die Tür auf. Mit gesenktem Blick bedankte ich mich und folgte Paige nach drinnen.

»Na ja, jedenfalls ist Carla in Tränen ausgebrochen und völlig zusammengeklappt. Ich habe versucht, Schadensbegrenzung zu betreiben. Aber als sich das Ganze abgespielt hat, war ich noch zu Hause, und als ich hier ankam, war es schon zu spät.«

»Louis hat sie gefeuert?«

Paige hielt im Durchgang zum Speiseraum an, drehte sich zu mir um und hob eine Augenbraue.

»Okay«, sagte ich, »das ist dein Job.«

»Genau, und ich habe sie nicht entlassen. Vielleicht war sie ein bisschen überemotional, aber trotzdem hätte eine gute Kellnerin aus ihr werden können.«

»Also gut, was ist stattdessen passiert?«

»Sie hat gekündigt. Einfach alles hingeschmissen. So dass ich den heutigen Kundenansturm ganz ohne Bedienung managen musste.«

»Ihr hattet einen Kundenansturm?«, fragte ich.

»Na ja, eigentlich nicht. Aber ich hatte auf einen gehofft.« Sie hielt das Handy in die Höhe. »Deshalb das Notfalltreffen und die vielen SMS. Ich musste den ganzen Arbeitsplan umschreiben und das restliche Personal ruhig halten. Die Trinkgelder sind total im Keller, also ist die Stimmung sowieso angespannt. Ich hatte Angst, dass der Rest auch noch abspringt – einige haben tatsächlich gekündigt – und dass wir beide Doppelschichten schieben müssen.«

»Du weißt hoffentlich, dass ich hier aushelfe, wann immer du mich brauchst?«

»Ja, vielen Dank. Glücklicherweise wird das nicht nötig sein.«

Sie nickte in Richtung der Bar. Ich lehnte mich zur Seite, um an ihr vorbeischauen zu können … und sah eine bildhübsche Blondine beim Gläserputzen.

»Natalie?«, fragte ich verblüfft.

Paiges Augen leuchteten auf. »Du kennst sie schon?«

»Oberflächlich. Sie ist gestern Mittag als Gast hier gewesen.«

»Tja, heute Morgen ist sie zum Frühstück wiedergekommen und gerade in die Szene geplatzt, als Carla dramatisch ihre Schürze von sich geworfen hat und aus dem Restaurant gestürmt ist. Niemand hat sich um die Gäste gekümmert – eine Familie wollte bestellen, und ein Ehepaar stand wartend am Empfang –, also ist Natalie eingesprungen.«

»Aber was war denn mit dem restlichen Personal?«, fragte ich. »Oder Louis? Von denen konnte keiner einspringen?«

»Doch, klar. Nur war Louis damit beschäftigt zu brüllen, was diese Göre sich einbildet, und alle anderen haben in den Ecken der Küche gehockt.«

Ich beobachtete Natalie, die gerade Wein- und Likörgläser ordentlich aufreihte. Sie bewegte sich schnell, gewandt und selbstbewusst, als würde sie sich hinter einem Bartresen auskennen.

»Natalie hat zu Hause in Vermont ganze fünf Jahre im selben Restaurant gejobbt«, erklärte Paige, als hätte sie meine Gedanken gelesen. »Sie verbringt die Ferien hier, weil ihr Dad auf einem letzten gemeinsamen Urlaub bestanden hat, bevor sie im Herbst ans College geht. So ein denkwürdiges Vater-Tochter-Erlebnis.«

»Und wieso ist sie dann jedes Mal allein hier aufgetaucht?«

Paige schaute mich an. »Was weiß ich … vielleicht war er baden oder hat ein Nickerchen gemacht, oder liest endlos die Zeitung. Jedenfalls musste sie sich irgendwie beschäftigen.« Sie studierte eingehend mein rot werdendes Gesicht. »Wieso, stimmt was nicht?«

Zuerst wollte ich abwinken, aber ich überlegte es mir anders. Das Misstrauen in meiner Stimme war unüberhörbar gewesen. Wenn ich jetzt so tat, als sei alles in Ordnung, würde Paige mich nur mit weiteren Fragen löchern, die ich nicht beantworten wollte. Sie kannte mich einfach zu gut.

»Sorry«, sagte ich, »liegt wohl an dem schrägen Morgen, den ich hatte.«

Sie richtete sich auf, und ihre Augen wurden groß. »Meinst du den orangefarbenen Truck? Ist er dir hierher gefolgt?«

»Nein, zum Glück habe ich den nicht wiedergesehen.« Ich hatte Paige von der Verfolgungsjagd erzählt, weil ich jemanden brauchte, um darüber zu reden, und meine Eltern nicht verängstigen wollte. Außerdem hatte sie ihr ganzes Leben in Winter Harbor verbracht – von letztem Jahr einmal abgesehen –, und ich hatte gehofft, dass sie die Typen kennen würde. Leider konnte sie mir nicht weiterhelfen, aber hatte versprochen, die Augen und Ohren offen zu halten. »Heute Morgen habe ich mich nur ziemlich schlecht gefühlt und brauchte länger als normal, um in die Gänge zu kommen.«

»Na, Gott sei Dank. Wegen des Trucks meine ich, nicht –«

»Schon klar.« Ich lächelte. »Wo wir schon beim Thema sind, wie geht's dir eigentlich?«

»Wieso?«

Ich wartete, bis ein Hilfskellner an uns vorbeigeeilt war, dann fuhr ich mit gesenkter Stimme fort: »Hast du körperliche Probleme, seit wir zurück sind? Fühlst du dich hier anders als in Boston?«

Sie dachte darüber nach. »Nein, eigentlich nicht. Ich bin manchmal ein bisschen erschöpft, aber das liegt wohl eher daran, dass mir das Restaurant im Kopf herumgeht und mich nicht schlafen lässt. Ansonsten fühle ich mich ganz normal.« Sie runzelte die Stirn. »Wieso? Hast du Probleme?«

Da ich nicht wollte, dass sie sich noch zusätzlich Sorgen machte, schüttelte ich den Kopf. »Nur ein bisschen erschöpft, genau wie du. Wahrscheinlich ist der ganze Wirbel mit dem Hausverkauf und dem Umzug daran schuld.«

»Genau.« Sie griff nach meiner Hand. »Komm mit, ich weiß genau, was hilft.«

Sie führte mich durch die Gaststube. Als wir an der Bar vorbeikamen, hatte Natalie gerade den Kopf in einen Schrank gesteckt, also entschied Paige, auf eine offizielle Vorstellung zu verzichten, und zog mich schnell weiter.

In der Küche setzte sie mich auf einen Hocker beim Gefrierschrank und sammelte ein Frühstück für mich zusammen. Dabei wich sie geschickt Louis aus, der sich zwar beruhigt hatte, aber noch immer schlecht gelaunt aussah. Zwei Minuten später überreichte sie mir ein gefülltes Tablett und ließ sich auf dem Hocker neben mir nieder.

»Ein Bagel mit Frischkäse-Algen-Aufstrich, eine Portion Pommes, ein eiskaltes Wasser und ein extra großer Kaffee. Alles mit Salz bestreut, gedippt oder getunkt.«

Mein Blick folgte ihrem Finger, der auf die verschiedenen Zutaten zeigte. »Klingt eigentlich wie das unappetitlichste Frühstück, das mir je serviert wurde.«

»Aber?«, fragte Paige.

»Es ist perfekt.«

Sie blieb noch eine Weile bei mir sitzen, während ich aß, und behielt Louis im Auge, damit er keine weiteren Mitarbeiter in die Flucht schlagen konnte. Wir redeten über harmlose Dinge – meinen Jeep, den Neuanstrich im Empfangsbereich und ihre Pläne, Blumenkübel selbst zu zimmern. Schon seit Tagen vermieden wir es, darüber zu sprechen, was ich beim Bootsschuppen gehört hatte. Aber das war mir ganz recht. Ich hoffte immer noch, dass es sich nur um einen Einzelfall gehandelt hatte, den wir bald völlig vergessen konnten.

Bei meiner Ankunft heute Morgen hatte ich mich schon ziemlich fit gefühlt, und nach dem Frühstück und der Plauderei mit meiner besten Freundin ging es mir glänzend. Meinetwegen hätte Colin in diesem Moment in die Küche platzen und mir seine ewige Liebe gestehen können ... ich hätte nicht einmal mit der Wimper gezuckt.

Colin tauchte nicht auf, stattdessen kam Natalie hereingestürmt.

»Da ist jemand, der ein Lunchpaket abholen will«, sagte sie. »So ein süßer Typ mit Brille.«

Ich ließ meine Kaffeetasse sinken. Louis warf Natalie zwei braune Papiertüten zu. Und sie verschwand wieder durch die Schwingtür.

»Ein süßer Typ mit Brille«, wiederholte Paige nach einer kurzen Pause.

Ich nickte und trank weiter meinen Kaffee.

»Willst du ihm nicht hallo sagen?«

Doch, das wollte ich. Ich wollte es so sehr, dass mein Körper vermutlich sämtliche Frühstückskalorien aufbrauchte, um angespannt sitzen zu bleiben, statt aufzuspringen und aus der Küche zu rasen. Aber ich dachte unwillkürlich an alles, was Dad über Mom gesagt hatte. Deshalb war ich nicht sicher, wie ich mich verhalten sollte.

»Ich will ihn nicht bedrängen«, erklärte ich. »Jetzt ist Simon am Ball, und ich muss warten, ob er ihn mir zuspielt.«

»Aber er weiß, dass du im Restaurant bist. Wenn er dich nicht sehen wollte, wäre er nicht persönlich hier aufgetaucht.« Paige zuckte mit den Schultern. »Ich bin ja kein großer Sportfan, aber für mich sieht das wie eine Steilvorlage aus.«

Ich stellte die Tasse ab und drückte Paige das Tablett in die Hand. »Bin gleich zurück.«

Hals über Kopf rannte ich in die Gaststube. Als ich an der verspiegelten Fläche hinter dem Bartresen vorbeikam, beging ich den Fehler, einen prüfenden Blick auf mein Aussehen zu werfen. Beim Autofahren im offenen Jeep war mein schulterlanges braunes Haar getrocknet und bildete nun eine wirre, verknotete Masse. Weil ich so in Eile gewesen war, hatte ich weder Mascara noch Lipgloss aufgetragen, obwohl sich (zumindest laut Justine) kein Mädchen ohne beides in die Öffentlichkeit wagen sollte. Meine Bürste und mein Make-up waren natürlich zu Hause, also konnte ich nichts weiter tun, als mir hastig mit den Fingern durch die Haare zu fahren und mir in die Wangen zu kneifen, bevor ich zum Foyer stürmte.

Ich hätte mir die Mühe sparen können. Als ich in Sichtweite der Eingangstür war, sah ich gerade noch Caleb – nicht Simon – hinausgehen. Durchs Fenster beobachtete ich, wie er seine Brille – nämlich eine Sonnenbrille – vom Kopf auf die Nase schob, während er auf den Kombi zuging.

»Den Blick kenne ich.«

Ich wirbelte zu Natalie herum. Vor lauter Enttäuschung hatte ich ganz vergessen, dass sie ebenfalls im Raum war.

»Man könnte auch sagen, den Blick habe ich gepachtet.«

Ich bemühte mich um ein Lächeln. »Keine Ahnung, was du damit meinst.«

Sie lehnte sich gegen den Empfangstresen und zupfte an einer dünnen Schmuckkette um ihren Hals. Unter ihrem ärmellosen Top rutschte ein Anhänger hervor, der wie ein Silberring mit schlichtem Diamantschmuck aussah.

»Mein Freund hat mir vor zwei Monaten einen Antrag gemacht«, sagte sie.

»Wow.« Ich war überrascht, schließlich war Natalie nicht älter als ich. Gleichzeitig spürte ich auch ein wenig Neid. »Herzlichen Glückwunsch.«

Sie steckte den Ring auf ihre Daumenspitze und ließ ihn mit dem Zeigefinger kreiseln. »Wir waren schon drei Jahre zusammen, aber ich fand trotzdem, für eine Verlobung sei es noch zu früh. Er war anderer Meinung, und ich wollte mich nicht mit ihm streiten. Dazu liebte ich ihn viel zu sehr. Er sagte, wir würden uns sowieso niemals trennen, also könnten wir es auch offiziell machen.«

Ich nickte, obwohl ich nicht verstand, warum sie mir das alles erzählte. Gleichzeitig war ich zu neugierig, um zu fragen. Denn wenn ich sie jetzt unterbrach, würde ich den Rest vielleicht nie erfahren.

»Also haben wir uns entschlossen, nach den Sommerferien zu heiraten. Im ganz großen Stil mit zweihundert Gästen, Eisskulpturen und einem Empfang in seinem Familiensitz am Lake Champlain.«

»Klingt traumhaft«, erwiderte ich.

Sie schaute von dem Ring auf. »Ja, nicht wahr? Und es wäre bestimmt traumhaft geworden … wenn er nicht vor drei Wochen alles abgeblasen hätte.«

»Wieso?«, fragte ich unwillkürlich.

»Aus genau den gleichen Gründen, die ich ihm aufgezählt hatte – wir waren noch zu jung, wir konnten uns Zeit lassen, unsere Beziehung lief perfekt auch ohne Heirat … aber wie sich herausstellte, gab es auch noch einen weiteren Grund.«

Ich wartete. Sie schnipste den Ring von ihrem Daumen, so dass er wieder an ihrer Brust baumelte.

»Er hatte sich in eine andere verliebt.«

In meinen Gedanken tauchte das Bild eines roten Ruderboots auf. Ich sah ein wunderschönes Mädchen mit silbernen Augen und kurzem schwarzen Haar. Dann Simon, der sich zu ihr vorbeugte, die Augen schloss … und sie küsste.

»Vielleicht liebt er sie nicht wirklich«, sagte ich schnell.

»Vielleicht redet er sich das nur ein, weil er vor der Hochzeit kalte Füße bekommen hat.«

Sie warf mir ein trauriges Lächeln zu. »Danke. Aber du kannst mir glauben, ich kenne ihn gut genug, um den Unterschied zu merken. Wenn es noch den Spur einer Chance für uns gäbe, hätte ich mich von meinem Vater bestimmt nicht zu dieser ausgedehnten ›Ferflucht‹ überreden lassen.«

»Bitte, was?«

»So klingt es, wenn man Ferien/Flucht abkürzt«, erklärte sie. »Wir fanden, das Wort sei zeitsparender und weniger schmerzhaft.«

Damit drehte sie sich um und schien gehen zu wollen. Ihre Geschichte erklärte, warum sie sich in Winter Harbor befand, und vielleicht auch ihr Auftauchen in Bettys Fischerhaus. Letzten Sommer war ich schließlich auch hergekommen und hatte spontan einen Job angenommen, um mich abzulenken. Die einzige offene Frage blieb, wieso sie mich eingeweiht hatte.

»Mein Freund … mein Exfreund … hat mir nie einen Antrag gemacht«, sagte ich im Gegenzug.

Sie drehte sich noch einmal um. »Aber du möchtest immer noch mit ihm zusammen sein?«

Die Antwort war einfach. Ich brauchte gar nicht erst darüber nachzudenken, und trotzdem brachte ich kein Wort heraus. Glücklicherweise deutete Natalie mein Schweigen richtig.

»Dann solltest du ihn glasklar wissen lassen, wie du fühlst. Denn wenn du das nicht tust … findet er eben eine andere.«

Kapitel 8

Später am Abend stand ich in der Küche unseres alten Ferienhauses und starrte auf mein leeres Handydisplay. Die Worte würden sich nicht von selber tippen, wie sehr ich es mir auch wünschte. Aber alle meine Schreibversuche der letzten Stunde hatten sich falsch angehört. Ich brauchte etwas, was beiläufig, aber nicht flapsig klang. Charmant, aber nicht übertrieben. Einladend, aber nicht fordernd. Und je länger ich brauchte, um alle diese Anforderungen zu erfüllen, desto weniger Zeit würde mir bleiben, die Früchte meiner Arbeit zu genießen. Falls sie denn überhaupt Früchte trug. Der Gedanke, dass ich mich ganz umsonst bemühte, machte es noch schwieriger, die richtigen Worte zu finden.

Du bist eine Sirene, rügte ich mich selbst. *Ob es dir nun gefällt oder nicht, Flirten sollte dir leichtfallen.*

Ich starrte noch eine weitere Minute auf das Handy, dann legte ich es weg. Nahm es wieder hoch. Öffnete den Kühlschrank und schloss ihn wieder. Stellte das Radio an. Drehte am Senderknopf herum.

Ich versuchte, mich zwischen Jazz und Oldies zu entscheiden, da alle anderen Sender klangen, als würden sie aus der Tiefe einer Windhose ertönen, als es an der Tür zum Garten klopfte.

Ich sah eine schattenhafte Gestalt. Sie zeichnete sich durch die Jalousie ab, die ich gegen unerwünschte Blicke heruntergezogen hatte. Reflexartig griff ich nach dem

Tonkrug, in dem sich immer die Messer und Holzlöffel befanden, aber natürlich war er nicht mehr da. Ich sagte mir, dass der Überraschungsbesuch wahrscheinlich nur unsere Maklerin Anne war. Oder jemand hatte das Zu-Verkaufen-Schild an der Straße gesehen und wollte einen näheren Blick auf das Haus werfen.

Während ich auf die Tür zuging und gleichzeitig mein Handy umklammert hielt, nahm ich mir vor, mit Mom über feste Besuchszeiten zu reden. Immerhin war es schon acht Uhr abends. Das Haus gehörte immer noch uns. Bloß weil wir nicht mehr hier wohnten, hieß das nicht, dass Leute jederzeit hereinschneien konnten.

»Vanessa. Hallo.«

Außer natürlich, es handelte sich um Simon.

»Ich bin nur vorbeigekommen, weil sie einen Audi fährt«, sagte er.

Ich hielt mich an der Tür fest. »Wer?«

»Oh, sorry.« Er schüttelte den Kopf und zeigte auf die Einfahrt. »Eure Maklerin. Sie fährt einen Audi. Schwarz mit Dachgepäckträger. Als ich den Jeep sah, wusste ich nicht … ich meine, ich war mir nicht sicher … ich wollte lieber nachschauen, ob alles okay ist und …«

»Der Jeep gehört mir«, erklärte ich schnell. »Ich habe ihn von meinen Eltern als Geschenk zum Schulabschluss bekommen.«

»Oh. Nicht schlecht.« Einer sein Mundwinkel hob sich. »Noch dazu in Dunkelgrün. Der Farbe von Dartmouth. Ich kann mir vermutlich denken, wer den Wagen ausgesucht hat.«

Jetzt musste ich auch grinsen. »Der Dartmouth-Autoaufkleber und der Antennenwimpel sind bereits bestellt. Und die Rückbank ist gerade groß genug für meine neue Dartmouth-Reisetasche, wenn ich sie mit meinen neuen Dartmouth-Pullis, -trainingshosen, -handtüchern und -kissenbezügen vollgestopft habe.«

»Kissenbezüge?«

»Die habe ich mir tatsächlich selbst ausgesucht. Die Dartmouth-Bettwäsche ist aus Flanell und erstaunlich kuschelig.«

Sein etwas angestrengtes Lächeln verschwand. »Herzlichen Glückwunsch übrigens. Zum Schulabschluss, die Aufnahme am College und so weiter. Da hast du ganz schön was geleistet.«

Er wirkte erfreut, aber gleichzeitig traurig. Diese Mischung verstand ich gut, denn ich hatte mein Abschlusszeugnis mit Tränen in den Augen entgegengenommen. Als ich den Brief von Dartmouth bekommen hatte, war meine erste Reaktion gewesen, Simons Nummer zu wählen … und gleich wieder aufzulegen.

Er hätte bei diesen Ereignissen dabei sein sollen. Hätte es den letzten Herbst nicht gegeben, wäre er selbstverständlich dabei gewesen.

»Willst du reinkommen?«, fragte ich.

Er holte tief Luft. »Ob ich es *will*?« Sein Blick traf meinen und blieb daran hängen. Ich hielt den Atem an, weil ich das Gefühl hatte, dass ein Wimpernzucken genügen würde, damit er sich fürs Gehen entschied. »Natürlich will ich. Aber sollte ich auch?«

Die Frage reichte, damit mir genau wie vorhin die Worte fehlten. Wie sollte ich ihn überreden, mit mir nach drinnen zu kommen, ohne ihn zu *überreden*? Was konnte ich sagen, damit er die Entscheidung aus eigenem Willen traf? Nach meinem Gespräch mit Natalie wollte ich Simon wissen lassen, wie ich für ihn empfand, aber andererseits hatte es vor ein paar Tagen auch das Gespräch mit Dad gegeben, das mich überzeugt hatte, ihm alle Möglichkeiten offenzulassen. Deshalb war mein Plan für heute Abend gewesen, einfach nur zu simsen, dass ich hier war. Dann hätte er rüberkommen oder wegbleiben können, wie er wollte. Wie es mit uns weiterging, wäre allein seine Entscheidung gewesen.

»Wir haben einen neuen Duschvorhang«, sagte ich schließlich. »Den gibt es oben im Bad zu besichtigen.«

»Du meinst, der durchsichtige Kunststoff mit der pastellfarbenen Weltkarte …?«

»Ist weg. Fünfzehn Jahre hat er durchgehalten, aber unsere Maklerin meinte, er würde potentielle Käufer dazu bringen, ihre Portemonnaies ganz schnell wieder wegzustecken. Und Mom wollte ihn nicht in das superschicke neue Haus lassen. Also haben wir ihn weggeschmissen. Jetzt hat der Duschvorhang Streifen statt Länder.«

Er nickte langsam. »Also das … muss ich gesehen haben.«

Mir fiel ein Stein vom Herzen. Von Badezimmerdeko zu reden, konnte man kaum als Nötigung bezeichnen, oder? Also lag die Entscheidung immer noch bei ihm.

Ich trat zur Seite und öffnete die Tür ein Stück weiter. Simon setzte zum ersten Schritt an, dann blieb er wie angewurzelt stehen.

»Oh, du erwartest Besuch.«

Sein Blick hing an dem Tisch, der für zwei gedeckt war. Ich hatte das nötige Geschirr vom Bungalow mitgebracht und sorgfältig arrangiert, während ich mit meinem perfekten SMS-Text haderte.

»Ich sollte gehen.«

»Nein.« Ich griff nach seinem Arm, und das Herz schlug mir bis zum Hals. »Geh nicht. Bitte.«

»Vanessa«, sagte er mit angestrengter Stimme. »Ich weiß, die Sache mit uns ist schon eine Weile her … aber ich schaffe das nicht. Ich kann nicht mit ansehen, wie du …«

Während er mit den Worten rang, wurden mir drei Dinge auf einmal klar. Erstens nahm er an, dass ich ein romantisches Date geplant hatte … und zwar mit einem anderen Verehrer als ihm. Zweitens war er noch immer in mich verliebt, jedenfalls ein winziges bisschen, sonst hätte es ihm inzwischen nichts mehr ausgemacht, mich mit einem anderen zu sehen. Immerhin war es neun Monate her, dass er Zeuge geworden war, wie ich mit Parker King, dem Wasserballstar unserer Schule, herumgeknuscht hatte.

Drittens würde ich mir diese Chance vermasseln, wenn ich jetzt nicht handelte – und zwar schnell.

»Das ist für uns«, erklärte ich schnell. »Oder jedenfalls hatte ich gehofft, dass wir dort zusammensitzen würden.«

Sein Blick huschte ungläubig zwischen mir und dem Tisch hin und her. Ich klappte mein Handy auf und hielt ihm das Display vor die Nase, auf dem noch immer meine angefangene SMS stand. Darüber konnte man Simons Nummer sehen.

»Ich habe mir den Kopf zerbrochen, wie ich dich einladen soll, ohne dich … nun ja … einzuladen. Weil ich dachte, wenn ich zu direkt bin, würdest du nicht kommen.« Ich klappte das Handy wieder zu und schaute zu Boden. »Und ich wollte dich wirklich gerne sehen.«

Er sagte nichts, aber machte auch keine Anstalten zu gehen. Ich schöpfte neue Hoffnung.

»Unser neues Haus liegt direkt am Ufer. Mein Zimmer ist dem Wasser so nah, dass die Gischt gegen mein Fenster sprüht, wenn der Wind richtig steht.« Ich unterbrach mich und spielte nervös mit meinem Handy. »Am Geräusch der Wellen kann ich den Wechsel von Ebbe oder Flut hören. Die Gezeiten kommen und gehen ganz langsam in einem immer gleichen Rhythmus. Kein Vergleich zu letztem Sommer.«

Simon stand ganz still. Ich hob den Blick auf Brusthöhe und sah, dass er nicht einmal atmete.

»Jede Nacht liege ich im Bett, lausche dem Meer und stelle mir vor, wie wundervoll es wäre, mit dir zusammen unten am Strand zu sitzen. Die Sonne scheint, und die Gezeiten benehmen sich genau, wie sie sollten. Wir könnten einfach nur zusammen sein. So wie damals, bevor alles kompliziert geworden ist.«

Ich verstummte und wartete. Mehr durfte ich nicht sagen. Sonst hätte ich ihn genauso gut beim Arm packen und nach drinnen zerren können.

»Wir können die Zeit nicht zurückdrehen«, erwiderte er nach einem Moment leise. »Dafür ist zu viel passiert.«

»Ja, ich weiß.« Ich merkte kaum, wie mein Puls mir in den Ohren dröhnte. »Aber wir können zusammen vorwärtsgehen.«

Er schaute mich an. Ich lehnte mich gegen die Tür, um mich nicht hemmungslos in seine Arme zu werfen.

»Als Freunde?«, hakte er nach.

Der hämmernde Herzschlag in meinen Ohren verstummte. »Ja. Klar, als Freunde.«

Seine Lippen waren zusammengepresst, aber er lächelte mich an.

»Riecht es hier nach Knoblauchbrot?«, fragte er.

Ich trat einen weiteren Schritt in die Küche und öffnete ihm die Tür, soweit es ging. Als er mir folgte, wurden meine Augen feucht, und ich blinzelte hastig die Tränen weg, bevor er sie bemerken konnte.

Ich hatte mir das Essen vom Italiener in der Stadt bringen lassen und im Ofen warm gehalten. Anstelle des Porzellangeschirrs, das ich bereitgestellt hatte, benutzten wir ein paar Pappteller, die ich auf dem obersten Regal der Speisekammer fand, und füllten Plastikbecher mit Leitungswasser statt mit meinem mitgebrachten Wein. Dann spazierten wir nach draußen und aßen auf der Verandatreppe. Das war viel gemütlicher als der gedeckte Tisch.

Wenn ich mit Simon zusammen war, genoss ich immer besonders die Stille. Wir konnten die gemeinsame Zeit genießen, ohne ständig zu reden. Selbst wenn wir stundenlang etwas unternahmen – DVDs gucken, wandern oder einfach nur am See herumliegen –, herrschte die meiste Zeit ein total entspanntes Schweigen.

Aber heute Abend redeten wir ohne Ende. Über mein letztes Schuljahr, seine Kurse an der Uni, Dartmouth, seine Eltern, meine Eltern, Caleb, Paige, Musik, Filme, Autos, die Vorzüge von Schalt- und Automatikwagen. Wir vermieden bloß sämtliche Themen, die uns daran erinnert hätten, warum wir so viel aufzuholen hatten. Aber das war okay. Ich hatte genug Zeit damit verschwendet, den Moment vor mir zu sehen, als meine Lippen sich von Parkers lösten und ich Simons Kombi um die Straßenecke rasen sah … oder als Simon mir sagte, dass er Abstand brauchte, um damit klarzukommen, wer und was ich wirklich war … oder die ganzen sonstigen Tiefpunkte der letzten Monate. Jetzt wollte ich einfach nur bei harmlosem Small Talk bleiben und mich an der Hoffnung festhalten, dass sich alles irgendwie und irgendwann von selbst einrenken würde.

Anscheinend war ich mit dieser Hoffnung nicht allein. Denn zwei Stunden später schlug ich vor, wieder nach drinnen zu gehen, weil mir kalt war – nachdem ich eine Weile vor mich hin gefroren hatte, weil ich befürchtete, er würde die Gelegenheit benutzen, um sich zu verabschieden – und er sagte ohne Zögern ja.

Zwar geriet unser Gespräch etwas aus dem Takt, aber trotzdem entstand keine angespannte Stimmung. Schweigend räumten wir zusammen die Küche auf und putzten alles so blitzblank, als seien wir gar nicht da gewesen. Danach gingen wir ins Wohnzimmer. Erst als wir dort auf den entgegengesetzten Enden des Sofas hockten, begann mich die Stille nervös zu machen. Plötzlich fühlte sie sich beklemmend und unnatürlich an – genau wie der Abstand zwischen uns.

»Ist es so besser?«, fragte er nach einem langen Moment.

»Besser?«

»Wärmer.«

»Ach so. Ja, danke.«

Er nickte, dann ließ er den Blick durchs Wohnzimmer schweifen. Ich nutzte die Gelegenheit, um ihn so ausgiebig zu betrachten, wie ich es mir seit Monaten gewünscht hatte. Er trug schwarze Jeans, eine graue Sportjacke und ausgelatschte Nikes. Sein dunkles Haar war länger als sonst und lockte sich ein wenig über den Ohren und dem geschlossenen Jackenkragen. Noch immer war ein Hauch von Dreitagebart zu sehen, aber er hatte sich zwischenzeitlich rasiert. Eine neue randlose Brille brachte seine Augenfarbe zur Geltung.

Er sah anders aus. Älter.

Und noch viel besser, als ich ihn in Erinnerung hatte.

»Das Ganze ist echt seltsam«, sagte er.

Mein Herz schlug laut gegen meinen Brustkorb. »Was?«

»Die Vorstellung, dass ihr das Haus verkauft.«

Ich beruhigte mich wieder ein bisschen.

»Ihr seid immer unsere Nachbarn gewesen.« Er verschränkte die Arme über der Brust und ließ den Kopf gegen die Lehne sinken. »Ich hätte nie gedacht, dass hier eines Tages jemand anderer wohnen könnte.«

Ich schaute mich im Wohnzimmer um. Mein Blick wanderte über die karierten Vorhänge und das steinerne Sims unseres Kamins, auf dem ein paar Holzenten standen.

Meine Mom hatte nicht alles ausgeräumt, damit Interessenten ein Gefühl für »echtes Winter-Harbor-Flair« bekommen konnten.

»Geht mir genauso«, gab ich zu. »Aber meine Eltern waren wohl der Meinung, dass es so für alle am einfachsten wäre. Gleichzeitig wegzuziehen und trotzdem zu bleiben.«

Wir schwiegen einen weiteren Moment. Dann sagte Simon so leise, dass ich ihn kaum hörte: »Bloß weil man etwas nicht jeden Tag vor Augen hat ... muss man es ja nicht völlig aufgeben.«

Er hatte den Kopf noch immer ans Sofa gelehnt, aber wandte ihn mir zu. Ich senkte den Blick, weil ich Angst davor hatte, was ich sagen oder tun würde, wenn ich ihm jetzt in die Augen sah. Wahrscheinlich gab es gar nichts zu befürchten, zumindest hatte Charlotte behauptet, dass meine Sirenenkräfte auf Simon keine Wirkung hatten. Er hatte sich in mich verliebt, bevor ich mich verwandelt hatte, also waren alle Gefühle, die er für mich empfand – gute oder schlechte –, völlig echt.

Die Entscheidung lag immer noch bei ihm.

Er stand auf. Ich nahm an, dass er gehen wollte, bevor wir uns auf noch gefährlicheres Terrain wagten. Also erhob ich mich ebenfalls. Mit gesenktem Blick steuerte ich auf die Küche zu, um ihn nach draußen zu bringen ... und wäre fast in ihn hineingelaufen.

»Sorry«, murmelte ich.

Ich wartete darauf, dass er sich bewegte. Als er sich nicht rührte, wollte ich um ihn herumgehen. Ich fiel fast um, als seine Finger sanft mein Handgelenk umfassten.

»Simon ...«

»Ich weiß.« Er strich über meine Haut, und sein Daumen blieb kaum merklich auf dem Punkt liegen, wo am Handgelenk mein Herzschlag zu spüren war. »Ich weiß, was ich gesagt habe. Aber wenn es für dich okay ist … würde ich gerne einen Versuch wagen.«

Ich hatte keine Ahnung, was er meinte. Aber seine leise Stimme klang entschlossen, und er schien sich seiner Sache sicher zu sein. Deshalb unterdrückte ich den Impuls, ihn zu seinem eigenen Besten umzustimmen, damit er später nichts bereute.

Ich hielt ganz still, als er näher trat, und hatte den Blick auf seinen Reißverschluss gerichtet. Mein Atem ging schneller. Bald war er mir so nah, dass ich die einzelnen silbernen Metallzähnchen und die weiße Naht auf beiden Seiten sehen konnte.

Außerdem roch ich Simons Duft – eine Mischung aus Seife und Meersalz, das sich bei dem Arbeitstag draußen in seiner Kleidung verfangen hatte. Ich spürte seine Wärme und seinen Atem an meiner Stirn.

Seine Arme, die sich um meine Taille legten.

Ich schloss die Augen und wartete auf den plötzlichen Energiestoß. Aber nichts geschah. Statt von neuer Stärke durchströmt zu werden, fühlte es sich eher an, als würde mein ganzer Körper schmelzen.

Seine Arme schlossen sich fester um mich. Ich legte die Hände auf seine Brust, und als ich sein Herz schneller schlagen spürte, ließ ich sie über seine Schultern wandern, bis ich seinen Nacken erreicht hatte. Ein federleichter Druck gegen meinen Rücken brachte mich dazu, mich näher zu wagen, so dass unsere Oberkörper sich berührten. Ein Zittern durchlief Simons Muskeln, und ich wollte wieder abrücken, aber er ließ mich nicht.

Wir schmiegten uns aneinander, er legte das Kinn auf meinen Kopf, und ich drückte meine Wange gegen seine Brust. Ich dachte, mehr würde nicht passieren, auch wenn ich immer noch nicht sicher war, was er mit seinem »Versuch« beabsichtigt hatte. Aber dann hob er sein Kinn, und ich wandte ihm das Gesicht zu, so dass sein Atem zuerst über mein eines Ohr strich und dann über meine Lippen hauchte.

Du brauchst kein schlechtes Gewissen zu haben … das passiert nur, weil er es will …

»Vanessa«, flüsterte er, und sein Mund kam immer näher. »Ich –«

Schlagartig brach er ab und schob mich fort. Dabei ließ er die Hände auf meinen Schultern, als fürchtete er, dass ich mich auf ihn werfen könnte. Damit hatte er gar nicht so unrecht, denn mein ganzer Körper fühlte sich an, als würde er ohne seine Berührung in Flammen aufgehen.

»Was ist denn?«, fragte ich. »Stimmt etwas nicht?«

Er schüttelte den Kopf und schaute zum Wohnzimmerfenster. Da wir die Lampen angeschaltet hatten und es draußen dunkel war, zeigte das Glas nur unser Spiegelbild.

»Ich dachte, ich hätte was gehört«, sagte er nach einem Moment. »Sorry.«

»Schon okay.« Wir blieben noch ein paar Sekunden in dieser Haltung stehen – er hielt meine Schulter gefasst und ich seine Arme – und lauschten. Als wir nichts weiter hörten als Grillenzirpen und raschelnde Blätter, fragte ich sanft: »Vielleicht hast du dir das Geräusch nur eingebildet? Weil du dir nicht sicher warst, ob du noch weitergehen willst?«

Er schaute mich an und schenkte mir ein kleines Lächeln. Seine Hände rutschten zu meinen Hüften, und ich wollte ihm gerade die Arme um den Nacken legen, als für eine kurze Sekunde ein grelles Licht den Raum erhellte.

Ich erstarrte. »War das –? Das sah aus wie ein –«

Blitz. Das hatte ich sagen wollen, aber da geschah es wieder. Dann noch zweimal. Die blendenden Lichtexplosionen folgten so schnell aufeinander, dass ich selbst hinterher eine Weile wie blind war. Als meine Sicht wieder klar wurde, war ich allein, und die Hintertür stand weit sperrangelweit offen.

»Simon?« Ich schlug auf den Außenlichtschalter, als ich Simon nachrannte. Die Veranda und ein Teil des Gartens wurden von einem schwachen gelblichen Schein eingehüllt, aber dort war niemand zu sehen. Ich schaute zum See und zum Himmel hinauf. Das Wasser lag ganz still und glitzerte im Licht des Halbmondes, der von einem klaren Himmel herunterleuchtete.

Was immer wir gesehen hatten, war jedenfalls kein Gewitter gewesen. Ich versuchte, mich unter Kontrolle zu bringen, als mir auffiel, was ich gerade tat. Zu dieser Verteidigungswaffe hatte ich nicht mehr gegriffen, seit Simon und ich vor neun Monaten am Grund des Sees gefangen waren.

Ich streckte meine geistigen Fühler aus und lauschte. Nach Raina. Zara. Oder nach den anderen Sirenen, die ihnen sogar halbtot noch gedient hatten. Ich sah sie vor mir, wie sie schwimmend um uns herumwirbelten, mit abgemagerten Gliedmaßen und stumpfen Silberaugen.

Aber in meinem Kopf war alles still. Es gab nichts zu hören.

Und dann ... Schritte. Flüsternde, aufgeregte Stimmen. Sie kamen von der Westseite des Hauses. Ich rannte auf sie zu, obwohl mir klar war, dass dort absolut jeder lauern konnte – Einbrecher, unbefugte Eindringlinge, die Typen vom Eisenwarenladen – und dass ich nichts hatte, um mich notfalls zu verteidigen.

Aber das war mir egal. Ich dachte nur daran, dass ich Simon finden musste.

Also hielt ich mich im Schatten, lief über den Rasen am hinteren Rand der Veranda entlang und spähte um die

Hausecke. Dort sah ich zwei Gestalten, die in Richtung der Einfahrt flüchteten. Ich wollte ihnen nachjagen ... aber unser Garten hatte eine leichte Steigung. Anscheinend war mein Körper schon wieder kurz davor auszutrocknen, denn meine Muskeln ermüdeten unglaublich schnell. Als ich den Hügel fast geschafft hatte, musste ich mich hinhocken, um wieder zu Atem zu kommen.

Ein Automotor sprang an. Scheinwerfer leuchteten über mich hinweg.

Eine Hand hielt mir den Mund zu, und gleichzeitig schlang sich ein Arm um meine Taille.

Ich zerrte daran, als ich rückwärts zum Haus geschleift wurde, aber die Anstrengung ließ mich nur schwächer werden.

»Vanessa«, flüsterte eine bekannte Stimme, »ich bin es nur.«

Ich hörte auf, mich zu wehren. Simon hielt mich schützend an sich gedrückt, als die Scheinwerfer über unseren Garten schwenkten. Der Motor heulte auf, und Reifen wühlten sich durch den Schotter. Wir hörten den Wagen aus der Einfahrt rasen und in Richtung Stadt abbiegen.

»Wer war das?«, fragte ich, als Simon mich schließlich losließ.

»Hab ich nicht sehen können. Aber sie haben das hier fallen lassen.«

In der Dunkelheit leuchtete eine kleine rechteckige Fläche auf. Darauf war das Bild eines Paares zu sehen. Die beiden umklammerten einander, als sei der bevorstehende Kuss für sie so wichtig wie die Luft zum Atmen.

Das Rechteck war das Display einer Digitalkamera.

Das Paar waren Simon und ich.

Kapitel 9

»Jetzt bin ich total sicher, dass ihr beide wieder zusammenkommt.«

Ich reichte Paige einen Stapel bordeauxrotes Papier. »Hast du überhaupt gehört, was ich sonst noch erzählt habe?«

»Du meinst, dass jemand euch nachspioniert hat? Dass es jetzt irre Stalker-Fotos von euch gibt? Und dass der fremde Wagen aus eurer Einfahrt geschossen ist, als hätte er einen Düsenmotor unter der Haube?« Sie nahm eine in Leder gebundene Speisekarte von dem Stapel vor sich und schlug sie auf. »Ja, klar. Natürlich habe ist das gehört, schließlich ist erst dadurch der entscheidende Teil des Abends zustande gekommen.«

»Du meinst, dass Simon mich mit dem Auto nach Hause begleitet hat?«

Sie schüttelte den Kopf. »Nette Geste, aber ich spreche davon, dass er dich eingeladen hat, die Nacht bei ihm zu verbringen.«

»So war das doch nicht gemeint«, protestierte ich. »Es war schon spät, und ich war mit den Nerven am Ende. Simon hat mir das Gästezimmer bei seinen Eltern angeboten, damit ich nicht noch alleine Auto fahren muss.«

»Kann schon sein, dass er vom Gästezimmer gesprochen hat, aber *gemeint* hat er sein eigenes. Da wärest du nämlich todsicher gelandet, nachdem ihr beide euch stundenlang so toll unterhalten habt. Und dann wärest du in seinem Bett eingeschlafen … vielleicht wäre auch mehr passiert …« Sie zuckte mit den Schultern. »Das ist dir doch genauso klar wie mir. Und Simon wusste es erst recht.«

Sie klang absolut sicher, dabei hatte ich ihr nicht mal erzählt, was passiert war, bevor der Kamerablitz das Wohnzimmer in grelles Licht getaucht hatte – nämlich dass Simon und ich dicht davor gewesen waren, uns zu küssen. Durch die Unterbrechung hatte ich weder Zeit noch Ruhe gehabt, um mir über meine Gefühle klarzuwerden, deshalb wollte ich jetzt noch nicht darüber reden. Zumal Simon mir keine Erklärung gegeben hatte. Nachdem das Auto weggefahren war, hatte sein Gehirn automatisch auf logisches Detektivdenken umgeschaltet, und den Beinah-Kuss hatte er nicht mehr erwähnt.

Nur ganz am Ende ließ er durchblicken, dass er ihn nicht ganz vergessen hatte. Wir kamen an dem Tor zu meinem neuen Zuhause an, und er stieg aus seinem Wagen, um sich zu verabschieden. Während er auf meinen Jeep zuging, schaute ich kurz nach unten, um das Radio auszuschalten. Dieser Moment genügte ihm, um sich durch das offene Fenster zu lehnen, mein Haar vom Ohr wegzustreichen und sieben kleine Worte zu flüstern.

Ich weiß jetzt, was ich wissen wollte.

Dann war er gegangen.

»Können wir uns eine Sekunde auf den Stalker-Teil des Abends konzentrieren?«, fragte ich Paige. »Bitte?«

Sie klappte die Speisekarte zu und schaute sich in der Gaststube um, ob uns auch keiner der drei Leute zuhörte, die heute zum Brunch gekommen waren. Als sie sich wieder mir zuwandte, war das spielerische Funkeln in ihren blauen Augen verschwunden.

»Tut mir leid«, sagte sie leise. »Ich wünsche dir einfach

von ganzem Herzen, dass du wieder mit der Liebe deines Lebens vereint wirst … und ich möchte gerne glauben, dass dieser Sommer normaler wird als der letzte. Wenn wir über irre Stalker reden, ist das eher schwierig.«

»Verstehe ich. Ehrlich.«

Sie lehnte sich mit gekreuzten Armen auf den Stapel aus rotem Papier und beugte sich zu mir vor. »Gab es noch andere Fotos? Außer dem von letzter Nacht?«

»Ja. Wir waren aber glücklicherweise auf keinem drauf. Genauer gesagt war überhaupt niemand darauf zu sehen. Die Bilder haben nur normale Touristenmotive gezeigt: den Strand, Wanderwege, Felsen. Ohne das letzte Foto könnte die Kamera jedem beliebigen Besucher von Winter Harbor gehören.«

»Vielleicht war es einer von den Kaufinteressenten, die vorher bei der Hausbesichtigung dabei waren?«

»Kann schon sein. Das macht halbwegs Sinn. Aber warum sollten sie das Haus so spät abends besuchen, wenn vermutlich niemand da ist?«

Paige wollte gerade antworten, wurde aber unterbrochen, als eine Kaffeekanne zwischen uns auf dem Tisch erschien.

»Ihr beide seht aus, als ob euch die Köpfe rauchen«, meinte Natalie und stellte noch zwei Tassen und eine Zuckerdose dazu. »Ich dachte, bei der vielen Arbeit könntet ihr einen Energieschub vertragen.«

»Vielen Dank!« Paige richtete sich strahlend auf ihrem Stuhl auf. Sie war sichtlich dankbar für die Unterbrechung. »Du bist die Beste! Habe ich nicht recht, Vanessa?«

Wenn man bedachte, wie lange wir Natalie kannten, kam mir diese Einschätzung übertrieben vor. Aber dann entschied ich, dass ich immer noch an einem Rest Verfolgungswahn von unserem ersten Treffen litt, der nun durch die sicherlich unbegründete Sorge verstärkt wurde, dass sie gerade unser Gespräch mitgehört hatte. Also schob ich meine Bedenken beiseite.

»Zumindest hat sie ein hervorragendes Timing.« Ich lächelte Natalie an, während sie meine Tasse füllte. »Danke.«

»Kein Problem. Also, was wird heute angepackt? Küchenfliesen? Deckenzierleisten? Kupferne Wasserhähne?«

Paige neigte den Kopf zur Seite. »Kupfer. Hm, daran hatte ich noch gar nicht gedacht.«

Ich hielt eine der Lederhüllen in die Höhe. »Neue Speisekarten.«

»Was ist denn an den alten verkehrt?«, wollte Natalie wissen.

»Genau das«, erwiderte Paige, »sie sind alt. Uralt, um genau zu sein. Gedruckt auf laminiertem Bastelkarton, der früher mal rot war, aber schon vor ungefähr fünfzig Jahren verblichen ist.«

»Habt ihr denn auch die Gerichte geändert?«, wollte Natalie wissen.

»Nein«, antwortete Paige, »nur die Namen.«

Natalie schaute auf die fertige Speisekarte, die Paige in die Höhe hielt. »Wieso das denn?«

»Aus demselben Grund, weshalb wir alles neu gestrichen haben. Um Bettys Fischerhaus wieder mit Leben zu erfüllen und Kunden anzulocken.«

Natalie nickte. Zögernd.

»Was ist?«, fragte Paige.

»Nichts. Ein neues Image ist immer gut.«

Paige schaute auf die Karte und schürzte die Lippen.

»Ich meine nur …«, fuhr Natalie fort, »glaubst du wirklich, dass rotes Papier etwas verändert?«

»Vielleicht hätte ich lieber Pink nehmen sollen«, murmelte Paige.

»Alle Farben des Regenbogens würden nichts daran ändern. Die Leute interessiert es kein bisschen, wie die Speisekarte aussieht.«

Da war ich sogar ihrer Meinung. Aber als ich Paiges enttäuschte Miene sah, musste ich trotzdem etwas einwerfen. »Wenn die Karten so toll aussehen wie diese, machen sie bestimmt einen Unterschied.«

»Kann schon sein«, sagte Natalie. »Aber ich habe meine Zweifel.«

»Was würdest du denn vorschlagen?«, fragte ich. »Du hast doch schon in einem anderen Restaurant gearbeitet, stimmt's? Wie ist das Geschäft denn dort gelaufen?«

»So gut, dass die Leute schon um drei Uhr für einen Platz angestanden haben, obwohl der Laden erst um fünf aufgemacht hat.« Sie schaute Paige an, die damit beschäftigt war, Zucker in ihren Kaffee zu schütten. »Aber das war auch eine ganze andere Art von Lokal.«

Ich wartete darauf, dass Paige antwortete oder wenigstens aufschaute. »Ein paar Tipps können nicht schaden, oder?«, fragte ich, als sie überhaupt nicht reagierte.

Paige nippte an ihrem Kaffee und zwang sich zu einem Lächeln. »Ja, klar.«

»Wisst ihr was? Tut mir leid, dass ich mich eingemischt habe. Vergesst es einfach.« Natalie wandte sich zum Gehen. »Schließlich geht mich das alles nichts an. Ich bin hier nur die Bedienung. Was weiß ich schon von Restaurant-Management?«

Die Entschuldigung schien Paige weicher zu stimmen, so dass sie endlich von ihrem Kaffee aufschaute. »Wahrscheinlich genauso viel wie wir. Wenn du irgendwelche Geheimtipps hast, würde ich sie gerne hören.«

Natalie schaute sich um, ob die Kunden versorgt waren, dann kehrte sie an unseren Tisch zurück und ließ sich auf den leeren Stuhl fallen.

»Der Laden hieß Bergsteiger-Eck und war eine richtige Spelunke«, sagte sie mit gedämpfter, aber lebhafter Stimme. »Eine runtergekommene Kneipe, um die normalerweise jeder einen weiten Bogen machen würde.«

»Aber sie hatte eine gute Lage?«, vermutete Paige. »In Winter Harbor sind alle der Meinung, dass kein Restaurant besser liegt als unseres – innerhalb der Stadt und direkt am Wasser.«

»Nein, die Gegend war furchtbar. Weder am Wasser noch an der Uni oder sonst einem Highlight. Die größte Attraktion in der Nähe war ein Waschsalon, der sich nachts in eine illegale Spielhölle verwandelte.«

»Klingt ja entzückend«, sagte Paige und warf mir einen Blick zu.

»Der Laden war total schrecklich. Meine Eltern haben mir nur erlaubt, da zu arbeiten, weil sie den Besitzer kannten – und weil die Trinkgelder unglaublich waren. Und zwar jeden einzelnen Abend.« Sie griff in ihre Hosentasche und holte ein abgegriffenes Pappquadrat heraus. »Das hier ist eine der Speisekarten.«

»Sieht aus wie ein Bierdeckel«, stellte Paige fest.

»Stimmt genau. Komplett mit Bierflecken und Resten von Barbecue-Soße.« Natalie drehte die Pappe in der Hand hin und her. »Ich schleppe sie ständig mit mir rum, weil ich ein bisschen sentimental bin.«

»Montag: Spare Ribs«, las ich und kniff die Augen zusammen, um mit der chaotischen Handschrift klarzukommen. »Dienstag: Chicken Wings, Mittwoch: McNuggets.«

»Kneipensnacks?«, fragte Paige ungläubig. »Und nur eine Sorte pro Tag?«

»Mehr war nicht nötig. Alle paar Monate hat der Besitzer die Tagesfolge geändert, aber die Gerichte selbst sind in den fünf Jahren, die ich dort gearbeitet habe, immer dieselben geblieben.«

»Das müssen ja umwerfende Snacks gewesen sein«, meinte ich.

»Na ja, schlecht waren sie nicht ... aber man hätte genauso gutes oder besseres Essen in einem Dutzend Kneipen der Stadt bekommen können, die weniger runtergekommen aussehen.«

»Okay, also warum war der Laden so erfolgreich?« Paige nahm den Bierdeckel entgegen, den Natalie ihr in die Hand drückte, und untersuchte ihn, als könnten die Soßenflecken geheime Hinweise enthalten. »Wieso haben die Leute zwei Stunden vor der Tür gewartet, um reinzukommen?«

Natalie machte eine dramatische Pause, dann antwortete sie: »Weil das Entertainment Spitze war.«

»Du meinst Live-Musik?«, hakte Paige nach.

»Nein, nicht so ganz.«

Paige runzelte die Brauen, dann schossen sie plötzlich in die Höhe. »O nein, keine Chance. Die Art von Lokal sind wir definitiv nicht. Kann ja sein, dass Oma B sich weniger um das Restaurant kümmert als früher, aber es gehört immer noch ihr. Wenn wir mit so was anfangen, bekommt sie vor Schreck einen Herzinfarkt.«

Natalie brauchte einen Moment, um zu verstehen, worauf Paige hinauswollte. Dann lachte sie. »Mein Vater wäre vor Scham tot umgefallen, wenn ich in einem Erotiklokal gearbeitet hätte. Und Will mit seinem Beschützerinstinkt hätte ...«

Sie brach ab. Ihre Finger tasteten nach dem Ring unter ihrem T-Shirt.

»Zu Hause in Boston gibt es ein Lokal«, warf ich schnell

ein, »das sehr beliebt ist, weil man dort zu jeder Tageszeit Karaoke singen kann. Meinst du so was?«

Natalie ließ die Hand sinken. »Tja, die Gäste brechen schon öfter in Gesang aus, wenn sie lange genug getrunken haben. Aber eigentlich gehört das nicht zum Programm.«

»Musik ist es also nicht«, rätselte Paige weiter. »Was bleibt denn noch übrig?«

Natalie grinste. »Eisangeln.«

Paige schaute sie an. »Verstehe ich nicht.«

»Im Norden von Vermont gibt es eine kleine, eingeschworene Gemeinde von Eisangel-Fans. Jedes Jahr, sobald die Seen zufrieren, sind sie täglich draußen, hacken Löcher, werfen Angelschnüre rein und warten, dass was anbeißt. Das ist ein ziemlich einsames Hobby, und nach endlosen Stunden allein in der Wildnis kommen sie in die Stadt, um sich aufzuwärmen und Gesellschaft zu haben.«

»Oookay …« Paige schüttelte den Kopf. »Ich kapiere es immer noch nicht.«

»Vor acht Jahren, als das Bergsteiger-Eck mit Glück ein Dutzend Gäste pro Tag hatte, kam ein Typ namens Tuck Hallerton rein. Er hatte den ganzen Tag geangelt und brauchte einen Drink. Draußen war es so kalt, dass er seinen Fang einfach auf die mit Schnee gefüllte Ladefläche seines Trucks geworfen hat, um den Fisch tiefzufrieren. Er hat den Truck gegenüber vom Bergsteiger-Eck geparkt, und da ist seine Ladung den paar anderen Kneipenkunden aufgefallen.«

»Weil sie noch nie gesehen hatten, dass jemand Fische so lagert?«, fragte ich.

»Nein, weil sie noch nie Fische gesehen hatten, die so riesig waren – besonders mitten im Winter.« Natalie warf einen Blick über die Schulter, aber da ihre Gäste noch immer beschäftigt waren, wandte sie sich wieder um und erzählte weiter. »Offenbar waren die Viecher gigantisch … ungefähr wie

Haie. Die Leute haben Tuck gefragt, wo man so etwas fangen kann, aber er hat gesagt, das wüssten nur er und die Fische, und so solle es auch bleiben. Von der Geschichte waren die Kneipengäste, die alle aus der Gegend kamen, so beeindruckt, dass sie es weitererzählt haben. Bis dahin hatte nie jemand von Tuck gehört, aber die Story sprach sich immer weiter rum, und alle wollten den mysteriösen Eisangler sehen, dem solche Brocken an den Haken gingen. Manche Leute tauchten jeden Abend auf, weil sie hofften, dass er mit einer neuen Fuhre monströser Wasserkreaturen auftauchen würde. Und da er tatsächlich ab und zu vorbeikam, wurde sein Fanclub ebenfalls zu Stammgästen.«

Ich warf Paige einen Blick zu. Wenn von monströsen Wasserkreaturen die Rede war, wurde ich automatisch nervös, und ihr ging es wahrscheinlich genauso.

»Na gut, und wie ging es weiter?«, fragte Paige scheinbar ungerührt. »Wie wird aus einem Truck voller Fische eine Goldgrube?«

»Weil sich das Ganze herumgesprochen hat und bald andere Eisangler auftauchten, um ihren Fang zu vergleichen. Die Einheimischen haben auch bald mitgemacht, und seitdem gibt es jeden Abend einen Wettbewerb, wer den größten oder seltsamsten Fisch gefangen hat.« Natalie tätschelte den roten Papierstapel. »Es gibt keine bessere Werbung als Mundpropaganda … und ich fürchte, die Leute werden nicht über Bettys hübsche neue Speisekarten reden.«

»Okay«, erwiderte Paige, »aber dafür reden sie über das fantastische Essen. So ist es immer gewesen, und unser Koch ist derselbe geblieben.«

»Ist eure Kundschaft auch dieselbe geblieben?«, hakte Natalie nach.

»Nein, sie ist geschrumpft. Deshalb ja die neuen Speisekarten, die Renovierungen und der ganze Rest.«

»Von den Gästezahlen mal abgesehen.« Natalie nickte in Richtung des älteren Paares an einem nahen Tisch. »Lockt ihr Stammkunden an? Ich meine, tauchen die Leute, die hier zum Brunch kommen, hinterher immer wieder auf und bringen ihre Freunde mit?«

Paige dachte darüber nach und betrachtete das Rentnerpaar. »Kann schon sein.«

»Was war denn eigentlich mit dem Sommer«, fragte ich, »als die Seen nicht zugefroren waren? Wieso sind die Leute trotzdem noch ins Bergsteiger-Eck gekommen?«

»Weil es sehr schnell einen gewissen Ruf hatte.« Natalie stand auf. »Dafür hat der erste Winter gereicht. Die Leute wollten sehen, wo sich die ganzen verrückten Geschichten abgespielt haben, von denen sie gehört haben. Wenn sie schon nicht selbst dabei gewesen sind, wollten sie wenigstens die Atmosphäre einatmen.«

Sie ging, um das Rentnerpaar zu bedienen, und ich schaute Paige an. »Klingt ein bisschen wie der Bull & Finch Pub in Boston.«

»Where everybody knows your name …«, trällerte Paige.

»Ja, genau. Oder zumindest kannte da jeder deinen Namen, bis die Kneipe durch die TV-Serie *Cheers* berühmt wurde. Jetzt ist dort ständiger Touristenrummel.«

»Auch ohne mutierte Fische.«

»Aber mit dem ›gewissen Ruf‹, von dem Natalie gesprochen hat. Natürlich sind die Serienschauspieler nie da, trotzdem stehen die Neugierigen draußen Schlange.«

Paige seufzte. »Bettys Fischerhaus hat bereits einen Ruf. Wir sind seit fünfzig Jahren so bekannt, dass wir uns vor Artikeln in Reisemagazinen kaum retten können. Die Leute sollten eigentlich nach Winter Harbor strömen, nur um unsere berühmte Suppe zu probieren.«

»Tun sie aber nicht«, sagte ich sanft.

»Vielleicht ist das nur eine kurze Flaute, die wir überstehen müssen, ohne uns verrückt zu machen. Irgendwann wird alles von selbst wieder normal.« Ihre Stimme klang optimistisch, aber gleichzeitig runzelte sie die Stirn.

»Du scheinst nicht ganz daran zu glauben«, stellte ich fest.

»Doch, schon. Das Leben steckt schließlich voller Überraschungen, stimmt's? Das sollten wir beide am besten wissen.« Sie zwang sich zu einem Lachen. »Es ist nur ... ich habe dir doch von den Managementkursen erzählt? Auf der Restaurantfachschule in San Francisco?«

Ich nickte. Während des letzten Schuljahres hatte sie sich die Nächte um die Ohren geschlagen und das Internet nach Weiterbildungskursen durchsucht. Aber am Ende hatte sie sich entschieden, lieber bodenständig zu Hause zu bleiben.

»Na ja, ich habe noch mal darüber nachgedacht, und ich würde wirklich gerne teilnehmen –«

Ich stieß ein überraschtes Keuchen aus. »Das ist ja toll!«

»Ja, schon. Danke. Aber vor allem ist es teuer. Und Oma B musste schon mein Schuljahr auf der Hawthorne bezahlen, unser Haus instand setzen lassen, nachdem Oliver es auseinandergenommen hat, und jetzt steckt sie eine Riesensumme in die Renovierung des Restaurants. Mit anderen Worten, ihr Konto schmilzt dahin. Zwar behauptet sie die ganze Zeit, dass wir uns das alles leisten können, aber wenn der Rest der Saison so schlecht läuft wie der Anfang ... dann haben wir ein Problem.«

Kurz blitzten Erinnerungsbilder von Oliver in meinem Kopf auf, wie er im Keller des Hauses wie besessen Zeitungsfotos und -artikel ausgeschnitten hatte, während ein Dutzend Sirenen (unter anderem auch ich) um ihn herum in zusammengezimmerten Wasserbottichen lagen. Unter Rainas Gedankenkontrolle hatte er das Mobiliar zerhackt und Teppichböden herausgerissen, um die Behälter zu bauen. Seit ich zurück in Winter Harbor war, hatte ich noch keine Gelegenheit gehabt, das Haus zu besuchen, aber Paige behauptete, ich würde es nicht wiedererkennen.

Ich blinzelte, um die Bilder zu verscheuchen. Da mir Stress neuerdings die Energie aussaugte, griff ich schon im Voraus nach meinem Kaffee.

»Also, was können wir tun?«, fragte ich und schüttete einen Löffel voll Zucker in meine Tasse.

Paige tauschte den Bierdeckel gegen ein Notizbuch. »Ich schätze, wir überlegen uns, welches Entertainment in Winter Harbor ankommt.«

Während sie mit dem Brainstorming begann, nippte ich an meinem Kaffee und nahm mir vor, Natalie ein Kompliment zu machen, denn der Geschmack war eine perfekte Mischung aus bitter und salzig. Tatsächlich schmeckte die erste Tasse so gut, dass ich mir gleich noch eine zweite einschenkte.

Erst als ich sie zur Hälfte getrunken hatte, wurde mir klar, dass etwas nicht stimmte. Ich nahm einen weiteren Schluck, um sicherzugehen, dann griff ich nach dem Teelöffel, stippte ihn in den Zuckernapf und probierte.

Das weiße Pulver war kein Zucker.

Sondern Salz.

Mit rasendem Puls und trockenem Mund beugte ich mich über den Tisch. »Paige, hast du Natalie irgendwas darüber erzählt, dass ...«

Ich brach ab und lehnte mich zurück.

»Worüber denn?«, fragte Natalie, die direkt neben uns aufgetaucht war.

Ich ließ mir schnell etwas einfallen. »Die Eismaschine. In der Bar. Bei ihr klemmt ein Hebel, und wenn man nicht ab und zu daran rüttelt, fließt das Wasser über.«

»Gut zu wissen.« Natalie nickte in Richtung des Foyers. »Vanessa, da hat jemand nach dir gefragt.«

Ich schaute an ihr vorbei. Da ich niemanden sah, stand ich auf. »Danke. Bin gleich zurück.«

Während ich die Gaststube durchquerte, warf ich einen Blick auf meine Uhr. Es war noch nicht einmal elf, also hatten Simon und Caleb bestimmt keine Arbeitspause. War Simon heute früher gegangen? Weil er es nicht erwarten konnte, mich wiederzusehen?

Der Gedanke freute mich so, dass ich automatisch schneller ging. Doch als der Empfangstresen in Sichtweite kam, fiel mir ein, dass Simon vielleicht nicht der Einzige war, der mir einen Überraschungsbesuch abstatten würde. Schließlich gab es noch meine beiden Verfolger von letzter Woche. Oder die Stalker von gestern Abend. Gut möglich, dass sie auch herausbekommen hatten, wo ich arbeitete.

Wir haben mitten am Tag, versuchte ich, mich zu beruhigen, *und noch dazu sind wir an einem öffentlichen Ort. Wenn sie mir auflauern wollten, würden sie das wohl kaum jetzt und hier tun.*

Obwohl dieses Argument völlig logisch war, begannen mir die Knie zu zittern. Als ich den Türdurchgang erreichte, fühlte ich mich so schwach auf den Beinen, dass ich mich anlehnen musste – und jemand fing mich auf, bevor meine Schulter die Wand berührte.

Nicht Simon. Auch nicht einer meiner Stalker.

Vor mir stand meine Mutter. Charlotte Bleu.

Kapitel 10

»Was machst du denn hier?«

Sie hielt mich am Arm fest, bis ich wieder senkrecht auf den Füßen stand, dann ließ sie mich los. »Tut mir leid, wenn ich dich erschreckt habe. Ich war nicht sicher, ob du heute überhaupt im Restaurant bist.«

Aber immerhin wusste sie, dass ich bei Bettys Fischerhaus arbeitete. Da wir beide seit Monaten nicht miteinander gesprochen hatten, war klar, dass jemand anderer sie auf dem Laufenden gehalten haben musste … oder dass sie in meinen Kopf eingedrungen war, ohne dass ich es gemerkt hatte. Sofort versuchte ich, meine Gedanken zu dämpfen.

»Hast du kurz Zeit zum Reden?«, fragte sie.

Ich drehte mich um und warf einen Blick in die Gaststube. Natalie hatte sich auf meinen Stuhl gesetzt und schien mit Paige in ein lebhaftes Gespräch vertieft zu sein.

»Ja, schon«, antwortete ich. »Aber nicht hier.«

Sie trat zur Seite, damit ich vorausgehen konnte. Da ich möglichst schnell eine Antwort auf die Frage haben wollte, die ich gerade gestellt hatte, eilte ich aus der Tür, die Eingangstreppe hinunter und um das Gebäude herum. Ich nahm an, dass sie mir in kurzem Abstand folgte, aber dann erreichte ich den Bootssteg, und er schwankte nur unter meinen Schritten, nicht unter einem zweiten Gewicht. Ich drehte mich um und stellte fest, dass sie noch mehrere Meter entfernt war.

Ich schirmte weiterhin meine Gedanken ab, doch als ich Charlotte näher kommen sah, fühlten sie sich an wie spitze Pfeile, die mein Schutzschild durchdringen wollten. Ich hatte Charlotte nicht mehr gesehen, seit sie mich und Simon letzten Herbst vor den Sirenen gerettet hatte, die uns am Grund des Lake Kantaka festhielten. Damals hatte sie gesagt, dass sie zwar gern die verlorenen siebzehn Jahre aufholen und mich jeden Tag sehen würde, aber mir die Entscheidung überließ, wie unsere Beziehung aussehen sollte. Sie würde tun, was immer ich für richtig hielt: mich regelmäßig besuchen oder mir erst einmal Zeit lassen, um alles zu verarbeiten. Selbst wenn ich es für das Beste hielt, dass sie sich völlig aus meinem Leben heraushielt wie zuvor, als ich noch nichts von ihrer Existenz wusste und meine Sirenenmutter nur zufällig in einem Bostoner Café entdeckt hatte, wäre sie damit einverstanden. Charlotte war sich bewusst, dass ihre ständige Nähe für mich und meine Familie wahrscheinlich eine Überforderung sein würde. Sie sagte, unser Leben sei schon genug auf den Kopf gestellt worden, und vielleicht wollte ich einfach nur vergessen, was die letzten sechs Monate an Enthüllungen gebracht hatten. Aber sie würde immer für mich da sein, wenn ich sie brauchte, auch falls ich entschied, dass ich mein Leben ohne sie weiterführen wollte.

Damals entschied ich mich für diese einfache Lösung. Ein Teil von mir wollte alles über Charlotte wissen – und damit auch über mich selbst –, doch ein größerer Teil wollte lieber so tun, als seien wir uns nie begegnet. Ich war mir einfach nicht sicher, ob ich noch mehr überraschende Wahrheiten ertragen konnte. Außerdem hatte ich schließlich immer noch Zeit, meine Meinung zu ändern. Ein paarmal war ich schon kurz davor gewesen, wenn ich mich schlecht fühlte oder zum Beispiel nicht verstand, wie ein Mitschüler auf mich reagierte. Aber dann sah ich, wie meine Mom – die mich von Kindheit an als Mutter aufgezogen hatte – meinen Dad in die Arme nahm. Wie Dad ihr einen Kuss auf die Nasenspitze gab. Oder wie die beiden zusammen durch die Küche tanzten. Deshalb widerstand ich jedes Mal der Versuchung.

Ansonsten wäre Charlottes Auftauchen kaum so ein Schock gewesen. Vor Überraschung hatte ich mir nicht die Zeit genommen, sie am Empfangstresen näher zu betrachten, aber als sie nun auf dem Bootssteg näher kam, waren die körperlichen Veränderungen nicht zu übersehen. Vor sechs Monaten war sie schlank und hoch gewachsen gewesen, mit strahlenden blaugrünen Augen und langem, dickem Haar. Ihre porzellanweiße Haut war von makelloser Glätte gewesen, ohne eine Spur von Falten. Sie hatte nicht nur fantastisch ausgesehen, sondern sich so mühelos durch das Wasser des Sees bewegt wie eine junge Spitzensportlerin auf dem Höhepunkt ihrer Karriere.

Doch die Frau, die nun auf mich zukam, hatte einen gebeugten Rücken und bewegte sich leicht hinkend. Zwar funkelten ihre Augen noch immer lebendig, aber sie waren halb unter Schlupflidern verborgen. Die schwammige Haut in ihrem Gesicht schwabbelte ein wenig, und sie trug das Haar kurzgeschnitten, das mehr weiße als braune Strähnen hatte. Mit den schwarzen Jeans, der langen Kaschmirjacke und den silbernen Ledersandalen sah sie noch immer schicker gestylt aus als fast jeder in Winter Harbor … aber die unübersehbaren Anzeichen des Alters ließen diesen Look wirken, als hätte sie den Kleiderschrank ihrer Tochter geplündert.

Ihrer Tochter. Wahrscheinlich würde ich mich nie daran gewöhnen, dass damit ich gemeint war.

»Ich weiß, was du denkst«, sagte sie.

Als sie auf den Steg treten wollte, hielt ich ihr eine Hand entgegen, und sie nahm meine Hilfe mit zitterigen Fingern an.

»Natürlich weißt du das«, versicherte ich.

Sie lächelte, wodurch sich für einen kurzen Moment ihr Gesicht straffte. »Nein, so war das nicht gemeint. Ich habe dir versprochen, dass ich nicht nach dir lauschen würde, und daran habe ich mich gehalten.«

Ich versuchte, ihr Lächeln zu erwidern, aber fragte mich unwillkürlich, ob sie die Wahrheit sagte.

Als sie neben mir auf dem Steg stand, drückte sie meine Hand und ließ mich los. »Du denkst, dass du mich nicht gerufen hast, weder in Gedanken noch mit normaleren Mitteln, und trotzdem bin ich hier. Du wirfst mir vor, dass ich unsere Abmachung gebrochen habe. Um das zu erkennen, muss ich nicht in deinen Kopf eindringen. Man sieht es dir sehr deutlich an.«

»Ich bin nur überrascht«, gab ich zu und war froh, dass sie nicht mehr aus meinem Gesicht ablas. »Aber ich freue mich trotzdem über deinen Besuch. Mir kommt es wie eine Ewigkeit vor, seit wir uns zum letzten Mal gesehen haben.«

Sie schaute zur Seite und begann, den Steg entlangzugehen. »Eine Ewigkeit, allerdings.«

Ich warf einen Blick zurück zum Restaurant, während ich ihr folgte. Der Parkplatz war noch immer fast leer. Zwei Mitarbeiter saßen draußen auf dem Pausenbalkon, aber sie waren in ein Gespräch vertieft und beachteten uns nicht.

»Wie geht es dir?«, fragte Charlotte.

Ich dachte über eine Antwort nach. Wenn sie meine Gedanken wirklich nicht belauscht hatte, musste ich auch nicht befürchten, dass sie auf eine bestimmte Antwort hinauswollte. »Prima. Ein bisschen im Stress, aber sonst prima.«

»Die letzten Monate müssen ganz schön anstrengend gewesen sein: das letzte Schuljahr, die Abschlussprüfungen, die Uni-Bewerbungen.«

»Ich habe mich nur an einer beworben«, erklärte ich. »Nämlich Dartmouth.«

»Wo deine Schwester eigentlich hingehen wollte.«

Ich zögerte. Charlotte kannte die Wahrheit nicht – dass Justine ihre erfolgreiche Bewerbung nur vorgetäuscht hatte, während sie in Wirklichkeit plante, mit Caleb durchzubrennen. Anscheinend hatte Dad in seinen letzten E-Mails einige Details ausgelassen.

»Ja, genau«, sagte ich, weil das einfacher als eine Erklärung war. »Und ich bin angenommen worden. Ende August fahre ich hier ab und fange mit dem Studium an.«

Sie machte Anstalten, mir den Arm um die Schultern zu legen, entschied sich aber anders und verschränkte stattdessen die Hände hinter dem Rücken.

»Das ist fantastisch. Herzlichen Glückwunsch.«

»Danke.«

Wir hatten das Ende des Stegs erreicht und schauten über den Hafen hinaus. Genau wie der Restaurantparkplatz war er fast leer. Letzten Sommer hatte an der Marina ein enormes Gedränge geherrscht – Motorboote, Segeljachten, Jet-Skis, Kajaks, Kanus. Hier war alles versammelt gewesen, was irgendwie schwimmen konnte. Dieses Jahr legten hier fast nur Fischtrawler an, und um diese Uhrzeit waren sie noch draußen auf dem Meer.

»Wie fühlst du dich?«, erkundigte sich Charlotte mit leiser Stimme.

Müde. Schwach. Durstig. Noch häufiger als sonst, und es dauert immer länger.

»Mir geht es super. Unser neues Haus ist regelrecht ins Wasser reingebaut, und das hilft eine Menge.« Ich warf ihr einen Blick aus dem Augenwinkel zu. »Bestimmt hat Dad erwähnt, dass wir umgezogen sind.«

»Das hätte er sicher, wenn wir noch in Kontakt wären. Aber da wir uns nicht mehr schreiben, ist diese Nachricht für mich neu.«

Unsere Blicke trafen sich. Ich schaute zur Seite, denn daran war die Abmachung schuld, die ich mit ihr getroffen hatte. Dad und Charlotte hatten Kontakt gehalten, seit sie ihn gebeten hatte, für mich zu sorgen, aber nachdem ich meine Sirenenmutter persönlich kennengelernt hatte, war damit Schluss gewesen. Wir hatten entschieden, dass kein Grund mehr für den Mail-Wechsel bestand, schließlich konnte ich Charlotte nun selbst berichten, was in meinem Leben passierte. Und ich konnte mir vorstellen, wie schlimm es für Mom gewesen war, erfahren zu müssen, dass Dad die ganzen Jahre hindurch seine Ex als geheime Brieffreundin gehabt hatte.

»Wie fühlst *du* dich denn?«, fragte ich zurück. Damit wollte ich nicht ausweichen, sondern die Antwort war mir wirklich wichtig.

Eine kühle Brise strich über das Wasser. Charlotte zog sich ihren Pullover enger um den Körper, und ich konnte sehen, wie sich ihre Rippen abzeichneten.

»Vanessa«, sagte sie mit leiser, ernster Stimme, »ich habe nicht vor, lange zu bleiben.«

Überrascht wandte ich mich um. »Aber du bist doch gerade erst gekommen.«

Vermutlich hörte sie ebenso wie ich selbst die Enttäuschung in meiner Stimme. Sie neigte den Kopf und betrachtete mich. »Ich habe hier nur einen Zwischenstopp gemacht. Eigentlich bin ich auf dem Weg nach Montreal, weil ich mit ein paar Leuten reden muss –«

»Du meinst mit Nenuphars?« Wie ich von Charlotte gelernt hatte, waren die Nenuphars ein sehr erfolgreicher Sirenenclan. Über die Jahre waren sie so mächtig geworden, dass sie über Fähigkeiten verfügten, von denen andere Sirenen nur träumen konnten. Wir beide stammten von ihnen ab, was auch der Grund war, warum Dad ihren Verführungskünsten nicht hatte widerstehen können, obwohl er Mom von ganzem Herzen liebte.

»Ja«, sagte Charlotte. »Ich habe mit meinen Verwandten etwas zu besprechen.«

»Aber ich dachte, du hast den Kontakt zu ihnen schon vor Jahren abgebrochen, als du den Clan verlassen hast und hierhergekommen bist.«

»Das stimmt. Aber nun ist es an der Zeit, sie zu besuchen … genau wie dich.«

»Obwohl sie mehr Männer ermordet haben als sonst ein Clan auf der Welt? Obwohl du dich genau aus diesem Grund von ihnen losgesagt hast?« Ich merkte selbst, wie anklagend meine Stimme klang, und wandte den Blick ab.

»Ja«, sagte sie. »Trotz allem.«

Ich nickte und wusste nicht, wie ich mich bei dieser Enthüllung fühlen sollte. Zwar war sie meine Mutter, aber dennoch praktisch eine Fremde, und das Ganze ging mich nichts an. Andererseits hatte Charlotte letzten Herbst selbst jemanden getötet. Sie sagte, die beiden Männer seien ihre ersten Opfer gewesen, seit sie vor vielen Jahrzehnten von ihrer Familie weggelaufen war, und sie hätte die Tat nur begangen, weil sie sonst nicht genug Kraft gehabt hätte, um gegen Raina und die anderen Sirenen von Winter Harbor zu kämpfen. Hinterher hatte sie mir erzählt, dass sie sich deswegen noch schlimmer fühlte als erwartet und geschworen hatte, nie wieder einem Menschen das Leben zu nehmen.

Also welchen Grund konnte sie nun haben, sich mit den gefährlichsten Sirenen der Welt einzulassen?

»Eigentlich war ich nicht einmal sicher, ob ich hier anhalten würde, bis ich die Highway-Ausfahrt vor mir sah«, fuhr Charlotte fort. »Deshalb habe ich meinen Besuch nicht angekündigt. Aber ich weiß leider nicht ...« Sie senkte den Blick auf die Planken, und ihre Stimme verklang. Doch gleich darauf hob sie entschlossen den Kopf und nahm einen zweiten Anlauf. »Ich weiß leider nicht, wann ich zurückkehren werde. Deshalb wollte ich mich wenigstens bei dir melden und fragen, ob du etwas brauchst, bevor du mich nicht mehr erreichen kannst.«

»Kann ich dich denn nicht auf dem Handy anrufen?«, fragte ich. Ihre Festnetznummer hatte ich sowieso nie gehabt. »Oder nimmst du es nicht mit?«

»Ich werde in Montreal nur kurz meine Cousine besuchen und danach weiterreisen. In Kanada gibt es sehr einsame Gegenden, in denen man nie weiß, ob es Handyempfang gibt.«

»Aber ...«

»Vanessa!«, rief plötzlich eine Stimme.

Ich wirbelte herum und musste die Hand vor die Stirn halten, um meine Augen gegen die Sonne abzuschirmen.

»Ist das Simon?«, fragte Charlotte.

Das Herz schlug mir bis zum Hals, als mir klar wurde, dass sie mit dieser Vermutung recht hatte. Er stand am Rand des Parkplatzes und schaute in unsere Richtung. Hinter ihm stand der Kombi, in dem sein Bruder Caleb saß.

»Ihr seid also immer noch zusammen. So etwas hatte ich mir schon gedacht.«

»Nein, eigentlich sind wir getrennt.« Ich winkte und hielt einen Finger hoch, um zu signalisieren, dass ich noch eine Minute brauchte. »Er hat im Oktober mit mir Schluss gemacht, nachdem ...« Diesmal versagte mir die Stimme. Aber ich brauchte den Grund auch gar nicht erst zu erklären.

»Glaub mir«, sagte sie, wobei in ihrer Stimme eine seltsame Mischung aus Enttäuschung und Freude lag, »selbst wenn er mit dir Schluss gemacht hat, seid ihr unübersehbar immer noch ein Paar.«

Ich drehte mich wieder zu ihr um. Sie schenkte mir ein kleines Lächeln.

»Nun geh schon. Sag hallo.«

»Nein, schon gut, ich kann –«

»Vanessa.« Sie berührte mich am Arm. »Ich kann warten.«

Trotzdem rührte ich mich nicht, bis sie sich auf den Steg setzte, ihre Jeans hochkrempelte und die Sandalen auszog. Sie tauchte die Beine ins Wasser, als würde das Salz sie an ihrem Platz festhalten, bis ich zurückkehrte. Erst da setzte ich mich in Bewegung und eilte den Steg entlang.

Während ich auf Simon zulief, versuchte ich, meine Gefühle zu entwirren. Charlotte lebte in Boston, und ich hätte sie jeden Tag sehen können, aber mich dagegen entschieden. Jetzt, da sie nicht mehr so einfach erreichbar war, wünschte ich mir plötzlich, ich hätte die Gelegenheit besser genutzt.

Doch als ich Simon erreichte, spielte gut oder schlecht plötzlich keine Rolle mehr, und es blieb nur noch ein Gefühl übrig.

Reines Glück.

»Hallo«, sagte er.

»Hi.« Ich blieb einen Meter vor ihm stehen und hätte ihn am liebsten zur Begrüßung in die Arme genommen, aber war nicht sicher, ob das angemessen war.

»Sorry, habe ich dich bei was Wichtigem gestört ...?«

»Nein, gar nicht«, erwiderte ich schnell. »Und für die Zukunft hast du hiermit die Erlaubnis, mich zu stören, wann immer du willst.«

»Okay, ist notiert.« Er nickte in Richtung des Bootsstegs. »Ist das Betty, die da hinten sitzt?«

Ich schaute über meine Schulter. Wenn ich mit Ja antwortete, wollte er sie vielleicht begrüßen, schließlich kannten sich die beiden. Ich war in Versuchung, sie als Freundin meiner Eltern auszugeben oder sogar zu erzählen, dass sie das Restaurant mieten wollte ... jedenfalls hatte ich keine Lust, alles aufzuwühlen, was wir beide lieber vergessen wollten. Aber zu schwindeln war auch keine Lösung. Wenn ich wollte, dass Simon und ich eine Chance für die Zukunft hatten, durfte ich nicht wieder mit solchen Spielchen anfangen. Ich musste die Wahrheit sagen, so unangenehm sie auch sein mochte.

»Das ist Charlotte«, antwortete ich und wandte mich wieder Simon zu. »Sie ist auf dem Weg nach Kanada und hat kurz vorbeigeschaut.«

»Oh.« Seine Miene verhärtete sich einen Moment, doch dann entspannte sie sich wieder. »Ich will dich nicht lange aufhalten ... nach gestern wollte ich nur sichergehen, dass du gut bei der Arbeit angekommen bist.«

Mir wurde innerlich ganz warm. »Ja, keine Probleme.«

»Nichts Ungewöhnliches?«

»Nein, zumindest ist mir nichts aufgefallen.«

»Gut.« Er trat einen Schritt auf mich zu und senkte die Stimme. »Außerdem wollte ich dich noch etwas anderes fragen.«

Mein Blick fiel auf seine Lippen, die sich in nächster Nähe befanden.

»Wollen wir heute Abend zusammen essen?«

Ich schaute zu ihm auf. Lächelte ihn an. »Sehr gerne.«

»Super. Was ist mit Paige?«

Einen Moment verschlug es mir die Sprache. »Mit Paige?«

»Ja, meinst du, sie kann auch kommen? Schließlich hat die Szene gestern bewiesen, dass jemand bereit ist, ziemliche Risiken einzugehen, um uns auszuspionieren. Je mehr bei unserem Brainstorming mitmachen, desto eher können wir herausfinden, wer diese Leute sind und was sie wollen.«

Mir schossen nacheinander drei Gedanken durch den Kopf. Erstens, dass ich durch das belauschte Gespräch beim Geräteschuppen schon ziemlich genau wusste, warum jemand uns beobachtete. Zweitens, dass Simon davon nichts wissen sollte, weil er sich unnötig Sorgen gemacht hätte … wahrscheinlich waren diese Leute nur neugierige Adrenalinjunkies, die ein Gerücht im Internet aufgeschnappt hatten und keine echte Gefahr bedeuteten, aber ich wusste, dass Simon trotzdem als Beschützer in Aktion treten würde.

Der dritte Gedanke war, dass Simon sich bereits jetzt Sorgen machte. So wie immer.

»Ich werde Paige fragen«, versprach ich.

»Prima.« Er atmete aus und ging wieder auf Abstand. »Wir müssen zurück an die Arbeit. Treffen wir uns um sieben? Bei Murph's Grillstube?«

Ich nickte. Er warf mir ein kleines Lächeln zu, bevor er sich umdrehte und zurück zum Wagen lief.

Während ich wieder auf den Steg zuging, stellte ich fest, dass der Sommer nicht so lief, wie ich gehofft hatte. Natürlich konnte ich nichts dagegen tun, wer ich war, auch wenn ich es mir oft genug wünschte … aber musste meine Sirenennatur uns jedes Mal in die Quere kommen, wenn Simon und ich zusammen waren? Wie sollte unsere Beziehung da wieder in Ordnung kommen? Ich wollte die Probleme endlich hinter mir lassen und wenigstens wieder normal mit Simon befreundet sein – so normal wie überhaupt möglich.

Diese deprimierenden Gedanken zehrten an meinen Kräften, und beim Betreten des Bootstegs konnte ich meine Füße kaum noch spüren. Mein Mund war trocken, und meine Kehle brannte. Als mein Körper zu schwanken begann, beschleunigte ich meine Schritte und brachte die restlichen Meter halb rennend, halb stolpernd hinter mich.

Am Ende des Stegs ließ ich mich fallen, krempelte meine Hosenbeine hoch und steckte beide Beine ins Hafenwasser. Der Effekt ließ auf sich warten, also beugte ich mich vor und bespritzte auch mein Gesicht und die Arme. Es dauerte eine geschlagene Minute, bis ich mich kräftig genug fühlte, um mich im Sitzen aufzurichten, ohne gleich wieder zusammenzuklappen.

Charlotte hatte sich das Ganze schweigend angesehen. Sie hatte wie versprochen auf mich gewartet, aber erst jetzt ergriff sie das Wort. Ihre Stimme war leise und ernst.

»Nun, Vanessa … vielleicht gibt es doch etwas, was ich für dich tun kann?«

»Ja.« Ich holte tief Atem und ließ ihn langsam wieder entweichen. »Ich möchte, dass du eine Weile hierbleibst. Bitte.«

Kapitel 11

»Mein Single-Leben hat jetzt genau zweihundertzweiundvierzig Tage, neun Stunden und drei Minuten gedauert«, stellte Paige fest.

»Und?«, fragte ich.

»Und ich weiß nicht, ob das reicht. Ich meine, um über Riley hinwegzukommen und mich wieder mit Jungs zu treffen.«

Ich parkte den Jeep und wandte mich ihr zu. »Erstens hast du Riley den Laufpass gegeben, nicht umgekehrt, also gehe ich davon aus, dass du dich inzwischen von deinem gebrochenen Herzen erholt hast.«

»Das ist mir schwerer gefallen, als du denkst. Ich habe noch nie mit einem Jungen Schluss gemacht, und eigentlich wollte ich es auch gar nicht. Aber ich hatte das Gefühl, mir bleibt keine andere Wahl.«

»Kann ich verstehen.« Ja, das konnte ich wirklich. Nachdem Paige letzten Herbst ihre Umwandlung in eine Sirene vollzogen hatte, um Raina ein für alle Mal aufzuhalten, wollte sie ihre neuen Fähigkeiten testen. Aber sie wollte nicht ausgerechnet Riley als Versuchskaninchen benutzen, für den sie echte Gefühle empfand. Also hatte sie ihre Beziehung mit Simons bestem Freund und Zimmergenossen beendet. »Andererseits hast du in den letzten zweihundertvierzig Tagen nicht einmal seinen Namen erwähnt.«

»Vielleicht hätte mich das einfach zu sehr aufgewühlt.«

»Oder vielleicht warst du zu abgelenkt von den Dutzenden süßer Jungs, die sich um deine Aufmerksamkeit gestritten haben, nachdem du wieder solo warst.«

»Na ja.« Sie zuckte mit den Schultern. »Die alle abzuwimmeln war schon recht zeitaufwendig.«

»Und um dir den Wind ganz aus den Segeln zu nehmen«, fuhr ich fort und grinste sie an, »handelt es sich heute Abend nicht um ein Date.«

»Um was denn sonst? Zwei Jungs, zwei Mädchen …«

»Nur ein ganz normales Treffen.«

»Mit Abenddinner, Getränken … und einem schicken neuen Outfit, das ich noch nie an dir gesehen habe.«

Ich schaute auf den türkisfarbenen Rock, den ich mir heute während der Kaffeepause gekauft hatte. »Den habe ich nur aus Loyalität gekauft. Um Winter Harbors Wirtschaft zu unterstützen.«

Sie tätschelte mir das Knie. »Wie selbstlos von dir.«

Ich sah sie unsicher an. »Habe ich damit übertrieben? Vielleicht sollte ich schnell noch mal nach Hause und mich umziehen. Schließlich geht es hier wirklich nicht um ein Date. Ich möchte nicht, dass Simon denkt, ich will das Treffen in ein Rendezvous verwandeln.«

»Machst du Witze? Du liebst ihn doch. Also solltest du jede Gelegenheit nutzen, ihn daran zu erinnern, dass er das Gleiche für dich empfindet. Glaub mir, selbst wenn er uns zum Tankstellenshop eingeladen hätte, wäre dieser Look« – sie zeigte auf mein Top mit Rüschenkragen, meine Jeansjacke und bunte Perlenkette – »immer noch nicht übertrieben.«

Ihre Hand lag noch immer auf meinem Knie, und ich drückte sie. »Danke.«

»Jederzeit. Okay, dann wollen wir mal die Wirtschaft in Winter Harbors bekanntestem Fastfood-Schuppen ankurbeln.«

Als wir aus dem Jeep stiegen und die Straße überquerten, fragte ich mich nicht zum ersten Mal, wieso Simon ausgerechnet diesen Treffpunkt gewählt hatte. Wenn wir nicht überhört werden wollten, hätte ein weniger öffentlicher Ort mehr Sinn gemacht … zum Beispiel eines unserer Wohnzimmer.

Der Grund wurde auch nicht klarer, als wir das Restaurant betraten. Denn es war zum Bersten voll. Jeder Tisch und Barhocker waren besetzt.

»Das fasse ich nicht!«, übertönte Paige nur mühsam den Lärm von Rockoldies, Gesprächen und Gelächter. »Stecken die in ihre Burger vielleicht Bargeld statt Buletten?«

»Aber hallo!« Ein schwabbeliger Typ mit halbleerem Bierglas wandte sich von dem Billardspiel ab, dem er zugeschaut hatte, und stattdessen uns beiden zu. »Ladies, wollt ihr einen Drink?«

»Nein danke.« Ich hakte mich bei Paige ein und zog sie durch die Menge.

»Hey, braucht ihr einen Sitzplatz?«, rief ein anderer Mann von der Bar. »Ich habe gleich zwei zu bieten.«

Paige schüttelte sich regelrecht. »Der Typ hat gerade einladend auf seine Schenkel geklopft.«

Ich zog ein bisschen stärker an Paiges Arm.

»Falsche Richtung!«, rief eine dritte Stimme aus einer Gruppe junger Männer, die Tischfußball spielten. »Wir sind hier drüben!«

Ein Dutzend ähnlicher Kommentare flogen uns von allen Seiten wie Geschosse um die Ohren, als wir uns nach hinten durchdrängten. Die paar Männer, die entweder zu betrunken oder nicht betrunken genug waren, um uns anzusprechen, musterten uns mit eindeutigen Blicken, während sie an ihren Getränken nippten. Ein Teil von denen, die mitten im Gespräch abbrachen, um uns lüstern anzustarren, trug sogar Eheringe. Diese Art von Aufmerksamkeit kannte ich schon – aber nicht in solch geballter Menge. Während ich angestrengt jeden Augenkontakt vermied, wünschte ich mir, ich hätte mich für Jeans und Fleecepulli entschieden statt für mein schickes neues Outfit.

»Vanessa!«

Diese Stimme kannte ich. Als ich langsamer wurde und mich umschaute, entdeckte ich Colin in der Menge. Er saß mit drei Mädchen in einer Nische – übrigens den einzigen Mädchen im ganzen Restaurant, abgesehen von Paige und mir.

»Kommt rüber! Wir rücken zusammen, dann habt ihr noch Platz.«

Er winkte und rückte auf der Bank zur Seite. Gleichzeitig öffnete sich eine Lücke in der Menge, so dass ich einen besseren Blick auf seine Begleiterinnen bekam. Zwei von ihnen hatte ich noch nie gesehen, aber die Dritte kannte ich definitiv.

»Natalie!«, rief Paige und zog an meinem Arm. »Komm, lass uns hallo sagen.«

Als sie auf die Gruppe zusteuerte, fühlte ich eine leichte Beklemmung. Paige hatte sich begeistert auf diese neue Freundschaft gestürzt, aber ich war noch nicht überzeugt. Es gab mehrere Gründe, die mich vorsichtig werden ließen: der seltsame Kopfschmerz bei unserer ersten Begegnung, der salzige Kaffee, den sie uns serviert hatte, und ein Bauchgefühl, das ich nicht näher definieren konnte.

Abgesehen von diesen Gründen, die Einladung auszuschlagen, wollte ich auch *meine* Verabredung nicht warten lassen – oder womöglich Simon erklären, warum Colin sich überfreundlich an mich heranschmiss. Deshalb rührte ich mich nicht, auch als Paige energischer an meinem Arm riss. Sie schaute sich zu mir um, und ich nickte in Richtung des zweiten Raums, den wir von hier aus überblicken konnten.

Er war kleiner, aber nicht weniger voll. Und an einem winzigen Ecktisch saßen Simon und Caleb.

Paige hob zustimmend beide Daumen, dann drehte sie sich noch einmal zu Natalie um und hielt sich die Hand wie ein Handy ans Ohr, um zu signalisieren, dass sie später anrufen würde. Ich winkte Colin verabschiedend zu, während Natalie sich vorbeugte und ihm etwas ins Ohr flüsterte. Seine Miene veränderte sich, aber ich wurde von der Menge weitergedrängt, bevor ich den Gesichtsausdruck deuten konnte.

»Ist das etwa ein Notebook?«, fragte Paige mich, als wir uns Simon und Caleb näherten.

Ich betrat den Restaurantbereich, der erheblich leiser war als der vordere Kneipenbereich, und stellte fest, dass tatsächlich ein Notebook auf dem Tisch stand. Außerdem war der Tisch zwischen Simon und Caleb übersät mit Notizheften, Stiften und Karteikarten, als hätten wir unser Treffen in der Bücherei.

»Okay, da lag ich wohl falsch«, sagte Paige nah an meinem Ohr. »Mit einem Computer als Gesellschaft ist es ganz bestimmt kein Date.«

Da hatte sie recht, was mich aber nicht davon abhielt, bei Simons Anblick überglücklich zu sein. Er stand auf und bot mir den Stuhl neben sich an. Erst als ich mich in den schmalen Spalt zwischen Tisch und Stuhl gequetscht hatte, setzte er sich wieder. Caleb benahm sich bei Paige ebenso höflich.

»Danke.« Sie lächelte ihm zu. »Wie schön zu sehen, dass die heutige Jugend noch Manieren lernt.«

»Tut mir echt leid, was hier los ist«, entschuldigte sich Simon. »Ich hatte keine Ahnung, dass es so voll werden würde.«

»Ich wusste nicht mal, dass überhaupt noch so viele Leute in der Stadt sind«, fügte Caleb hinzu.

»Eben, also sind Entschuldigungen total überflüssig«, sagte Paige. »Eigentlich freut es mich sogar, den Rummel hier zu sehen. Wie läuft es denn am Hafen?«

Ich war nicht sicher, ob sie ihre Frage absichtlich an Caleb richtete (auch wenn ich den Verdacht hatte), jedenfalls begann er einen begeisterten, ausführlichen Bericht über Captain Monty – seinen Boss – und alles, was mit dem Hafen zu tun hatte. Da ich nur daran denken konnte, wie nah Simon neben mir saß, hörte ich höchstens mit halbem Ohr hin. Schließlich beugte Simon sich zu mir vor und entschuldigte sich noch einmal.

»Ist schon okay, wirklich«, beruhigte ich ihn. »Aber wieso haben wir uns nicht bei einem von uns getroffen?«

»Ich wollte vermeiden, dass wir unseren Eltern über den Weg laufen. Meine Mutter hätte sich so gefreut, dich zu sehen, dass du nicht aus der Küche gekommen wärest, ohne wenigstens eine Kanne Tee getrunken zu haben. Und ich war mir nicht sicher, aber ich dachte, deine Eltern würden bei Caleb und mir vielleicht ähnlich reagieren.«

»Stimmt. Und wenn wir es geschafft hätten, den endlosen Fragen über die Schule und unsere Familie zu entkommen, wären sie ständig aufgetaucht und hätten uns unterbrochen – mit heißer Schokolade, Snacks und noch mehr heißer Schokolade.« Ich fühlte mich plötzlich schüchtern in seiner Gegenwart und warf ihm ein winziges Lächeln zu. »Du hast recht, zu Hause wäre nicht gegangen.«

Er hob die Mundwinkel, sein Blick wanderte kurz zu meiner Halskette und dann wieder zurück nach oben. »Du siehst übrigens sehr schick aus.«

Ich wurde rot. »Danke. Du aber auch.«

Ich hatte mich im Voraus entschieden, bloß nicht jedes

Wort und jede Geste von Simon zu analysieren, um herauszufinden, was er wirklich über mich dachte oder für mich empfand. Trotzdem war mir nicht entgangen, dass er sich frisch rasiert hatte und beim Friseur gewesen war. Außerdem trug er statt Jeans eine hellbraune Hose und statt des üblichen T-Shirts einen braunen Baumwollpulli. Im Gegensatz zu unserem Treffen am Ferienhaus hatte er diesmal vorab gewusst, dass wir uns sehen würden … also hatte er sich vielleicht ein bisschen zusätzliche Mühe mit seinem Aussehen gegeben? Genau wie ich?

»Hallo, Leute.« Eine Kellnerin war an unserem Tisch aufgetaucht. »Was kann ich euch bringen?«

Ich griff gerade nach der Speisekarte, als Paige mich mit dem Ellbogen in die Seite stupste. Auf meinen verwirrten Blick hin nickte sie in Richtung der Kellnerin. Ich wusste immer noch nicht, worauf sie hinauswollte. Okay, die Kellnerin war so heftig geschminkt, dass ihr Gesicht eher einer Maske glich. Und ihre Bluse war so eng, dass sie damit bauchfrei herumlief. Außerdem schien sie die einzige Kellnerin für den gesamten Restaurantbereich zu sein, kam aber damit problemlos zurecht, als hätte sie schon unzählige Male in so einem Gedränge bedient.

»*Carla*«, zischte Paige, nachdem wir bestellt hatten.

»Wer?«, fragte ich.

»Die total ahnungslose Bedienung, die den Job hingeschmissen hat, weil Louis sie zum Weinen gebracht hat.« Paiges Stimme überschlug sich fast. »Das war sie!«

»Nie im Leben.« Ich drehte mich auf dem Stuhl herum, um noch einmal näher hinzusehen. Carla war bestimmt nicht mal achtzehn gewesen, und diese Kellnerin hätte ich auf fast dreißig geschätzt.

»Ich bin ganz sicher. Sie trägt ein Silberarmband, in das ihre Initialen und Blumen eingraviert sind. Genau dasselbe hat Carla jeden Tag getragen, als sie noch in unserem Restaurant gearbeitet hat.« Paige schüttelte den Kopf. »Hast du bemerkt, dass sie die Bestellungen entgegengenommen hat, ohne sie auch nur aufzuschreiben? Dazu muss man beim Kellnern schon ein Profi sein. Dabei konnte sie vor ein paar Wochen noch nicht mal Block und Stift zur selben Zeit halten, ohne eins davon fallen zu lassen.«

»Anscheinend hat sie viel bei dir gelernt.«

»Ich mag ja gut sein«, sagte Paige, »aber Wunder vollbringe ich nicht.«

Carla verschwand in den vollen Nachbarraum. Als ich mich wieder umdrehte, stellte ich fest, dass Simon das Notebook aufgeklappt hatte und Paige und mich erwartungsvoll ansah.

»Das Verbindungskabel von meiner Digitalkamera hat auch für das Modell gepasst, das ihr gefunden habt«, erklärte Caleb, »also konnten wir die Fotos herunterladen. Vielleicht sehen wir etwas, das uns bisher entgangen ist.«

Er klickte langsam durch die Fotoserie, wobei die Bilder den gesamten Schirm ausfüllten. Ich suchte nach Hinweisen, wem die Kamera gehörte, aber die Vergrößerung zeigte nichts, was ich nicht schon im kleineren Format gesehen hatte.

»Für mich sieht das immer noch nach typischen Touristenfotos aus«, sagte ich.

»Geht mir genauso«, stellte Simon mit einem Seufzer fest.

»Nicht ganz«, wandte Paige ein.

Wir blickten zuerst auf sie, dann wieder auf den Bildschirm.

»Was meinst du damit?«, fragte Simon.

Sie zeigte auf den kleinen Touchscreen. »Darf ich?«

Simon schob den Computer über den Tisch, und sie scrollte zurück zum Anfang der Serie.

»Ein paar davon könnten wirklich nur Urlaubsfotos sein – der Leuchtturm, das Panoramabild vom Meer, sogar der alte, löcherige Bootssteg. Aber wenn die Kamera wirklich einem typischen Touristen gehören würde, gäbe es auch noch bestimmte andere Motive: das Willkommensschild in Segelbootform, den aufblasbaren Riesenhummer vorm Angelsportladen und die Bronzefigur des Fischkutterkapitäns am Hafenende. Ich habe im Restaurant oft genug mit Touris gesprochen, um zu wissen, was sie knipsen.«

»Stimmt, auf den Riesenhummer sind sie ganz wild«, gab Caleb zu.

»Außerdem frage ich mich, wo die Menschen auf den Fotos sind«, sagte Paige. »Touristen nehmen doch immer die Leute auf, mit denen sie unterwegs sind. Vor allem, um nach der Reise gemeinsam in Erinnerungen zu schwelgen und darüber zu lachen, wie sie aussehen.«

Ich dachte an die Reihe alter, dicker Alben, die nun auf einem Glasregal unseres Wohnzimmers standen. Meine Familie und ich betrachteten uns schon lange nicht mehr als Touristen, aber von früher hatten wir eine Unmenge Fotos, auf denen wir uns mit breitem Cheese-Lächeln an genau den Orten abgelichtet hatten, die Paige gerade aufgezählt hatte.

»Was mich wirklich stutzig macht, ist dieses Bild.« Sie hielt beim Foto eines einsamen Felsens an. »Hier sehen wir einen riesigen Findling, der am Strand liegt. Für eine echte Landratte ist das vielleicht spannend genug zum Fotografieren. Aber das Bild ist so nah aufgenommen, dass man gar nicht genau sieht, wie groß der Felsen wirklich ist. Damit kann man zu Hause schlecht angeben. So ein Ausschnitt würde eher zu einem künstlerischen Naturfotografen passen, nur stimmen die ganzen Proportionen nicht. Man sieht bloß den oberen Teil des Felsens mit einem Streifen Sand und Wasser im Hintergrund. Was soll das?«

Sie hatte recht. Und die darauf folgenden Bilder schienen ebenso sinnlos. Manche zeigten kleinere, runde Felsbrocken, wie sie zu Tausenden an der Küste lagen. Manche zeigten Granitplatten oder rotgraue Kiesel, die genauso gut aus einer Garageneinfahrt hätten stammen können. Außerdem gab es Nahaufnahmen von Treibholz, Baumstämmen und Strandhafer.

»Warte mal.« Ich legte meine Hand auf Paiges, damit sie nicht weiterklickte. »Das kommt mir irgendwie bekannt vor.«

»Wirklich?«, fragte sie und betrachtete das Bild genauer. »Für mich sieht es nur aus wie ein weiteres Stück Felsküste.«

Ich zog das Notebook näher heran und betrachtete das Foto mit schmalen Augen. »Ja, ich bin ziemlich sicher, dass ich dort schon mal war.« Und mit einem Seitenblick zu Paige fragte ich: »Sieht es für dich nicht wie ein Platz aus, den du kennst?«

»Doch, weil so ähnlich nämlich jeder Platz aussieht, den ich kenne. Darin liegt ja das Problem.«

Ich drehte den Computer, so dass Simon und Caleb einen besseren Blick hatten. »Was meint ihr?«

Caleb schüttelte den Kopf. »Ich kann nur dasselbe sagen wie Paige.«

Gespannt verfolgte ich, wie Simon das Bild betrachtete. Der erhoffte Wiedererkennungseffekt blieb aus, aber dafür sah ich auf seinem Gesicht einen Ausdruck, den ich kannte: Die gleiche wissenschaftliche Begeisterung hatte er zum Beispiel gezeigt, als er letzten Sommer mit Hilfe seines Uniprofessors ausgetüftelt hatte, wie man Winter Harbor einfrieren konnte. Dieses Funkeln in seinen Augen gab mir neue Hoffnung, aber machte mich auch ziemlich nervös.

Simon fuhr mit dem Daumen über den Touchscreen, so

dass der Cursor über die Felsen sauste und ganz oben am Bildschirmrand landete. Dann klickte Simon sich so schnell durch eine Reihe von Menüs, dass ich gar nicht folgen konnte.

Ein paar Sekunden später verschwand das Foto und wurde durch eine Landkarte ersetzt.

Sie zeigte einen Ausschnitt von Camp Heroine.

»Ist das nicht der Platz, wo ihr ...?« Paige räusperte sich. »Ich meine, habt ihr nicht genau da ...?«

»Ja.« Ich schluckte, als Simon näher heranzoomte. »Haben wir.«

»Tom Connelly«, stellte Simon mit leiser Stimme fest. »An diesen Felsen haben wir seine Leiche gefunden, als wir eigentlich nach Caleb gesucht haben und von dem plötzlichen Sturm überrascht wurden.«

»Bist du sicher?«, fragte Paige.

»Die Kamera hat GPS«, erklärte Simon. »Bei jedem Foto wird der Längen- und Breitengrad gespeichert, an dem es aufgenommen wurde. Die Gegend kam mir zwar vage bekannt vor, aber mit Hilfe der GPS-Daten konnte ich genau bestimmen, welche Szene das Bild zeigt.«

»Also deshalb kam dir der Ort so bekannt vor«, sagte Paige zu mir.

Ich nickte, ohne meinen Blick von dem roten Fähnchen auf der digitalen Landkarte abwenden zu können. Obwohl es fast ein Jahr her war, konnte ich den Leichnam noch so deutlich vor mir sehen, als sei er erst gestern an Land geschwemmt worden: den aufgeblähten Oberkörper, die zu enge Rolex am geschwollenen Handgelenk ... und das gefrorene Lächeln auf seinem Gesicht.

»Das ergibt doch keinen Sinn«, wandte Caleb einen Moment später ein. »Anscheinend war der Stalker gestern Abend beim Haus, um *dir* aufzulauern, Vanessa. Aber außer uns weiß doch kaum jemand, dass du in die Mordgeschichte letzten Sommer überhaupt verwickelt warst. Als ihr beide den Ertrunkenen im Camp Heroine gefunden habt, bist du im Auto geblieben, während Simon am Strand mit der Polizei geredet hat. Von denen hat also keiner mitbekommen, dass du dabei warst.« Er zögerte, dann holte er tief Luft. »Die einzige bekannte Verbindung zwischen dir und den Mordfällen war ... Justine.«

»Aber da alle anderen Opfer männlich waren, haben die meisten Leute diese Verbindung überhaupt nicht hergestellt«, fügte Simon hinzu.

Zögernd schaute ich Paige an. Sie nickte.

»Jemand weiß Bescheid.« Am liebsten hätte ich gar nicht davon gesprochen und wählte meine Worte sorgfältig. »Sie wissen, wer dafür verantwortlich war. Keine Ahnung, wie sie es herausgefunden haben, aber in unserem alten Ferienhaus gab es eine Verkaufsführung, und da habe ich ein Gespräch belauscht. Es ging um ... *sie* ... na ja, uns. Für mich ist das Foto ein klarer Hinweis, dass wir es gestern Abend mit denselben Leuten zu tun hatten.«

Darauf folgte ein langes Schweigen.

»Sie haben tatsächlich den Namen benutzt?«, fragte Caleb. »Ich meine den, von dem wir bis letzten Sommer nur in Büchern gelesen hatten?«

Wir wussten alle, welches Wort er vermied. Mir fiel es noch immer genauso schwer, den Namen auszusprechen, selbst wenn ich nicht in einem Restaurant voller möglicher Mithörer saß.

Sirenen.

»Genau«, sagte ich.

»Hast du sehen können, wer das Wort gesagt hat?«, fragte Caleb.

Ich schüttelte den Kopf und warf einen unauffälligen

Blick zu Simon hinüber, der auf den Computerbildschirm starrte. »Nein, dazu bin ich leider nicht gekommen.«

Darauf folgte wieder Stille. Ich war nicht sicher, ob die anderen meine Nachricht erst verdauen mussten, ob sie auf mehr Informationen warteten oder beides. Gerade, als ich mir zu wünschen begann, ich hätte lieber den Mund gehalten, brach Caleb das Schweigen.

»Wir sollten uns die übrigen Bilder ansehen.«

Simon starrte noch eine Sekunde auf die Koordinaten des Felsenfotos, dann nickte er und begann, weitere Nummern einzutippen. Wir anderen schauten schweigend zu, während auf der Landkarte ein Ort nach dem anderen auftauchte, den wir nur allzu gut kannten. Als wir beim vierten Foto waren, schlug Caleb ein Notizbuch auf und begann zu schreiben.

Nach einer halben Ewigkeit, als ich gerade den Wasserkrug auf dem Tisch geleert hatte und spürte, wie meine Kehle sich sofort wieder zusammenzog, kam Simon bei dem letzten Foto an.

»Wow«, machte Paige.

Ich konnte ihr nur zustimmen, auch wenn ich keinen Ton von mir gab. Erstens fühlte sich mein Mund an, als sei er voller Watte, zweitens ließ der Inhalt des Fotos mich schlagartig erstarren. Es zeigte Simon und mich, direkt bevor das Blitzlicht uns unterbrochen hatte. Zwar hatte ich das Bild schon auf dem kleinen Kamerabildschirm gesehen, aber in dieser Vergrößerung war die Wirkung eine völlig andere. Ich konnte sehen, wie fest Simons Arme mich umschlungen hielten und wie tief sich meine Fingerkuppen in seinen Nacken gruben. Unsere Körper pressten sich aneinander wie festgegurtet, als wollten wir gleich im Tandem aus einem Flugzeug in zweitausend Metern Höhe springen.

»Kaum zu glauben, dass ihr das Blitzlicht überhaupt bemerkt habt«, scherzte Paige.

Ich griff über den Tisch und klappte das Notebook zu.

»Also, was hat das alles zu bedeuten?«, wollte ich schließlich wissen.

»Es bedeutet«, erwiderte Simon leise, »dass diese Leute es ernst meinen. Sie haben recherchiert und sich vorbereitet.«

»Aber diese Infos konnte so ziemlich jeder rausbekommen, oder nicht?«, fragte Paige. »Der *Herald* hat letztes Jahr ständig über die Todesfälle berichtet. Man muss nur online die alten Ausgaben durchlesen, mehr Recherche gehört nicht dazu.«

»Im *Herald* standen allgemeine Ortsangaben«, widersprach Caleb, »wie der Leuchtturm oder der Bootsanleger. Ganz bestimmt nicht ›der zweite Felsen auf der linken Seite‹ oder ›bei dem angetriebenen Baumstamm neben dem Hochsitz der Rettungsschwimmer‹.«

»Aber das ist doch verrückt. Außer der Polizei und den Notfallteams weiß niemand, wo sich die Leichen genau befunden haben, außer …« Paige schüttelte den Kopf und brach ab. Gleich darauf schob sie ihren Stuhl zurück und sprang auf. »Ich schaue mal, wo unsere Bestellung bleibt.«

Als sie in der Menge verschwand, erhob Caleb sich ebenfalls.

»Und ich schaue, dass Paige nichts passiert«, sagte er.

Also blieben nur noch Simon und ich übrig. Wir waren allein, so wie ich es mir zuerst erhofft hatte, als er mich zum Essen einlud. Aber statt miteinander zu reden, zu lachen und unsere Freundschaft zu erneuern, umklammerte ich mit beiden Händen das Wasserglas, während er seine Papierserviette zerrupfte.

»Warum hast du nichts davon erzählt?«, fragte er schließlich.

»Ich wollte dich nicht beunruhigen.«

»Ich war schon beunruhigt.«

»Ja, ich weiß, aber …« Ich stieß den Atem aus und schaute ihn an. »Eigentlich wollte ich genau das hier vermeiden.«

Sein Blick traf meinen. »Was denn?«

»Ich wollte nicht, dass in den Mittelpunkt gerät, wer und was ich bin. Meine Herkunft sollte nicht wieder alles zwischen uns kaputtmachen.«

»Vanessa, selbst ohne diese Fotos und die Leute, die du belauscht hast … *du* bist nun einmal du. Irgendwann hätten wir uns damit auseinandersetzen müssen.«

Er klang, als würde er über ein wissenschaftliches Problem sprechen. Oder über eine ansteckende Krankheit. Als sei mein wahres Ich ein medizinischer Fall mit ärgerlichen Nebenwirkungen, gegen den man noch kein Heilmittel entwickelt hatte.

»Ja, du hast recht«, sagte ich. »Natürlich hast du recht, aber –«

Ich hielt inne, als plötzlich aus dem Nachbarraum ein nur allzu bekannter Klang ertönte. Simon schaute hoch, sein Gesicht spannte sich, und ich wusste, dass er ihn ebenfalls hörte. Einer nach dem anderen unterbrachen die Männer um uns herum ihre Gespräche und lauschten.

Sie lauschten auf die Stimme von Paige.

Weil sie nämlich im Nebenraum stand und … sang.

Kapitel 12

Kannst du mir mal erklären, was das sollte??

Was denn?

Paige. Hör schon auf.

An der Bar lief ein Song von REO Speedwagon. Wie sollte ich da widerstehen?

Du hättest nur mal in die Gesichter um dich rum schauen müssen. Das hätte ganz sicher geholfen.

Ich lehnte mich gegen den Jeep und wartete. Als keine Antwort kam, schickte ich eine weitere SMS.

Du weißt doch, was unsere Stimmen mit ihnen anstellen. Warum spielst du damit herum?

Wieder keine Antwort. Am liebsten hätte ich angerufen und ihr meine Frage ganz direkt gestellt. Paige hätte es wirklich besser wissen müssen. Selbst wenn sie ihre eigenen Kräfte nicht kannte, war ihr doch klar, dass Raina, Zara und der übrige Clan letztes Jahr beim Lichterfest ihre Sirenenstimmen benutzt hatten, um die männlichen Opfer auf den Meeresgrund zu locken. Also warum benahm sie sich so leichtsinnig? Leider musste ich warten, bis ich mit Paige allein sprechen konnte, denn im Moment wurde sie von Simon und Caleb nach Hause gefahren. Die drei würden noch mindestens zwanzig Minuten unterwegs sein, da sie zuerst mich mit dem Wagen begleitet hatten, um sicherzugehen, dass mir sonst niemand folgte.

Ruf mich an, wenn Du kannst, hdl, V

Ich drückte auf »Senden« und ging auf den Hauseingang zu. Glücklicherweise wurde bei dem Fastfood in Murph's Grillstube nicht an Salz gespart, sonst hätte ich den Abend dort nicht durchgestanden, ohne mit dem Gesicht voran in meine Fritten zu fallen. Nachdem Paige an unseren Tisch zurückgekehrt war, hatten wir das Thema gewechselt und nicht länger über Mord und Totschlag geredet, da wir annahmen, dass sie deswegen gegangen war. Die ganze Zeit konnte ich spüren, wie meine Kehle immer trockener wurde und meine Haut sich spannte, als würde ich am Strand in der Sonne brutzeln. Wäre mir Simon nicht in ein paar Meter Entfernung hinterhergefahren, hätte ich auf dem Weg durch die Stadt weder Stoppschilder noch Geschwindigkeitsbegrenzungen beachtet, um nur möglichst schnell nach Hause zu kommen.

Ich wollte ins Meer und schwimmen. Ich *brauchte* das Wasser.

»Bin wieder da!«, rief ich, schlug die Tür zu, ließ meine Handtasche fallen und schlüpfte aus den Sandalen. »Ich komme gleich und sage hallo, aber erst brauche ich eine kurze Schwimmtour!«

Gerade wollte ich durch den Flur zu meinem Zimmer eilen – da blieb ich wie angewurzelt stehen, als ich sah, was sich in der Fensterfläche links von mir spiegelte.

Der Eingang zur Küche. Der Küchentisch. Und eine Person, die daran saß. Die Szene änderte sich auch nicht, als ich mich umdrehte, um sie in echt zu sehen.

Ich ging darauf zu, und während ich näher kam, fielen mir Details auf. Drei Kaffeetassen. Ein halb aufgegessener Käsekuchen. Eine Reisetasche, aus der ein Schlafsack quoll. Hausschuhe.

»Mir war nicht klar, dass hier eine Pyjamaparty stattfindet«, sagte ich, als ich die Küche betrat.

Moms Kaffeelöffel erstarrte mitten in der Rührbewegung, und Dad verschluckte sich.

Charlotte lächelte.

»Hallo, Vanessa.«

»Hi.« Ich schaute zwischen ihr und meinen Eltern hin und her, die sich bemühten, die Fassung wiederzugewinnen. »Was ist denn hier los?«

»Wir waren gerade beim Nachtisch.« Mom sprang auf, eilte zum Küchenschrank und drückte im Vorübergehen meinen Arm. »Setz dich. Ich bringe dir einen Teller.«

»Schon okay. Ich habe keinen Hunger.« Abwartend baute ich mich neben dem Küchentresen auf.

»Na, wie war das Treffen der Fantastischen Vier?«, erkundigte sich Dad und wandte sich sofort Charlotte zu, ohne meine Antwort abzuwarten. »Vanessa war mit ein paar Freunden zum Essen verabredet: Paige ... ein nettes Mädchen, mit dem sie sich letzten Sommer hier angefreundet hat und das danach eine Weile bei uns gewohnt hat, um in Boston zur Schule zu gehen ... und die Carmichael-Brüder, die –«

»Charlotte weiß, wer das ist.«

Dad klappte fast hörbar den Mund zu. Hinter mir ließ Mom eine Gabel fallen, die scheppernd auf dem Fliesenboden landete.

»Was ist hier los?«, wiederholte ich.

»Charlotte hat auf der Durchreise einen Stopp in Winter Harbor gemacht«, sagte Mom liebenswürdig, als sei meine Sirenenmutter eine entfernte Verwandte, die selten auf Besuch kam und jedes Mal mit Freuden aufgenommen wurde.

»Weiß ich. Aber was tut sie hier? In unserem Haus?« Ich schaute Charlotte an, als ich diese Fragen stellte. Sie öffnete den Mund zu einer Erklärung, aber Mom war schneller.

»Wir sind uns auf dem Markt über den Weg gelaufen. Charlotte hat erwähnt, dass sie sich ein paar Tage im *Light-*

house Resort einmieten will, und ich habe sie eingeladen, stattdessen bei uns zu übernachten.«

»Und sie hat die Einladung angenommen?« Noch immer richtete ich meine Frage direkt an Charlotte.

»Ja.« Mom war näher gekommen, und sagte sanft in mein Ohr: »Ist schon okay, Schatz. Wirklich.«

Ich hätte ihr gern geglaubt, aber das fiel mir schwer. Die beiden waren sich erst einmal begegnet, nämlich an dem Tag, als die Sirenen versucht hatten, Simon und mich am Grund des Sees zu ertränken. Wenn man bedachte, was sich zwischen Dad und Charlotte abgespielt hatte, kam es mir unfassbar vor, dass Mom jetzt die Gastgeberin spielte, als sei alles ganz normal. Steckte sie zurück, weil sie glaubte, dass ich Charlotte so nah wie möglich bei mir haben wollte? Obwohl sie dachte, dass ich meine Sirenenmutter seit dem Tag am See nicht mehr gesprochen hatte?

»Dein Vater hat mir gerade von eurem kleinen Privatstrand erzählt«, sagte Charlotte. »Den würde ich wirklich gerne sehen.«

»Bestimmt freut sich Vanessa darauf, ihn dir zu zeigen«, warf Mom ein.

Der dumpfe Schmerz, den ich schon seit dem Essen in meiner Brust spürte, verschärfte sich plötzlich. Ich hatte heute Mittag nicht gelogen, als ich Charlotte gesagt hatte, dass ich mich über ihren Besuch freute. Das war einer der Gründe, warum ich sie gebeten hatte, länger zu bleiben. Aber wenn ich mich zwischen meinen beiden Müttern entscheiden musste, galt meine Loyalität auf jeden Fall der, die mich aufgezogen hatte. Charlotte hatte ihr nur Kummer bereitet, und das würde ich nicht vergessen.

Aus diesem Grund erklärte ich: »Klar, dann können wir uns unterhalten. Am besten gleich jetzt.«

»Ich weiß nicht recht«, wandte Dad ein und schaute aus

dem Fenster aufs Wasser. »Es ist schon spät. Draußen ist es ziemlich dunkel. Kann die Strandbesichtigung nicht bis morgen warten?«

»Nein«, erwiderte Charlotte und schob ihren Stuhl zurück. »Ich glaube, Vanessa und ich haben schon fast zu lange gewartet.«

Mir war nicht klar, was sie damit sagen wollte, aber Dad hörte auf zu protestieren. Er senkte den Blick und stocherte in seinem Stück Käsekuchen herum. Als Charlotte sich erhob, zitterten ihre Beine vor Anstrengung, und sie musste sich auf dem Tisch abstützen, um nicht das Gleichgewicht zu verlieren. Ich erwartete fast, dass Dad aufspringen und ihr den Arm um die Taille schlingen würde, aber zu meiner Erleichterung bot er stattdessen Mom an, beim Aufräumen der Küche zu helfen.

Charlotte kam allein klar. Zwar bewegte sie sich immer noch wie eine alte Frau mit Rheuma, aber sie war auf jeden Fall fit genug, um ohne Hilfe von der Küche bis zur Hintertür zu kommen.

Wie sich herausstellte, war die Treppe zum Strand ein größeres Problem.

»Geh du schon mal vor«, bat sie und hielt auf der obersten Stufe an.

Ich blieb einen Absatz unter ihr stehen und streckte ihr meine Hand entgegen. »Die Treppe sieht steiler aus, als sie ist. Wir können sie ganz langsam nach unten steigen.«

Sie schüttelte den Kopf. »Du brauchst das Wasser. Ich kann riechen, wie sich das Salz von deiner Haut verflüchtigt. Wenn du mit deiner Schwimmrunde fertig bist, habe ich es bestimmt bis nach unten geschafft.«

»Aber willst du nicht auch schwimmen gehen? Um dich zu erholen und Kraft zu tanken?«

»Ich werde ein bisschen durch die Wellen waten. Dann

geht es mir wieder gut, versprochen.« Sie neigte den Kopf zur Seite. »Nun geh schon, Vanessa. Bitte.«

Je länger wir hier standen, desto schwerer schien mein Körper zu werden. Ich wusste nicht, ob ich auf sie hören oder sie überreden sollte, sich beim Treppensteigen helfen zu lassen. Andererseits würde ich mich in ein paar Sekunden wahrscheinlich selbst nicht mehr rühren können, und dann würden wir beide hier feststecken.

»Okay,« gab ich nach. »Ich brauche nicht lange.«

Hastig machte ich mich auf den Weg, wobei ich noch zweimal über die Schulter schaute, ob mit ihr alles in Ordnung war. Beim ersten Mal hatte sie sich nicht vom Fleck gerührt, aber beim zweiten Mal stand sie immerhin eine Stufe tiefer. Ein bisschen beruhigt, hetzte ich den Rest der Strecke zum Wasser hinunter. Kurz überlegte ich, den anderen Treppenweg zu meinem Zimmer hinaufzuklettern, um meinen Badeanzug zu holen, aber dafür reichte meine Kraft nicht mehr. Also zog ich hinter einem Felsen meinen Rock und das Oberteil aus und warf mich nur mit Unterwäsche bekleidet in die Wellen.

Anscheinend hatte ich mehr unter Stress gestanden, als mir klar gewesen war, denn es dauerte ungewöhnlich lange, bis ich spürte, wie mich von den Fingern bis zu den Zehenspitzen neue Energie zu durchströmen begann. Ich machte mir Sorgen um meinen Zustand, wodurch sich das Ganze erst recht verlangsamte. Schließlich versuchte ich, die Prozedur zu beschleunigen, indem ich meinen Körper auch von innen tränkte. Ich öffnete den Mund und sog beim Tauchen das Salz in mich hinein.

Einige Minuten später kehrte ich ins Flachwasser zurück, spürte Sand unter den Füßen und erhob mich aus den Wellen. Ich schritt durch die Brandung, und das Mondlicht brachte meine nackten Beine zum Schimmern. Unwillkürlich wünschte ich, Simon könnte mich so sehen. Doch gleich darauf bekam ich ein schlechtes Gewissen. Ein Teil von mir wollte ihn anscheinend mit allen Mitteln zurückhaben. Ich lenkte mich ab, indem ich Ausschau nach Charlotte hielt.

Sie hatte wie versprochen den Abstieg hinter sich gebracht, saß im Sand und ließ ihre ausgestreckten Beine vom Wellenschaum umspülen. Als ich aus dem Meer stieg, schaute sie höflich zur Seite, bis ich wieder voll angezogen war. Sie wartete, bis ich mich neben sie gesetzt hatte, dann begann sie zu sprechen.

»Es tut mir leid, dass ich dich zum zweiten Mal so überrumpelt habe. Ich hatte nicht die Absicht, unangekündigt hier aufzutauchen, aber als Jacqueline … deine Mutter … und ich erst einmal ins Gespräch gekommen waren, hat sie darauf bestanden, dass ich bei euch wohne.«

Ihre Stimme klang unsicher, als sie das Wort »Mutter« aussprach, und einen kurzen Moment hatte ich das Bedürfnis, ihr entgegenzukommen und zu erklären, welche unterschiedlichen Rollen sie beide in meinem Leben hatten. Aber dann schwappte eine kühle Meereswelle über meine Füße und spülte den Gedanken mit sich fort.

»Ich weiß«, sagte ich stattdessen, »sie hat sich Hals über Kopf auf die Mission gestürzt, unser Familienleben umzukrempeln, damit ich mit meinem Zustand zurechtkomme. Anscheinend gehört dazu auch, dass ich dich nun rund um die Uhr in meiner Nähe habe, falls ich dich brauche.«

»Das alles muss sehr schwierig für sie sein.«

»Wahrscheinlich tausendmal schwieriger, als sie sich anmerken lässt.«

»Ich kann gerne einen Grund erfinden, warum ich doch besser ins Hotel ziehen sollte, wenn du meinst, dass sie sich dadurch wohler fühlen würde.«

Ich dachte darüber nach. »Danke für das Angebot … aber da Mom dich bereits zum Bleiben überredet hat, würde sie sich eher schlechter fühlen, wenn du wieder gehst.«

»Weil sie glaubt, dass sie deinen Bedürfnissen im Weg steht?«

»Genau.«

Sie nickte nachdenklich. Dann plötzlich klingelte mein Handy. Ich zog es aus meiner Rocktasche und sah, dass der Anruf von Paige kam.

»Ich rufe später zurück«, sagte ich, bevor Charlotte anbieten konnte zu warten. Jetzt war nicht der passende Augenblick, um mit Paige über die Szene in der Grillstube zu diskutieren. Gerade wollte ich das Handy wieder wegstecken, da kam eine SMS an.

V, hab gerade versucht anzurufen. Jetzt völlig kaputt + gehe ins Bett. Lass uns morgen reden??

Gleich darauf wurde eine zweite Nachricht angezeigt.

Ganz nebenbei … S ist soo verknallt! Ihr beide kommt 100 % wieder zusammen.

Mit klopfendem Herzen simste ich zurück.

Danke für die Aufmunterung, wie immer. Können morgen reden. Schlaf gut!

»Das muss ein schönes Gefühl sein«, sagte Charlotte. »Eine Freundin zu haben, mit der man schon wieder reden will, wenn man sich erst vor zehn Minuten verabschiedet hat.«

Ich lächelte. »Ja, stimmt.«

»Hat Justine dir genauso nahegestanden?«

Die Frage brachte mich aus der Fassung, aber ich zwang mich zu der Antwort: »Noch näher.« Eigentlich seltsam, denn Paige und ich hatten mehr Gemeinsamkeiten und verstanden uns auf vielen Ebenen auch besser als meine Schwester und ich. »Kann ich dir auch eine Frage stellen?«

»Natürlich.« Sie klang erfreut.

Ich schaute sie an. »Aber sie ist sehr persönlich.«

»Das stört mich nicht.«

Ich wählte meine Worte sorgfältig. »Hattest du jemals eine Beziehung? Eine echte, meine ich? Ohne …«

»… meine Kräfte einzusetzen?«

Ich atmete aus. »Genau.«

»Nein.«

Mein Herz wurde schwer. »Oh.«

Sie zog die Knie an die Brust und stützte die verschränkten Arme darauf. »Bei meiner Umwandlung war ich erst dreizehn. Leider war das zu jung, um echte Liebe erfahren zu haben.«

»Aber danach? Hattest du nie einen … Freund?« Das Wort klang fast lächerlich, wenn man bedachte, was zwischen Simon und mir gewesen war, aber ein besseres fiel mir nicht ein.

»Nicht im normalen Sinne, nein. Das Leben einer Sirene kann sehr einsam sein. Besonders, wenn sie darauf verzichtet, ihre Kräfte zu benutzen.«

Ich warf einen Blick zum Bungalow hinauf. In der Küche war es dunkel, aber im Wohnzimmer flackerte das Licht vom Fernseher.

»Was war mit Dad? Hast du für ihn nichts gefühlt?«

»Doch, sogar sehr. Dein Vater war und ist ein wundervoller Mann.«

»Also unter anderen Umständen … wenn du ihn als Single kennengelernt hättest … wäre vielleicht mehr daraus geworden?«

Bisher hatte sie zum Horizont geschaut, aber jetzt wandte sie mir den Blick zu. »Ich glaube, dann hätte ich mein Möglichstes getan, um ihn für mich zu gewinnen.«

»Wie denn?«

Sie zögerte, und ich fürchtete schon, sie würde überhaupt nicht antworten. Zwar hatte sie einmal versprochen, dass ich alles fragen durfte, was ich wollte, aber vielleicht gab es doch eine Grenze, die ich gerade überschritten hatte. Ich hätte mir jedoch keine Sorgen machen müssen, denn sie schaute wieder aufs Wasser hinaus und sagte: »Ich hätte ihn überzeugt, dass ich jemand anderer bin.«

In meinem Kopf tauchte gleich ein Dutzend neuer Fragen auf: Wie? Warum? Wer sollte sie denn sonst sein? Hätte es funktioniert? Aber bevor ich mich entscheiden konnte, eine davon zu stellen, sprach sie bereits weiter.

»Ich nehme an, eigentlich geht es um Simon und dich, oder? Du möchtest wissen, wie ihr über die Ereignisse letzten Sommer hinwegkommen könnt, um eine Beziehung wie jedes andere junge Paar zu führen. Hab' ich recht?«

Obwohl die Antwort nur aus einem Wort bestand, brachte ich es schwer über die Lippen. »Ja.«

Eine besonders hohe Welle schlug an den Strand, und der Sog des zurückströmenden Wassers war so stark, dass Charlotte davon fast umgeworfen wurde. Erst als sich die Brandung wieder beruhigt hatte, setzte sie das Gespräch fort.

»Vanessa, wenn wir uns nicht so nahestehen würden, wäre meine Antwort sehr kurz und würde lauten: Was du willst, ist unmöglich.«

»Aber …«

»Du liebst ihn. Und er erwidert deine Gefühle immer noch. Trotz allem, was passiert ist.«

»Ich liebe ihn. Was den zweiten Teil angeht, bin ich mir nicht so sicher.«

Ohne mich anzuschauen, hob sie eine Hand und legte sie mir aufs Knie. »Ich schon.«

Sie war nun bereits die zweite Person, die mit solcher Sicherheit von Simons Gefühlen sprach. Als Nächstes würde sie mit Paige losziehen, um Blumengestecke und Hochzeitsmusik auszusuchen.

»Das sollte ausreichen, nicht wahr? Ein Gefühl, das so stark, wahr und unzerstörbar ist, sollte alle Hindernisse überwinden können. Schließlich heißt es, Liebe sei stärker als alles andere auf der Welt.«

Auf diese Antwort hatte ich tatsächlich gehofft. Doch ich merkte selbst, wie naiv die Worte klangen, als Charlotte sie nun aussprach.

»Liebe ist nicht genug«, sagte sie.

»Woher willst du das wissen? Wenn du solche Gefühle gar nicht kennst?« Ich schlug mir die Hand vor den Mund. »Tut mir leid. Das war gemein von mir.«

»Nein, du musst dich nicht entschuldigen. Die Frage war durchaus berechtigt.« Sie zog die Knie noch enger an sich heran. »Leider weiß ich es doch. Weil ich zusehen musste, wie zahllose andere Paare gescheitert sind. Genau wie gewöhnliche Menschenfrauen glauben, dass Liebe alle Hindernisse überwindet, klammern sich auch die jungen Sirenen an diese Hoffnung – bis sie eines Besseren belehrt werden. Selbst wenn eine Beziehung am Anfang glücklich ist, muss sie schließlich an den immer größer werdenden Hürden zerbrechen.«

»Du meinst den Durst? Die Schwächeanfälle? Das ständige Schwimmen im Meer?« Ich schüttelte den Kopf. »Damit hätte Simon kein Problem. Im Gegenteil, es würde eher seinen Beschützerinstinkt wecken.« Zumindest in diesem Punkt war ich mir sicher. Die Frage war, ob er überhaupt noch mit mir zusammen sein wollte.

Ihr Blick traf meinen. »Das ist wunderbar ... nur wird es nicht ausreichen.«

»Aber –«

»Weil noch viel mehr dahintersteckt, Vanessa.« Ihre Stimme wurde schärfer. »Der Durst, die Erschöpfung, all diese körperlichen Bedürfnisse sind nur der Anfang. Besonders für die Nenuphars. Weil unsere Kräfte so viel größer sind als die der anderen Clans, brauchen wir auch mehr Energie.«

»Was heißt das?«

»Im Vergleich zu gewöhnlichen Sirenen«, sagte sie etwas sanfter, »verändern sich unsere Körper nach der Umwandlung viel schneller. Wie Schwämme saugen sie alles in sich auf ... nicht nur Salzwasser, sondern auch die Gedanken und Schwingungen um uns herum. Unsere Körper wissen, wozu wir fähig sind und welche Macht wir über Männer und andere Sirenen haben, lange bevor es uns bewusst wird. Vielleicht fühlt es sich nicht so an, aber wir sind den übrigen Clans immer um zehn Schritte voraus. Dazu müssen wir nicht einmal üben oder besonders an unseren Talenten feilen.«

Ich dachte darüber nach. »Also trage ich eine Macht in mir, von der ich nichts weiß? Und die ich nicht kontrollieren kann?«

»Ganz genau. Und vielleicht ist sie anders als meine. Sie könnte auch stärker sein als bei den übrigen Nenuphars. Unsere Talente sind alle sehr verschieden. Ich kann dich zwar anleiten, aber letztendlich bist du auf dich allein gestellt und kannst nur durch Erfahrung lernen. Du musst selbst entdecken, wozu du fähig bist. Oft erwarten dich solche Lektionen gerade dann, wenn du am wenigsten damit rechnest.«

Raina und Zara tauchten vor meinem inneren Auge auf. Sie wären von der Vorstellung begeistert gewesen, über unbekannte Kräfte zu verfügen, die jederzeit losbrechen konnten. Ich wollte mich bei dem Gedanken eher ins Bett verkriechen, mich unter der Decke verstecken und nie wieder herauskommen.

»In manchen Situationen«, fuhr Charlotte fort, »können unsere Nenuphar-Kräfte sehr hilfreich sein. Doch meistens brauchen wir sie nicht, so dass sie eher eine überflüssige Last sind. Unsere Körper arbeiten ständig auf Hochtouren, und deshalb brauchen wir ständig neuen Treibstoff. Viel öfter und in größeren Mengen als die anderen Sirenen.«

In meinem Kopf wirbelten die Gedanken wild durcheinander. »Aber ... was passiert, wenn wir nicht genug nachtanken können?«

Sie zwang sich zu einem schwachen Lächeln. »Darüber können wir später sprechen. Eins nach dem anderen.«

Ich hielt ihrem Blick nur einen Moment stand, dann schaute ich zur Seite. Das Druckgefühl in meiner Brust breitete sich bis zu meinen Armen und Beinen aus, also presste ich die Handflächen in den nassen Sand, damit meine Haut die Flüssigkeit aufsaugen konnte.

»Wenn du nur ein beliebiges Sirenenkind wärest, das mich als Ältere um Rat fragt«, sagte sie, »würde ich dir möglichst schonend erklären, dass eine normale Partnerschaft für uns unmöglich ist. Ich würde darauf drängen, dass du deine Beziehung beendest, bevor alles noch komplizierter wird. Die Trennung mag dir jetzt schwierig vorkommen, doch je länger du wartest, desto schmerzhafter wird es für euch beide werden. Es kann gut sein, dass du dich nie mehr davon erholst.«

Ich setzte zu meiner nächsten Frage an, brachte sie jedoch nicht über die Lippen. Stattdessen versuchte ich es telepathisch, fünfmal hintereinander. Als Charlotte nicht reagierte, holte ich tief Luft und platzte heraus: »Okay, aber da ich nun einmal deine Tochter bin ...?«

Um uns herum rauschte das Meer, der Wind, die Brandung, aber ihr überraschtes Keuchen übertönte für mich alle anderen Geräusche.

»Da du meine Tochter bist«, wiederholte sie zögernd, als könnte sie das Wort aus meinem Mund missverstanden haben, »rate ich dir stattdessen, das Gleiche zu tun, was ich mit der Liebe meines Lebens versucht hätte. Lass Simon glauben, dass du jemand anderer bist.«

Ich schaute sie an. »Wer denn?«

Ihre Augen glitzerten. »Das Mädchen, das du früher warst. Vor deiner Umwandlung.«

»Wie soll ich ihm etwas einreden, was nicht wahr ist? Meine Kräfte wirken bei Simon nicht, das hast du selbst gesagt.«

»Dafür brauchst du keine Kräfte. Sei einfach nur mit ihm zusammen. Hab Spaß, rede über die gleichen Themen wie früher, und benimm dich wie die Vanessa, in die er sich verliebt hat.«

»Aber er ist so skeptisch und wissbegierig ... ich glaube kaum, dass er einfach nur Spaß haben könnte, als sei nichts geschehen. Höchstens, nachdem wir alles ausführlich besprochen haben, was mit dem Sirenenthema zu tun hat. Er würde nachbohren, um es besser zu verstehen – und weil ich ihm wichtig bin. Ich fürchte, das würde ziemlich lange dauern.«

»Vanessa, glaub mir ... irgendwann kommt ein Moment, an dem ihr beide euch wünschen werdet, ihr hättet nicht eine Sekunde verschwendet.«

Ich versuchte, diese Warnung zu verarbeiten, während die Wellen an den Strand schlugen und das Wasser auf uns zurauschte. Mein Rock war schon total nass, und die Jeansjacke klebte an meinen Armen, aber ich merkte es kaum. Erst nach mehreren Minuten stellte ich meine letzten zwei Fragen.

»Aber wenn unsere Beziehung am Ende doch zerbrechen wird, wie du sagst ... wird es dann nicht genauso schmerzen?«

Sie presste die Lippen aufeinander, als wolle sie die Antwort zurückhalten. »Ja«, sagte sie schließlich, »das ist unvermeidlich.«

»Also warum sollte ich mich dann nicht an deinen ersten Rat halten und es gleich beenden?«

Ihre Finger zitterten, als sie ihre kühle, feuchte Hand an meine Wange presste.

»Weil Simon dich glücklich macht und du jedes bisschen Glück verdienst, das dieses Leben dir zu bieten hat.« Sie ließ die Hand sinken. »Und weil ich weiß, dass du es gar nicht schaffst, dich von ihm zu lösen.«

Kapitel 13

Ich beschloss, Charlottes Rat zu befolgen. Ein Teil von mir hatte sich die ganze Zeit nichts anderes gewünscht. Außerdem war ich überzeugt, dass Justine mir genau das Gleiche geraten hätte. Wann immer ich nachts wach gelegen hatte, weil ich mich vor der Dunkelheit fürchtete, hatte Justine mir erzählt, dass es in Wirklichkeit taghell war. Bestimmt wäre ihre Lösung für mein jetziges Problem gewesen, so zu tun, als sei es nur halb so schlimm. Sie würde mir sagen, dass es nichts nützte, vor Panik zu erstarren. Damit würde man sich nur seine Chancen verbauen.

Mit dieser Taktik hatte sie bei mir absolut recht.

Trotzdem würde es nicht einfach werden, Simon die letzten zwölf Monate vergessen zu lassen oder wenigstens zu verhindern, dass er sich zwanghaft damit beschäftigte. Schließlich war er der geborene Wissenschaftler, der immer alles in Frage stellen musste, statt es einfach hinzunehmen. Doch seit unserem ausführlichen Small Talk beim alten Ferienhaus hatte ich die Hoffnung, dass ein Teil von ihm das Gleiche wollte wie ich. Vielleicht konnte ich ihn wirklich so weit bringen, dass er sich in meiner Gegenwart entspannte. Wir würden genau wie früher miteinander lachen, reden oder schweigen.

Dazu musste ich nur herausfinden, wie ich ihn von meinen Vorzügen überzeugen konnte. Ich hatte noch nie ein richtiges Date geplant (denn Simon und ich waren nicht lange genug ein Paar gewesen, um dafür Zeit zu haben). Vor allem musste ich einen Platz finden, der zwei Kriterien erfüllte:

Erstens sollte es ein Ort sein, wo wir noch nie zusammen gewesen waren.

Zweitens sollte er sich auf keinen Fall am Meer befinden.

Als Ergebnis befanden wir uns eine Woche später auf dem Weg nach Crawford, einem winzigen Städtchen zwei Stunden westlich von Winter Harbor. Bei meiner intensiven Recherche im Internet wurde der Ort als ein ruhiger, pittoresker Flecken inmitten von Bergen beschrieben. Also die perfekte Stelle, um die Romantik zwischen uns wiederaufleben zu lassen.

Außerdem die perfekte Stelle für ein Frühstück, wie sich herausstellte.

»Du hast gar nicht erwähnt, dass zu diesem kleinen Abenteuertrip auch die besten Pfannkuchen der Welt gehören.« Simon steckte sich eine weitere Portion in den Mund.

»Nicht? Aber auf den leckersten, süßesten Ahornsirup von Maine habe ich dich bestimmt vorbereitet, oder?«

»Hausgemacht«, erklärte die Kellnerin und füllte unsere Wassergläser auf. »Der stammt direkt von den Bäumen, unter denen ihr sitzt.«

Ich schaute zu den belaubten Ästen auf. Die Sonne schimmerte hindurch und wärmte mein Gesicht. Bei unserer Ankunft hier beim Restaurant, das mehr wie eine baufällige Scheune aussah, waren wir zuerst nach drinnen gegangen, wo es genug freie Tische gab. Aber dort hatten auch einige Bauern bei ihrem Morgenkaffee gesessen. Die meisten hatten nur flüchtig in unsere Richtung geschaut, doch einer hatte sein Messer fallen lassen und es nicht wieder aufheben können, weil er die ganze Zeit in meine Richtung starrte. Das war für mich Grund genug, einen Tisch draußen zu verlangen, wo es den anderen Gästen anscheinend noch zu kalt war.

Als ich den Blick wieder senkte, hielt Simon mir den Salzstreuer entgegen.

»So süß ist der Sirup nun auch wieder nicht«, sagte ich.

»Ich dachte, du willst vielleicht dein Wasserglas damit präparieren.«

Ich nahm eine Toastscheibe von meinem Teller und konzentrierte mich aufs Essen. »Nicht nötig.«

»Aber das hilft dir, nicht auszutrocknen, oder?«

»Ja, schon.« Ich zuckte mit den Schultern. »Manchmal.«

Mit klopfendem Herzen wartete ich darauf, dass er mich weiter ausfragte. Als nach einer Minute noch immer nichts kam, schaute ich auf und sah ihn wieder an seinem Pfannkuchen kauen. Der Salzstreuer stand an seinem Platz neben dem Pfeffer.

»Wie bist du eigentlich darauf gekommen hierherzufahren?«, fragte Simon im Plauderton. »Der Ort liegt ja ziemlich versteckt.«

»Ich habe im Fischerhaus ein paar Touris darüber reden hören.« Diese Antwort hatte ich eingeübt, damit er bloß nicht auf die Idee kam, wie viele Stunden ich in Wahrheit nach der perfekten Stelle für ein erstes Date gesucht hatte. »Sie haben gesagt, für einen Tagesausflug sei das ein tolles Ziel, und die Landschaft auf der Fahrt sei wunderschön.«

»Damit hatten sie auf jeden Fall recht. Wenn man zwanzig Jahre lang hier in der Gegend wohnt und jeden Feldweg kennt, schaut man normalerweise kaum noch hin. Aber diese Straße bei Sonnenaufgang mit den blühenden Hügeln … und mit offenem Autoverdeck, so dass man den Blumenduft riecht, als hätte man seine Nase direkt hineingesteckt …«

»Nicht schlecht«, sagte ich.

Er grinste. »Nein, gar nicht schlecht.«

Ich erwiderte sein Lächeln, und mein Körper entspannte sich. Bisher lief alles noch besser als erhofft. Als Simon gestern sein Lunchpaket im Restaurant abgeholt hatte und ich ihm einen gemeinsamen Ausflug vorschlug, war er ohne Zögern einverstanden gewesen. Er hatte nicht einmal nach dem Grund oder dem Ziel gefragt, sondern nur gemeint, ich könnte ihm die Einzelheiten simsen. Auf meine SMS hatte er Sekunden später geantwortet und mir geschrieben, dass er sehr gerne bei meinem frühmorgendlichen Roadtrip mitmachen würde. Ich hatte ihn abgeholt, als sich der Himmel gerade rosa zu färben begann. Simon hatte schon vor der Tür seines Hauses auf mich gewartet und kam auf mich zugelaufen, bevor ich den Jeep ganz zum Stehen gebracht hatte. Während der Fahrt hatten wir ein bisschen geredet – vor allem über unsere Jobs oder die Musik im Radio – und ansonsten die frische Morgenluft und die Aussicht genossen.

Alles fühlte sich so einfach und richtig an, dass ich zu glauben begann, meine Idee könnte tatsächlich funktionieren.

»Was ich dir noch erzählen wollte«, sagte er, »Caleb und ich haben im *Herald* eine Anzeige aufgegeben. In der Rubrik ›Verloren/Gefunden‹. Wir hoffen, dass der Besitzer der Kamera sie wieder zurückhaben will, schließlich ist das ein ziemlich teures Modell. Vielleicht meldet sich jemand.«

So viel zur Romantik.

»Gute Idee.« Ich beugte mich über den Tisch und senkte die Stimme. »Glaubst du, das Schild an dem Pferdetransporter ist ernst gemeint?«

Er schaute an mir vorbei zu dem Pick-up-Truck, der auf dem sandigen Platz geparkt stand. Auf seiner Ladefläche stand ein großes weißes Werbeschild mit der Aufschrift: *Maines Magische Farmtour. Folgen Sie einfach den Hinterteilen mit den Pferdeschwänzen!*

Simon lehnte sich wieder zurück. »Na ja, der Truck steht still, aber der Anhänger bewegt sich; also haben sie wohl tatsächlich Pferde geladen. Könnte ernst gemeint sein.«

Ich wartete, bis er mich ansah, dann fragte ich: »Wollen wir?«

»Zu Maines Magischer Farm?«

Ich nickte und hielt den Atem an. Er hatte genug Gründe abzulehnen. Immerhin wussten wir nicht, wo die Farm lag, wie lange man dorthin brauchte, und wahrscheinlich war das Ganze nur eine peinliche Touristenfalle. Außerdem wäre es vernünftiger gewesen, so bald wie möglich nach Winter Harbor zurückzukehren und mit der Detektivarbeit weiterzumachen. Simon brauchte für seine Antwort so lange, dass ihm diese ganzen Einwände vermutlich auch durch den Kopf gingen.

Doch schließlich steckte er sich ein letztes Stück Pfannkuchen in den Mund, schluckte und meinte: »Dann sollten wir uns besser beeilen. So ein magischer Truck kann sich bestimmt in Luft auflösen, wenn man ihn nicht im Auge behält.«

Ich lachte. Wir sprangen auf und griffen nach unseren Portemonnaies, um das Geld auf den Tisch zu legen. Als wir feststellten, dass wir beide die Rechnung übernehmen wollten, zögerten wir kurz.

»Du bist beim nächsten Mal dran«, sagte Simon.

Mein Lächeln wurde breiter. »Okay.«

Wir winkten der Kellnerin, die gerade an einem der offenen Fenster vorbeikam, und riefen ihr ein Dankeschön zu. Sie winkte zurück. Dann liefen wir zum Jeep. Der Fahrer des Transporters war auch gerade eingestiegen und bog bereits in die Straße ein. Der Pick-up-Truck war alles andere als ein fliegender Teppich, und wir holten ihn schnell ein. Danach musste ich immer wieder auf die Bremse treten, um nicht mit dem Anhänger zusammenzustoßen – und mit den besagten Hinterteilen, von denen zwei über die Rückwand ragten. Simon und ich scherzten und lachten die ganzen zwanzig Minuten bis zu unserem Ziel, und noch bevor wir es erreichten, hatte ich innerlich entschieden, dass dieser Ort tatsächlich magisch sein musste.

Außerdem war er atemberaubend schön. Wir bogen auf einen langen Kiesweg ein, der durch sanfte Hügel und Felder führte, und landeten nach einer halben Meile vor einem großen weißen Scheunengebäude. Dort blieb der Truck stehen, wir parkten unseren Wagen neben einem Dutzend anderer und stiegen aus.

»Hallo«, begrüßte uns der Fahrer, als wir auf ihn zukamen. »Willkommen auf der Langden-Farm. Ich bin Jack und das Mädchen für alles: Pferde kutschieren, Besucher einsammeln …«

»Hi.« Simon schüttelte Jack die Hand und schaute sich um. »Toll ist es hier.«

»Stimmt. Deshalb tut es mir besonders leid, dass wir uns verspätet haben.«

Ich warf Simon einen Blick zu. »Verspätet? Wofür denn?«

»Den morgendlichen Ausritt.« Jack ging an dem Truck entlang, stellte seinen bestiefelten Fuß auf das Hinterrad und schwang sich über die Seitenwand der Ladefläche. »Es gab ein Problem mit der Anhängerkupplung, und ich habe zu lange daran tüfteln müssen. Deshalb ist die erste Gruppe leider schon weg. Ich habe das Werbeschild auf dem Anhänger gelassen, falls jemand an unserer Nachmittagstour interessiert ist. Aber die geht erst in sechs Stunden los.« Er nahm das Schild, klappte es zusammen und verstaute es flach auf der Ladefläche. »Wo kommt ihr denn her?«

»Winter Harbor«, antwortete Simon. »Das ist eine kleine Stadt an der –«

»Ja, kenne ich.« Er sprang vom Anhänger herunter und wandte sich uns zu. »Das war ja eine verrückte Sommersaison letztes Jahr.«

Simon nickte. Ich starrte zu Boden.

»Allerdings«, bestätigte er. »Das war es wirklich.«

»Meine Frau und ich sind mit den Enkeln hingefahren, um Schlittschuh zu laufen. Hier hatten wir fast dreißig Grad, und als wir in eure Gegend kamen, waren es nur noch fünf. So was habe ich noch nie erlebt. Wirklich einmalig!«

»Hoffen wir, dass es einmalig bleibt«, sagte Simon.

»Ja, da hast du wohl recht, Junge.« Jack nickte in meine Richtung. »Hast du was anderes zum Anziehen mit?«, fragte er mich.

Während ihres Gespräches hatte mein Gesicht die gleiche Farbe angenommen wie mein neuer Leinenrock, nämlich knallrot. Von dem Rock abgesehen, trug ich ein weißes Top, meine Jeansjacke und Leder-Flipflops. »Nein«, erwiderte ich.

»Okay.« Er öffnete die Rückseite des Hängers und klopfte den Pferden auf die Läufe, bis sie sich rückwärts in Bewegung setzten. »Wartet einen Moment, dann schaue ich mal, was sich machen lässt. »

Er führte die Pferde in den Stall. Simon lehnte sich gegen den Truck, und ich machte es mir neben ihm bequem.

»Ich finde es immer noch seltsam, wenn andere Leute darüber reden«, sagte er leise. »Mir ist klar, dass so ziemlich die ganze USA davon gehört hat … aber trotzdem fühlt es sich an, als hätten nur wir es wirklich erlebt. Weißt du, was ich meine?«

Ja, natürlich. Aber ich wollte nicht darüber sprechen. Zum Glück kam Jack schnell zurück, so dass Simon mein Schweigen nicht auffiel.

»Wie viel Zeit habt ihr schon auf einem Pferderücken

verbracht?«, wollte er wissen, als er zu uns zurückgeschlendert kam.

»Gar keine«, gab ich zu.

»Ungefähr zehn Minuten. 1998 beim Ponyreiten auf einem Bauernmarkt«, sagte Simon.

Jack grinste. »Na gut, dann habt ihr zwei Möglichkeiten.« Er hielt vor uns an und zeigte auf den Stall. »Wir haben zwei Pferde, die ihr nehmen könntet, aber ohne Reiterfahrung bräuchtet ihr für längere Touren einen Führer – und die sind alle schon unterwegs. Ich würde euch ja selbst begleiten, nur bin ich den ganzen Vormittag mit Bürokram beschäftigt. Aber was ihr alleine tun könntet, wäre, im Schritttempo auf der Wiese herumzureiten. Die ist so flach, dass ihr euch gefahrlos dort bewegen könnt, und außerdem kann man sie vom Haus aus überblicken. Falls ihr doch Probleme bekommen solltet, wird euch garantiert jemand sehen und angerannt kommen.«

Ich schaute an Jack vorbei auf die Wiese, dic cher einem zu groß geratenen Vorgarten glich. Sie war ganz hübsch, aber lag so offen, dass von Privatsphäre oder Romantik keine Spur war.

»Was ist denn die zweite Möglichkeit?«, erkundigte sich Simon.

»Ihr könntet in sechs Stunden zurückkommen«, schlug Jack vor. »Wir halten euch zwei Pferde frei.«

Simon schaute mich an. Ich zuckte mit den Schultern. »Das Erste klingt gar nicht so schlecht«, sagte ich.

»Okay.« Simon nickte. »Dann machen wir es so.«

»Freut mich.« Jack warf mir ein Bündel aus aufgerollter Kleidung zu. »Aus dem Souvenirshop. Ein Geschenk des Hauses.«

»Danke.« Ich fing das Bündel auf und wickelte es aus. Es entpuppte sich als eine khakibraune knielange Hose, auf deren Tasche das Logo der Langden-Farm gedruckt war – eine galoppierende Pferdeherde als schwarze Silhouette vor einem Sternenhimmel. »Das ist total nett.«

»Unter Nachbarn muss man sich aushelfen.« Er wandte sich ab und rief uns im Davonschlendern zu: »Ich sage Bescheid, dass jemand eure Pferde fertig macht. Die Bezahlung regeln wir hinterher. Viel Spaß!«

Als er in dem Farmgebäude verschwunden war, drehte ich mich zu Simon um und hielt die kurze Hose hoch.

»Bin gleich zurück.«

Eigentlich wäre es kein Problem gewesen, zuerst die Hose anzuziehen und dann den Rock abzustreifen, so dass man kein bisschen Haut sah. Aber ich brauchte eine Ausrede, um ein paar Minuten allein zu sein. Ich holte meine Handtasche aus dem Jeep und marschierte in die Scheune. Nachdem ich mich versichert hatte, dass Simon noch immer am Truck stand und nicht auf mich achtete, zog ich mich schnell um und trank auf einen Zug die zwei Flaschen Salzwasser aus, die ich in der Tasche mitgeschmuggelt hatte. Heute Morgen war ich schon zwei Stunden geschwommen und hatte so viel getrunken, dass meine Haut von winzigen Tröpfchen geglitzert hatte, die mir aus allen Poren getreten waren. Bisher ging es mir glänzend. Aber ich hatte keine Ahnung, wie mein Körper über längere Zeit auf Simons Nähe reagieren würde. Also war es sicherer, meinen Salzvorrat im Voraus aufzufüllen, damit ich nicht in seiner Gegenwart zusammenklappte.

»Wow, da passt ja was rein!«

Ich wirbelte herum. Ein junger Typ kam auf mich zu und starrte auf mein Oberteil. Er trug Jeans und einen Pulli mit Langden-Logo und hielt eine Schaufel in der Hand.

»Wie bitte?«, fragte ich.

Er nickte in Richtung meiner leeren Wasserflaschen. »Du

hast gerade das alles in dich reingeschüttet, ohne einmal abzusetzen. Ich bin beeindruckt.«

»Danke.« Ich lächelte verkrampft und wich zurück. »Anscheinend war ich durstiger, als ich dachte.«

»Hast du dich verlaufen? Kann ich dir helfen?«

Er beschleunigte seinen Schritt, ich ebenfalls – und dann stieß ich gegen einen Stein und stolperte. Mit einem Schrei verlor ich das Gleichgewicht. Zwei Hände packten mich von hinten und fingen mich auf.

»Sie braucht keine Hilfe«, sagte Simon. »Und ich auch nicht.«

Mit Anstrengung brachte ich meinen Atem unter Kontrolle. Der Typ blieb stehen und hob die Schaufel. Ein paar Sekunden später ließ er sie wieder sinken und trat den Rückzug an.

»Bleib cool, Mann. Ich habe nur meinen Job gemacht.«

Wir bewegten uns nicht, bis er hinten in der Scheune verschwunden war.

»Vielleicht sollten wir wieder abfahren«, schlug Simon vor.

Ich versenkte die Flaschen in meiner Handtasche und drehte mich zu ihm um. »Kommt gar nicht in Frage. Mit mir ist alles okay, und ich habe wirklich Lust zu reiten.«

»Aber er hätte dich fast –«

»Der Typ war völlig harmlos. Erstens hätte er bestimmt nichts versucht, und zweitens wäre ich schon mit ihm fertig geworden.«

In Wirklichkeit war ich mir weniger sicher, aber mein überzeugter Tonfall schien Simon zu beruhigen. Jedenfalls protestierte er nicht, als ich seine Hand drückte und sagte: »Komm schon. Lass uns nachschauen, was man uns auf Maines Magischer Farm für Reittiere sattelt. Vielleicht ein Einhorn oder einen Pegasus.«

Wie sich herausstellte, handelte es sich um ganz gewöhnliche Pferde. Ich bekam eine dunkelbraune Stute mit weißer Blesse, die ein wenig hinkte. Für Simon gab es einen grauen Hengst im Rentenalter.

Ein älterer Gentleman mit Ehering erklärte uns, wie man die Pferde dazu brachte, sich in Bewegung zu setzen, wieder anzuhalten und die gewünschte Richtung einzuschlagen. Dann demonstrierte er das Aufsitzen in den Sattel.

Ich probierte es als Erste, steckte den linken Fuß in den Steigbügel und griff nach dem Zaumzeug, um mich hochzuziehen. Gerade wollte ich das rechte Bein über den Pferderücken schwingen, als Simon nach meinen Hüften fasste, um mir zu helfen. Seine unerwartete Berührung raubte mir den Atem … und das Gleichgewicht. Ich warf meinen anderen Arm über den Sattel und brauchte meine ganze Muskelkraft, um mich nach oben zu ziehen.

»War doch ganz einfach«, erklärte ich, oben angekommen, grinste und strich mir die Haare aus den Augen.

Simon tätschelte mein Pferd, als wolle er es bitten, Nachsicht mit mir zu haben. Dann ging er zu seinem Hengst. Er brauchte ein paar Versuche, um in den Sattel zu kommen. Ich war mir nicht sicher, wer nervöser war – Simon oder das Pferd.

Als wir beide sicher auf unseren Pferden saßen, ließen wir sie den Kiesweg auf und ab gehen. Der Trainer war anscheinend zufrieden mit unseren Fortschritten und erlaubte uns, auf die Wiese zu reiten, solange wir innerhalb des Zauns und in Sichtweite des Farmhauses blieben. Wir hielten uns an seine Anweisungen … bis ich am entfernten Ende der Wiese einen Pfad entdeckte, der zwischen den Büschen verschwand.

»Wo der wohl hinführt?«, flüsterte ich, als könnte uns jemand hören. »Zu Dornröschens Schloss? Alices Wunderland? Oder dem Zauberer von Oz?«

»Könnte alles passen«, stimmte Simon mir zu.

Da ich nur noch das Dach der Farm sehen konnte, ließ ich mein Pferd umdrehen und ritt zurück den kleinen Hügel hinauf. Gerade war die zweite Etage wieder aufgetaucht, als ich abrupt am Zügel zog. Das Pferd blieb stehen.

»Stimmt was nicht?«

Ich wandte mich zu Simon um. Er hatte die Stirn gekraust und umklammerte die Zügel. Mit einem Lächeln beruhigte ich ihn, dann stieß ich meinem Pferd leicht die Fersen in die Flanken. Die Stute setzte sich mit einem Ruck in Bewegung und steuerte gehorsam auf den Pfad zu.

»Vanessa, wohin …? Jack hat gesagt …«

Ich hielt den Atem an, als ich an ihm vorbeiritt und in die Büsche eintauchte. Zuerst hörte ich nur die Hufe meines eigenen Pferdes auf dem trockenen Boden, aber dann ertönte hinter uns ein etwas schnelleres Getrappel.

Ich atmete erleichtert aus und trieb die Stute noch einmal mit den Fersen an. Sie beschleunigte auf Trab, und wir tauchten in eine sanfte grüne Hügellandschaft ein, die sich bis zum Horizont zu erstrecken schien. Zuerst wurde ich wie ein Sack Mehl im Sattel herumgeschüttelt, was nicht gerade angenehm war, aber mit einigem Experimentieren fand ich schnell heraus, wie man sich im Rhythmus des Pferdes bewegte. Mit klopfendem Herzen horchte ich auf galoppierende Hufe oder Autoreifen in der Ferne und wartete darauf, dass man uns verfolgte, einkreiste, zum Absitzen zwang und vom Farmgelände verbannte. Aber nichts geschah.

Zehn Minuten später begann sich der Pfad durch dichtes Unterholz zu winden. Ich zog leicht an den Zügeln und wartete darauf, dass Simon mich zur Umkehr ermahnte.

Doch diese Erwartung traf genauso wenig ein wie eine Horde verärgerter Langden-Farmer. Also ritten wir weiter.

Wir stellten bald fest, dass die Gegend tatsächlich so magisch war wie versprochen. Der Pfad wurde schmaler, gleichzeitig wurden die Bäume um uns immer mächtiger und höher. Sonnenstrahlen fielen durch die Äste, die sich über uns wiegten, und brachten die Luft zum Schimmern. Lichtflecken tanzten auf dem Waldboden. Blumen in Violett, Rot und Gelb wuchsen unter dem schützenden Dach. Schmetterlinge tanzten zwischen Blütenblättern. Vögel sangen mit leisen, süßen Stimmen. Während wir uns auf dem sich windenden Pfad durch den Wald bewegten, fühlte es sich an, als würden wir ihn nicht einfach durchqueren, sondern von ihm eingehüllt werden.

Simon und ich schwiegen die ganze Zeit, und als wir eine alte überdachte Brücke erreichten, mussten wir einander nicht erst fragen, ob wir hier Rast machen wollten. Wir glitten einfach von den Pferderücken, banden die Zügel um einen Baumstamm und gingen auf den roten Holzbogen zu. Schweigend erreichten wir die Mitte der Brücke und lehnten uns über das Geländer. Während wir dem Bach zuschauten, der drei Meter unter uns rauschte, gab es für mich nur noch zwei Dinge auf der Welt: die natürliche Schönheit überall um uns herum … und die Berührung von Simons Arm, der meinen streifte.

Nach einer ganzen Weile brach Simon das Schweigen. »Wann bist du so mutig geworden?«

Mein Blick löste sich vom Wasser und heftete sich an eine hohe Tanne in der Ferne.

»So etwas hättest du früher nie gemacht.« Seine Stimme war leise und nachdenklich.

»Was denn?«

»Regeln brechen, sich über Anweisungen hinwegsetzen … Ich gebe zu, Jack war nicht gerade ein einschüchternder Typ, aber trotzdem. Er hat uns gesagt, welche Grenzen wir nicht überschreiten sollen … und trotzdem sind wir jetzt hier, am anderen Ende der Welt. Die frühere Vanessa hätte zu viel Angst gehabt, um so weit zu kommen. Sie hätte sich keinen Ärger einhandeln und vor allem keinen Erwachsenen enttäuschen wollen.«

Die frühere Vanessa. Vielleicht konnte ich ihn wirklich überzeugen, dass ich jemand anderer war, aber eben eine neue, verbesserte Version des Mädchens, das er kannte?

Als wollte er meine Frage beantworten, fuhr Simon fort: »Mir ist das in letzter Zeit schon öfter aufgefallen. Zum Beispiel vorhin, als dich der Typ in der Scheune belästigt hat und du für ihn nur ein Schulterzucken übrig hattest. Oder als du neulich darauf bestanden hast, dass du nachts allein nach Hause fahren kannst.«

»Was du natürlich nicht zugelassen hast«, erinnerte ich ihn. »Du bist mir die ganze Strecke bis zu unserem Tor gefolgt.«

»Ich weiß, und das würde ich jederzeit wieder tun. Aber trotzdem war mir klar, dass du es ernst gemeint hast. Früher hättest du zwar nicht direkt um meine Begleitung gebeten, doch insgeheim wärest du erleichtert gewesen und hättest bestimmt nicht protestiert.«

Ich schwieg, denn er hatte recht.

»Das gilt auch für den heutigen Tag und deine Einladung«, fuhr er mit weicher Stimme fort. »Besonders, weil so viel zwischen uns … ungeklärt ist. Diese Direktheit ist neu. Anders.«

»Die alte Vanessa hätte darauf gewartet, dass du den ersten Schritt machst.«

»Ja, ich glaube schon.«

»Und hättest du?«

Er stieß ein kurzes, amüsiertes Lachen aus. »Siehst du? Genau das meine ich. Früher hättest du so eine Frage nie gestellt.«

Danach folgte eine lange Pause, in der ich auf seine Antwort wartete.

»Hm ...« Er richtete sich gerade auf und stützte die Hände auf das Holzgeländer. »Hätte ich den ersten Schritt gemacht und wäre auf dich zugekommen? Um wieder mehr als nur ein Freund zu sein?«

Sein Ellbogen berührte meinen, und mir stockte der Atem.

»Ich glaube, ich hätte kaum eine andere Wahl gehabt.«

Noch vor einer Woche hätte ich nie im Leben getan, was ich nun tat. Die alte Vanessa hätte es sich auf der Stelle ausgeredet.

Aber die neue Vanessa griff nach Simon und küsste ihn. *Ich* küsste ihn. Ohne sich erst zögernd zu ihm umzudrehen, vorzubeugen und zu hoffen, dass er darauf reagieren würde. Nein, ich legte die Hand auf seinen Arm, zog ihn weit genug heran, damit ich gerade zwischen ihm und dem Geländer Platz hatte, griff nach seinem Hals ... und küsste ihn.

Vielleicht hatte Charlotte das gemeint, als wir uns vor ein paar Wochen am Strand unterhalten hatten. Mein Körper handelte fast von selbst und ließ sich nicht wie sonst von meinem Kopf bremsen. Waren hier meine Sirenenkräfte am Werk?

Ganz egal, denn wenn ich geahnt hätte, welche Wirkung diese simple Handlung haben würde, hätte ich mich viel früher dazu überwunden. Denn mit einem Schlag verschwanden alle Probleme und Fragen, alles Zögern und Zaudern. Nervosität verwandelte sich in Erregung, Schüchternheit in Wagemut. Bisher hatten unsere Küsse

– besonders die ersten, nachdem wir uns ein paar Tage nicht gesehen hatten – immer sehr vorsichtig begonnen. Zärtlich. Zurückhaltend. Aber jetzt übersprangen wir diese Anfangsphase, unsere Münder pressten sich aufeinander, unsere Lippen öffneten sich, und wir fielen übereinander her wie sonst nur in der Mitte unserer wildesten Knutschereien. Simons Hände strichen zielsicher über meinen Rücken und ergriffen meine Hüften. Ich presste meinen ganzen Körper an ihn, als könnte ich ohne jeden Zweifel wissen, dass Simon genau das wollte und mich nicht zurückweisen würde.

Überraschenderweise wusste ich es tatsächlich.

Er drückte mich gegen das Holz der Brücke. Ich ließ seinen Pulli nur lange genug los, um nach dem Geländer zu fassen und mich hochzuziehen. Im Sitzen schlang ich die Beine um seine Taille, während er meine Hüften umfasste. Sein Mund wanderte meinen Hals hinab und über die nackte Haut meines Ausschnitts. Ich vergrub die Finger in seinem Haar und zog sein Gesicht noch näher heran. Er strich mit einer Hand meinen Rücken hinauf, bis er den Kragen meiner Jeansjacke erreicht hatte und daran zerren konnte, so dass sie mir die Arme herunterrutschte. Während seine Lippen über meine Schulter wanderten, fuhr er gleichzeitig mit der Hand meinen Arm entlang und schob den Träger meines Top beiseite. Seine andere Hand bewegte sich am rechten Schenkel empor, bis sie die Öffnung meiner kurzen Hose erreichte und hineinglitt. Ich schlang die Beine noch enger um ihn und küsste jedes Stück Haut, das ich erreichen konnte – den Hals, das Kinn, die empfindliche Stelle hinter dem Ohr.

Mit mir ist alles okay, beantwortete ich im Kopf die Frage, die Simon gleich stellen würde, *mehr als okay, mir geht es fantastisch! Das hier ... mit dir ... ist genau, was ich will. Am liebsten würde ich nie wieder aufhören.*

Nur kam die Frage gar nicht. Dabei stellte Simon sie sonst jedes Mal, egal, wie oft wir schon intim gewesen waren.

Entweder hatte ich überzeugender gewirkt, als ich mir selbst zugetraut hätte, oder Simon war ebenfalls mutiger geworden.

»Ist euch beiden klar, dass eure Pferde schon mal ohne euch losgezogen sind?«

Simon schreckte zurück. Ich legte erschrocken die Hand auf den Mund, als wollte ich den Beweis für unsere Knutscherei verdecken, und sprang vom Geländer.

Jack saß auf einem riesigen Hengst und betrachtete uns vom Ende der Brücke aus. Er nickte in Richtung des Reitpfades, wo unsere Pferde gerade zurück zur Farm trotteten.

»Ihr solltet ihnen vielleicht besser nachlaufen«, schlug er vor. »Ein halbes Dutzend unserer Leute sucht nach euch, und zwei reiterlose Pferde dürften sie nicht gerade beruhigen.«

Mit diesen Worten wendete er seinen Hengst und galoppierte davon – aber erst, nachdem er uns verschwörerisch zugeblinzelt hatte.

Ein paar Sekunden war alles still, dann bekamen Simon und ich einen Lachanfall. Unser wildes Gekicher fühlte sich befreiend an und füllte mich mit so viel Energie, dass ich mir nicht einmal Sorgen machte, was uns bei unserer Rückkehr zur Farm erwarten würde.

»Komm her«, sagte Simon, als wir uns wieder beruhigt hatten. Er hielt mir eine Hand entgegen, nach der ich bereitwillig griff, und zog mich in eine lockere Umarmung. »Vanessa …«

Als nichts weiter folgte, nickte ich, an seine Brust gelehnt. »Ja, ich weiß. Mir geht es genauso.«

Er küsste mich auf den Scheitel, auf die Nasenspitze, auf die Lippen. Vorsichtig. Zärtlich. Zurückhaltend.

Dann fingen wir unsere Pferde wieder ein und ritten zurück zur Farm, wo wir zwar keinen Ärger bekamen, aber auch keine begeisterte Einladung, sie wieder als Gäste zu beehren.

Bei der Rückfahrt nach Winter Harbor ließen wir uns Zeit. Wir kurvten über die Landstraßen, aßen zu Mittag, besuchten Touristenläden mit Kunsthandwerk und Antiquitäten und aßen zu Abend. Dabei plauderten wir über alles Mögliche, aber erwähnten kein einziges Mal den letzten Sommer, Herbst oder auch nur die letzte Woche. Mir selbst kamen diese Themen auch kaum in den Sinn.

Eigentlich hatte keiner von uns Lust, den Tag schon zu beenden, doch wir wollten unsere Eltern nicht beunruhigen – besonders, weil damit ein weiterer Ganztagesausflug problematisch geworden wäre. Also steuerten wir kurz vor Sonnenuntergang wieder die Ostküste an.

Von Simon zu hören, dass er weitere Tage mit mir verbringen wollte, war so beruhigend, dass ich meiner Erschöpfung nachgab und ihm die Autoschlüssel überließ, damit er uns den Rest der Strecke fahren konnte. Seit meiner letzten Schwimmtour waren zwölf Stunden vergangen, und obwohl ich immer wieder heimlich von meinem Salzwasservorrat getrunken hatte, sank mein Energielevel langsam, aber stetig. Falls Simon nachfragen sollte, konnte ich meine Erschöpfung leicht auf den erlebnisreichen Tag schieben.

Anscheinend nickte ich irgendwann auf dem Beifahrersitz ein. Eben hatte ich noch den Sonnenuntergang über einem Blumenfeld bewundert, und im nächsten Moment schreckte ich hoch und starrte hellwach auf ein blinkendes Blaulicht.

»Was ist los?«, fragte ich und richtete mich auf. »Wo sind wir?«

»Sieht aus wie ein Verkehrsunfall.« Simon klang angespannt, während er den Jeep im Stop-and-go-Verkehr langsam vorwärtsrollen ließ. »Und wir sind gerade am Begrüßungsschild von Winter Harbor vorbeigekommen.«

Unfälle gab es ständig, sagte ich mir. Sie passierten ganz normalen Leuten aus ganz normalen Gründen. Deshalb blieb ich ruhig, als wir an zwei Polizeiautos und einem Krankenwagen vorbeifuhren und uns einem Pulk Rettungssanitäter näherten, die mit Wiederbelebungsmaßnahmen beschäftigt waren.

Aber dann trat einer der Männer zurück. Die Atemmaske rutschte vom Mund des Mädchens, und ihr Kopf sackte zur Seite.

Und Carlas leblose Augen starrten mich an.

KAPITEL 14

SCHULSPORTSTAR STIRBT MIT 18
IN WINTER HARBOR!

Kaum ein Jahr, nachdem Justine Sands als erstes Todesopfer einer ganzen Serie bei den Chione Cliffs angespült wurde, fand man nun den Leichnam von Carla Marciano, Rekordhalterin im 400-Meter-Lauf an der Winter Harbor Highschool, nahe der Kreuzung Maple Lane/Washington Avenue.

Die Polizei ermittelt und sucht dringend nach Augenzeugen. Alle Informationen, die zur Aufklärung von Miss Marcianos Tod führen können, werden unter folgender Telefonnummer entgegengenommen: 207-553-3900.

Weitere Updates folgen.

»Die Homepage des *Herald* hat nicht mal zwölf Stunden gebraucht, um das auf die Titelseite zu stellen«, sagte Paige und scrollte zurück zum Anfang. »Wer als Tourist neu in Winter Harbor ist, würde nie auf die Idee kommen, dass auf der Website bis letzten Sommer nichts anderes zu sehen war als ein sprechender Cartoon-Krebs als Werbung für die Print-Ausgabe.«

»Das ist alles?«, fragte ich. »Mehr hast du dazu nicht zu sagen?«

Sie klappte das Notebook zu und lehnte sich zurück. »Doch, natürlich. Das Ganze ist schrecklich. Und tragisch. Und ich bekomme die totale Panik, wenn ich darüber rede, also lasse ich es lieber. Weil der Sommer gerade erst angefangen hat und es zu früh ist, um jetzt schon komplett durchzudrehen.«

Ich schaute mich um, ob wir auf dem Balkon des Pausenraums noch immer allein waren. »Aber du hast sie doch gekannt. Hat sie jemals … ich weiß auch nicht … irgendwie angedeutet …«

»… dass sie von mörderischen Sirenen verfolgt wurde? Nein. Außerdem hat sie nur ein paar Tage hier gearbeitet. Davon ist sie die Hälfte der Zeit hektisch herumgerannt, und die andere Hälfte hat sie geheult. Ich weiß gar nichts über sie, außer dass sie eine Menge Geld für Papiertaschentücher ausgibt.« Paige starrte auf ihren Schoß, dann hinaus auf den Hafen. »Ausgegeben *hat*, meine ich.«

Ich folgte ihrem Blick. Das Wasser war ruhig und spiegelglatt. Der wolkenlose Himmel leuchtete strahlend blau. Genau wie gestern, vorgestern und die ganzen Tage davor war das Wetter in Winter Harbor perfekt. Eigentlich hätte das eine beruhigende Feststellung sein sollen, denn im letzten Sommer waren sämtliche Opfer – auch meine Schwester – nach schweren Gewitterstürmen gefunden worden. Aber dadurch wurde alles nur noch rätselhafter.

»Was ist denn mit dir?« Paige wandte sich wieder zu mir um. »Ich meine, erst hast du sie mit eigenen Augen daliegen sehen, mitten auf der Straße, und dann dieser Online-Artikel … in dem deine Schwester erwähnt wird …« Sie schob sich die Sonnenbrille auf die Stirn und beugte sich zu mir vor. »Kommst du zurecht? Oder willst du dir lieber einen Tag freinehmen? Vielleicht ein bisschen Zeit mit deinen Eltern verbringen?«

»Danke, aber mir geht es gut. Ich habe nur ein schlechtes Gewissen, ansonsten ist alles okay.«

»Ein schlechtes Gewissen? Wieso das denn?«

»Wegen des allerersten Gedankens, der mir gestern

durch den Kopf geschossen ist, als ich ihr Gesicht gesehen habe.«

Paige ergriff meine Hand, die auf der Tischplatte lag.

»Wie du eben gesagt hast, ist das alles ganz schrecklich und tragisch, aber –«

»Ist schon okay, Vanessa.«

»Ich war erleichtert, als ich ihr Gesicht gesehen habe. Weil das Opfer kein Mann war.« Die Worte sprudelten nur so aus mir heraus. »Ich weiß, das war ein grässlicher Gedanke, und –«

»Nein, ich verstehe deine Reaktion. Mir wäre es genauso gegangen.«

Ich stieß einen Seufzer aus. »Danke.«

»Nichts zu danken, ich habe nur die Wahrheit gesagt.« Sie machte eine nachdenkliche Pause. »Aber andere Leute werden wahrscheinlich auf ähnliche Gedanken kommen. Der Artikel auf der *Herald*-Website ist nur der Anfang, fürchte ich. Mit Glück stürzt sich keiner von den überregionalen Sendern auf die Neuigkeit, aber zumindest hier in der Region werden die Leute reden, vergleichen, Verbindungen herstellen …«

»Du meinst, sie werden Carla mit Justine in einen Topf werfen? Weil sie das erste Todesopfer und ebenfalls ein Mädchen war?«

Paige machte ein entschuldigendes Gesicht.

»Schon gut, ich bin ja deiner Meinung. Allerdings gibt es zwischen den beiden Fällen auch riesige Unterschiede. Vor allem ist Carla nicht in Wassernähe gefunden worden. Und die Kreuzung ist total unübersichtlich, also hat sie vielleicht jemand überfahren und einfach liegen lassen. Natürlich habe ich gestern Abend gleich an unsere Erlebnisse im Sommer gedacht, aber jetzt habe ich mich wieder beruhigt. Wir beide wissen schließlich, dass so etwas auf keinen Fall wieder vorkommen kann.« Ich zuckte mit den Schultern. »Also lass die Leute reden.«

Sie drückte meine Hand. »Nerven wie Drahtseile«, stellte sie fest. »Anscheinend hatte unser gutaussehender, scharfsichtiger Nachwuchswissenschaftler recht. Du hast dich wirklich verändert.«

Ich trank meinen Eiskaffee mit einem Zug leer, als könnte ich so die Hitze aus meinen Wangen vertreiben. »Wo wir gerade davon sprechen, ich sollte besser nach unten gehen. Simon hat mir gesimst, dass er mit Caleb schon zum Frühstück und nicht erst zur Mittagspause kommt. Keine Sorge, dafür knöpfe ich ihnen den Normalpreis ab. Wahrscheinlich will Simon sich nur versichern, dass ich heil hier angekommen bin.«

»Ach was, meinetwegen kann Simon auch Kalbsfilet statt Bacon auf seinem Frühstücksbrötchen haben ... und zwar umsonst. Wer meine beste Freundin so glücklich macht, hat sich ein kostenloses Frühstück mit allen Extras verdient.« Sie lächelte verschmitzt, während sie aufstand und den Papierkram mitsamt dem Notebook einsammelte. »Und für Caleb gilt dasselbe. Natürlich nur, weil er Simons Bruder ist.«

»Natürlich.«

Ihr Lächeln wurde breiter. Gerade wollte ich sie fragen, ob mir etwas auf der Flirtfront entgangen war, als sie plötzlich wieder ernst wurde.

»Tut mir übrigens leid, was in der Grillstube passiert ist. Ich habe mich nie richtig dafür entschuldigt. Dabei hatte ich hinterher ein richtig schlechtes Gewissen. Ich weiß gar nicht, was in mich gefahren ist. Vielleicht ist mir einfach alles zu viel geworden. Ich meine, die Fotos haben alles wieder aufgewühlt, was damals passiert ist.«

Ich stand ebenfalls auf. »Kann ich verstehen. Ist schon okay.«

Sie öffnete die Arme, und ich beugte mich über den Tisch, um Paige tröstend zu drücken.

»Siehst du«, schniefte sie, »ich bin schon ganz aufgelöst. Bei der nächsten Katastrophe klappe ich bestimmt total zusammen.«

»Dann ist ja gut, dass es keine weiteren Katastrophen geben wird.«

Wir gingen zusammen nach unten und trennten uns vor der Küche. Paige steuerte auf Louis zu, der bei der Friteuse anscheinend seinen eigenen Mini-Nervenzusammenbruch hatte, und ich bog zur Gaststube ab.

»Vanessa! Gott sei Dank!«

Ich blieb verblüfft an der Bar stehen, wodurch mich die aufschwingende Küchentür in den Rücken traf und nach vorne schubste. Natalie verstand diese Bewegung wohl falsch, denn sie drückte mir eine Kaffeekanne in die Hand, während sie an mir vorbeisauste.

»Bei Tisch acht muss nachgefüllt werden, Tisch zehn braucht ein zusätzliches Besteck, und an Tisch vier ist der Zucker ausgegangen.«

»Okay, aber ich bin heute gar nicht –«

»Oh, und weißt du vielleicht, wie man die Klimaanlage anstellt? Durch die vielen Leute heizt sich der Raum ziemlich auf. Danke!«

Mit der Kaffeekanne in der Hand blickte ich mich im Restaurant um und zählte.

Acht Tische. In der Gaststube standen zwanzig ... und nur acht davon waren frei. So viel Betrieb hatte es im Fischerhaus den ganzen Sommer noch nicht gegeben.

Hinter mir in der Küche hörte ich Teller klappern und Stimmen lauter werden. Ich erwachte aus meiner Erstarrung und begann damit, die Tassen an Tisch acht nachzufüllen.

»Wurde aber auch Zeit«, murrte ein Mann, als ich ihm nachgoss.

»Tut mir leid«, entschuldigte ich mich. »Wir leiden heute Morgen unter einem kleinen Personalmangel.«

»Lass dich von meinem Kumpel nicht stören«, sagte der zweite Mann am Tisch. »Der kennt Kaffee sonst nur verbrannt aus dem Tankstellen-Snackshop.«

Ich lächelte und warf einen Blick auf ihre Hände. Der erste Mann trug einen Ehering, der zweite nicht.

»Kann ich sonst noch etwas für Sie tun?«, fragte ich.

»Du könntest mir deine Telefonnummer geben.« Mein Verehrer stürzte seinen Kaffee hinunter und hielt mir grinsend wieder die Tasse hin. Ich füllte sie auf.

»Ich schicke Ihnen gleich die richtige Kellnerin vorbei.«

»Nur keine Eile.« Sein Grinsen wurde breiter. »Bei der tollen Aussicht warte ich gerne etwas länger.«

Ich zwang mich zu einem Lächeln und wandte mich ab. Mit seinem Blick im Rücken eilte ich zur Bar und schnappte mir ein Besteck und einen Zuckerstreuer. Ich brachte beides an die jeweiligen Tische, wobei ich mich nicht lange genug aufhielt, um mir anzügliche Sprüche einzufangen. Dann rannte ich zum Empfang, wo weitere Gäste darauf warteten, einen Tisch zugeteilt zu bekommen. Ich griff nach den Speisekarten und schob die drei Grüppchen – die ausschließlich aus Männern bestanden – regelrecht zu ihren Plätzen. Im Vorbeilaufen sah ich im Spiegel über dem unbenutzten Kamin, dass mir bereits der Schweiß auf der Stirn stand. Ich erinnerte mich daran, was Natalie über die Klimaanlage gesagt hatte, und machte mich auf den Weg zum Thermostat. Er befand sich am anderen Ende des Raums bei der Küchentür. Während ich dorthin rannte, hielt ich mich möglichst nah an der Wand und möglichst weit weg von meinem Verehrer.

Die Klimaanlage war auf 23 Grad eingestellt, was laut Paige die niedrigste Temperatur war, die man den Gästen zumuten konnte, wenn man Heizenergie und Geld sparen wollte. Jetzt drehte ich sie einige Grade tiefer. Da summte das Handy in meiner Hosentasche.

Caleb hat verschlafen. Sorry, komme bald. S

Ich simste zurück.

Lass dir Zeit. Ich bin hier eingespannt.

»Freigetränke.«

Ich schaute auf. Paige stand neben mir, die Hände in die Hüften gestemmt, den Blick auf die Gäste gerichtet, die Kellnerschürze umgebunden und bereit, sich ins Gewühl zu stürzen.

»Was?« Ich hatte sie zwar gehört, aber verstand nicht, was sie mir sagen wollte.

»Natalies Dad hat allen, die vor acht Uhr hier reinkommen, einen Bonus versprochen. Also bekommen sie jetzt so viele Freigetränke, wie sie wollen: Kaffee, Tee, Saft, Cola … und wenn sie wollen, dass wir ihre Thermoskannen auffüllen, bevor sie zur Arbeit auf die Schiffe müssen, dann bekommen sie das auch.«

Ich spürte ein seltsames Ziehen in meinem Magen, als sich in mir ein Verdacht regte, der von einer guten Portion Neid begleitet war.

»Was soll das heißen, Natalies Dad? Was hat der denn mit dem Ganzen zu tun?«

Sie zog sich ein Haarband vom Handgelenk und fasste ihre Haare zu einem Pferdeschwanz zusammen. »Ich habe mit ihr ein paar Ideen ausgetauscht, wie man das Geschäft ankurbeln könnte. Sie hat ihrem Vater von unserem Brainstorming erzählt, und der hat es offenbar am ganzen Hafen ausgequatscht. Darüber könnte ich natürlich sauer sein … aber schau dir an, was hier los ist!« Sie wandte sich zu mir um, und ihre blauen Augen strahlten. »Vielleicht wird mit dem Restaurant doch noch alles gut.«

Ich hatte schon den Mund geöffnet, um weitere Fragen zu stellen, aber sie kam mir zuvor, indem sie Block und Stift aus der Schürze zog und mir beides entgegenhielt.

»Das macht dir doch nichts aus, oder? Ein bisschen kellnern und die Leute zu ihren Tischen bringen? Damit überfalle ich dich nur heute, Ehrenwort. Sobald ich eine ruhige Minute habe, rufe ich bei den Mitarbeitern an, die vor ein paar Wochen gekündigt haben.« Sie gab mir einen Schmatzer auf die Wange. »Danke. Du bist die beste Freundin der Welt!«

Ich schaute ihr hinterher, wie sie einen zweiten Schreibblock aus ihrer Schürze zog und sich zwischen die Tische ins Gewühl stürzte. Sie hatte lange als Kellnerin gearbeitet, bevor sie das Management übernommen hatte, und war gleich wieder in ihrem Element. Sie lächelte und scherzte, lachte und plauderte und wickelte die Gäste problemlos um den Finger. Erst als sie an meinem Verehrer vorbeikam und einen lüsternen Blick von ihm erntete, fiel mir auf, dass an den Tischen fast keine Frauen saßen. Es gab ungefähr dreißig besetzte Plätze, aber nur an vier Stuhllehnen hingen Handtaschen. Ansonsten war das Restaurant voller schmuddeliger, bulliger hungriger Männer. Allesamt Arbeiter von den Fischtrawlern, die sich vor dem langen Tag auf dem Meer richtig vollfutterten.

Zwar gab es Bettys Fischerhaus schon seit Ewigkeiten, aber gerade in den letzten Jahren hatte es eher die Touristen als die Normalbevölkerung angelockt. Dieses Publikum war neu – und neue Gäste waren dringend nötig. Also schob ich meine Bedenken beiseite, die vor allem damit zu tun hatten, dass Natalie ohne Paiges klare Zustimmung mit Lockangeboten warb, und eilte an einen der frisch besetzten Tische.

In den nächsten zwanzig Minuten hatte ich kaum Zeit zum Luftholen. Zusammen mit Paige und Natalie nahm ich Bestellungen entgegen, füllte Gläser nach, servierte Frühstücke, räumte Geschirr ab, wischte frei gewordene Tische ab und führte neue Gäste an ihre Plätze. Außerdem überhörte ich jede Menge Komplimente und anzügliche Bemerkungen, was anstrengender war, als meinen Kunden die Wünsche möglichst schon von den Augen abzulesen. Bald war ich überhitzt, durstig und erschöpft, so dass ich mich zwischendurch immer wieder hinter den Bartresen ducken musste, um Salzwasser nachzutanken.

Gerade hatte ich wieder ein paar Schlucke heruntergestürzt und richtete mich auf, als auf meinem Handy eine neue SMS von Simon eintraf.

Sind auf dem Weg. Kann es gar nicht erwarten, dich zu sehen.

Die Worte verschwammen vor meinen Augen. Ich blinzelte und drückte eine Hand an meine Stirn, weil sich plötzlich alles zu drehen begann. Hastig klappte ich das Handy zu und hockte mich wieder hinter den Tresen, um noch mehr zu trinken. Als ich mich diesmal aufrichtete, taumelte ich nach links und griff nach der Kasse, um mich abzustützen.

»Auf der Damentoilette ist das Toilettenpapier alle«, rief Paige mir auf dem Weg zur Küche zu. »Holst du bitte ein paar Rollen? Vielen Dank!«

Ich war ganz froh, den Bereich der Gaststube verlassen zu können. Schnell schnappte ich mir den Salzstreuer, dann eilte ich zum Foyer, wo sich die beiden Gästetoiletten befanden. Bei jedem Schritt wurden meine Beine wackeliger, und als der Hauseingang in Sicht kam, legte ich einen letzten Spurt ein und warf mich regelrecht durch die Tür der Damentoilette.

Drinnen versicherte ich mich, dass die beiden Kabinen

leer waren, dann schloss ich hinter mir ab und drehte das Wasser am Waschbecken auf. Als es voll war, schraubte ich den Deckel des Salzstreuers ab und schüttete den gesamten Inhalt hinein. Während ich das Salz mit der Hand verrührte, warf ich einen Blick auf mein Spiegelbild – und war froh, dass niemand mein erschrockenes Keuchen hören konnte.

Heute Morgen nach meinem üblichen Programm aus Schwimmen und Duschen hatte ich gesund und normal ausgesehen. Aber jetzt war mein Gesicht weiß wie das Porzellanwaschbecken, obwohl mir gleichzeitig so heiß war, dass mir Schweiß über den Hals lief und meinen T-Shirt-Kragen dunkel färbte. Mein frisch geföhntes Haar war inzwischen klitschnass, als sei ich gerade aus dem Meer gestiegen. Von dem schimmernden farblosen Lippenstift, den ich immer auftrug, war nichts mehr zu merken, denn mein ganzer Mund war spröde und hatte eine fast violette Färbung angenommen.

Am schlimmsten sahen meine Augen aus. Normalerweise waren sie hellbraun mit einem Stich ins Bläuliche, und wenn das Licht in einer bestimmten Weise darauf fiel, konnten sie grau oder sogar silbern wirken. Diesen metallischen Glanz nahmen sie in letzter Zeit öfter an. Bei dem Gedanken drehte sich mein Magen um, denn Silberaugen waren ein typisches Merkmal für Sirenen.

Aber jetzt war es tatsächlich noch schlimmer.

Erstens schien die Farbe ständig zu wechseln – von Stumpfblau zu Metallischgrau zu Tiefdunkelgrün – und erinnerte an die dämmrige Tiefe des Meeres. Zweitens schien ein milchiger Schleier über den Pupillen zu liegen. Und am schlimmsten war, dass man sie kaum noch sehen konnte, weil schlaffe Lider sie verdeckten. Meine Brauen wurden von ihrem eigenen Gewicht tiefer gezogen und drückten auf die Lider. Meine Augenwinkel hingen ebenso traurig herab. Die Haut darunter war nicht glatt wie sonst, sondern von Runzeln durchzogen.

Ich wich zurück und starrte in den Spiegel.

Was stimmt nicht mit mir?

Ganz unwillkürlich richtete ich diese stumme Frage an Charlotte und lauschte auf eine Antwort. Als keine kam, beugte ich mich über das Becken und begann, nicht nur mein Gesicht, sondern auch den Hals und die Arme zu befeuchten. Ich schöpfte Wasser mit den Händen und trank so lange, bis ich das Salz darin nicht mehr schmecken konnte. Auch mein Gesicht begann, sich abzukühlen. Da wagte ich, wieder in den Spiegel zu schauen.

Besser. Noch immer nicht perfekt, denn meine Augen waren dunkler als sonst. Aber immerhin waren sie wieder ganz zu sehen. Meine Haut hatte sich gestrafft und nahm allmählich Farbe an.

Hatte Charlotte mich davor warnen wollen, als sie gesagt hatte, dass Nenuphars mehr Energie brauchten als normale Sirenen? Würde ich immer gleich um zehn Jahre gealtert aussehen, wenn ich meinen Körper nicht mit dem versorgte, was er brauchte? Und konnten meine außergewöhnlichen Kräfte mir wenigstens helfen, leichter als andere Sirenen an diese Energie heranzukommen?

Jemand zog an der Toilettentür, und das Geräusch ließ mich zusammenzucken. Als die Person feststellte, dass abgeschlossen war, begann sie zu klopfen.

»Moment!« Ich zog ein paar Papierhandtücher aus dem Wandhalter und trocknete mein Gesicht ab. Dann holte ich das Schlüsselbund aus der Hosentasche und öffnete die winzige Besenkammer, in der sich die Putzmittel befanden. Doch als ich nach dem Vorrat an Toilettenpapier greifen wollte, war das Regal leer.

Ich hastete aus der Toilette, erklärte der wartenden Frau

das Problem und versprach, schnell Nachschub zu besorgen. Als ich Paige danach fragte, schickte sie mich zum Vorratsraum im Keller. Auf dem Weg erhaschte ich im Spiegel über dem Restaurantkamin einen Blick auf mich und stellte fest, dass meine Haut schon weniger straff war als vor einigen Minuten. Außerdem sah ich, dass mein Verehrer immer noch an seinem Platz saß ... und mich beobachtete.

Ich schaute auf die Uhr. Simon musste jede Minute hier sein. Unser Erlebnis bei der Rückfahrt gestern Abend hatte ihn an genau die unbequemen Wahrheiten erinnert, von denen ich ihn hatte ablenken wollen. Ich musste verlorene Zeit wieder aufholen, aber dafür durfte er mich nicht in diesem Zustand sehen. Sonst würde er mir vor lauter Besorgtheit gar nicht zuhören. Die schnellste und einfachste Lösung wäre ein Sprung ins Hafenbecken gewesen, das direkt hinter dem Restaurant lag, aber damit wäre ich kaum unbemerkt durchgekommen.

Also blieb nur noch eine Möglichkeit.

»Hallo«, sagte ich aus nächster Nähe zu meinem Bewunderer und lächelte ihn an. »Ist bei Ihnen alles in Ordnung?«

»Die Bedienung könnte schneller sein«, knurrte der andere Mann. »Aber sonst ist alles okay.«

Mit klopfendem Herzen wandte ich mich dem Jüngeren zu, wobei ich meine Hüfte an seine Tischkante schmiegte. »Und bei Ihnen?«

Er lehnte sich zurück und musterte mich genüsslich von oben bis unten. »Ich habe immer noch Appetit.«

»Das lässt sich ändern. Was kann ich Ihnen bringen? Pfannkuchen? Arme Ritter?«

Seine Augen wurden schmal. Wir wussten beide, dass er nicht über das Frühstück gesprochen hatte. Also beugte ich mich vor, legte ihm eine Hand auf den Arm und flüsterte direkt in sein Ohr: »Wie heißt du?«

Ich spürte, wie sich seine Muskeln unter meinen Fingern spannten. Wo sich unsere Haut berührte, durchlief mich eine Schockwelle aus frischer Energie.

»Alex.«

Ich schluckte und versuchte die gleiche Taktik noch einmal. »Und wo kommst du her?«

Er sog scharf die Luft ein. Meine Beine fühlten sich nicht länger an wie Gummi.

»Portland.«

»Schöne Stadt.« Ich brachte meine Lippen noch näher an sein Ohr. »Sagt man jedenfalls.«

Sein Gesicht hob sich einladend meinem entgegen. Die Energie durchflutete nun auch den Rest meines Körpers bis hinauf zum Hals.

»Du solltest mich mal besuchen kommen. Wir könnten viel Spaß miteinander haben.«

Seine Stimme klang brüchig. Ich richtete mich ein wenig auf und überprüfte im Spiegel über dem Kamin, ob ich Erfolg gehabt hatte.

»Großartig«, sagte ich.

Zum Abschied drückte ich noch einmal seinen Arm, dann ging ich aus der Gaststube, ohne mich umzuschauen. In der Küche hielt ich mich dicht an der Wand, um nicht in die Schusslinie von Louis zu geraten, der mit Beschimpfungen und Gegenständen um sich schmiss. Der unerwartete Gästeansturm hatte ihn so in Stress versetzt, dass nun fast die gesamte Küche als Gefahrenzone einzustufen war. Doch ich erreichte unversehrt die Treppe.

Wie ich unten feststellen musste, war der Keller anscheinend der einzige Teil des Restaurants, den Paige in ihrem Renovierungswahn ausgelassen hatte, obwohl ein paar Pinselstriche und ausgewechselte Glühbirnen ihm gutgetan hätten. Er war, dunkel, feucht und roch nach einer Mischung aus Schimmel und Pommesfett. Überall waren ausrangierte Möbel, Tischdecken und Küchengeräte zu wackeligen Stapeln aufgeschichtet. Der Vorratsraum befand sich ganz hinten. Ich brauchte mehrere Minuten, bis ich mich im Zickzack dort hinmanövriert hatte. Mit einiger Erleichterung stellte ich fest, dass sich die Tür problemlos öffnen ließ und das Licht funktionierte. Aber die Freude war von kurzer Dauer, denn das Toilettenpapier war noch immer in Kartons verpackt und befand sich auf dem obersten Regal fast an der Decke.

»Großartig«, sagte ich wieder, allerdings weniger erfreut als zuvor.

Ich arbeitete mich zurück durch den Keller, bis ich eine rostige Trittleiter fand, die bei meiner Berührung nicht in zwei Hälften zerbrach. Mit Mühe bugsierte ich sie in den Vorratsraum, stellte sie vor dem Regal auf und kletterte hoch. Von der obersten Stufe aus konnte ich einen Karton gerade mit den Fingerspitzen berühren. Ich zog ihn vorsichtig heraus, bis er zur Hälfte vorstand und Übergewicht bekam. Dann griff ich mit beiden Händen zu – und ließ gleich wieder los, als die Leiter unter mir wegkippte.

Ich stürzte und fiel hart auf ein Knie. Der Karton rutschte aus dem Regal, verpasste mich um Haaresbreite, aber traf die Deckenlampe, so dass Glühbirnensplitter auf mich herabregneten. Ich hielt mir schützend die Hände vors Gesicht und versuchte, das unterste Regal als Deckung zu benutzen.

»Vanessa?«

Die männliche Stimme wurde von den klirrenden Glasscherben fast übertönt, aber sie konnte nur Simon gehören. Gott sei Dank! Anscheinend hatte Paige ihm gesagt, dass ich hier unten war.

»Hi!« Ich kroch unter dem Regal hervor und tastete mich durch die Dunkelheit. »Bin gleich da!«

Mit meinem Handy als Lichtquelle fand ich den Karton und drehte ihn auf die richtige Seite. Er war zugeklebt, also klemmte ich mir das Handy zwischen die Zähne und holte meine Schlüssel aus der Hosentasche, um damit den Tesafilm zu zerschneiden. Doch als ich wieder nach dem Karton griff, bohrte sich ein Glassplitter in meine Hand.

Ich zuckte zusammen und schrie auf. Das Handy fiel zu Boden, und das dämmrige Licht erlosch.

»Hallo. Was ist denn passiert?«

Ich wirbelte zu Simon herum, der anders klang als sonst. Besorgt, aber mit einem seltsamen Unterton. Leider war es zu dunkel, um seinen Gesichtsausdruck zu erkennen. Ich konnte nicht einmal das Blut sehen, das mir zwischen den Fingern hindurchtropfte. »Nichts«, beruhigte ich ihn. »Nur ein kleiner Schnitt in die Handfläche. Kein Problem. Mir geht es gut.«

Eigentlich tat es ziemlich weh, aber das wollte ich ihn nicht wissen lassen. Ich drückte meine tränenden Augen zu, als er sanft nach meiner Hand griff, und wartete auf seinen besorgten Protest, dass eine Schnittwunde auf jeden Fall ein Problem sei.

Aber er hielt nur schweigend eine Weile meine Hand, und dann wanderten seine Finger hinauf zu meinem Handgelenk. Gleichzeitig drängte er sich näher an mich heran und legte mir einen Arm um die Taille.

Ich erstarrte. Was tat er da? Ich wusste nicht, wie ich reagieren sollte. War ich gestern so überzeugend gewesen, dass er sich heute von ein paar Worten beruhigen ließ und gleich zum Kuscheln überging? Und sollte ich mich darauf einlassen, um ihn von weiteren Fragen abzuhalten?

Er zog mich an sich. Ich presste meine unverletzte Hand gegen seine Brust und hielt ihn auf Abstand.

»Hey«, sagte ich sanft. »Auch wenn die Wunde harmlos

ist, sollte ich mir trotzdem erst ein Pflaster besorgen. Nur für alle Fälle.«

Sein Gesicht war so nah, dass ich ihn nicken spürte.

»Okay, nur eine Minute«, flüsterte er.

Mein Handy, das noch immer auf dem Boden lag, erwachte summend zum Leben. Das Licht reichte aus, um ein Paar schmutziger brauner Arbeiterstiefel zu sehen, die sich gegen meine Sandalen pressten.

Simon trug keine Lederstiefel. So etwas besaß er nicht mal. Im Gegensatz zu Alex, den ich eben angeflirtet hatte. Die Schuhe waren mir aufgefallen, als ich mich zu seinem Ohr vorgebeugt hatte.

Ich öffnete den Mund zu einem Schrei und wollte meinen Arm zurückreißen, um den Typen von mir wegzustoßen. Aber da packte er mich auch mit dem zweiten Arm um die Hüften, sein Griff wurde fester, seine Brust rieb sich an meiner, und ich wusste genau, dass ich bei einem Kampf keine Chance haben würde … zumindest nicht, wenn ich nur meine Muskelkraft einsetzte.

Ich zwang mich dazu, jeden Widerstand aufzugeben und ihm die Arme um den Hals zu legen. Mit leiser, verführerischer Stimme fragte ich: »Magst du den Strand?«

Wieder spürte ich sein Nicken an meinem Hals.

»Warum machen wir nicht einen Spaziergang zusammen? Heute ist so ein schöner Tag. Ich würde ihn gerne mit dir draußen verbringen.«

»Klar«, murmelte er, »später.«

Seine Lippen berührten meine Halsgrube, und ich schluckte einen Schrei herunter.

»Gleich jetzt wäre mir lieber«, brachte ich hervor.

Er schob mich gegen die Regalwand, und seine Hände packten meine Hüften. Als ich noch etwas sagen wollte, brachte er mich zum Schweigen, indem er seine Lippen auf meine presste. Ich riss meinen Mund los und wand mich unter seinem Gewicht. Er sagte nichts, packte mich nur fester und suchte nach meinen Lippen. Ich spürte, wie mein Widerstand die Energie aus mir herausfließen ließ. In ein paar Sekunden würde ich völlig wehrlos sein.

Also schrie ich. So laut ich konnte. Aber diesmal kam kein schriller, scharfer Ton aus meiner Kehle.

Der Klang war süß, lieblich, sanft.

Und wirkungsvoll.

Alex wich stolpernd zurück und ließ mich los. Zuerst rührte ich mich nicht, weil ich zu verblüfft davon war, was ich gerade getan hatte und wie er reagierte. Dann rannte ich zur Tür. Während ich durch den Keller und die Treppe hinaufhetzte, bemerkte ich aus dem Augenwinkel einen grellen Lichtblitz, der hinter mir aufflammte.

Ich versuchte, mich wieder unter Kontrolle zu bekommen, während ich die Küche durchquerte. Schließlich wollte ich die Gäste nicht verschrecken. Aber ich brauchte Paige. Oder Simon. Jemanden, der mir helfen konnte zu verstehen, was gerade passiert war.

Zum Glück musste ich nicht lange suchen. Simon und Caleb saßen an der Bar, und Paige goss ihnen Kaffee ein.

»Vanessa?« Simon sprang von seinem Hocker auf. Caleb ebenfalls.

»Lieber Himmel!« Paige setzte die Kaffeekanne auf dem Tresen ab und griff nach dem Stapel sauberer Geschirrhandtücher.

»Keine Sorge, alles okay«, sagte ich, als sie mich umringten.

Aber das war eine glatte Lüge.

Denn erstens war der Schnitt so tief, dass noch immer Blut von meiner Hand auf den Boden tropfte.

Zweitens hätte die Wunde eigentlich schmerzen müssen,

und zwar stark genug, um mir eine Notamputation zu wünschen. Aber mein Körper war völlig ausgepowert, und ich spürte gar nichts.

Und drittens – als schlimmste Überraschung von allen – konnte sich Alex aus Portland nicht im Keller befinden.

Er saß immer noch an seinem Tisch und aß Pfannkuchen.

Kapitel 15

»Also, wenn du keine Lust zum Kellnern hast, hättest du es mir einfach sagen können.«

Simon warf Paige einen ungläubigen Blick zu.

»Sorry«, sagte sie. »Aber ganze zwölf Stiche? Darüber kann man entweder lachen oder …«

»… Paige bekommt einen Nervenzusammenbruch. Und es ist zu früh im Sommer, um jetzt schon komplett durchzudrehen«, meinte ich leichthin.

Simon wandte sich mir zu. »Hast du es bequem? Brauchst du noch was?«

»Ich habe Kissen, Decken, Verpflegung und die nettesten Menschen auf der Welt, die sich um mich kümmern. Was sollte ich sonst noch brauchen?« Ich klopfte einladend neben mir auf das Sofa. »Setz dich endlich. Bitte. Und fang an zu essen.«

Sein Stirnrunzeln vertiefte sich, und er musterte meine Bandage.

»Könnte schlimmer sein, schließlich ist es nur die linke Hand«, beruhigte ich ihn. »Solange ich noch Essstäbchen halten kann, komme ich auch mit allem anderen zurecht.«

Er guckte zweifelnd, aber setzte sich und nahm seinen gefüllten Teller vom Couchtisch.

»Überwachungskameras sind das Nächste auf meiner Einkaufsliste«, verkündete Paige und biss in eine Frühlingsrolle. »Ich kann nicht glauben, dass wir all die Jahre kein Sicherheitssystem hatten.«

»Gute Idee«, erwiderte Simon.

»Schon, aber so wichtig ist es auch wieder nicht.« Ich wollte Paige davon abbringen, sich schuldig zu fühlen. »Schließlich gab es im Restaurant bisher nie Probleme, oder? Und das Ganze ist im Keller passiert. Du kannst unmöglich alle dunklen Ecken und Nischen überwachen.«

»Doch, kann ich«, behauptete sie.

»Vanessa, ich würde gerne alles ganz genau hören«, schaltete sich Caleb vom Sessel aus ins Gespräch ein. »Kannst du es noch einmal Schritt für Schritt erzählen?«

Ich unterdrückte einen Seufzer. Immerhin hatte ich schon auf der Autofahrt zum Krankenhaus berichtet, was geschehen war. Zuerst hatte ich mich geweigert, mich in die Notaufnahme bringen zu lassen, aber als die Blutung weder mit Pflastern noch mit Mullbinden zu stoppen war, hatte ich keine andere Wahl gehabt. Ich vertraute darauf, dass die Ärzte keine Bluttests oder Ähnliches durchführen würden, die verrieten, dass es sich bei mir nicht um eine gewöhnliche Durchschnittspatientin handelte. Zum Glück hatte ich damit recht. Das Ganze dauerte kaum eine halbe Stunde, und niemand bestand auf einer näheren Untersuchung. Von der Notaufnahme waren wir zu unserem alten Ferienhaus gefahren, wobei ich die Story ein zweites Mal erzählen musste. Mir war klar, dass meine Freunde nur besorgt waren und jedes Detail wissen wollten, damit ihnen nichts Wichtiges entging. Aber mir wäre es lieber gewesen, das Thema ruhen zu lassen und den heutigen Tag einfach zu vergessen. Denn jedes Mal, wenn wir darüber sprachen, schien die Erinnerung an mein (fast) perfektes Date mit Simon in weite Ferne zu rücken.

Leider wäre mir als Alternative nur übriggeblieben, mich von der Polizei ausfragen zu lassen. Paige und ich hatten die beiden Jungen nur mit Mühe überzeugen können, dass wir keine Aufmerksamkeit auf uns lenken und die Kripo außen vor lassen sollten. Sie hatten sich darauf eingelassen – noch jedenfalls. Je genauer ich ihnen alles erzählte, desto eher würden sie das Rätsel selbst lösen wollen, ohne jemanden von außen einzubeziehen.

»Ich bin in den Keller gegangen, um Nachschub für die Damentoilette zu holen«, leierte ich also noch einmal herunter. »Im Vorratsraum ist mir ein Karton heruntergefallen und hat die Lampe zerschlagen. Ich wollte den Karton mit meinem Schlüsselbund aufschneiden, als jemand hereinkam, den ich im Dunklen für Simon hielt. Er wurde aufdringlich und hat mich zu Boden geschubst, ich habe mich an einem Glassplitter geschnitten, er hat Panik bekommen und ist verschwunden.«

»Der Typ hat dich also nur geschubst?«, hakte Caleb nach. »Mehr nicht?«

Ich warf einen Seitenblick auf Simon. Um ihn nicht noch weiter aufzuregen, hatte ich ein paar Details ausgelassen, was anscheinend eine gute Idee gewesen war, denn er starrte immer noch mit zusammengebissenen Zähnen auf seinen unberührten Teller.

»Ja, das war alles. Also habe ich sogar Glück gehabt, dass ich mir die Hand aufgeschnitten und geschrien habe. Der Typ kam sich sehr groß und stark vor, aber ein bisschen Blut zu sehen war zu viel für ihn.«

»Ich dachte, es war dunkel«, sagte Paige nachdenklich, »wieso konnte er denn überhaupt etwas sehen?«

Unsere Blicke trafen sich. Sie riss die Augen auf und formte ein lautloses »Sorry« mit den Lippen.

»Weil Simon angerufen hat«, erklärte ich. »Mein Handy war auf den Boden gefallen, und als das Display aufleuchtete, hat das Licht ausgereicht.«

»Trotzdem war es zu dunkel, um sein Gesicht zu erkennen?«, fragte Caleb.

»Danach habe ich gar nicht geschaut«, gab ich zu. »Ich wollte nur so schnell wie möglich weg.«

Simon legte mir die Hand aufs Knie und drückte es beruhigend.

»Sonst hat auch niemand etwas gesehen oder gehört?«, richtete Caleb seine nächste Frage an Paige. »Dem Küchenpersonal ist nicht aufgefallen, dass ein wütender Fremder an ihnen vorbeigestürmt kam?«

»Das Küchenpersonal bestand aus Louis und dem Tellerwäscher, und beide waren sosehr mit den Nerven am Ende, dass sie nicht mal gemerkt hätten, wenn ein Flugzeug vor ihnen auf dem Tresen gelandet wäre. Da wir nur eine einzige Kellertreppe haben und der Typ nicht durch die Gaststube gerannt ist, muss er den Personalausgang benutzt haben.« Sie steckte sich das letzte Stück Frühlingsrolle in den Mund, kaute und schluckte. »Genau deshalb will ich ja Sicherheitskameras haben. Gleich morgen.«

»Er muss zu den Leuten gehören, die Vanessa belauscht hat, stimmt's? Zu der Gruppe, die in den Ereignissen vom letzten Sommer herumstochert und der wir die Kamera abgejagt haben.« Er schüttelte den Kopf. »Das ist die einzig sinnvolle Erklärung.«

»Vielleicht war es aber auch einer von den Typen mit dem orangefarbenen Truck.«

Simon schaute Paige an. »Was für Typen?«

»Was für ein Truck?«, fragte Caleb.

Unsere Blicke trafen sich zum zweiten Mal, und diesmal verzichtete Paige auf jeden Versuch einer Entschuldigung. Sie sprudelte hervor: »Oh, ist es schon so spät? Ich habe Natalie versprochen, sie telefonisch auf dem Laufenden zu halten. Jetzt sollte ich wirklich dringend anrufen.« Sie stand auf und nahm ihren Teller mit chinesischem Fastfood. »Draußen ist der Empfang besser. Ich bin auf der Veranda, falls ihr mich braucht.«

Mit diesen Worten verschwand sie. Caleb, Simon und ich hockten einen Moment schweigend nebeneinander, dann sprang auch Caleb auf.

»Wo wir gerade von der Kamera gesprochen haben, ich habe heute noch gar nicht in meinen Mails nachgeschaut, ob jemand auf die Annonce reagiert hat. Bin gleich zurück.«

Kaum war er gegangen, richtete ich mich auf dem Sofa auf und hakte mich bei Simon unter.

»Das war wirklich keine große Sache«, beteuerte ich.

»Was ... war keine große Sache?«, fragte er mit angespannter Stimme.

»Vor ein paar Wochen war ich beim Eisenwarenladen, um was für meinen Dad zu besorgen. Da haben mich zwei Männer angesprochen, vermutlich Seeleute von einem Fischtrawler. Als ich gegangen bin, sind sie mir ein paar Minuten mit ihrem Wagen durch die Stadt gefolgt. Mehr ist nicht passiert.«

Er stellte den Teller ab, löste seinen Arm aus meinem Griff und drehte sich auf dem Sofa zu mir um. »Wie kannst du behaupten, das sei keine große Sache? Bei so etwas müssten deine Alarmglocken läuten, selbst wenn sonst nichts passiert wäre – ich meine das Gespräch am Bootsschuppen, die Fotos, Carla, der Typ heute im Keller. Vanessa, man hat dich verfolgt! Wieso willst du das verharmlosen?«

»Tue ich ja gar nicht.« Zumindest nicht mir selbst gegenüber. »Ich finde nur ... mir geht es gut, alles ist okay, ich habe mich bald wieder erholt ...«

Er nahm meine verletzte Hand und hielt sie sanft fest. »Zwölf Stiche sind nicht okay. Und wahrscheinlich wäre es schlimmer ausgegangen, wenn ich nicht zum richtigen Zeitpunkt auf dem Handy angerufen hätte. Das ist erst recht nicht okay. Wir müssen über solche Sachen reden!«

Ich sagte nichts. Sonst hätte ich nämlich nach dem Warum gefragt, und ich war nicht sicher, ob ich seine Antwort hören wollte.

»Hast du die Männer vorher schon mal gesehen?«, fragte Simon nach einem Moment. »Ich meine die Seeleute aus dem Eisenwarenladen?«

»Nein.«

»Aber sie haben einen orangefarbenen Truck gefahren?«

Ich nickte. »Einen sehr alten Wagen. Klobig. Hinten hingen Angelruten von der Ladefläche.«

»Ein Nummernschild aus Maine?«

»Ich glaube schon, aber es war zu dunkel, um es genau zu erkennen.«

»Okay. Ich kann mich nicht erinnern, dass ich den Wagen schon mal gesehen habe. Aber selbst wenn sie Fremde sind … wer auf den Fischtrawlern arbeitet, taucht irgendwann bei uns am Hafen auf, um Ausrüstung und Köder zu kaufen. Caleb und ich werden die Augen offen halten. In der Zwischenzeit, falls noch etwas passiert, und sei es nur ein harmloser Anrempler auf dem Bürgersteig – erzählst du mir davon? Bitte!«

Er klang so traurig, dass ich zustimmte, obwohl ich ihm weiterhin Details verschweigen würde, wenn nötig. Wir beiden wollten schließlich das Gleiche. Spielte es da eine Rolle, ob ich unserem Glück etwas nachhalf und zu welchen Mitteln ich griff?

»Du hast doch vorhin gefragt, ob ich noch was brauche«, sagte ich, nachdem wir eine halbe Ewigkeit schweigend in unserem Essen gestochert hatten. »Mir ist etwas eingefallen, wodurch ich mich gleich besser fühlen würde.«

Seine Miene hellte sich auf. »Soll ich dir noch eine Decke bringen? Oder mehr Wasser?«

Ich stand auf und hielt ihm meine unverletzte Hand entgegen. Er warf einen Blick auf die Tür, aber Paige machte keine Anstalten zurückzukehren. Da nahm er meine Hand und ließ sich aus dem Wohnzimmer und die Treppe nach oben führen.

»Vanessa«, flüsterte er, »wohin gehen wir? Ich dachte, den oberen Stock soll niemand betreten, damit er für die Interessenten tiptop bleibt.«

»Na ja, das gilt eigentlich auch für das Wohnzimmer und den Rest des Hauses.« Darüber hatten wir uns genauso hinweggesetzt, denn als Treffpunkt war das Haus ideal. Keine störenden Eltern weit und breit. »Niemand braucht zu wissen, dass wir hier waren. Ich will dir nur etwas zeigen.«

Oben war es stockdunkel, aber ich kannte jeden Zentimeter des Flurs wie meine Westentasche, und so erreichten wir das Zimmer ganz am Ende, ohne ein einziges Mal anzustoßen. Dort ließen wir uns vom bläulichen Schimmer des Mondes zum Fenstersitz leiten.

»Was willst du mir denn zeigen?«, fragte Simon und blickte aus dem Fenster.

»Meinen Lieblingsplatz.«

»Du meinst den See? Von hier oben sieht die Landschaft wirklich toll aus.«

»Einen besseren Blick gibt es im ganzen Haus nicht. Aber darauf wollte ich nicht hinaus.« Ich hielt noch immer seine Hand und zog ihn sanft ein Stück weiter nach rechts. Dort drückte ich ihn auf das Sitzpolster, das die Fensterbank ausfüllte. »Jetzt schau noch einmal hin.«

Er verrenkte den Hals. »Komischer Blickwinkel. Ich sehe nur jede Menge Laub und einen Teil von unserem Haus.«

»Welchen Teil?«

»Das Dach … und ein Erkerfenster.«

Ich wartete, ob er von selbst darauf kam. Aber er wandte sich nur fragend zu mir um. Also erklärte ich es ihm.

»An dem Schreibtisch beim Fenster hast du immer am liebsten gearbeitet. Das weiß ich, weil ich viele Sommerabende lang genau hier gesessen und gelesen habe. Du warst über deine Arbeit gebeugt, hast gerechnet, gemessen und analysiert, und wenn ich nach hundert Seiten aufgeschaut habe, konnte ich sicher sein, dass du immer noch dort sitzt.«

»Ist das Licht hier so gut zum Lesen?«

»Eigentlich nicht«, gab ich zu. Als er sich wieder fragend zu mir umdrehte, erklärte ich: »Ich hoffe, du hältst mich jetzt nicht für einen Stalker. Ich fand es einfach nur schön zu wissen, dass du da bist. Beruhigend.«

Er schien meinen Blick genauer zu studieren und ließ sich Zeit mit einer Antwort. Ich begann, mich zu fragen, ob es wirklich eine gute Idee gewesen war, die Vergangenheit anzusprechen. Zumindest passte es nicht zu meinem Plan, ganz von vorn anzufangen und ihm eine neue Vanessa zu präsentieren. Andererseits hätte die alte Vanessa nie den Mut gehabt, dieses Geheimnis mit ihm zu teilen.

Bevor ich mir wirklich Sorgen machen konnte, drehte er sich um und gestand: »Von dir hätte ich mich sogar freiwillig stalken lassen.«

Er hakte einen Finger in meine Jeanstasche und zog mich auf seinen Schoß. Ich rollte mich dort zusammen und schmiegte mich an seine Brust, während er beide Arme schützend um mich legte. Da mein voriger Moment der Ehrlichkeit so gut gewirkt hatte, schloss ich die Augen und teilte ein weiteres Geheimnis mit ihm.

»Ich will für immer mit dir zusammen sein, Simon«, flüsterte ich. »Vielleicht sollte ich das nicht sagen … vielleicht willst du es gar nicht hören … aber so ist es nun mal.«

Ich spürte, wie sein Herzschlag sich beschleunigte.

»Schon morgens beim Aufwachen denke ich daran, dass ich deine Stimme hören will. Wann immer mir etwas Schönes passiert, möchte ich es zu allererst dir erzählen. Wenn ich nachts wach liege, will ich mit dem Gedanken fortdriften können, dass ich dich am nächsten Tag wiedersehe.« Ich öffnete die Augen und begegnete seinem Blick. »Und vor allem möchte ich dich glücklich machen – du sollst nicht besorgt, ängstlich, beschützerisch sein, sondern *glücklich*. Dafür möchte ich jeden Tag meines Lebens sorgen, solange du mich lässt. Falls du mich lässt.«

Auch diese Worte hätte ich noch vor einem Jahr nicht über die Lippen gebracht, obwohl sie damals schon genauso wahr gewesen waren.

»Was ist, wenn ich dir nur einen Monat geben kann?«, fragte er mit leiser Stimme.

Mein Herz wurde schwer. Hieß das, er wollte noch vor Ferienende an die Uni zurückkehren? Vielleicht glaubte er wie Charlotte, dass man eine Trennung lieber früher als später hinter sich bringen sollte.

Aber was spielte das schon für eine Rolle?

»Dann nehme ich den Monat«, erwiderte ich.

Er zog mich näher heran und hob das Gesicht, so dass seine Lippen auf der Höhe von meinen waren. »Vielleicht auch bis zum Ende des Sommers?«

»Das wäre noch besser.«

Sein Mund kam näher. »Oder für alle Ewigkeit?«

In meinem Magen schien ein Feuerwerk zu explodieren und sandte Hitzewellen durch meinen ganzen Körper. »Ja.«

Die darauf folgenden Küsse fühlten sich anders an als alle bisherigen. Selbst unser romantischer Moment auf der Holzbrücke ließ sich nicht damit vergleichen. Seine Lippen waren gleichzeitig sanft und drängend, weich und fordernd, liebevoll und leidenschaftlich. Vermutlich hätten wir uns weitergeküsst, bis die Sonne aufging und warmes Morgenlicht unsere Körper einhüllte – wäre nicht plötzlich eine Tür unter uns zugeknallt worden.

»Simon?«, rief Caleb.

»Vanessa?«, rief Paige.

Wir lösten uns voneinander und sprangen auf. Simon nahm meine Hand, und wir hielten einander fest, während wir nach unten rannten.

»Was ist los?«, fragte er, bevor wir bei der letzten Stufe angekommen waren.

Paige schob die Fastfood-Kartons beiseite, die über den Tisch verstreut standen, so dass Caleb sein Notebook abstellen konnte. Dann hockten sie beide auf dem Rand des Sofakissens und starrten auf den Bildschirm.

»Meine Annonce im *Herald*«, sagte Caleb. »Jemand hat darauf geantwortet.«

»Du hast deine E-Mail-Adresse öffentlich gemacht?«, fragte ich ungläubig und folgte Simon um den Couchtisch herum.

»Nein, ich habe dafür extra eine neue eingerichtet.«

»KameraInWinterHarbor@gmail.com«, las Paige vom Bildschirm ab. »Gute Idee.«

»Danke.« Calebs Finger huschten über die Tastatur. »Ich war nicht sicher, ob die WLAN-Verbindung von unserem Haus bis hier reicht, also habe ich die Nachrichten gespeichert, ohne sie erst zu lesen. Es gab nämlich mehrere.«

Wir schwiegen gespannt, während die Liste mit den E-Mails hochgeladen wurde.

»Die stammen alle von verschiedenen Adressen«, stellte Paige fest.

»Ja, und die Namen sehen so erfunden aus wie deiner.« Simon beugte sich näher heran. »Nur zufällige Buchstaben- und Zahlenkombinationen.«

»Außerdem haben alle Nachrichten einen Anhang«, stellte ich fest und betrachtete die winzigen symbolischen Büroklammern. »Was soll denn das? Hat der Absender vielleicht die ganzen Bilder noch mal geschossen, um zu beweisen, dass die Kamera wirklich ihm gehört?«

»Du gehst davon aus, dass es nur einen Absender gibt«, erwiderte Paige, »nämlich den Kamerabesitzer. Aber was sollen dann die verschiedenen Adressen?«

Unsere Fragen wurden nicht weniger, sondern mehr, als wir die E-Mails öffneten. Denn jede enthielt ein einziges Foto ohne Text, und die Bilder sagten uns überhaupt nichts. Es gab Naturaufnahmen, Felsen, Grasflächen und auch Gebäude aus Winter Harbor wie Eddies Eisladen, die Bücherei und die Minigolfanlage. Auf den Stadtfotos waren auch Menschen zu sehen, allerdings schienen sie zufällig auf die Bilder geraten zu sein und wirkten ahnungslos. Keine Person stand auffällig im Mittelpunkt.

»Mehr gibt es nicht«, erklärte Caleb, als wir das letzte Foto geöffnet hatten.

»Kannst du die GPS-Daten anzeigen?«, fragte Simon.

Caleb tippte noch ein paar Befehle ein. »Nein, keine Koordinaten. Anscheinend ist die Person klüger geworden und hat die GPS-Funktion auf der neuen Kamera ausgeschaltet.«

Er blätterte noch einmal langsam durch die Bilder. Ich suchte nach einer Verbindung zwischen den Szenen, als Paige die Hand auf Calebs Arm legte und ihn am Weiterklicken hinderte.

»Die junge Frau dort.« Paige zeigte auf den Bildschirm. »Sie ist auf jedem Foto, auf dem Menschen zu sehen sind.«

»Woher willst du das wissen?«, entgegnete Caleb. »Hier kann man nicht mal ihr Gesicht erkennen.«

»Grüne Handtasche und pinkfarbene Schuhe«, sagte Paige. »Das ist schwer zu übersehen.«

Wie sich herausstellte, hatte sie recht. Die junge Frau war geknipst worden, während sie sich ein Eis kaufte, den Minigolfball ins neunte Loch schlug, ein ausfgeliehenes Buch in den Rückgabekasten steckte und alltäglichen Kleinkram erledigte.

»Wieso gerade diese Frau?«, fragte Simon. »Wer ist sie?«

Während Caleb näher heranzoomte, meldete sich sein Posteingang mit einem Tonsignal.

»Anscheinend reicht das WLAN doch bis hierher.« Er drückte auf »Minimieren«, so dass das Foto verschwand und das noch immer offene Mailprogramm dahinter zum Vorschein kam. »Eine neue Nachricht mit einem neuen Anhang.«

Auf diesem Bild befand sich weder eine Straßenszene noch Naturlandschaft, sondern eine einzige Person ... und zwar nicht die Frau mit grüner Handtasche und pinkfarbenen Schuhen.

Das Foto zeigte Carla. Bewusstlos, den Körper mit blauen Flecken übersäht, lag sie zusammengekrümmt auf dem Boden. Ihre Handgelenke waren zusammengebunden. Ihre Augen standen halb offen und schienen flehend in die Kamera zu starren.

Draußen schlug eine Autotür zu. Simon und Caleb sprangen gleichzeitig von der Couch und liefen zum Fenster.

»Ein schwarzer Audi«, verkündete Simon. »Anscheinend die Maklerin.«

Ich erhob mich mit rasendem Puls. Wenigstens hatte ich jetzt einen Grund, vom Computer wegzuschauen.

»Hat sie sich vorher angekündigt?«, wollte Simon wissen.

»Nein, aber das hat nichts zu bedeuten. Wahrscheinlich ist sie nur kurz vorbeigekommen, um für die nächste Hausbesichtigung noch was an der Deko zu ändern.« Ich küsste ihn im Vorbeigehen auf die Wange und öffnete die Tür. »Mir wird schon nichts passieren. Aber du kannst gerne hier stehen bleiben und auf mich aufpassen.«

»Genau das werde ich tun.«

Das Cabrioverdeck war geschlossen, deshalb erkannte ich erst, als ich direkt vor dem Audi stand, dass nicht Anne am Steuer saß, sondern Colin.

»Hi, Vanessa.« Er grinste. »Ich hatte nicht erwartet, dass du hier bist.«

»Tja.« Ich warf einen Blick über die Schulter und winkte in Simons Richtung. »Meine Freunde und ich haben uns zu einem Abschiedsessen getroffen. Du weißt schon, noch einmal über alte Zeiten reden, als wir Nachbarn waren. Wir haben unseren Eltern nichts davon gesagt, weil sie uns wahrscheinlich verboten hätten, das Haus zu benutzen.«

»Verstehe ich total. Ich werde niemandem was verraten.« Er hielt einen schmalen, bunt blühenden Blumenkübel in die Höhe. »Mom hat mich gebeten, den hier abzustellen. Um die Einfahrt aufzuhübschen.«

»Klingt gut. Such dir den besten Platz aus.«

Leider entschied er, dass der beste Platz an der Eingangstreppe war, wo inzwischen Simon stand und wartete. Colin stellte sich vor, und Simon streckte ihm zurückhaltend die Hand entgegen. Dabei spähte Colin an ihm vorbei ins Wohnzimmer.

»Ist das …?« Colin brach ab und schaute zwischen Simon und mir hin und her. »Sorry, kann ich mir kurz was anschauen?«

»Ich weiß nicht, ob –«

»Klar«, unterbrach ich Simon. Ich verstand seine Besorgnis, aber Colin kam mir völlig harmlos vor. Außerdem wollte ich ihn bei Laune halten, damit er nicht doch etwas ausplauderte – sei es nun unser unerlaubtes Treffen im alten Ferienhaus oder die Szene, die sich zwischen Colin und mir am Strand abgespielt hatte.

»Ist schon okay«, beruhigte ich Simon, als Colin durch die Tür getreten war. »Bestimmt geht er gleich wieder.«

»Ist das wirklich das neue MacBook Pro? Ehrlich?«

Simon und ich erreichten das Wohnzimmer gerade, als Caleb das Notebook zuschlug und Colin feindselig anstarrte.

»T'schuldigung.« Colin wich vom Couchtisch zurück. »Ich wollte nicht aufdringlich sein, aber bisher habe ich das Modell noch nie in echt gesehen.«

»Schon gut«, sagte ich, bevor jemandem etwas herausrutschte, was wir später bereuen würden. »Colin, wollte deine Mom sonst noch etwas?«

Er schüttelte den Kopf und entschuldigte sich noch mal. Ich schob ihn zur Tür und überließ Simon die Aufgabe, ihn beim Wegfahren zu beobachten, während ich Richtung Toilette verschwand.

Zuerst vermied ich jeden Blick in den Spiegel. Ich ließ das Waschbecken volllaufen und schüttete das Salztütchen hinein, das ich früher am Abend in dem Handtuchstapel versteckt hatte, der aus Dekogründen im offenen Badezimmerschrank lag. Dann siegte doch meine Neugier, und ich wollte wissen, welche sichtbaren Spuren dieser Tag hinterlassen hatte. Heute hatte eine Aufregung die nächste gejagt, manche davon gut, manche schlecht, aber jedenfalls war es stressig gewesen. Zögernd hob ich den Blick.

Wunderschön.

Das war die erste Beschreibung, die mir einfiel. Dabei hatte ich sonst mehr Komplexe als jedes Mädchen, das ich kannte, aber einen passenderen Ausdruck gab es einfach nicht. Mein Spiegelbild hatte keine Ähnlichkeit mit dem im Fischerhaus. Dabei waren seitdem nur ein paar Stunden vergangen. Aber jetzt war meine Haut makellos glatt, meine Haare fielen in schimmernden Wellen über meine Schultern. Meine Lippen waren feucht und rosig.

Keine Spur von Schlupflid war übriggeblieben. Meine Augen strahlten.

Und sie waren so silbern wie noch nie.

Kapitel 16

NACH EINER WOCHE IMMER NOCH KEINE SPUREN IM FALL MARCIANO

Trotz der intensiven Suche nach Augenzeugen hat sich bei Winter Harbors Polizei noch niemand mit Tipps oder Hinweisen zum Tod der 18-jährigen Carla Marciano gemeldet.

Auf die Frage, ob dieser Fall – und der Mangel an Informationen – an die Serie von Todesfällen und Wassersportunfällen im letzten Sommer erinnert, sagte Kommissariatsleiter Green: »Ja und nein. Letztes Jahr war das Echo in der Bevölkerung genauso enttäuschend, aber die Todesursache ist völlig verschieden.« Zu näheren Details will Green sich nicht äußern, doch eins steht für ihn außer Frage: »Es handelte sich nicht um einen Unfall.«

Miss Marcianos Familie hält weiter an der Hoffnung fest, dass die Wahrheit schließlich ans Licht kommen wird, auch wenn sie selbst wenig Informationen beisteuern können. »Carla war bei der Arbeit«, sagte uns Pamela Marciano, die Mutter des Opfers. »Tagsüber war sie zu Hause, dann ist sie zur Arbeit gegangen – und sicher dort angekommen, wie wir aus ihrer letzten SMS wissen. In ihrer Arbeitspause ist sie einfach verschwunden. Mehr wissen wir nicht. Aber ganz sicher gibt es Augenzeugen. Carla hat mir erzählt, dass es in Murph's Grillstube neuerdings noch voller ist als sonst. Undenkbar, dass niemand etwas gesehen hat. Bestimmt brauchen sie nur Zeit, um sich ein Herz zu fassen und als Zeugen aufzutreten.«

Verständlicherweise hat diese Tragödie bei Touristen und Ein-

heimischen zu Unruhe geführt. Margot Davenport, Schwimmlehrerin des Winter Harbor Gemeindezentrums, sagte uns: »Ob ich Angst habe? Das ist noch eine Untertreibung! Wir hatten doch alle gehofft, dass wir mit Anbruch der Sommersaison die Vergangenheit hinter uns lassen könnten. Aber wie sollen wir in die Zukunft blicken, wenn wir ständig ängstlich über die Schulter schauen?«

Am Ende des Artikels waren die Kontaktdaten der Polizei aufgelistet. Ich überflog die anderen Überschriften und blätterte die Zeitung bis zum Ende durch. Da Carla immer noch die einzige große Schlagzeile war, hieß das wenigstens, dass es keine anderen Todesfälle gegeben hatte.

»Solche riesigen Hummerwraps habe ich ja noch nie gesehen«, sagte Charlotte.

Ich legte die Zeitung beiseite, als sie mit zwei Papptellern auf den Picknicktisch zukam.

»Liegt wahrscheinlich an den wenigen Kunden«, erwiderte ich. »Da wissen sie gar nicht, wohin mit dem ganzen Fleisch.« Ich nahm einen Teller entgegen und schaute zu, wie sie sich mühsam um den Tisch herumbewegte und gegenüber von mir niederließ. Sie versuchte gar nicht erst, die Beine über die Picknickbank zu heben, sondern blieb in einem schrägen Winkel sitzen. »Ich kapiere nicht, wieso du mir nicht erlauben wolltest, das Essen zu holen.«

»Weil mir klar war, dass du mir die drei Meter bis zur Imbissbude ersparen wolltest.« Sie lächelte und breitete eine Papierserviette auf ihrem Schoß aus. »Und so schlimm steht es mit mir noch nicht.«

Am liebsten hätte ich widersprochen, aber nippte stattdessen an meinem Wasser. Das Verrückte war, dass sie immer noch gut aussah, besonders in dem langen Sommerkleid mit Häkelweste und großer Sonnenbrille, aber sie bewegte sich noch greisenhafter als bei ihrer Ankunft in Winter Harbor. Selbst die zwanzig Schritte zur Imbissbude und zurück hatten sie außer Atem gebracht. Schweiß stand ihr auf der Stirn. Ihre Hände zitterten, als sie den Wrap zum Mund hob.

»Kann ich dich was fragen?«

Sie kaute und schluckte. »Mir geht es gut, Ehrenwort.«

»Ja, okay. Aber darauf wollte ich gar nicht hinaus.« Obwohl ich schon gerne gewusst hätte, wie es ihr ging. Nur kam es mir zu aufdringlich vor, sie deswegen zu löchern.

»Oh.« Sie klang überrascht und erleichtert. »Na gut, worum geht es denn?«

Ich war froh, dass ich bei dem wolkenlosen Sommerhimmel meine Sonnenbrille trug, so dass sie nicht sehen konnte, wie mein Blick zu der Zeitung am anderen Tischende huschte. »Hast du in letzter Zeit … irgendwas Seltsames gehört?«

Sie hatte gerade den nächsten Bissen nehmen wollen, aber hielt mitten in der Bewegung inne. »Was meinst du mit seltsam?«

»Ich meine … na ja, keine Ahnung … vielleicht Stimmen? Gesang?«

Sie ließ den Wrap sinken. Offenbar war ihr klar, worauf ich hinauswollte. »Wieso? Hast du denn etwas gehört?«

»Nein … aber ich weiß auch nicht genau, wie man seine Antennen ausfährt.«

Sie schaute sich um, ob von den wenigen anderen Leuten an der Strandpromenade wirklich niemand in Hörweite war, dann beugte sie sich zu mir vor. »Jetzt sollte ich wohl zurückfragen, wie *du* dich fühlst? Hattest du wieder einen Migräneanfall?«

Glücklicherweise nicht, aber das war eine gute Überleitung zu einer weiteren Frage, die ich dringend stellen wollte. Inzwischen gab es davon so viele, dass ich kaum wusste, wie ich sie alle unterbringen sollte, ohne Charlotte zu überanstrengen – oder auch mich. Da ihre überraschte Reaktion deutlich machte, dass sie in letzter Zeit keine Sirenen gehört hatte, ging ich gleich zum nächsten Problem über.

»Ich habe mich schon mal besser gefühlt«, gab ich zu. Als ihre Miene versteinerte, fügte ich schnell hinzu: »Keine Migräne, meinem Kopf geht es bestens. Aber der Rest von meinem Körper ist eine andere Geschichte.«

Sie presste die Lippen zusammen, während ihr übriges Gesicht sich wieder entspannte. »Erzähl mir davon.«

Da ich ihr keine unnötigen Sorgen machen wollte, biss ich noch einmal kräftig in mein Sandwich, um zu signalisieren, dass ich das Thema locker genug nahm, um normal weiterzuessen.

»Meine Körpersignale kommen mir in letzter Zeit ziemlich unberechenbar vor«, sagte ich schließlich. »Manchmal fühle ich mich völlig fit, und im nächsten Moment kippe ich fast um.« Charlotte brauchte nicht zu wissen, dass ich vor ein paar Wochen beim Bootsschuppen tatsächlich das Bewusstsein verloren hatte. »Das ganze Schuljahr bin ich gut zurechtgekommen. Ich wusste, in welchen Abständen ich auftanken musste, selbst wenn ich Stress hatte. Und ich wusste, wie ich an neue Energie kam, nämlich durch Salzwasser in jeder Form: als Getränk, als Badezusatz oder durch Schwimmen im Meer. Aber etwas hat sich verändert. Diese Methode hilft nur manchmal, nicht immer. Außerdem hält der Effekt nur kurz an. Ich fühle mich schnell kraftlos, und dann kann ich meine Instinkte kaum noch zügeln. Du hast ja gesagt, dass wir Nenuphars mehr Energie brauchen, aber manchmal habe ich das Gefühl, dass ich überhaupt nie genug bekomme.«

»Deine Kräfte wachsen«, erklärte Charlotte ruhig. »Selbst wenn du dich schwach fühlst, ist dein Körper damit beschäftigt, sich zu entwickeln, zu lernen, zu wachsen. Anscheinend vollzieht sich die Verwandlung bei dir schneller als bei mir – und schneller, als ich um deinetwillen gehofft hatte –, aber überrascht bin ich darüber nicht.«

Ich konnte ihre Augen hinter der Sonnenbrille nicht sehen, doch ihr Gesicht hatte sich inzwischen ganz entspannt. Nur ihre Mundwinkel kräuselten sich nach unten.

»Erzähl mir von … Parker King.«

Der Name war wie ein Schlag ins Gesicht. Ich fuhr zurück und griff nach meiner Wasserflasche.

»Was ist zwischen euch passiert?«, wollte Charlotte wissen.

»Nichts«, antwortete ich wie aus der Pistole geschossen. »Nachdem zwischen Simon und mir Schluss war, habe ich Parker klargemacht, dass wir nicht länger befreundet sein können. Bis zur Abschlussfeier haben wir keine fünf Worte miteinander gesprochen.«

»Und was habt ihr da gesagt?«

Mein Magen zog sich zusammen, und ich ging automatisch in die Defensive. Ich versuchte, mich wieder zu beruhigen, denn Charlotte hatte kein bisschen anklagend geklungen, sondern nur interessiert.

»Er ist nach der Zeremonie zu mir gekommen, um sich zu verabschieden.« Ich schaute zu Boden und fummelte an meinem Sandwich herum. »Und weil er mir sagen wollte, dass er jetzt doch nach Princeton geht. So wie sein Vater es sich gewünscht hat.«

»Und wie hast du dich dabei gefühlt?«

»Schrecklich. Er wollte nie nach Princeton. Sein Traum war, sich ein Segelschiff zu kaufen – ein ganz einfaches Boot, keine Riesenjacht wie die seiner Familie – und damit ins Blaue zu fahren.« Ich runzelte die Stirn. »Einmal hat er mich gefragt, ob ich mitkommen würde.«

Wir schwiegen einen Moment. Durch die Stille tönte

Oldiemusik vom Fischimbiss und Gelächter von einer Gruppe junger Männer, die am Strand Frisbee spielten.

»Du hattest Gefühle für ihn.«

»Nein, hatte ich nicht.«

»Wenn das stimmen würde, würdest du jetzt nicht so empfindlich reagieren.«

»Wir waren Freunde. Nicht für lange Zeit, aber trotzdem. Ich würde mich genauso schlecht fühlen, wenn irgendeine Schulkameradin mir erzählt hätte, dass sie ihre Träume begräbt, weil ihre Eltern es wollen.«

»Selbst wenn diese Schulkameradin sich zwischen dich und die Liebe deines Lebens gedrängt hätte?«

Ich schob den Teller weg und leerte meine Wasserflasche. Nicht nur Charlottes Worte verwirrten mich, sondern auch die Erinnerung an den Tag der Abschlussfeier. Parker hatte mich vorsichtig angelächelt und in die Arme genommen – und ich hatte gegen das Verlangen ankämpfen müssen, ihn festzuhalten und nie mehr loszulassen. Mir fiel wieder ein, wie wir in den Monaten davor zwar jedes Gespräch vermieden hatten, weil ich darauf bestand, aber uns flüchtige Blicke zugeworfen hatten, wenn wir uns auf den Schulfluren trafen. Ich erinnerte mich an unsere gemeinsame Zeit im Herbst und die magnetische körperliche Anziehungskraft, die fast auch mein Herz mitgerissen hätte. Wann immer ich heutzutage an Parker dachte – was sich trotz meiner größten Bemühungen nicht verhindern ließ –, erinnerte mich gleichzeitig mein Gewissen daran, was ich Simon schuldete, und dass ich ihm alles geben wollte, was ich zu bieten hatte.

»Es war nicht meine Absicht, dich zu verletzen, Vanessa«, sagte Charlotte. »Ich weiß, dass du Simon mehr liebst als alles und jeden auf der Welt. Aber ich möchte, dass du versuchst, deine Gefühle für Simon und für Parker miteinander zu vergleichen. Rein körperlich, meine ich. Du musst mir keine Einzelheiten erzählen, sag mir nur, ob du einen Unterschied erkennst.«

Darüber musste ich nicht erst nachdenken. Diesen Vergleich hatte ich schon oft genug angestellt.

Der Unterschied war enorm. Mit Simon zusammen zu sein war wunderbar, aufregend und alles, was ich wollte.

Mit Parker war es wunderbar, aufregend und alles, was ich *brauchte*. Wir hatten uns nur wenige Male geküsst, und bei diesen flüchtigen Begegnungen war immer das Gleiche passiert: Ich hatte mich nicht losreißen können, ganz egal, was mein Verstand sagte, und hinterher hatte ich tagelang vor Energie gesprüht, als würde mein Körper auf Autopilot durch den siebten Himmel schweben.

»Du weißt bereits, worauf ich hinauswill.«

Ich schaute von meinem Teller auf.

»Glaub mir, ich lese immer noch nicht in deinen Gedanken oder Erinnerungen«, gab Charlotte zu. »Das ist übrigens ein Thema, auf das wir später zurückkommen werden. Aber du bist klug genug, um deine eigenen Schlüsse gezogen zu haben, auch wenn du sie nicht glauben wolltest. Eigentlich hast du mich nur danach gefragt, um deinen Verdacht bestätigt zu bekommen.«

»Aber Paige geht es gut«, protestierte ich und hoffte immer noch auf eine andere Erklärung. »Sie hat mir gesagt, dass sie sich hier nicht anders fühlt als in Boston.«

»Weil die Heilwirkung des Salzwassers allmählich seine Kraft verliert, wie ich dir schon einmal erklärt habe. Du wirst es immer brauchen, aber langfristig genügt es nicht. Paige hat sich mehrere Monate nach dir verwandelt, also ist ihr Körper noch in der Anpassungsphase.« Charlotte wandte den Kopf ab und schaute aufs Wasser. »Außerdem ist es unwahrscheinlich, dass ihr die gleiche Nahrung benötigt, schließlich ist Paige keine Nenuphar. Dein Energiebedarf wird immer größer sein als ihrer.«

Bevor ich darauf antworten konnte, landete eine Frisbeescheibe zwischen uns auf dem Picknicktisch.

»Sorry!« Ein Typ in Surferhose und Sweatshirt kam auf uns zugejoggt. Er war im Studentenalter. »Das Ding ist mir aus der Hand gerutscht.«

»Schau genau hin«, flüsterte Charlotte so leise, dass ich ihre Stimme nur erahnte.

»Upps«, sagte er, wurde langsamer und zeigte auf unser Mittagessen. »Ich habe hoffentlich nichts ruiniert?«

»Überhaupt nicht.« Charlotte hob die Frisbeescheibe auf, nahm die Sonnenbrille ab und lächelte. »Schöner Tag für ein bisschen Strandsport.«

»Ja, meine Kumpel und ich –«

Er brach ab und erstarrte, den Blick auf Charlottes Augen gerichtet. Sie hielt noch immer die Frisbeescheibe in der einen Hand, nun legte sie die andere auf die Brust des jungen Mannes. Ein hoher, schriller Ton ließ mich zum Imbiss herumfahren, um zu sehen, ob es eine Rückkopplung gab, aber die Musik aus den Lautsprechern klang ganz normal. Als ich mich wieder umdrehte, wurde das Geräusch lauter.

Da verstand ich, dass es von Charlotte kam. Ihre Lippen bewegten sich nicht … und trotzdem sang sie. Das Ganze dauerte höchstens fünf Sekunden, in denen der Ton immer klarer, lauter und voller wurde. Am Ende brach er zitternd ab, doch die kurze Zeit hatte gereicht, damit sich ihre verkrümmten Finger streckten, die Haut wieder glatt und das weiße Haar dunkelgrau wurde.

Dann war es auch schon vorbei. Sie nahm die Hand von seiner Brust und reichte ihm die Frisbeescheibe.

»Danke.« Er blinzelte verwirrt und nahm die Plastikscheibe entgegen.

Charlotte setzte die Sonnenbrille wieder auf und wandte sich ihrem Mittagessen zu. Ein oder zwei Sekunden stand der Typ noch unbeweglich neben uns, dann wich er zurück. Ein weiterer gehauchter Gesangston erklang, diesmal so leise und kurz, dass ich fast glaubte, ich hätte ihn mir eingebildet. Der junge Mann schüttelte den Kopf, drehte sich um und kehrte zu seinen Freunden zurück. Dabei schaute er sich nicht um und schenkte uns auch während des weiteren Spiels keine Beachtung mehr.

»Was war denn *das*?«, fragte ich.

Charlotte verschlang ihren Wrap, als hätte sie endlich genug Kraft, um Appetit zu entwickeln.

»Er hat mich nicht mal angeschaut«, fuhr ich fort. »Dabei saß ich direkt vor seiner Nase. Das ist mir echt schon lange nicht mehr passiert. Versteh mich nicht falsch, ich bin nicht neidisch, sondern dankbar.« Ich zeigte auf ihren Arm. »Und deine Haut! Völlig faltenlos, als wärest du gerade einen ganzen Monat im Meer geschwommen.« Dann schaute ich in Richtung der Frisbeespieler. »Er wirkt, als sei gar nichts passiert.«

»Ist es auch nicht. Zumindest nicht für ihn.« Sie aß den letzten Bissen.

Ich dachte daran, wie mich gestern mein perfektes Spiegelbild im Ferienhaus überrascht hatte. War meine Schönheit mit diesem Effekt zu erklären? Im Restaurantkeller hatte ich in den Armen eines Mannes gelegen und geschrien – nur war der Ton ganz anders herausgekommen als beabsichtigt. War es möglich, dass seine körperliche Reaktion ausgereicht hatte, um mich mit neuer Energie zu füllen und den unnatürlichen Alterungsprozess aufzuhalten?

»Kann der Typ sich überhaupt erinnern, dass er hierhergekommen ist?«, fragte ich und kehrte damit in die Gegenwart zurück.

»Ja, aber nur daran, dass er sein Frisbee geholt hat. Unser kurzes Gespräch hat er vergessen.«

»Wie ist das möglich? Du hast ihn sogar angefasst, mehrere Sekunden lang, und er weiß nichts davon?«

Charlotte stützte sich mit den Händen auf dem Tisch ab, erhob sich ein Stück und schob erst das eine, dann das andere Bein über die Bank. Ihr Körper wirkte noch immer zerbrechlich, aber ihre Bewegungen waren viel sicherer. Unsere Knie berührten sich unter dem Tisch, als sie sich zu mir vorbeugte.

»Vanessa, was du bisher schon mitgemacht hast – der plötzliche Durst, die Energieschwankungen, die Schwächeanfälle –, wird nicht besser, sondern schlimmer werden. Es gibt nur eine Möglichkeit, diese Symptome für längere Zeit loszuwerden. Du musst jemanden vom anderen Geschlecht dazu bringen, dich auf Körper- und Gefühlsebene zu begehren. Am besten funktioniert es, wenn er eigentlich schon eine Beziehung hat und du dich anstrengen musst, um seine Aufmerksamkeit zu bekommen. So war es bei Parker, oder?«

»Ja, aber ich kann doch nicht –«

»Das Gleiche schon wieder machen? Simon erneut verletzen? Nein, das verstehe ich schon. Deshalb habe ich dir gerade eine Abkürzung gezeigt.«

»Eine Abkürzung …?«

»Einen direkten Weg zum Herzen des Mannes, den du anvisiert hast. Dazu brauchst du Körperkontakt und deine Sirenenstimme. Der Nachteil ist, dass die Wirkung nicht so lange anhält wie bei echter Intimität, aber jedenfalls ist es tausendmal effektiver als die Flasche Salzwasser, die du gerade in dich hineingeschüttet hast. Du musst es nur oft genug tun. Wenn du erst Routine hast, kannst du dich damit von einem Tag zum anderen retten, ohne mehr tun zu müssen.«

Ich versuchte, ihre Erklärung und die gerade gesehene Szene zu verdauen. »Aber ist das nicht ziemlich schwierig? Ich meine, einfach auf einen unbekannten Mann loszugehen und zu tun, was du gerade getan hast – besonders in der Öffentlichkeit, wo Leute einen sehen könnten? Man hat ja nicht immer einen fast menschenleeren Strand zur Verfügung.«

»Stimmt, leicht ist es nicht«, gab Charlotte zu. »Keine der Alternativen ist einfach. Du musst selbst entscheiden, mit welchen möglichen Konsequenzen du am besten leben kannst.«

»Das heißt, mehr Möglichkeiten habe ich nicht? Entweder fange ich eine Beziehung mit irgendeinem Typen an, der mir total egal ist, und verliere Simon für immer … oder ich hypnotisiere Männer wie am Fließband und hoffe, dass niemand etwas merkt?«

Sie schaute zu Boden. Ich konnte nur hoffen, dass sie schwieg, weil sie sich über meine Frage den Kopf zerbrach. Oder vielleicht lauschte sie einer älteren, weisen Sirene, die eine bessere Alternative kannte? Am liebsten eine ohne zufällig aufgelesene Männer …?

Was immer sie dachte, wurde bald darauf durch einen schrillen Schrei unterbrochen. Er übertönte die Oldiemusik und ließ Charlotte und mich zusammenfahren. Ich wirbelte auf der Bank herum und suchte den Küstenstreifen ab. Außer uns und den Frisbeespielern waren kaum Leute am Strand oder auf der Promenade zu sehen. Ich brauchte nicht lange, um die Person zu entdecken, die den Schrei ausgestoßen hatte.

Ein Pärchen stand an der bronzenen Fischerfigur, von der Paige vor kurzem noch gesagt hatte, dass kein Tourist ohne ein Foto oder Handyschnappschuss davon auskam. Die junge Frau kreischte immer noch, wenn auch nicht ganz so laut, und stieß den Mann von sich weg. Er griff nach ihr und zog sie in seine Arme. Protestierend versuchte sie, sich loszureißen.

Weil ich so damit beschäftigt war, ihre schwer verständlichen Worte mitzubekommen, fiel mir ihre Kleidung zuerst gar nicht auf. Doch dann erkannte ich plötzlich die Kombination aus khakibrauner kurzer Hose, schwarzem T-Shirt und Kellnerinnenschürze. Ich sprang von der Bank auf und rannte los.

»Vanessa!«, rief Charlotte mir nach.

»Bin gleich zurück!«, rief ich zurück und zerrte mein Handy aus der Hosentasche. Ich klappte es im Laufen auf und begann, die Notrufnummer zu wählen. Zwar lag die Polizeiwache so nah, dass die Beamten den Streit vermutlich verfolgen konnten, ohne auch nur vom Schreibtisch aufzustehen, aber ich wollte kein Risiko eingehen.

Wie sich herausstellte, brauchte ich die Nummer nicht zu Ende zu tippen, denn als ich mich näherte, war der Streit auch schon vorbei. Der Mann stürmte zu seinem Wagen, einem blauen Range Rover mit dem Kennzeichen von Vermont. Die junge Frau marschierte auf den Strand zu und ließ sich in den Sand fallen. Sie verbarg ihr Gesicht und drückte sich eine Hand gegen den Ausschnitt.

»Alles okay mit dir?«

Natalie keuchte erschrocken und schaute hoch. »Vanessa?«

Ich hockte mich neben sie. »Was ist passiert? Wer war das?«

Sie schaute an mir vorbei auf die anderen Leute, die sich auf der Promenade und am Strand befanden. »O nein«, stöhnte sie und bedeckte ihr Gesicht mit beiden Händen. »Das ist so peinlich!«

»Mach dir keine –« Ich brach ab, als mein Blick auf den

roten Abdruck rund um ihren Hals fiel, der sich stellenweise schon blau verfärbte.

»Das war ich selbst.« Natalie hielt eine zerrissene silberne Kette hoch. »Meine Hände haben so gezittert, dass ich den Verschluss nicht aufbekommen habe, also habe ich einfach danach gegriffen und mit aller Kraft gezerrt. Wenn ich Sandra Bullock in einem Hollywoodfilm wäre, hätte es garantiert funktioniert – und zwar ohne blaue Flecken.«

Meine inneren Alarmglocken hatten sich ein wenig beruhigt, und ich hockte mich auf die Fersen. »Also war das dein Verlobter?«

»Mein *Ex*-Verlobter.« Sie hieb die Faust in den Sand. »Ich bin so ein Idiot. Warum bin ich bloß so ein Idiot?«

Mir fiel Charlotte wieder ein, und ich winkte kurz, um sie wissen zu lassen, dass alles okay war. Den Schaulustigen, die noch immer starrten, winkte ich auch.

»Ich dachte nur … Will hat gesagt, wir müssten miteinander reden. Über etwas Wichtiges. Und er wollte mich persönlich treffen. Er ist sieben Stunden gefahren, um mich zu sehen. Sieben Stunden! So viel Zeit hat er noch nie investiert. Einmal ist er immerhin vierzig Minuten gefahren, aber nur, weil die Straßen eingeschneit waren und er seinen iPod bei mir vergessen hatte, ohne den er nicht bei Schneesturm im Haus festsitzen wollte.« Wieder hob sie die Hand, um auf den Sand einzuhämmern, aber mittendrin verlor sie den Schwung, so dass ihre Hand mit einem harmlosen *Plop* landete. »Ich Idiot hatte mir eingebildet, dass er wieder mit mir zusammen sein will.«

»Du bist kein Idiot«, beruhigte ich sie. Und nach einer kurzen Pause fragte ich: »Das wollte er nicht?«

»Nicht mal im Ansatz.« Sie zog die Knie an die Brust und legte den Kopf darauf. »Er wollte den Ring zurück.«

»Den Verlobungsring? Warum?«

»Um ihn seiner Neuen zu schenken? Um ihn zu verscherbeln und Geld für seine Neue zu haben? Keine Ahnung. Wen schert das schon?« Sie seufzte und gab sich selbst die Antwort. »Mich. Weil ich nämlich –«

»Weil du auch nur ein Mensch bist«, vervollständigte ich den Satz. »In dieser Situation hätte jeder reagiert wie du.«

Sie wandte den Kopf in meine Richtung und schaute mich von der Seite an. »Wirklich? Jeder würde ein Riesentheater veranstalten, schreien und kreischen und sich in aller Öffentlichkeit zum Affen machen?«

»Das war doch kein Riesentheater«, sagte ich leichthin. »Wir sind hier in einer Touristenstadt. Glaub mir, auf der Promenade haben sich schon ganz andere Szenen abgespielt. Besonders, wenn die Leute den ganzen Tag in der Sonne liegen und dann auf die tolle Idee kommen, sich am Abend volllaufen zu lassen.«

Einer ihrer Mundwinkel hob sich, sackte aber gleich wieder herunter. »Immerhin hat es ausgereicht, damit du angelaufen kamst.«

Ich nickte. »Okay, stimmt schon. Aber nach meinem Erlebnis im Restaurant und der Sache mit Carla … da bin ich wohl zu sehr in Alarmbereitschaft. Mein Problem, nicht deins.«

»Na ja, trotzdem danke.« Sie schniefte und wischte sich über die Augen. »Paige hat gesagt, dass du eine tolle Freundin bist. Damit hatte sie absolut recht.«

Da ich sichergehen wollte, dass es ihr wirklich gutging, setzte ich mich neben sie in den Sand, und wir saßen eine Weile entspannt schweigend nebeneinander. Ich dachte daran, wie misstrauisch ich von Anfang an gewesen war und wie argwöhnisch ich ihre Beziehung zu Paige beobachtet hatte. Mein Gewissen meldete sich. Natalie machte gerade eine schwere Zeit durch, da war es kein Wunder, dass sie sich auf jedes Freundschaftsangebot stürzte. Natürlich tauchte sie Hals über Kopf in die neue Welt des Restaurants ein, um ihr Leben zu vergessen. Ich wusste selbst am besten, wie verführerisch so eine Wirklichkeitsflucht war.

Ein paar Minuten später richtete sie sich im Sitzen auf und klatschte sich tatkräftig mit der Hand auf den Schenkel.

»Okay, das reicht. Ich werde keine Sekunde mehr damit verschwenden, an ihn zu denken. Jungs sind die Mühe einfach nicht wert. Am Ende reißen sie einem doch nur das Herz heraus.« Sie sprang auf die Füße und hielt mir die Hand entgegen, um mich hochzuziehen. »Na gut, deiner ist vielleicht eine Ausnahme. Was meinst du? Ist er es wert?«

Ich nahm ihre Hand, um mich aufzurichten, aber fiel gleich wieder in den Sand zurück. Was immer dieses Mal der Grund sein mochte – mein Adrenalinschub bei der Szene zwischen Natalie und ihrem Ex, der anstrengende Spurt in ihre Richtung oder auch der normale Energieverbrauch meines Körpers – auf jeden Fall gehorchten mir meine Beine nicht mehr.

Wie bestellt, landete in diesem Moment die Frisbeescheibe neben mir. Einer der jungen Männer löste sich aus der Gruppe und kam auf mich zugerannt. Meine Blicke wanderten langsam nach oben und blieben an seiner Brust hängen.

»Ja«, sagte ich, »er ist es wert.«

Kapitel 17

Ganz schön dunkel hier«, sagte Simon.

»Könnte daran liegen, dass wir in einem Kino sitzen«, konterte ich.

Wir saßen in der hintersten Reihe. Während die Werbung lief, musterte er misstrauisch sämtliche Leute vor uns. »Vielleicht war das keine gute Idee.«

»Doch, war es. Wir sind seit Jahren nicht mehr zusammen im Kino gewesen.«

»Ich weiß, aber … wir hätten auch zu Hause bei dir oder mir eine DVD schauen können.«

»Und auf die Riesenleinwand verzichten? Auf das Ambiente? Auf das *Popcorn*?« Ich schüttelte den Kopf – und die Snacktüte. »Keine Chance.«

Er lehnte sich auf seinem Sitz zurück und betrachtete mich. Obwohl er lächelte, sah ich die Besorgnis in seinem Blick. Er wollte genauso gern hier sein und ein ganz normales Date haben wie ich, aber konnte nicht aufhören, sich zu fragen, wer vielleicht noch im Publikum saß.

»Es ist nichts passiert«, sagte ich mit gesenkter Stimme. »Schon seit Tagen gab es keine neuen Schlagzeilen, keine seltsamen E-Mails und keinen Trip zur Notaufnahme.«

Sein Blick fiel auf meine verletzte Hand, die in seiner lag. Die Wunde verheilte problemlos und war nur noch mit einem unauffälligen Pflaster abgedeckt, aber Simon brauchte keinen sichtbaren Beweis, um sich an den Vorfall im Restaurantkeller zu erinnern.

»Am Hafen habt ihr den orangefarbenen Truck nicht mehr gesehen, stimmt's?«, fragte ich.

Sein Daumen strich über meinen Handrücken. »Stimmt.«

»Und hier im Kinosaal sitzen mindestens fünfzehn Leute. Was soll bei so vielen Augen- und Ohrenzeugen schon passieren?«

Die Filmvorschauen begannen. Simon beugte sich über die Armlehne und neigte sein Gesicht in meine Richtung. Wir küssten uns, während die letzten dämmrigen Lampen verloschen.

»Hast du das gesehen?«, flüsterte er und ruckte zurück.

Ja, allerdings. Für eine Sekunde blitzte im Saal kurz ein weißer Lichtschein auf. »Kam von da drüben.« Ich nickte in Richtung einer Teenagergruppe, die mehrere Reihen vor uns saß. Sie lachten, schnitten Grimassen und fotografierten sich gegenseitig mit den Handys. »Die sind viel zu jung«, fügte ich hinzu, bevor Simon sich einreden konnte, dass sie zu den Leuten gehörten, die ich am Bootsschuppen belauscht hatte.

Ein paar Minuten später begann der Film. Im Winter Harbor Cinema gab es nur zwei Säle, so dass wir die Wahl zwischen einer Komödie und einem Melodram gehabt hatten. Wir hatten uns für die leichtere Kost entschieden. Im Nachhinein gratulierte ich mir dazu, denn Simon schien sich zu entspannen, legte einen Arm um mich und gab mir zwischen den witzigen Szenen ab und zu einen Kuss auf die Stirn.

Ich fühlte mich genauso entspannt – jedenfalls am Anfang. Aber nach kaum einer halben Stunde im Kinosessel begannen die bekannten Symptome aufzutauchen. Ich stopfte mir ganze Hände voll salzigem Popcorn in den Mund, trank die Wasserflasche leer, die ich in meiner Handtasche ins Kino geschmuggelt hatte, und stahl danach auch noch den Rest von Simons Cola. Aber nichts davon reichte aus.

Das ist doch lächerlich, dachte ich. *Ich mache gar nichts, ich sitze einfach nur rum.*

Anscheinend war das egal. Schließlich stand ich auf, solange ich noch die Kraft dazu hatte.

»Muss auf die Toilette«, flüsterte ich Simon als Erklärung ins Ohr. »Auf dem Weg hole ich Colanachschub. Bin gleich zurück.« Ich nahm den leeren Pappbecher, küsste Simon auf die Wange und kletterte über seine Füße hinweg.

Als ich aus dem Saal kam, wurde ich kurz geblendet und sah nur Schwarz vor Augen. Ich brauchte einen Moment, um mich zu erinnern, dass wir Nachmittag hatten. Blinzelnd warf ich den Becher in den Mülleimer und eilte schnurstracks zur Damentoilette.

Wie sich herausstellte, war ich dort nicht die Einzige. Von den drei Kabinen waren zwei besetzt. Um die Wartezeit zu überbrücken, ging ich tatsächlich auf die Toilette.

Als ich wieder herauskam, wusch sich ein Mädchen gerade die Hände. Unsere Blicke trafen sich im Spiegel, und ich bildete mir ein, dass ihre Miene sich für einen Sekundenbruchteil veränderte. Was war gerade über ihr Gesicht gehuscht? Überraschung? Erkennen? Vielleicht hatte ich sie kürzlich im Restaurant bedient? Der Ausdruck verschwand zu schnell, um ihn deuten zu können. Vorsichtshalber warf ich ihr ein Lächeln zu. Sie erwiderte es und senkte den Blick.

Ich stellte mich ans Waschbecken neben ihr und drehte das Wasser auf. Glücklicherweise brauchte es einen Moment, ehe es eine angenehme Temperatur hatte. Bis ich mit Händewaschen fertig war, würde das Mädchen verschwunden sein. Die Frau in der zweiten besetzten Kabine würde nicht wissen, wie lange ich mich schon hier befand.

Aber alles kam ganz anders. Denn das Mädchen, das nur

wenig älter aussah als ich, ließ sich unendlich viel Zeit. Sie trocknete ihre Hände, holte eine Creme aus der Handtasche und rieb sich sämtliche Finger ausgiebig damit ein. Danach waren sie ihr anscheinend zu fettig, denn sie wusch sich die Hände gleich noch mal und wiederholte die Prozedur mit einem kleineren Tupfer der Creme. Beide Male hielt sie ihre Hände so lange unter den Trockner, dass sie ihn zwischendurch wieder anschalten musste. Da das uralte Gerät mehr kalte als warme Luft produzierte, konnte ich diese Verzögerung allerdings verstehen.

Nachdem sie mit den Händen fertig war, erneuerte sie ihr Make-up. Sie holte alle nötigen Gerätschaften einzeln aus der Handtasche – Lippenstift, Wimperntusche, Rouge – und reihte sie auf dem kleinen Wandregal unter dem Spiegel auf. Dann widmete sie sich ausführlich jedem Teil ihres Gesichts, was ich schon weniger verstehen konnte, denn sie sah perfekt aus. Ich hätte wetten können, dass sie bereits frisch geschminkt war. Schließlich kümmerte sie sich um ihr langes braunes Haar, das sie bürstete, arrangierte und einsprühte, als würde sie sich auf ein professionelles Fotoshooting vorbereiten.

Da ich nicht bereit war, unverrichteter Dinge wieder zu gehen, bummelte ich so lange wie möglich herum. Leider war meine Handtasche weniger gut ausgestattet, daher musste ich auf die Schnelle kreativ werden, um Gründe zum Bleiben zu finden. Gerade knöpfte ich die lange Kaschmirjacke, die ich mir von Charlotte geliehen hatte, auf und wieder zu und betrachtete den Effekt im Spiegel, als sich das Mädchen zu mir umdrehte.

»Du kommst mir bekannt vor«, sagte sie. »Haben wir uns schon mal getroffen?«

»Ich glaube nicht. Vielleicht warst du diesen Sommer in Bettys Fischerhaus essen? Da jobbe ich nämlich am Empfang.«

Ihre grünen Augen wurden schmal, und die pinkfarbenen Lippen verzogen sich zu einer Schnute. »Ich finde Fisch grässlich.«

»Kommst du aus Winter Harbor?«, fragte ich. »Meine Familie verbringt hier schon seit Ewigkeiten die Ferien, also sind wir uns vielleicht in der Stadt über den Weg gelaufen.«

»Kann schon sein.« Sie klang nicht überzeugt.

Mein Gesicht lief rot an, als sie mich ausführlich musterte. Eine Ewigkeit später zuckte sie mit den Schultern und wandte sich wieder ihrem mobilen Schminkstudio zu. Ich unterdrückte einen erleichterten Seufzer, als sie sämtliche Utensilien mit einer Handbewegung zurück in die Handtasche beförderte. Wenn sie noch ein paar Minuten so weitergemacht hätte, wäre ich wahrscheinlich aus Salzwassermangel in Ohnmacht gefallen.

»Jetzt weiß ich es!« Sie wirbelte herum und lächelte mich mit funkelnden Augen an. »Du bist die aus der Zeitung!«

Mit blieb einen Moment die Luft weg. »Aus … der Zeitung?«, stammelte ich.

»Ja, von letztem Sommer. Deine Schwester ist von der Klippe gefallen und gestorben.«

Sie strahlte mich stolz an, weil sie so ein phänomenales Gedächtnis hatte, und ich musste mich am Waschbecken festhalten.

»Finde ich ja erstaunlich, dass ihr wieder hergekommen seid.« Sie nahm ihre Jacke vom Beckenrand und wandte sich der Tür zu. »Ich meine, die meisten Familien hätten Skrupel, an den Ort des Verbrechens zurückzukehren … so läuft das zumindest in Filmen, stimmt's?«

Ein plötzlicher Knall echote durch den Raum. Sie blieb stehen, ohne sich umzudrehen. Ich bückte mich, um ihr Handy aufzuheben, das ihr anscheinend aus der Jackentasche gerutscht war. Es war aufgeklappt, und während ich es überreichte, sah ich die roten Fußbodenfliesen über den Bildschirm huschen.

»Danke.« Sie nahm das Handy und verschwand.

Ich lehnte am Waschbecken und hatte weder die Zeit noch die Energie, um erst die Außentür abzuschließen. Stattdessen drehte ich sofort den Hahn auf, steckte den Stöpsel in den Abfluss und holte die kleine Salztüte aus meiner Handtasche. Ich schüttete den gesamten Inhalt in das strudelnde Wasser.

»Man sollte doch denken, dass wir alle die gleiche Biologie haben.«

Keuchend stellte ich das Wasser ab und wirbelte herum. Die Bemerkungen der Brünetten und mein schwächelnder Körper hatten mich so abgelenkt, dass ich die zweite Frau völlig vergessen hatte. Nun stand eine stämmige, aber hübsche Blondine in der Kabinentür und tupfte sich die Augen.

»Aber manche Leute sind anscheinend ganz ohne auf die Welt gekommen.« Sie schniefte und trat aus der Kabine.

Ich konzentrierte mich darauf, ein paarmal ein- und auszuatmen. »Ohne was?«, fragte ich, als ich wieder sprechen konnte.

»Ein Herz. Ein Gewissen. Oder zumindest ein kleines bisschen Höflichkeit, das normale Leute davon abhält, einer Wildfremden auf der Toilette schreckliche Dinge ins Gesicht zu sagen. Ich meine, wenn man sich schon gar nicht bremsen kann, sollte man wenigstens den Anstand haben, sich hinterher zu entschuldigen.« Sie holte tief Luft und schneuzte in ein Taschentuch. »Das Gleiche gilt übrigens für Männer, die zu einer Verabredung nicht auftauchen. Da habe ich endlich den Mut aufgebracht, ihn zum Kino einzuladen, nachdem ich ihn einen Monat lang täglich im Coffeeshop gesehen habe, und jetzt das!«

Für einen kurzen Moment vergaß ich meine eigenen Probleme. »Tut mir leid.«

»Ja, ich tue mir auch leid.« Sie knüllte das Papiertaschentuch zusammen und warf es in Richtung Mülleimer. Es landete auf dem Fußboden. »Normalerweise wäre ich eben aus der Kabine gestürmt, um dieser Zicke gehörig die Meinung zu sagen, aber dann hätte ich nur wieder zu heulen angefangen. Und das hätte niemandem geholfen. Na ja, das Miststück hätte wahrscheinlich was zum Lachen gehabt.«

»Kann ich irgendwie helfen?«, fragte ich. »Soll ich mich draußen aufstellen und keinen reinlassen, bevor Sie sich ausgeweint haben?«

Die Frau lächelte. »Danke, aber das könnte eine Weile dauern, und ich habe mich hier schon zwanzig Minuten versteckt.« Sie schlurfte durch den Raum, bückte sich nach dem Taschentuch und warf es in den Müll. »Aber du könntest was anderes tun.«

»Gerne.« Ich holte mein Handy aus der Jeanstasche, um Simon zu simsen, dass es mir gutging, aber ich wahrscheinlich noch ein paar Minuten brauchen würde.

»Pass auf dich auf.«

Meine Finger erstarrten.

»Ganz egal, was man dir sagt, oder was du gerne glauben möchtest ... Männern kann man nicht über den Weg trauen.«

Sie warf mir ein letztes trauriges Lächeln zu, ersetzte ihr benutztes Taschentuch durch ein Bündel Papier aus dem Handtuchspender und verließ den Raum.

Ich wandte mich wieder dem Waschbecken zu, das fast leer war, obwohl ich doch gerade gefüllt hatte. Während ich daraufstarrte, blubberte das letzte bisschen Salzwasser an dem alten Gummistöpsel vorbei in den Abfluss.

»Na toll«, murmelte ich. Da ich mich vorhin hatte beeilen

müssen, um rechtzeitig zum Treffen mit Simon zu kommen, hatte ich nur eine einzige Salztüte dabeigehabt.

Ich drehte den Hahn auf, fing das Wasser mit den Händen auf und trank. Ohne Salz hatte es keine große Wirkung, aber besser als nichts. Ich brauchte jetzt jedes bisschen Energie, damit meine Beine mich den ganzen Weg bis zum Snackkiosk tragen würden.

»Vanessa.« Als ich den Vorraum betrat, kam Simon mit dem Handy in der Hand auf mich zumarschiert. »Alles okay mit dir?«

Ich brauchte meine ganze Kraft, um mich aufrecht zu halten, also blieb ich stehen und ließ Simon zu mir kommen. »Klar«, bestätigte ich.

»Du bist über zehn Minuten weg gewesen.«

Das überraschte mich. So lange hatte es sich gar nicht angefühlt. »Tut mir leid.« Ich nahm ihn beruhigend in die Arme, als er mich erreichte, und stützte mich unauffällig auf ihn. »Ich bin da in eine Situation geraten …«

Er hielt mich auf Armlänge entfernt und schaute mich an. »Wieso? Was für eine Situation?«

»Nur eine kleine Dating-Krise.« Ich nickte in Richtung des Kinoausgangs, wo die Blonde gerade auf die Glastüren zuging. In den Armen hielt sie einen Riesenvorrat an Naschkram, den sie anscheinend gekauft hatte, während ich noch im Toilettenraum war. »Sie ist versetzt worden, die Arme.«

Simons Griff lockerte sich. »Wie schrecklich.«

»Ja, ist es wirklich. Deshalb habe ich ihr zugehört, bis sie sich ausgeweint hatte. Sonst hätte sie vermutlich für immer in der Toilettenkabine ihr Lager aufgeschlagen.«

Er gab mir einen Kuss auf die Stirn. »Du bist süß.«

»Und ich schulde dir immer noch eine Cola, die ich gerade holen wollte. Treffen wir uns drinnen?«

»Schon okay, ich brauche nichts zu trinken.«

Er zog sanft an meiner Hand, aber ich blieb stur. »Versprochen ist versprochen.«

»Na gut«, sagte er mit unsicherem Lächeln, »dann stelle ich mich mit dir in die Schlange.«

»Wozu? Wäre doch schade, wenn du noch mehr vom Film verpasst.«

Normalerweise hätte er sich davon kaum überzeugen lassen, zumal er schon besorgt um mich war. Aber während ich mich bemühte, mutiger zu sein, versuchte er, sich weniger überfürsorglich aufzuführen. Also drückte er nur kurz meine Hand und ließ mich los.

»Gut, wir sehen uns drinnen«, war er einverstanden.

Ich wartete, bis die Saaltür hinter ihm zugefallen war, dann bewegte ich mich so schnell, wie mein Körper es erlaubte, auf den Snackkiosk zu. Da beide Filme schon vor einer Weile angefangen hatten, brauchte ich nicht anzustehen, und hinter dem Tresen befand sich nur ein einziger Angestellter.

Ich bestellte eine große Tüte Popcorn, eine große Cola und eine Flasche Wasser. Der schlaksige Verkäufer wurde von meiner Anwesenheit total in Verwirrung gestürzt. Er sah nicht älter aus als siebzehn, und laut Namensschild hieß er Tim. Zuerst ließ er mein Geld fallen, dann wollte er mir zu viel zurückgeben. Auf dem Weg zu den Getränkekisten rannte er voll in das Süßigkeitenregal hinein. Auf dem Rückweg verschüttete er die Hälfte des Bechers und musste wieder umkehren. Als er beide Getränke vor mir abgestellt hatte und sich der Popcornmaschine zuwandte, nutzte ich die Gelegenheit, um die Wasserflasche zu öffnen, mir den Salzstreuer zu schnappen und so viel wie möglich hineinzukippen. Ich schüttelte die Flasche und trank.

Wie durch ein Wunder hatte Tim mit dem Popcorn weniger Probleme. Er kehrte mit der Tüte zurück, während ich noch das Wasser in mich hineinschüttete.

»Extra viel Butter und Salz«, sagte ich und setzte die Flasche zum Luftholen ab. »Bitte.«

»Klar.« Sein Gesicht leuchtete auf, als hätte ich ihm gerade vorgeschlagen, seinen Job sausen zu lassen und mit mir nach Las Vegas durchzubrennen.

Ich versuchte, sein Lächeln zu erwidern, doch es gelang mir nicht. Während ich trank, wurde mir nämlich klar, dass etwas ganz und gar nicht stimmte. Das Salzwasser wirkte nicht. Zwar verschwanden die tanzenden Punkte vor meinen Augen mit jedem Schluck, aber kaum hatte die Flüssigkeit das Ende meiner Kehle erreicht, war das Flimmern wieder da. Je mehr ich trank, desto schlimmer schien es zu werden. Die Lichtflecken hüpften immer wilder auf und ab, und mein Kopf schien sich mit ihnen zu drehen, bis ich kaum noch denken konnte.

»Ist das genug?«, fragte Tim. »Oder soll ich noch –«

Er verstummte. Mein Blick war so verschwommen, dass ich kaum etwas erkennen konnte. Aber ich bekam genug von dem mit, was als Nächstes passierte.

Ich sah, dass seine braunen Augen mich blicklos anstarrten. Ich sah, wie meine unverletzte Hand nach vorn schoss. Meine Finger krallten sich in sein gelbes Poloshirt. Meine Handfläche presste sich auf seine Brust.

Eine Explosion aus silbernem Licht erfüllte mein ganzes Sichtfeld.

»Vanessa?«

Bei Simons Stimme zog ich ruckartig die Hand zurück und legte sie auf die Theke. Ich blinzelte, und meine Sicht wurde wieder klar.

»Hast du das eben gehört?«

Ja, allerdings. Zwei leise, glockenhelle Töne ... der erste hatte mehrere Sekunden gehalten und in einem trillernden Vibrato geendet. Der Zweite hatte nur kurz gepulst und gleich wieder aufgehört. Beide hatten geklungen, als würden sie gleichzeitig aus meinem Körper und aus weiter Ferne kommen.

Doch wie sich herausstellte, wollte Simon von etwas ganz anderem sprechen als meinem unirdischen Gesang.

»Die junge Frau«, sagte er, als ich mich umwandte, »die von ihrem Date versetzt wurde ... Ich wusste gleich, dass sie mir bekannt vorkam, und eben ist mir klar geworden, wieso.« Er trat einen Schritt auf mich zu, ohne Tim auch nur zu bemerken, der sicher noch immer wie gebannt hinter dem Tresen stand. »Sie hatte blondes Haar, pinkfarbene Schuhe und eine grüne Handtasche. Genau wie –«

»Die Fotos!«, beendete ich seinen Satz und konnte kaum glauben, dass es mir nicht selbst aufgefallen war. »Die Bilder in den Mail-Anhängen.«

»Glaubst du, sie ist es wirklich?«, fragte er.

Ich gab keine Antwort. Das brauchte ich auch nicht.

Der Schrei draußen vor der Tür war Antwort genug.

Kapitel 18

Der Name des Opfers war Erica Anderson. Sie war achtundzwanzig Jahre, in Winter Harbor aufgewachsen und zur Ausbildung nach New York gegangen. Ein paar Jahre hatte sie als Kindergärtnerin an verschiedenen Orten der Ostküste gearbeitet, dann war sie nach Maine zurückgekehrt. Hier hatte sie sich mit einem Job beim örtlichen Hundefriseur *Nails & Tails* durchgeschlagen, aber oft davon gesprochen, ein Pädagogikstudium anzufangen. Das Wichtigste in ihrem Leben war ihr Cockerspaniel Poppy gewesen. Nun kümmerten sich ihre Eltern und ihr jüngerer Bruder um den Hund, da sie ebenfalls in Winter Harbor lebten.

»Mehr schreiben die nicht?«, fragte Paige. »Was ist mit ihrer Schuhgröße? Oder ihrem Lieblingsessen – Mandelmakronen – und ihrer Begeisterung für Trivial Pursuit? Oder der Tatsache, dass sie vor der Zeit als Kindergärtnerin die beliebteste Babysitterin in ganz Winter Harbor war?«

»Das Ganze ist nicht deine Schuld«, sagte ich sanft, und zwar nicht zum ersten Mal.

Sie lehnte sich zurück, als wolle sie Abstand zwischen sich und den Computerbildschirm bringen, auf dem die Website des *Herald* prangte. »Ich hätte sie erkennen müssen.«

»Bei Simon und mir war sie auch Babysitter«, erklärte Caleb, »und wir haben sie genauso wenig erkannt. Auf den Fotos war sie schließlich nie deutlich zu sehen. Außerdem hatte sie zugenommen und sich die Haare gefärbt. Sie sah völlig anders aus als früher.«

»Ich habe sogar mit ihr geredet, direkt bevor es passiert ist, und nicht geschaltet. Aber selbst wenn einer von uns sie erkannt hätte – was für einen Unterschied hätte das gemacht? Wir konnten doch nicht wissen, was geschehen würde.« Zumindest versuchte ich, mir das einzureden. Besonderen Erfolg hatte ich nicht.

»Trotzdem hat Paige mit ihrer Bemerkung recht«, sagte Simon und scrollte auf der Seite nach unten. »Hier steht eine Menge unwichtiger Informationen über Erica ... aber nichts darüber, wie sie gestorben ist.«

»Vielleicht wollte die Polizei nicht, dass Details bekannt werden, während sie noch in den Ermittlungen stecken.«

»Oder vielleicht ist die Polizei vom letzten Sommer noch so am Ende, dass sie einfach aufgegeben hat.« Paige schüttelte den Kopf. »Ich meine, es war mitten am Tag und mitten in der Stadt. Wie kann es sein, dass niemand etwas gesehen hat?«

Eine berechtigte Frage, auf die wir keine Antwort hatten. Ericas Leiche war hinter einer Mülltonne in der Seitengasse zwischen Kino und Bagelshop entdeckt worden. Den Schrei hatte eine alte Dame ausgestoßen, die ihren Enkel im Kinderwagen spazieren fuhr und dabei Ericas Bein hinter der Tonne hervorragen sah. Simon und ich waren mehrere Minuten eher am Tatort gewesen als die Polizei. Ich hatte Abstand gehalten und nur wie gebannt auf den pinkfarbenen Stöckelschuh gestarrt, der in der Gasse lag. Aber Simon war direkt zu Erica gegangen, hatte ihren Puls gefühlt und nach Zeichen für einen Kampf gesucht. Dann war er rund um den Block gesprintet und hatte Ausschau nach ihrem Mörder gehalten.

Aber der Schuldige war entkommen ... und wie es schien, hatte er sich schnurstracks an den nächsten Computer gesetzt. Denn während Simon noch schwer atmend neben mir stand, hatte uns Caleb bereits gesimst, dass wir eine neue Mail bekommen hatten.

Niemand von uns war überrascht, dass der Anhang ein Foto mit Ericas leblosem Gesicht war.

»Es muss der Typ gewesen sein, der sie versetzt hat.« Simon schaute mich an. »Meinst du nicht auch? Wahrscheinlich hat er sich nur mit ihr verabredet, weil er so die perfekte Gelegenheit bekam.«

»Ja, vielleicht«, sagte ich. »Andererseits hat sie gesagt, dass *sie* ihn eingeladen hat. Und sie hatte ihn seit einem Monat regelmäßig im Coffeeshop gesehen. Heute haben wir den zehnten Juli, also sind noch gar nicht so lange Schulferien, und die Truppe am Bootsschuppen hat wie Studenten oder Oberstufler gewirkt.«

»Die Fotos auf der Kamera, die wir gefunden haben, sind vor drei Wochen aufgenommen worden.« Caleb zuckte mit den Schultern. »Ein paar Tage mehr oder weniger machen da wohl keinen Unterschied.«

»Was ist mit dem anderen Mädchen?«, fragte Simon. »Die sich so ausführlich geschminkt hat? Sie wusste, wer du bist, stimmt's?«

Ich nickte und war froh, dass ich diesmal (fast) die ganze Wahrheit über die Szene auf der Damentoilette erzählt hatte. »Schon, aber sie hat eine Weile gebraucht, um mich zu erkennen. So ähnlich, wie es euch bei Erica gegangen ist. Sie wusste, dass sie mich irgendwoher kannte, aber der Groschen ist erst gefallen, als sie schon fast aus der Tür war.«

»Aber wie konnte sie dich überhaupt erkennen?«, fragte Caleb. »Zwar haben ein paar von den Zeitungsartikeln letztes Jahr erwähnt, dass Justine eine Schwester hat, aber ein Foto von dir war nie dabei.«

Damit hatten wir schon eine zweite gute Frage ohne Antwort. Auffällig war auch, wie lange die Brünette für ihr Haar und Make-up gebraucht hatte. Hatte sie vielleicht darauf gewartet, dass Erica aus der Kabine kam? Oder dass ich den Raum verließ? Oder beides?

»Also, wenn sie etwas damit zu tun hatte«, vermutete Simon, »dann war sie jedenfalls nicht allein. Die Würgemale auf Ericas Hals waren zu ausgeprägt. Jemand, der größer und stärker war, müsste ihr geholfen haben.«

Paige stöhnte, stand auf und ging zum Geländer des Pausenbalkons. »Wenn unsere verrückten Stalker dafür verantwortlich sind … warum tun sie das? Ich meine, wenn sie unsere Aufmerksamkeit wollen oder vorhaben, uns vor aller Welt zu enttarnen, dann sollten sie sich Männer als Opfer suchen. Das wäre viel alarmierender und würde uns vielleicht dazu bringen, aus der Deckung zu kommen. Und da sie anscheinend wissen, dass Vanessa in alles verwickelt ist, würde es viel mehr Sinn machen, uns direkt anzugreifen, oder? Denken diese Verrückten, dass alle Frauen in Winter Harbor so sind wie wir und bestraft werden müssen? Wenn das der Fall ist, dann … ich weiß auch nicht … sollten wir vielleicht die Leute warnen? Um zu verhindern, dass die weibliche Bevölkerung der Stadt ausgelöscht wird?«

Je länger Paige sprach, desto mehr überschlugen sich ihre Worte. Ich wollte aufstehen und zu ihr gehen, aber Caleb war schneller. Er stellte sich neben sie und legte ihr einen Arm auf die Schulter. Wir schwiegen einen Moment. Die Stille wurde nur von den Rufen der Möwen und dem Topfgeklapper unterbrochen, das von unten aus Louis' Küche erschallte.

Da wurde mir plötzlich klar, was ich eben gesagt hatte.

»Wir haben den zehnten Juli«, wiederholte ich.

Simon schaute mich an. »Und?«

»Das heißt, gestern hatten wir den neunten.« Ich griff

nach dem Notebook auf dem Tisch vor ihm. »Kann ich mal?«

Simon schob ihn mir entgegen. Ich tippte »Ertrunkene« in das Suchfeld der *Herald*-Website. Mehrere Links tauchten auf, von denen einer zu einer Auflistung sämtlicher Todesfälle führte. Dann drehte ich das Notebook wieder zu Simon um, und er starrte fassungslos auf den Bildschirm.

»Was?«, fragte Paige und trat einen Schritt auf uns zu. »Was ist denn?«

»Charles Spinnaker«, sagte ich.

»Der zweite Mann, der letzten Sommer ertrunken gefunden wurde.« Sie nickte. »Was ist mit ihm?«

»Er ist am neunten Juli gestorben«, erwiderte Simon mit belegter Stimme.

Sie riss die Augen auf. »Und das erste männliche Opfer? Paul Carsons?«

»Am dreißigsten Juni.« Simon runzelte die Stirn.

»An dem Tag wurde Carla gefunden«, fügte ich hinzu.

Paige griff hinter sich nach Calebs Hand. »Also wiederholen diese Leute … wer immer sie sind … die Mordserie von letztem Sommer? Nur diesmal mit Frauen statt Männern?«

Bevor jemand von uns antworten konnte, knallte unter uns eine Tür. Schritte kamen die Treppe hoch, und Natalie stürmte auf den Balkon. Ihr Lächeln verschwand, als sie unsere Mienen sah.

»Tut mir leid«, entschuldigte sie sich. »Ich wollte euch nicht stören. Mir war gar nicht klar, dass ihr überhaupt hier seid. Ich bin nur hochgekommen, um Paige Bescheid zu sagen, dass die ersten Gäste da sind.«

Paige ließ sofort Calebs Hand los, als könnte der Körperkontakt irgendwie verraten, worüber wir gerade gesprochen hatten. Sie strich ihren Rock glatt, zupfte die Bluse zurecht und eilte Natalie hinterher.

»Ist die Deko fertig?«, fragte sie. »Was ist mit der Musik? Bist du sicher, dass zwei Hauptspeisen zur Auswahl ausreichen?«

Sie verschwand die Treppe hinunter, doch bevor ihr Kopf ganz verschwand, drehte sie sich noch einmal zu mir um und formte mit den Lippen die Worte: »Wir können später weiterreden.«

»Ich wünschte, ihr hättet eure Party nicht ausgerechnet für diesen Abend geplant«, sagte Simon, als die beiden außer Sicht waren. »Wir können unserem Dad schlecht an seinem Geburtstag absagen.«

Ich warf einen Blick auf Caleb. Er löste sich vom Geländer und schlenderte auf die Treppe zu. »Ich bin dann schon mal im Wagen. Lasst euch Zeit.«

»Wirklich, Vanessa –«, setzte Simon wieder an.

»Ich liebe dich.«

Das brachte ihn zum Schweigen. Trotz seiner Besorgnis musste er lächeln.

Ich klappte das Notebook zu, stand auf und hielt ihm eine Hand entgegen. Er zögerte, aber dann griff er danach, und ich führte ihn zur gegenüberliegenden Ecke des Balkons, die den besten Blick auf den Hafen bot.

»Ist es okay, wenn wir für eine Minute an nichts anderes denken?« Ich zog ihn näher heran und lehnte den Kopf an seine Brust. »Bitte.«

Sein Kinn strich über meinen Scheitel, als er nickte. Genau sechzig Sekunden später sagte er: »Ich liebe dich auch. Deshalb wäre es mir so wichtig, heute Abend dabei zu sein. Damit ich dich beschützen und aufpassen kann, dass nicht noch etwas geschieht.«

Ich lehnte mich zurück und schaute zu ihm hoch. »Selbst wenn du heute nicht wegmüsstest … du kannst doch nicht immer meinen Bodyguard spielen. Was ist mit morgen? Und übermorgen?«

»Da würde mir schon etwas einfallen.«

»Okay, was ist im Herbst, wenn wir an verschiedene Unis gehen? Willst du jeden Abend von Bates nach Dartmouth fahren, um mich sicher ins Bett zu bringen?«

Er strich eine Haarsträhne von meiner Wange und küsste die Stelle. »Wäre das so schlimm?«

In meiner Brust wurde es warm. »Nein, das wäre wunderschön. Aber ziemlich schwer durchzuführen, fürchte ich.« Ich presste meine Lippen auf seine. Ich hoffte, dass meine Worte ihn beruhigten. Auf mich hatten sie leider den gegenteiligen Effekt. »Ich kann auf mich selbst aufpassen, Simon. Das muss ich einfach. Denn auch wenn es mir anders lieber wäre, können wir nun einmal nicht jede Sekunde des Tages zusammen verbringen.«

Er küsste mich und zog mich an sich. »Wieso denn nicht?«, flüsterte er gegen meine Lippen.

Zur Antwort küsste ich ihn noch stürmischer. Als wir uns ein paar Minuten später zum Luftholen trennten, zählte ich ihm weitere Gründe auf, warum er zumindest für diesen Abend ganz unbesorgt sein konnte. Mit Hilfe von Natalies Dad hatten wir nur einige ausgewählte Gäste eingeladen. Und Paige hatte wie versprochen mehrere Sicherheitskameras im Gebäude installieren lassen. Außerdem hatte sie ein paar männliche Kellner eingestellt – nicht, weil wir mehr Leute zum Bedienen brauchten, sondern für den Fall, dass jemand Ärger machte. Bei betrunkenen Handgreiflichkeiten war es immer gut, wenn man einen großen, starken Mann zum Streitschlichten hatte.

Ich beendete meine Aufzählung, indem ich Simon zeigte, dass ich auf meinem Handy eine Schnellwahltaste eingerichtet hatte, um die Polizei von Winter Harbor zu alarmieren.

»So ein blöder Mist«, knurrte Simon und starrte das Handy

an. »Ich meine, gute Idee von dir … aber ich finde es kaum zum Aushalten, *dass* es eine gute Idee ist.«

Ich gab ihm noch einen letzten Kuss, dann gingen wir nach unten. Im Foyer trennten sich unsere Wege. Er verschwand durch die Tür, und ich stellte mich an den Empfangstresen. Als ich die Speisekarten zurechtrückte, die Paige für das heutige Event entworfen hatte – mit weniger als zehn Gerichten, inklusive Vor- und Nachspeisen, und dem Bild eines von Paige gezeichneten fliegenden Fisches auf einfachem Kopierpapier –, entdeckte ich neben dem Telefon eine Wasserflasche. Ein Post-it-Zettel klebte daran.

Seeleute können ziemlich redselig sein. Da hilft es, die Stimmbänder anzufeuchten! – Natalie

Nach unserem Zusammentreffen am Strand hatte mein ursprüngliches Misstrauen gegenüber Natalie nachgelassen, also war meine erste Reaktion, mich über die nette Geste zu freuen. Dann fiel mir wieder ein, wie sie mir vor ein paar Wochen gesalzenen Kaffee serviert hatte. Paige hatte mir später, ohne dass ich erst nachfragen musste, die Erklärung geliefert, dass der Aushilfskellner beim Nachfüllen den Salz- und Zuckerstreuer verwechselt hatte. Aber trotzdem war ein nagendes Gefühl der Unruhe geblieben.

Jetzt nahm ich die Flasche, öffnete sie und nippte vorsichtig daran. Kein Salz, stellte ich mit erleichtertem Lächeln fest.

Zum Glück hatte ich mich schon den ganzen Tag auf diesen Abend vorbereitet, so dass ich keinen Wassernachschub brauchte. Denn ich kam in der nächsten Stunde kaum zu Atem. Kaum hatte ich eine Gästegruppe zu ihrem Tisch begleitet und die Speisekarten überreicht, trafen auch schon die Nächsten ein. Die Eingangstür stand keine Minute still. Immer mehr Seeleute und Hobbyangler trafen mit Kühlboxen und Packpapierbündeln ein. Wenn ich sie in die Gaststube brachte, zeigte ich ihnen die dekorierte Tischreihe am Ende des Saals, über dem ein beschriftetes Banner hing. Es verkündete stolz:

ERSTER ANGLERWETTBEWERB
»SCHÄTZE DER SEE« IN BETTYS FISCHERHAUS!

Ich wartete auf ihre Reaktionen und konnte immer noch nicht ganz glauben, dass die PR-Masche vom Bergsteiger-Eck sich so einfach nach Winter Harbor verpflanzen ließ. Aber die meisten Gäste wirkten tatsächlich erwartungsvoll und neugierig. Wer weniger Begeisterung zeigte, wurde von der Ehefrau oder Freundin mitgeschleift – und davon gab es ziemlich viele, wie ich erleichtert feststellte.

Bald waren sämtliche Tische voll, und ich begann, Gäste an der Bar zu platzieren. Als mir auch dort die Sitzplätze ausgingen, winkte ich Paige zu mir, die an den Ausstellungstischen für Ordnung sorgte.

»Schick bloß keinen weg«, bat sie.

»Aber wir haben keine Stühle mehr«, protestierte ich. »Und eine Warteliste nützt auch nichts, schließlich wird von den Gästen so schnell niemand gehen.«

»Na gut, dann muss der Rest eben stehen. Verteil sie überall, wo noch Platz ist – meinetwegen auch auf der Veranda und dem Pausenbalkon.«

»Ist das nicht ein Verstoß gegen die Brandschutzvorschriften?«

»Kann schon sein.« Sie nickte in Richtung eines nahen Tisches. »Aber da sitzt der Inspektor.«

Offenbar gehörte er auch zu den Angelfanatikern, denn ich konnte bis hierhin hören, wie er seinen Kumpeln von seinem besten Fang aller Zeiten erzählte, während er Bier in sich hineinschüttete.

»Wieso sind hier überhaupt so viele Leute?«, fragte ich. »Hattest du nicht mit Natalie abgemacht, zuerst nur ein paar ausgewählte Gäste einzuladen? Um die Idee auszuprobieren?«

»Ja, stimmt.« Sie zuckte mit den Schultern. »Aber ich wurde von anderen Dingen abgelenkt, wie du weißt, und habe die Gästeliste nicht so genau im Blick behalten. Vielleicht hat Natalie ein paar Leute mehr eingeladen. Oder das Event hat sich von selbst herumgesprochen – was schließlich genau der Effekt ist, den wir erreichen wollten.«

Ja, mit der Zeit. Nicht sofort. Zuerst hatten wir herausfinden wollen, was funktionierte und was nicht.

»Ach, übrigens«, sagte Paige und lächelte, »habe ich schon erwähnt, wie umwerfend du heute aussiehst?«

Sie wurde von einem der Kellner weggerufen, bevor ich etwas darauf erwidern konnte. Ich wandte mich der nächsten Truppe wartender Seeleute zu und bat sie, mir zu folgen. Auf dem Weg zum Barbereich warf ich einen unauffälligen Blick in den Spiegel über dem Kamin.

Paige hatte recht. Bevor Simon und ich ein Paar wurden, war ich immer viel zu gehemmt gewesen, mir Gedanken um mein Aussehen zu machen. Das hatte sich inzwischen geändert, aber eigentlich konzentrierte ich mich eher auf meine äußeren Mängel – vielleicht weil ich mir wünschte, andere Männer würden mich weniger bemerken. Seit wir nach Winter Harbor zurückgekehrt waren, hatte mein Spiegelbild mich schon zweimal völlig überrascht. Das erste Mal nach dem Vorfall im Restaurantkeller, und das zweite Mal gestern Abend, als ich mich bettfertig gemacht hatte und in Gedanken noch einmal die Vorfälle des Tages durchgegangen war. Auf der Kinotoilette war ich nahe am Zusammenbrechen gewesen, und Ericas Tod hatte mich entsetzt und verängstigt, also hätte ich abends eigentlich zu schwach sein sollen, um mich auf den Beinen zu halten.

Stattdessen hatte ich mich gefühlt, als könnte ich Bäume

ausreißen. Und als ich nun in den Spiegel schaute, stockte mir der Atem.

Für mein Aussehen gab es nur eine Erklärung. Wenn ich meine Sirenenstimme benutzte, wie ich es im Restaurantkeller und im Kino getan hatte, blühte mein Körper durch die zusätzliche Energie auf wie nie zuvor. Ich fühlte mich nicht nur um ein Vielfaches stärker, sondern meine Augen strahlten und meine Haut schimmerte, als sei ich so übervoll von Leben und Liebe, dass diese Vitalität wie ein gleißendes Licht aus mir herausbrach.

Ich konnte den Effekt nicht mehr leugnen, denn das Ergebnis war unübersehbar.

Meine Verwandlung war atemberaubend.

»Vanessa?«

Ich hatte die Seeleute gerade zur Barecke gebracht und wirbelte herum, als ich Olivers Stimme hörte. Er stand im Eingangsbereich und hatte einen Arm schützend um Betty gelegt.

»Was ist denn hier los?«, rief er über das Stimmengewirr hinweg. »Was machen denn die ganzen Leute hier?«

»Eine Party!«, warf Betty begeistert ein. »Das kann selbst ich sehen.«

»Aber Paige hat von einer winzigen Veranstaltung gesprochen. Deshalb sind wir vorbeigekommen. Wir wollten einfach eine Kleinigkeit essen und hallo sagen.«

»Und wir freuen uns wirklich, dass ihr da seid.« Ich umarmte beide hastig und versuchte, Paiges Blick aufzufangen. Doch sie war zu sehr damit beschäftigt, sich mit den Seeleuten an den Ausstellungstischen zu unterhalten. »Wahrscheinlich haben die Leute nach dem lahmen Saisonanfang nur auf eine Gelegenheit gewartet, mal richtig Party zu machen. Ich schaue, ob ich einen Platz für euch finde. Kann ich euch zwischendurch schon was zu trinken bringen?«

Ich schickte einen Kellner los, um Eistee zu holen, und zwei andere, um Stühle und einen kleinen Tisch vom Pausenbalkon nach unten zu schleppen. Gerade wollte ich zum Foyer zurückkehren, als ich an Natalie vorbeikam. Sie war auf dem Weg zur Küche und packte mich am Arm.

»Ist das nicht toll?«, fragte sie strahlend. »Das Fischerhaus ist vollgestopft bis zum Dach!«

»Toll … so kann man es nennen. Auf jeden Fall sind mehr Leute da, als wir erwartet haben.«

»Und alle haben einen Riesenspaß.« Sie reckte das Kinn. »Vor allem unsere Lieblingschefin.«

Ich schaute über die Schulter. Eben hatten Paige noch mit einzelnen Seeleuten gesprochen, während sie dafür sorgte, dass die Fische ordentlich in den Eisbottichen drapiert wurden. Jetzt hatten sämtliche Männer sie umringt und würdigten die ausgestellten Fänge keines Blickes. Paige stand in der Mitte, lachte, lächelte und tätschelte hier und da eine Hand oder eine Schulter.

»Vielleicht sollte ich mir davon etwas abgucken«, sagte Natalie. »Wenn ich mit einem Haufen junger, gutaussehender Bewunderer flirte, kann ich Will bestimmt vergessen.«

»Sie flirtet doch nicht«, protestierte ich.

»Na ja, zumindest sieht sie aus, als ob sie offen für absolut alles ist.«

Ich erwiderte nichts, denn Natalie hatte recht. Paige flirtete, als ginge es um ihr Leben … was ja in gewisser Weise stimmte. Der Anblick verstörte mich. Ich wollte nicht, dass meine beste Freundin das Gleiche tun musste wie ich. Und vor allem wollte ich nicht, dass sie es in aller Öffentlichkeit tat, während Hunderte von Augen jede ihrer Bewegungen verfolgten.

»Ich schaue mal, ob an den Tischen alle zufrieden sind«,

schlug Natalie vor. »Die Partyidee soll schließlich nicht nach hinten losgehen, weil der Service zu lahm ist.«

Sie verschwand, und ich schlängelte mich zurück zum Empfangstresen. Da ich noch immer die Energie durch mich hindurchpulsieren fühlte, die von der gestrigen Szene mit dem Kinoverkäufer übriggeblieben war, hielt ich die Augen gesenkt und die Arme über der Brust verschränkt. Ich konnte die interessierten Blicke der Männer spüren und wollte sie nicht noch unnötig ermuntern.

»Vanessa?«

Ich blieb in der Tür zum Foyer stehen und schaute auf. Ein alter Herr mit weißem Haar, freundlichem Lächeln und Ehering stand am Empfangstresen.

»Ja?«, fragte ich.

»Ich bin gebeten worden, dir das hier zu geben.« Er hielt mir ein längliches Paket in braunem Papier entgegen. »Als verspäteten Beitrag zum Wettbewerb.«

Ich trat auf ihn zu und nahm das Paket entgegen. Es war leichter und weniger sperrig, als ich erwartet hatte.

»Das soll ein Fisch sein?«, fragte ich. Wenn man vom bisherigen Inhalt der Eisbottiche im Nachbarraum ausging, hatten die meisten Teilnehmer sich an das Motto gehalten: je größer und schwerer, desto besser.

»Ich nehme es an, obwohl der Gentleman mir keine Erklärung gegeben hat. Er hat mich nur vor der Tür angehalten, mir das Paket für den Wettbewerb überreicht und ist wieder gegangen.«

Ich drehte das Paket in den Händen. Das braune Packpapier verriet mir gar nichts. »Und er hat speziell nach mir gefragt?«

»Wenn du Vanessa Sands bist, dann ja.«

»Kannten Sie ihn?«

»Nein, keine Ahnung, wer er war.«

Ich befürchtete, dass ich den alten Herrn mit meinen Fragen überfordern könnte. Aber eine Letzte musste ich noch stellen. Ich ließ das Paket sinken und erwiderte sein Lächeln. »Wie sah der Mann denn aus?«

»Da bin ich nicht sicher. Ich hatte ihm den Rücken zugewandt, als er mir das Paket in die Hände drückte, und bevor ich mich ganz umgedreht hatte, war er bereits wieder verschwunden.«

Ich dankte ihm und führte ihn zusammen mit seinem Freund zur Bar. Da sie die letzten Nachzügler waren, nutzte ich die kurze Verschnaufpause, um nach Betty und Oliver zu sehen. Sie wirkten noch immer etwas verwirrt, aber ansonsten ging es ihnen gut. Auch Louis in der Küche hatte alles unter Kontrolle und war begeistert, dass er bei den vielen Gästen endlich wieder in Stress geraten konnte. Als Letztes kümmerte ich mich um Simon, der mir schon zwei SMS geschickt hatte.

Volles Haus, aber keine Probleme, schrieb ich zurück. *Alles läuft bestens. Viel Spaß beim Geburtstagsessen. Ich ruf dich später an. Hdl, V*

Zurück in der Gaststube, sah ich Paige vor dem Mikrofon stehen, das die von ihr engagierte kleine Rockband mitgebracht hatte. Sie begrüßte alle Gäste beim ersten Anglerwettbewerb in Bettys Fischerhaus, dankte ihnen für ihre Teilnahme und begann, die Ausstellungsstücke vorzustellen. Es gab keine gigantischen Fischmonster, wie Natalie sie beschrieben hatte, aber einige Fänge waren schon ungewöhnlich. Sie brachten beeindruckende Kilozahlen auf die Waage, hatten bizarr geformte Flossen oder seltsame Färbungen. Paige sprach so gekonnt und natürlich, als hätte sie nie etwas anderes gemacht, und ging charmant auf die Zurufe, Fragen und Kommentare der Seeleute ein. Ich wollte sie nicht unterbrechen, also wartete ich, bis sie mich bei den

Eisbottichen stehen sah, und hielt den verspäteten Fisch in die Höhe.

Sie winkte mich zu sich heran. Ich schüttelte den Kopf.

»Darf ich euch Vanessa vorstellen», trällerte Paige geradezu ins Mikrofon. »Einen Applaus für unsere wunderbare Empfangsdame!«

Die Seeleute brachen in lauten Jubel aus. Mein Gesicht wurde puterrot, aber ich zwang mich zu einem Lächeln und winkte.

»Was haben wir denn hier?«, fragte Paige.

Ich warf einen Blick über die Schulter, als könnte die Eingangstür auf magische Weise direkt hinter mir erscheinen und mir die Flucht erlauben. Sosehr ich mich auch anstrengte, fiel mir kein Ausweg ein.

»Jemand hat noch einen Fisch abgegeben«, erklärte ich schließlich.

Sie hielt sich eine Hand ans Ohr. »Was hast du gesagt?«

Ich wiederholte die Worte lauter.

»Fantastisch! Bring ihn hier rauf!«

Dafür schuldest du mir was, dachte ich sehr deutlich.

Falls Paige mich hörte, ließ sie sich nichts anmerken. Ihr Gesichtsausdruck blieb unverändert, während ich auf die kleine Bühne zumarschierte.

»Und da kommt sie! Einen Extra-Applaus für die bezaubernde Vanessa!«

Ich überreichte ihr das Paket, lächelte, winkte noch einmal und hastete zurück in den Hintergrund. Meine Haut prickelte von den begierigen Blicken, die mir folgten.

»Dann schauen wir mal, was wir hier haben …« Paige reichte das Mikro an den Sänger der Band weiter, der es mit beiden Händen umklammerte, als habe er panische Angst, es fallen zu lassen und das atemberaubende Mädchen neben sich zu enttäuschen. Paiges Lächeln wurde breiter, je mehr sie das Papier öffnete. Sie beugte sich zum Mirofon vor. »Sieht aus, als bräuchten wir noch einen Platz auf der Bühne … denn jemand hier hat Talent für Comedy!«

Sie hielt das ausgewickelte Plüschtier – einen Killerwal – über ihren Kopf, damit alle es sehen konnten. Ich fand die Idee eher merkwürdig als lustig, aber die Seeleute lachten so dröhnend, dass der Saal bebte.

»Ich hoffe, damit ist nicht gemeint, dass draußen ein echter Orka auf der Eingangsveranda liegt«, fuhr Paige fort. »Zwar haben wir frisch renoviert, aber eine halbe Tonne Gewicht dürfte die Holzstufen doch überfordern.«

Erneutes Gelächter brandete auf. Paige ließ sich davon mitreißen, und der Klang ihres Lachens brachte die männlichen Gäste noch mehr in Fahrt. Die Frauen im Publikum wirkten weniger begeistert, aber das schien Paige nicht zu merken.

Oder vielleicht doch, denn ihr Lächeln fror plötzlich ein und verschwand dann ganz.

Allerdings schaute sie nicht länger auf die versammelte Menge. Sie starrte auf das Plüschtier, drehte es in den Händen herum und hielt es sich näher an die Augen. Das grelle Licht der Scheinwerfer traf auf den Orka und ließ etwas an seinem Hals aufblitzen wie einen glühenden Funken, der beim Anzünden eines Streichholzes entsteht. Nur war das Licht nicht warm golden, sondern silbern.

Raina.

Ich hörte Paige den Namen ihrer Mutter rufen, als sie das Plüschtier fallen ließ und von der Bühne rannte … dabei hatten sich ihre Lippen nicht bewegt.

Kapitel 19

»Gott sei Dank!«

Ich stand im Eingang zur Küche, die Hausschlüssel noch in der Hand. Mom kam auf mich zugeeilt und presste sich die Hand aufs Herz.

»Es ist schon nach Mitternacht«, fügte sie hinzu.

»Ich habe dreimal angerufen«, versuchte ich, sie zu beruhigen. »Beim ersten Mal habe ich Bescheid gesagt, dass ich später komme, dann, dass ich noch später komme, und schließlich, dass ich vom Restaurant gestartet bin.«

Sie zog mich die Arme und drückte mich ganz fest. »Ich weiß, du bist eine tolle Tochter, aber seitdem ist eine Dreiviertelstunde vergangen. So lange braucht man doch nicht für die Fahrt!«

Während ich Mom in den Armen hielt, warf ich einen Blick ins Wohnzimmer. Dad stand zwischen Sofa und Couchtisch, hatte ein Weinglas in der Hand und hielt den Stiel so fest, dass ich seine Knöchel bis hierhin weiß werden sah.

»Tut mir leid.« Ich löste mich von Mom, damit sie nicht merkte, wie sich mein Herzschlag beschleunigte, während ich sie anlog. »Paiges Wagen ist nicht angesprungen, also musste ich sie erst noch nach Hause fahren.«

Mom stieß einen Seufzer aus. Dad nickte. Die Wahrheit war, dass ich vor lauter Verfolgungswahn jedes Mal die Richtung gewechselt hatte, wenn ein Scheinwerferpaar hinter mir auftauchte. Ich war acht verschiedene Umwege gefahren, um eventuelle Verfolger abzuschütteln. Da die fremden Wagen immer schnell verschwunden waren, waren sie vermutlich von vornherein harmlos gewesen, aber jedenfalls hatte die Fahrt vom Restaurant dadurch dreimal so lange gedauert wie normal.

»Aber jetzt bin ich hier«, sagte ich mit gespielter Fröhlichkeit, »und von der Arbeit ziemlich erledigt. Ich schwimme nur noch eine schnelle Runde und gehe dann ins Bett.«

Ich gab Mom einen Kuss auf die Wange. Als ich bei Dad das Gleiche machen wollte, legte er mir sanft, aber bestimmt die Hand auf den Arm.

»Wir möchten einen Moment mit dir reden«, bat er.

»Kann das nicht bis morgen warten?« Er klang so ernst, und nach dem heutigen Tag konnte ich mehr Dramatik wirklich nicht gebrauchen. Außerdem hatte ich Simon versprochen, dass ich ihn sofort anrufen würde, sobald ich zu Hause war. Bestimmt war er genauso besorgt wie meine Eltern.

»Nein, ich fürchte nicht.« Dad zeigte auf den Sessel am anderen Ende des Couchtisches. »Bitte, setz dich.«

Ich warf einen Blick auf Mom, die nach ihrem Weinglas griff und sich zu Dad auf das Sofa gesellte.

»Gibt es etwas zu feiern?«, fragte ich und sank in den Sessel. Zwar gönnten sich meine Eltern oft ein Glas Wein zum Abendessen, aber wenn es später wurde, tranken sie gewöhnlich nur noch Tee oder entkoffeinierten Kaffee.

»Könnte man so ausdrücken«, sagte Mom.

»Du klingst nicht gerade froh darüber«, stellte ich fest.

»Wir haben ein Angebot bekommen.« Dad stellte das Glas ab, beugte sich vor und faltete die Hände zwischen den Knien. »Für unser altes Ferienhaus.«

Jetzt verstand ich die widersprüchlichen Signale, die

meine Eltern aussandten. Auch ich wusste nicht recht, ob ich froh oder traurig sein sollte.

»Das ist doch eine gute Nachricht, stimmt's?«, fragte ich. »Natürlich ist es schade, dass das Haus bald nicht mehr uns gehört … aber wenigstens haben wir eine Sorge weniger.«

»Ja, natürlich ist es eine gute Nachricht.« Mom rieb Dad über den Rücken. »Damit ist hier alles erledigt.«

Jetzt war ich wieder verwirrt. »Wie meinst du das?«

»Nachdem das alte Haus einen Käufer gefunden hat, brauchen wir nicht mehr hierzubleiben«, sagte Dad, als sei damit alles erklärt.

»Hier?«, fragte ich nach. »Meint ihr damit den Bungalow? Oder Winter Harbor?«

»Beides«, erwiderte Mom.

»Tut mir leid«, sagte ich kopfschüttelnd, »aber das kapiere ich jetzt nicht. Ihr habt den Bungalow doch gerade erst gekauft. Und du hast bis vor kurzem noch wie wild dekoriert, Mom. Wieso die ganze Mühe, wenn ihr nur bleiben wolltet, bis das alte Haus verkauft ist?«

Ich versuchte, ruhig und logisch zu bleiben. Wenn das nichts half, konnte ich immer noch zurück zum Jeep stürmen, schnurstracks zu Simon fahren und mich mit Handschellen an ihn ketten.

Statt mir zu antworten, griff Mom nach der Weinflasche auf dem Couchtisch. Dabei sah ich die Zeitung, die als Untersetzer gedient hatte. Die Schlagzeile war in so fetten Buchstaben gedruckt, dass sie fast die ganze erste Seite einnahm.

ERICA ANDERSON, 28, TOT IN DER NÄHE
DES KINOS AUFGEFUNDEN. WINTER HARBORS
BEVÖLKERUNG IN PANIK. POLIZEI SUCHT
VERGEBLICH NACH SPUREN.

»Ihr wollt wegziehen?«, hakte ich nach. »Deswegen?«

»Gibt es einen besseren Grund?«, fragte Dad leise.

Mir fiel zwar eine Menge anderer Gründe ein – zum Beispiel wenn die Opfer männlich statt weiblich gewesen wären –, aber ich musste zugeben, dass dieser schon ziemlich gut war.

»Nachdem die erste tote Frau aufgefunden wurde, wollten wir erst abwarten«, fuhr Dad mit schwankender Stimme fort. »Aber jetzt ist die Nächste gestorben, und wir müssen etwas tun.«

»Vanessa.« Mom beugte sich zu mir vor. »Wir dachten, dass wir das alles hinter uns gelassen hätten.«

»Aber dieses Mal sind es keine Si...«, ich unterbrach mich, »... sind es andere Gründe als im letzten Sommer.«

»Na und?«, sagte Mom. »Trotzdem sollte so etwas Schreckliches nicht passieren. Und hätte es vorher das geringste Anzeichen gegeben, wären wir gar nicht erst zurückgekommen.«

»Wir können nicht riskieren, dass dir auch etwas zustößt«, fügte Dad hinzu.

»Aber mir passiert doch nichts. Mir geht es gut. Besser als gut ... fabelhaft!« Ich griff nach der Stehlampe neben meinem Sessel und schaltete sie an. »Schaut doch mal hin. Sehe ich nicht fabelhaft aus? Gesünder als je zuvor?«

»Ja, schon«, gab Mom zu, »aber –«

»Das liegt an Winter Harbor. Hier ist die Luft salzig, und ich kann im Meer schwimmen, wann immer ich will. Hier gehöre ich hin. Ich *brauche* diese Umgebung. Zurück nach Boston zu ziehen wäre für mich gefährlicher, als zu bleiben.«

»Wir müssen ja nicht Boston nehmen.« Dad warf einen Blick auf Mom, die zustimmend nickte. »Wir dachten, dass wir vielleicht Kalifornien oder Oregon ausprobieren könnten, vielleicht sogar Hawaii. Dann würden wir ebenfalls am Meer wohnen – nur am Pazifik statt am Atlantik.«

Meine Augen füllten sich mit Tränen. »Aber was ist mit Paige?«

»Sie ist deine beste Freundin«, meinte Mom. »Genau deshalb wird sie die Entscheidung verstehen. Wenn sie will, kann sie in den Ferien auch mit einziehen.«

»Nein, sie kann das Restaurant nicht im Stich lassen.« Ich holte tief Luft und blinzelte gegen die Tränen an. »Und was ist mit Charlotte?«

»Sie hatte sowieso nicht geplant, länger zu bleiben«, erwiderte Dad. »Das weißt du doch.«

Ich ließ den Kopf hängen. Jetzt tropften die Tränen in meinen Schoß, aber ich merkte es kaum.

»Was Simon betrifft«, sagte Mom sanft – und erriet damit, was ich wirklich dachte und fürchtete –, »bin ich sicher, dass er Verständnis haben wird.«

»Kann er auch in den Ferien mitkommen?«, fragte ich.

Mom zögerte. »Ich bin nicht sicher, ob das eine gute Idee ist. Ihr beide hättet euch auf jeden Fall demnächst voneinander verabschieden müssen. Vielleicht wird es auf diese Weise einfacher.«

Damit lag sie falsch. Mich von Simon zu trennen, und sei es nur für einen Tag, würde auf jeden Fall unerträglich sein.

Aber das konnte ich meinen Eltern nicht erklären. Mir fehlten die richtigen Worte, und sie hätten mich sowieso nicht verstanden. Natürlich würde ich ihnen leidtun, und sie hätten ein schlechtes Gewissen, aber umstimmen könnte ich sie damit nicht.

Es gab nur ein einziges Argument, das vielleicht wirken würde.

»Was ist mit Justine?«, flüsterte ich.

Dad lehnte sich ruckartig zurück. Mom stieß ein kaum hörbares Keuchen aus.

Ich sah meine Schwester vor mir, ihr ansteckendes Grinsen und ihre vor Aufregung glitzernden blauen Augen. Fast konnte ich mir vorstellen, dass sie versteckt im Nachbarraum saß und mir durch einen unsichtbaren Funkempfänger in meinem Ohr den Text vorsagte, den ich jetzt brauchte. Vermutlich hätte ich ein schlechtes Gewissen haben sollen, weil ich meine Eltern anschwindeln wollte, aber erstens enthielten die Worte auch einen Teil Wahrheit, und zweitens wusste ich, dass Justine mich hundertprozentig unterstützt hätte.

»Ich vermisse sie«, sagte ich.

Mom sprang auf, eilte um den Couchtisch und hockte sich zu mir auf die Armlehne. »Natürlich. Wir alle vermissen sie.«

»Und ich finde ... ach, ich weiß auch nicht ... in Winter Harbor fühle ich mich ihr so nahe. Vielleicht weil wir unsere letzte gemeinsame Zeit hier verbracht haben? Natürlich ergibt das nicht viel Sinn, aber ...«

»Doch, tut es.« Mom legte mir den Arm um die Schultern und gab mir einen Kuss auf den Scheitel.

Ich holte tief Luft. »Deshalb würde mir das Wegziehen furchtbar schwerfallen. Ich kann mir einfach nicht vorstellen, den Sommer an einem Ort zu verbringen, wo ich nie mit Justine zusammen war. Wir sind schließlich in den Ferien nie woanders gewesen. Unser altes Haus zu verkaufen und in den Bungalow zu ziehen war noch okay, aber Winter Harbor ganz zu verlassen ... das würde sich einfach falsch anfühlen.«

Mom zog mich an sich, so dass mein Kopf an ihrer Brust lehnte. Da ich noch immer Tränen in den Augen hatte, konnte ich Dads Gesichtsausdruck nicht erkennen, als er sich wortlos mit Mom verständigte, doch es hätte mich nicht überrascht, wäre er ebenfalls den Tränen nahe gewesen.

Einen Moment später seufzte Mom und sagte: »Nun ja, wir müssen ja nicht gleich mit dem Packen anfangen. Am besten schläfst du dich erst mal aus, und dann reden wir morgen genauer über alles.«

Ich nickte schniefend. Nachdem Mom mich noch einmal gedrückt hatte, stand sie auf und gesellte sich wieder zu Dad aufs Sofa. Ich wischte mir mit dem Jeansärmel über die Augen, wünschte ihnen eine gute Nacht und wollte aus dem Zimmer gehen.

»Ach, noch etwas, Schatz«, rief Mom mir hinterher, als ich gerade den Durchgang zum Flur erreicht hatte.

Ich blieb stehen und drehte mich um.

»Wir möchten, dass du deinen Job im Fischerhaus kündigst.«

»Aber …«

»Darüber gibt es keine Diskussion. Wir können dich nicht ständig spätabends alleine herumfahren lassen. Wenn du Geld brauchst, kannst du es von uns bekommen.« Sie wandte sich im Sitzen ganz zu mir um und warf mir über den Sofarücken einen Kuss zu. »Gute Nacht!«

Ich wollte schon protestieren, aber überlegte es mir anders. Im Vergleich zu der Idee, aus Winter Harbor wegzuziehen, war das ein harmloser und verständlicher Wunsch. Ich wollte mein Glück nicht strapazieren.

In meinem Zimmer holte ich mir zwei Salzwasserflaschen aus dem Kühlschrank im Bad und begann zu trinken. Gleichzeitig rief ich bei Simon an. Er nahm gleich beim ersten Klingelzeichen ab.

»Wollen wir morgen einen Ausflug machen?«, fragte ich, bevor er mich ins Kreuzverhör nehmen konnte, wo ich gesteckt hatte und ob es mir gutging.

Kurz herrschte Schweigen in der Leitung. »Einen Ausflug?«

»Ja, vielleicht eine Tageswanderung … wir könnten uns Essen für ein Picknick mitnehmen.«

»Musst du nicht zur Arbeit?«

Ich setzte mich aufs Bett und streifte meine Jacke ab. »Ich nehme mir einen Tag frei. Klappt das bei dir auch? Oder wirst du am Hafen gebraucht?«

»Sollte sich einrichten lassen … ich muss mir nur morgen erst das Okay von Monty und Caleb holen.«

Er klang erfreut, wenn auch verwirrt. Ich redete weiter, damit das erste Gefühl bei ihm die Oberhand gewann.

»Wir haben uns zwar erst vor ein paar Stunden gesehen, aber die Trennung fühlt sich jetzt schon zu lange an. Ich will einfach nur einen ganzen Tag lang mit dir zusammen sein. Das klingt doch schön, oder?«

»Wenn es nach mir ginge, würden wir jeden Tag ausschließlich zusammen verbringen. Ich werde mein Bestes tun, damit es klappt.«

Ich konnte hören, dass er lächelte, und trotz des schwierigen Gesprächs mit meinen Eltern steckte er mich damit an.

Wir redeten noch eine Weile. Ich erzählte ihm von dem Abend im Fischerhaus, wobei ich alles Negative sorgfältig ausfilterte, denn von den bösen Überraschungen wollte ich ihm lieber persönlich berichten. Im Gegenzug plauderte er über die Geburtstagsfeier seines Vaters.

»Ich wünschte, du hättest dabei sein können«, sagte er.

»Ja, geht mir genauso.« Ich leerte die erste Wasserflasche und öffnete die zweite. »Vielleicht nächstes Jahr?«

»Auf jeden Fall.«

Wir einigten uns, morgen genauer zu besprechen, wohin der Ausflug gehen sollte, verabschiedeten uns und legten auf.

Der Energieschub, den ich mir von Tim, dem Kinoverkäufer, geholt hatte, begann nach dem Stress des heutigen Tages, seine Wirkung zu verlieren. Mein Körper wurde wieder schwächer, und meine Haut war so trocken, dass der Kragen meines schwarzen T-Shirts von hellen Hautflocken übersät war. Also war mal wieder eine kurze Schwimmrunde angesagt. Ich ging ins Bad, um mir meinen Badeanzug zu holen, der am Türhaken hing. Bevor ich mich umzog, ließ ich die Jalousie herunter und stellte dabei fest, dass bei Charlotte noch Licht brannte.

Ich konnte in ihr Zimmer hineinschauen. Sie lag im Bett, aber ich war nicht sicher, ob sie las oder schlief. Ein Buch ruhte aufgeschlagen auf ihrem Schoß, doch ihr Kopf war auf dem Kissen zur Seite gewandt. Ich betrachtete sie einen Moment. Als sie sich nicht bewegte und nur ihre Brust sich ruhig hob und senkte, griff ich nach der Kordel der Jalousie und gab ihr einen Ruck.

Ich schlafe nicht.

Erschrocken blieb ich mit angehaltenem Atem stehen, dann zog ich langsam die Jalousie wieder hoch.

Charlotte hatte sich aufgesetzt. Ihre Augen waren offen … und direkt auf mich gerichtet.

Möchtest du mich besuchen kommen?

Genau wie vorhin bei Paige bewegten sich ihre Lippen nicht, während sie sprach.

Ich schluckte. Nickte.

Sie war wieder ins Bett zurückgesunken, als ich bei ihr ankam. Ich stand in der offenen Tür und wusste nicht recht, ob ich hineingehen sollte. Seit Charlotte bei uns eingezogen war, hatte ich dieses Gästezimmer nicht betreten und kam mir vor wie ein Eindringling – obwohl das Haus schließlich uns gehörte.

»Hallo«, sagte sie.

»Hi.« Ich rührte mich nicht.

»Könntest du so nett sein und mir bitte meinen Pullover bringen?«, fragte sie schließlich. »Er liegt auf def Fensterbank.«

Dieser Wunsch erlöste mich aus meiner Starre. Ich trat in den Raum, holte den Pulli und reichte ihn Charlotte. Aus der Nähe stellte ich fest, dass sie nur ein dünnes Baumwollnachthemd trug, und schaute höflich weg, während sie sich den Pulli überzog.

»Tut mir leid, ich will dir keine Mühe machen ... aber könntest du vielleicht ...?«

Ich drehte mich wieder um. Charlotte lag schwer atmend auf dem Bett. Sie steckte im halbangezogenen Pulli fest und versuchte, sich so weit aufzurichten, dass sie ihn sich über den Oberkörper streifen konnte. Ihre Hände und Arme bebten, während sie mit den Ärmeln kämpfte. Ihr Gesicht war verzerrt, als würde selbst diese kleine Anstrengung ihr Schmerzen bereiten.

»Schon okay«, sagte ich und hoffte, dass man meiner Stimme die Besorgnis nicht anhörte.

Ich ging zum Bett und hielt den Pullover so, dass sie den Kopf hindurchstecken konnte. Als sie noch immer Probleme hatte, ihre zitternden Glieder unter Kontrolle zu bekommen, drückte ich ihre Hände sanft nieder und zog ihr den Pulli über die Schultern. Dann bot ich ihr einen Arm an, an dem sie sich mit beiden Händen festhalten konnte, um sich aufzusetzen. Mit Anstrengung erhob sie sich gerade weit genug von der Matratze, damit ich ihr den Pulli mit der anderen Hand über den Rücken streifen konnte. Danach fiel sie sofort wieder ins Kissen zurück und schloss die Augen. Während sie sich erholte, zupfte ich schließlich den Pulli zurecht.

»Soll ich das Fenster schließen?«, fragte ich.

»Nein danke. Die kühle Luft tut mir gut.«

Ich hockte mich auf die Fensterbank und wartete. Dabei

schaute ich mich im Zimmer um, betrachtete den neuen Schrank, den teuren Polstersessel, das elegante Sofa. Das Strandgemälde an der Wand, das von einem Künstler aus dem Ort stammte. Den hellblauen Teppichboden. Die weißen Rosen auf dem Nachttisch. Solch ein Gästezimmer sah man gewöhnlich nur in Zeitschriften, und die meisten Leute wären überglücklich gewesen, es für ihr Haus nachahmen oder selbst darin wohnen zu können. Sie hätten bestimmt nie wieder ausziehen wollen.

Aber Charlotte sah das anscheinend anders.

»Du hast deinen Koffer hervorgeholt«, stellte ich fest. Er stand fertig gepackt neben der Tür. Daneben warteten ihre Schuhe und ihre Handtasche. Die Jacke hatte sie über den Koffer geworfen.

Charlotte schlug die Augen auf. Sie drehte den Kopf langsam in Richtung des Gepäcks. »Ja, allerdings.«

»Wieso?«

Sie seufzte – oder versuchte es zumindest. Die Luft blieb ihr im Hals stecken und führte zu einem Hustenanfall, der das Bettgestell beben ließ.

Ich sprang auf, rannte ins Bad und kam mit einem Glas Wasser zurück. Zwar hatte Mom keinen zweiten Minikühlschrank angeschafft, aber sie sorgte dafür, dass Charlotte immer einen Krug voll frischem Salzwasser hatte.

Charlotte griff nach dem Glas und wollte sich wieder aufrichten. Ich setzte mich aufs Bett, drückte sie sanft an der Schulter zurück ins Kissen und hielt ihr das Glas an die Lippen. Sie nippte zwischen weiteren Hustenanfällen daran. Ich starrte auf ihren Mund, ihre Wangen und die runzelige Stirn. Eigentlich hätte die Haut sofort glatter und rosiger werden sollen … aber nichts geschah.

Der Husten hörte erst nach dem zweiten Glas Wasser wieder auf. Charlotte versuchte zu lächeln.

»Warst du heute schon schwimmen?«, fragte ich.

»Ja.«

»Dann solltest du es wiederholen. Gleich jetzt. Ich helfe dir, nach unten zum Strand zu kommen.«

»Danke, Vanessa, aber das ist nicht nötig. Ich bin einfach nur erschöpft. Das verstehst du doch.«

Ich hätte bestimmt dafür Verständnis gehabt, nur glaubte ich nicht, dass sie die Wahrheit sagte.

»Morgen reise ich ab«, fuhr Charlotte fort. »Ich bin schon viel länger geblieben als geplant und kann meine Termine nicht weiter aufschieben.«

»Aber du bist krank – oder erschöpfter, als ich dich je gesehen habe. Außerdem solltest du ausgeschlafen sein, wenn du bis nach Kanada fahren willst. Jetzt ist es schon sehr spät.«

Sie schob ihre Hand zwischen uns auf das Laken, als wolle sie mich zur Beruhigung berühren. »Mach dir keine Sorgen, ich erhole mich schon.« Sie atmete langsam aus und ein. Es klang kratzig, als sei ihre Kehle schon wieder ganz ausgedörrt. »Aber ich will – ich muss – dir noch ein paar Dinge sagen, bevor ich gehe.«

»Das kann warten«, widersprach ich schnell, damit sie sich nicht noch mehr verausgabte. »Du hast mir bereits einen Rat gegeben, der für mein Leben einen großen Unterschied gemacht hat. Auf den Rest warte ich gerne, bis wir uns das nächste Mal sehen.«

»Aber ich habe dir doch schon gesagt …«

»… dass du nicht weißt, wie lange du weg sein wirst. Ist mir klar. Trotzdem kann ich warten.« Als sie erneut protestieren wollte, fügte ich hinzu: »Falls ich zwischendurch weitere Fragen habe, kann Betty sie mir beantworten.«

Ihre Augenlider senkten sich flatternd, und für einen Moment dachte ich, sie würde weinen. Aber dann schlug sie die Augen wieder auf, und ihr Blick war sogar klarer als zuvor.

»Du musst die Welt hinter dir lassen«, murmelte sie.

»Bitte?«

»Um zu lauschen. Du musst alle Alltagsgeräusche verschwinden lassen – Automotoren, Gespräche, Wellenrauschen –, bis deine Gedanken ganz still werden und dein Geist klar ist. Selbst in einem Raum voller Menschen musst du völlig allein sein. Totale Konzentration ist das Wichtigste.«

»Ich weiß nicht genau, ob ich dir folgen kann.«

Sie streckte ihre Hand nach mir aus. »Du willst wissen, wie du die anderen hören kannst, nicht wahr? Ohne erst warten zu müssen, bis sie dich in Gedanken ansprechen? Du willst diese Gabe gezielt ein- und ausschalten können.«

Ja, natürlich wollte ich das wissen … irgendwann einmal. In einer fernen Zukunft. Jetzt war jedenfalls nicht der richtige Zeitpunkt dafür.

Leider fielen mir keine überzeugenden Argumente ein, um Charlotte rechtzeitig zu stoppen, und als sie weitersprach, wurde meine Neugier schnell so groß, dass ich es gar nicht mehr versuchte.

»Um nach der Gedankenstimme einer Person lauschen zu können, musst du ihre Sprechstimme gut genug kennen. Du musst sie in möglichst vielen emotionalen Augenblicken gehört haben, lachend, weinend, schreiend … und diesen Klang musst du abrufen können, so klar und deutlich, als würde die Person dir gegenüberstehen.«

Sie brach ab und rang nach Atem. Ich wollte aufstehen, um ihr ein weiteres Glas Wasser zu holen, aber sie schob ihre Hand auf meine und hielt mich zurück.

»Dann musst du dir einen einzigen Ton davon heraussuchen, auf den du dich konzentrierst. Lass ihn in deinem

Kopf immer lauter und deutlicher anschwellen, bis seine Intensität fast unerträglich ist. Wenn du das schaffst, folgen die Gedanken der Person ganz automatisch.«

Während ich zuhörte, musterte ich Charlottes Gesicht, aber es waren keine Hinweise zu sehen, dass sie noch schwächer wurde. Anscheinend war es ihr wichtiger, dieses Wissen mit mir zu teilen, als sich in Ruhe zu erholen. Zwar wollte ich am liebsten immer noch gehen und sie schlafen lassen ... aber es konnte wohl nicht schaden, vorher ein paar Fragen zu stellen.

»Ich habe früher schon die Gedanken von Sirenen aufgefangen«, tastete ich mich vor. »Dabei habe ich nicht bewusst nach ihnen gelauscht. Wie ist das möglich?«

»Du meinst bei dem Kampf am Grund des Sees? Als du gehört hast, dass ich mit dir sprach?«

Ich nickte.

»Sirenen werden mit der Fähigkeit geboren, lautlos zu kommunizieren. Aber im Gegensatz zu der Methode, die ich gerade beschrieben habe, müssen wir dazu in Sichtweite voneinander sein. Unsere Körper spüren, dass wir von gleicher Art sind – selbst wenn es unserem Verstand nicht bewusst ist –, und stellen sich aufeinander ein. Wenn sich eine Sirene nah genug befindet, damit du sie mit ausgestreckter Hand berühren kannst, solltest du auch ohne Übung fähig sein, lautlos mit ihr zu sprechen. Dazu müssen beide sich konzentrieren und den Kontakt wollen, aber ansonsten braucht es fast keine Anstrengung. Nachdem der erste gedankliche Kontakt hergestellt ist, wird es dann immer leichter. Die Verbindung funktioniert auch über größere Entfernungen. Deshalb können wir uns in Gedanken unterhalten, selbst wenn wir uns in verschiedenen Räumen des Hauses befinden.«

Damit war erklärt, wieso ich im Restaurant gehört hatte,

dass Paige den Namen ihrer Mutter rief. Schon letztes Jahr hatte ich am Tag des Lichterfests auffangen können, wie sie den Namen ihres ungeborenen Kindes flüsterte. Und das Gleiche galt für Zara, deren Stimme ich mehrmals gehört hatte: auf dem Meeresgrund bei den Chione Cliffs und letzten Herbst am Boden des Sees.

Aber ein anderes Erlebnis ergab noch immer keinen Sinn.

»In den letzten Sommerferien«, sagte ich, »habe ich Justine gehört. Sie hat mit mir gesprochen, obwohl sie tot war.«

Charlottes Mundwinkel sackten nach unten. »Ja, ich erinnere mich. Du hast im Herbst schon davon gesprochen.«

»Aber sie war keine Sirene … oder?«

»Nein.«

»Wie war es dann möglich, dass sie mit mir Kontakt aufgenommen hat?«

Charlottes Finger strichen leicht über meinen Handrücken. »War es nicht«, sagte sie. »Jedenfalls nicht auf die Weise, die du dir vorstellst.«

Draußen vor dem Haus krachte eine Welle auf die Felsen unter uns. Ich zuckte nervös zusammen.

»Was ich dir jetzt sagen muss, ist wahrscheinlich schwer zu verstehen«, fuhr Charlotte fort, »und noch schwerer zu akzeptieren. Möchtest du es trotzdem hören?«

Mit klopfendem Herzen suchte ich mir einen bequemen Platz auf dem Bett, denn anscheinend würde die Erklärung länger dauern. »Ja. Bitte.«

»Die Stimme, die du gehört hast, mag genauso vertraut geklungen haben wie in den siebzehn Jahren eures gemeinsamen Lebens, aber trotzdem war es nicht deine Schwester, die mit dir gesprochen hat.« Sie machte eine Pause, damit ich mich an diesen Gedanken gewöhnen konnte. »Du warst es selbst.«

Das Pochen in meiner Brust setzte einen Moment aus.

»Wann immer Justine mit dir zu sprechen schien, warst du emotional gerade sehr aufgewühlt, nicht wahr? Du warst traurig, verängstigt oder verwirrt?«

Ich dachte an die Ereignisse im letzten Sommer zurück. Das erste Mal hatte ich Justine gehört, als ich nach dem Begräbnis allein in unser Ferienhaus zurückgekehrt war und silbernes Licht hinter mir aufblitzen sah. Danach hatte sie mich ermutigt, dem Silberlicht zu folgen, das aus der Türritze von Zaras Zimmer drang, und in dem Scrapbook mit Zaras Eroberungen zu blättern, obwohl ich am liebsten gleich wieder weggelaufen wäre. Und sie hatte mich zu Caleb geführt, als er vor seiner Verfolgerin geflüchtet war. Jedes Mal, wenn ich sie wirklich gebraucht hatte, war sie da gewesen und hatte mir geholfen ... genau wie früher, als sie noch am Leben gewesen war.

Charlotte deutete mein Schweigen als Zustimmung und fuhr mit ihrer Erklärung fort.

»Manchmal handeln unsere Körper ohne unser bewusstes Zutun, und genau das ist geschehen, als du Justine gehört hast. Deine Trauer war stark genug, um dir eine Stimme vorzugaukeln, die nicht wirklich da war. Das könnte jedem passieren, der einen geliebten Menschen auf tragische Weise verloren hat ... dazu braucht man keine Sirene zu sein.«

»Aber sie – ich meine die Stimme – wusste mehr als ich. Zum Beispiel, dass Caleb auf eine Tankstelle zuläuft, um sich dort zu verstecken. Dadurch konnte ich ihn überhaupt erst finden. Ich hätte doch keine Ahnung gehabt, wo ich suchen soll, wenn ich nur mit mir selbst gesprochen hätte.«

»Damit kommen wir zu dem zweiten Trick, den dein Körper angewandt hat«, sagte Charlotte. »Er hat ohne dein Wissen bereits nach anderen Sirenen in deiner Umgebung gelauscht, um an Informationen zu kommen, und sie dann mit Justines Stimme an dich weitergegeben, damit du zuhörst.«

Ich schüttelte den Kopf. Mir fiel es schwer, ihrer Erklärung zu folgen. »Du meinst also, als Justine gesagt hat, dass Caleb zur Tankstelle läuft … da habe ich in Wirklichkeit nur Informationen verarbeitet, die mein Körper von Zara aufgefangen hat?«

»Ganz genau. Vor seiner Flucht waren die beiden sich körperlich nahegekommen, nicht wahr? Deshalb waren sie auf gewisse Weise immer noch verbunden, und Zara konnte spüren, wo er sich befand. Dieses Wissen hat sich dein Körper angeeignet. Im Gegensatz zu der recht normalen Fähigkeit, scheinbar die Stimme eines geliebten Verstorbenen zu hören, handelte es sich dabei um echte Gedankenübertragung – und das können nur Sirenen. Selbst wenn sie noch nicht vollständig verwandelt sind wie du zu diesem Zeitpunkt.«

Ich schaute aus dem Fenster. Charlotte hatte recht, auch wenn ich ihre Erklärung eigentlich weder hören noch glauben wollte. Ich hatte nie verstanden, wie Justine zu mir sprechen konnte, aber mich trotzdem daran geklammert. Die Vorstellung, dass mich Justine nach ihrem Tod noch eine Weile begleitet hatte, war einfach zu schön gewesen.

»Ihre Stimme ist nach dem Lichterfest verschwunden, nicht wahr?«, fragte Charlotte sanft. »Nachdem du deine Angst besiegt hast, von den Chione Cliffs gesprungen bist und den Angriff der Sirenen aufgehalten hast?«

Ich hatte sie nicht wirklich aufgehalten, wie ich später feststellen musste, aber der Rest stimmte. Wann immer ich danach Justines Stimme gehört hatte, war mir klar gewesen, dass es sich nur um eine Erinnerung handelte.

»In der Nacht des Lichterfests hast du dich verwandelt.

Dein Körper brauchte nicht mehr auf die Fähigkeiten anderer Sirenen zurückzugreifen, weil er sie nun selbst besaß«, erklärte Charlotte. »Und du musstest dir auch nicht länger Justines Mut und Abenteuerlust leihen. Du hattest begonnen, körperlich und geistig zu heilen, und deshalb brauchtest du sie nicht –«

»Doch«, widersprach ich heftig und reckte das Kinn. »Ich werde Justine immer brauchen.«

Charlotte warf mir ein trauriges Lächeln zu. »Du hast mich nicht ausreden lassen. Ich wollte sagen, dass du sie nicht länger auf dieselbe Weise brauchtest wie vorher.«

Am liebsten hätte ich erneut widersprochen, aber ich musste zugeben, dass sie recht hatte.

»Ich muss dir noch etwas anderes erklären«, fügte Charlotte nach einer kurzen Pause hinzu. Ihre Stimme klang sanft und ernst. »Aber ich weiß nicht recht, wie ich …«

Sie wurde von einem weiteren Hustenanfall unterbrochen, der ruckartig begann und immer schlimmer wurde. Ich sprang vom Bett auf und rannte ins Bad, um den Krug mit Salzwasser zu holen. Doch ihr Körper krümmte und schüttelte sich so unkontrolliert, dass ich ihr das Glas nicht an die Lippen setzen konnte. Jedes Mal, wenn sich ihr Mund dem Wasser näherte, schienen ihre Lungen regelrecht zu explodieren, und ihr Kopf wurde zurück ins Kissen geworfen.

»Vanessa, was –?«

Ich schaute auf. Dad stand in der offenen Tür und starrte mit aufgerissenen Augen auf Charlotte.

»Hilf mir!« Ich griff nach ihrer Hand und hob erneut das Glas. »Sie erstickt, und ich … ich kann nicht … ich weiß nicht, wie …«

Sofort stand er neben mir. Er setzte sich ebenfalls aufs Bett und legte ihr den Arm um die Schultern. Charlotte ließ sich hineinfallen. Bald wurde sein Körper genauso durchgeschüttelt wie ihrer. Dad schlang den anderen Arm um ihren Oberkörper und hielt sie so fest, wie ihr Husten es erlaubte. Ihre Finger krallten sich in sein Bein, und die Knöchel traten hervor, als wollten sie die papierdünne Haut sprengen.

Für einen winzigen Moment brachte mich ihre körperliche Nähe aus der Fassung. Die beiden so zu sehen fühlte sich falsch und unnatürlich an.

Aber dann riss ich mich zusammen und ermutigte ihn, mehr zu tun. »Nimm ihre Hand«, forderte ich ihn auf.

Dad schaute mich verwirrt an.

»Leg sie auf deine Brust. Bitte!«

Er folgte meinen Anweisungen. Ich nahm Charlottes andere Hand und beugte mich zu ihr vor.

»Jetzt sing, Charlotte«, bat ich und schaute ihr in die Augen. »Du musst singen. Wie du es mir beigebracht hast.«

Doch was aus ihrem Mund kam, glich nicht im Geringsten den Klängen, mit denen sie vor ein paar Tagen den Frisbeespieler am Strand hypnotisiert hatte. Ihre Stimme war rau, laut und unmelodisch. Man hatte das Gefühl, dass ihr Körper sich gegen die Töne wehrte, sosehr Charlotte sich auch anstrengte, sie herauszupressen.

Vor allem hatten sie keinerlei Wirkung. Dads Blick blieb klar und unverschleiert. Er hielt weiter ihre Hand und schien nichts zu spüren.

Irgendwann endete der Anfall, weil Charlotte einfach zu erschöpft war, um weiterzuhusten. Dad blieb an seinem Platz, wiegte sie sanft und strich ihr das Haar aus der Stirn. Da ich sie nicht stören wollte und auch ein paar Minuten allein für mich brauchte, setzte ich mich ans Fenster. Eine lange Weile herrschte Stille, bis auf das Rauschen der Wellen, die unten an den Strand schlugen, und Charlottes unregelmäßige Atemzüge.

Ich überlegte gerade, ob ich bleiben oder lieber gehen sollte, als Charlotte noch einmal zu sprechen begann.

»Genau das wollte ich dir sagen, Vanessa«, flüsterte sie. »Am Ende wird es nicht reichen.«

Ich hielt den Atem an. »Was meinst du damit?«

Langsam drehte sie den Kopf in meine Richtung. Unsere Blicke trafen sich. Als sie erneut zu sprechen anfing, füllte ihre Stimme meinen Kopf, doch ihre Lippen bewegten sich nicht.

Von fremden Lebenskräften hier und da zu kosten, sagte sie, so dass nur ich es hören konnte. *Irgendwann reicht das nicht länger aus. Wenn du dein eigenes Leben retten willst ... musst du es einem anderen rauben.*

Kapitel 20

Meine Beinmuskeln brannten. Stechende Schmerzen zuckten durch meine Brust, während Herz und Lungen wie verrückt arbeiteten. Schweiß lief mir über die Stirn und fing sich in meinen Brauen.

Aber ich war kein bisschen müde. Ich weigerte mich, müde zu werden.

»Vielleicht sollten wir unsere Energie nicht schon auf dem Hinweg verpulvern«, rief Simon ein ganzes Stück weiter hinten. »Bist du sicher, dass du keine Pause brauchst?«

Ich schüttelte den Kopf und legte noch einen Zahn zu. Keine Ahnung, wie lange wir bereits wanderten und welche Strecke wir noch vor uns hatten, aber das war mir auch egal. Je weiter, desto besser. Denn ich fühlte mich lebendig, während ich jeden Atemzug und jedes Dehnen und Strecken meiner Muskeln auskostete. Ich genoss die warmen Sonnenstrahlen und die kühle Brise. Ich atmete den süßen Duft von Blumen, Bäumen, Erde ein und hörte auf alles, was sich um mich herum regte: Vögel, Insekten, raschelndes Laub. Ich versuchte, jeden Augenblick bewusst wahrzunehmen und festzuhalten, ohne darüber nachzudenken, warum ich das tat.

Denn wenn ich meine Gedanken dorthin driften ließ, würden meine Beine versagen, meine Lungen streiken und mein Herz keinen einzigen Schlag mehr tun. Ich würde auf der Stelle tot umfallen. Gleich hier auf dem Wanderpfad.

Wenn man die Alternative bedachte, war diese Vorstellung nur allzu verlockend.

Nachdem Charlotte gestern Nacht ihre Bombe hatte platzen lassen, war ich wortlos auf mein Zimmer gegangen, ohne noch eine einzige Frage zu stellen. Dabei hätte ich wahrhaftig genug gehabt. Wenn man so etwas zu hören bekommt, schießen einem mindestens eine Million Fragen durch den Kopf. Aber ich wollte nichts weiter darüber hören. Was ich wusste, war mehr als genug. Mit jeder weiteren Erklärung wäre der Alptraum nur realer geworden … und dafür war ich noch nicht bereit.

Ich hatte mich in meinem Zimmer eingeschlossen, Dads Klopfen ignoriert und auch nicht auf Paiges Anrufe geantwortet. Früher am Abend war ich ihr in die Küche gefolgt, nachdem sie das Plüschtier hatte fallen lassen und von der Bühne gerannt war. Sie hatte mir bestätigt, dass die Kette um den Hals des Wals tatsächlich von Raina stammte. Besonders verstörend war dieser Gedanke, weil Paige sicher war, dass ihre Mutter den Schmuck am Abend des Lichterfests getragen hatte, als wir sie mit ihrem ganzen Sirenenclan im Eis eingefroren hatten … aber nicht mehr bei dem Angriff am Grund des Lake Kantaka letzten Herbst. Also musste sie die Kette entweder beim Kampf in der Meerestiefe verloren haben, oder jemand hatte sie ihr weggenommen. Beide Vorstellungen waren alarmierend. Wer immer die Kette beim Restaurant abgeliefert hatte, war erschreckend gut informiert über Raina und uns. Bisher hatten wir geglaubt, dass nur unser kleiner Kreis wusste, was im letzten Sommer wirklich geschehen war.

Bevor ich diesen Gedanken ganz verarbeiten konnte, war Paige schon wieder abgeschwirrt, um die Party zu retten. Sie hatte versprochen, mich anzurufen, aber nach meinem Gespräch mit Charlotte war mir die Lust vergangen, darüber zu reden. Das ganze Thema war für mich tabu. Ich wollte einfach so tun, als sei nichts davon passiert. Also ließ ich bei ihrem Anruf die Mailbox rangehen.

Um mich am nächsten Morgen abzulenken, stand ich extra früh auf, machte eine ausgiebige Schwimmtour und fuhr zum Outdoor-Shop am Hafen. Er hatte noch gar nicht geöffnet, als ich ankam. Ich wartete ungeduldig, bis der Besitzer auftauchte, und fragte ihn über Wanderwege aus. Als der Mann bald darauf gebannt an meinen Lippen hing, tat ich das, was Charlotte gestern bei meinem Vater nicht gelungen war. Es funktionierte sofort, und der Adrenalinschub war unglaublich. Vor Erleichterung wäre ich fast in Tränen ausgebrochen.

Aber das tat ich nicht. Weil ich damit zugegeben hätte, dass etwas nicht stimmte.

Gerade als ich aus dem Laden trat, bekam ich eine SMS von Simon. Er hatte den ganzen Tag freibekommen. Wir machten einen Treffpunkt am Jachtanleger aus, um eine Stunde später von dort zum Wanderweg zu fahren. Und seitdem waren wir ohne Unterbrechung bergauf geklettert.

Inzwischen stand die Sonne senkrecht über unseren Köpfen. Der Wald lichtete sich, und der Pfad mündete in eine Hochebene. Bald war er breit genug, damit Simon und ich nebeneinandergehen konnten. Er kam zu mir gejoggt und griff nach meiner Hand. Die Berührung riss mich aus meiner Wandertrance, und ich wurde zum ersten Mal langsamer, seit ich heute Morgen den Fuß auf den Pfad gesetzt hatte.

Wir umkreisten schweigend den Berggipfel. Schließlich kamen wir zu einer Felsgruppe, die gute fünf Meter vom Boden aufragte. Ich drückte einen Kuss auf Simons Hand, bevor ich sie losließ, meine Turnschuhspitzen in Gesteinsrisse und Kerben bohrte und nach oben kletterte. Der Fels war solide, auch wenn mich loses Geröll zweimal ein Stück zurückschlittern ließ, und ich erreichte die Spitze, ohne mich deutlich mehr anzustrengen als bisher.

»Wow.« Simon kam nach mir oben an und nahm einen Schluck aus seiner Wasserflasche. »Ich wohne jetzt schon mein ganzes Leben hier ... aber so habe ich Winter Harbor noch nie gesehen.«

Zwar hatte ich immer nur die Ferien hier verbracht, trotzdem konnte ich es ihm nachfühlen. Die Felsspitze bot einen perfekten Rundblick auf den Ort und die Umgebung. Als ich mich langsam um die eigene Achse drehte, sah ich die Hauptstraße und den Hafen ... Lake Kantaka ... Camp Heroine ... den Leuchtturm ... das Meer.

»Wunderschön«, stellte ich fest.

»Ich wusste nicht einmal, dass es diesen Aussichtspunkt gibt. Da wir die einzigen Wanderer auf dem Pfad waren, geht es anscheinend den meisten Leuten so. Wie hast du davon gehört?«

Ich zögerte. »Im Outdoor-Shop. Da war ich nämlich heute Morgen und habe Proviant besorgt.« Ich öffnete die Vordertasche meines Rucksacks und holte eine Handvoll Tüten mit Studentenfutter und ähnlicher Energienahrung hervor. Der Verkäufer hatte zwar kein bisschen misstrauisch gewirkt, nachdem ich meine Hand wieder von seiner Brust genommen hatte, aber aus Gründen der Fairness hatte ich im Laden wenigstens etwas kaufen wollen.

Simon nahm eine der Packungen entgegen. »Komisch, als du von einem Picknick geredet hast, dachte ich nicht, dass du damit so etwas meinst.«

Obwohl er grinste, bekam ich sofort ein schlechtes Gewissen. »Sorry, ich hatte es heute Morgen so eilig und habe ganz vergessen, von zu Hause etwas mitzunehmen, und das Essen aus dem Fischerhaus habe ich ziemlich satt, und beim

Harbor Homefries nehmen sie keine Kreditkarten, und die Bank war noch nicht offen, und –«

Ich stockte mitten im Satz, weil Simon eine braune Papiertüte hochhielt. Weil ich so sehr damit beschäftigt gewesen war, überzeugend zu schwindeln, hatte ich gar nicht bemerkt, dass er seinen Rucksack geöffnet hatte.

»Du hast Essen mitgebracht«, stellte ich fest, und mir wurde ganz warm ums Herz.

»Na ja, ich dachte, entweder machen wir es richtig oder gar nicht. Und ich hatte schon geahnt, dass du nach deiner langen Abendschicht vielleicht zu müde bist, um noch für ein Picknick zu sorgen. Also habe ich den Job übernommen. War das okay?«

»Mehr als okay. Vielen Dank.«

Er ging in die Hocke, holte eine Decke aus seinem Rucksack und breitete sie auf dem Fels aus. »Mit dem Bedanken solltest du lieber warten. Ich habe den größten Teil des Essens selbst gemacht, und wahrscheinlich lässt sich darüber nur sagen, dass ich mich ehrlich bemüht habe.«

Ich setzte mich ihm gegenüber auf die Decke und schaute zu, wie er eine Kühlbox in Miniatur auspackte.

»So ein Ding habe ich das letzte Mal bei der Lunchpause im Kindergarten gesehen«, scherzte ich.

»Na ja, Mom hat gesagt, wenn ich dir kalte Pfannkuchen anbiete, brauche ich gar nicht wieder nach Hause zu kommen.« Er blinzelte mir zu. »Du warst schon immer ihr Liebling.«

In meinen Augen brannten Tränen. Ich war froh, dass ich daran gedacht hatte, meine Sonnenbrille mitzunehmen, so dass Simon meine Reaktion nicht sah.

Wir stürzten uns auf das Frühstück, das nicht nur aus Pfannkuchen, sondern auch aus Eiern, Bacon, frischem Obst und Tee bestand. Dabei redeten wir nicht viel, was mir recht war. Denn genau wie ich beim Aufstieg jeden Schlag meines Herzens und jede Anstrengung meiner Muskeln bewusst wahrgenommen hatte, versuchte ich nun, meine Zeit mit Simon zu genießen. Alles schien so einfach und normal. Es wäre perfekt gewesen, wenn es in alle Ewigkeit so hätte weitergehen können.

Als wir mit dem Essen fertig waren, packten wir unseren Müll zusammen. Statt zu bereden, was wir als Nächstes tun sollten, streckte sich Simon auf der Decke aus, benutzte seinen Rucksack als Kopfkissen und hielt einen Arm für mich hin. Ich kuschelte mich an ihn und legte meinen Kopf auf seine Brust.

»Die Party gestern Abend ist also gut gelaufen?«, fragte er nach ein paar Minuten.

Ich nickte und versuchte, beiläufig zu klingen. »Es war toll, wie viele Leute aufgetaucht sind. Mit etwas Glück haben wir bald zusätzliche Stammgäste.«

»Und diese Leute … alle haben sich normal benommen? Den ganzen Abend ist nichts Ungewöhnliches passiert?«

Ich sah das Stofftier mit Rainas Halskette vor mir. Eigentlich wollte ich nichts mehr vor Simon geheim halten, und ich hatte mir geschworen, ihm heute davon zu erzählen … aber diesen Vorsatz hatte ich noch vor meinem Gespräch mit Charlotte gefasst.

War es wirklich so schlimm, wenn ich die Wahrheit noch ein paar Minuten länger verschwieg? Würden wir am Ende nicht beide über den Aufschub froh sein?

Ich hob den Kopf, so dass meine Lippen nah an seinem Ohr waren.

»Im Moment möchte ich an nichts und niemanden denken, nur an dich«, flüsterte ich. »Können wir vielleicht später über gestern Abend und den ganzen Rest sprechen?«

Zur Antwort presste Simon seinen Mund auf meinen,

und ich lächelte bei der Berührung seiner Lippen. Langsam richtete ich mich auf und rollte mich herum, so dass ich auf ihm zu liegen kam. Seine Hände glitten meinen Rücken entlang und unter mein Top. Ich schob sein T-Shirt nach oben, küsste seine Brust und seinen Bauch. Er schob sanft sein Knie zwischen meine Beine, und ich rutschte weiter hinauf, bis ich mit den Schenkeln seine Taille umfasst hielt. Unsere Küsse wurden inniger und wilder; bald kam unser Atem unseren Lippen kaum noch hinterher.

»Wir sind hier ziemlich ungeschützt«, stellte Simon fest. »Vielleicht sollten wir zurückwandern und erst weitermachen, wenn wir mehr Privatsphäre haben?«

»Hier ist doch niemand.« Ich bedeckte sein Ohr und seinen Hals mit Küssen. »Und ich will jetzt nicht aufhören. Du etwa?«

Er schüttelte den Kopf und richtete den Oberkörper auf, so dass ich ebenfalls zum Sitzen kam. Ich fühlte seinen warmen, feuchten Atem durch die dünne Baumwolle meines Tops und wollte ihn direkt auf meiner Haut spüren. Schnell streifte ich mein Oberteil ab und warf es beiseite. Ich schloss die Augen und vergrub die Finger in Simons Haar, während sein Mund über meine Schultern und meine Brust bis hinunter zum Bauch wanderte. Seine Finger folgten und zögerten am Knopf meiner kurzen Hose. Ich hob die Hüften ein wenig, um mein Einverständnis zu zeigen.

Gerade hatte er den Knopf geöffnet, als mein Handy im Rucksack klingelte.

»Willst du …?«, fragte er.

»Ganz bestimmt nicht.« Ich schmiegte meine Brust an seine und zog ihm das T-Shirt über den Kopf, dann streckten wir uns wieder auf der Decke aus.

Das Klingeln hörte auf.

Eine Sekunde später fing es wieder an.

»Bist du sicher?«

»Absolut.«

Das Klingeln hörte auf. Fing wieder an.

»Tut mir leid.« Ich richtete mich auf, griff nach dem Rucksack und holte mein Handy heraus. Außer den entgangenen Anrufen hatte ich auch drei Nachrichten auf der Mailbox und sieben SMS, aber ich schaute nicht einmal, von wem sie stammten, sondern stellte einfach nur das Handy auf stumm.

Dann warf ich es zurück in den Rucksack und kuschelte mich wieder an Simon. Ein paar Minuten später waren wir immer noch mit Küssen beschäftigt, als sein Handy sich meldete.

»Willst du …?«, fragte ich.

»Ganz bestimmt nicht.«

Es klingelte nur zweimal und nach einer kurzen Pause noch zweimal.

Simons Finger spannten sich. Seine Lippen wurden langsamer.

»Was?«, fragte ich, gerade als sich piepend eine SMS ankündigte. »Was ist denn?«

Er hörte ganz mit dem Küssen auf und schaute über die Schulter auf seinen Rucksack. »Das war unser Signal.«

Ich lag noch immer ausgestreckt auf der Decke und erhob mich auf die Ellbogen. »Wessen Signal? Und was heißt es?«

Er wandte sich wieder zu mir um. Seine Lippen, die eben noch so selbstverständlich meine berührt hatten, waren nun schmal aufeinandergepresst. Er hob die Augenbrauen. »Calebs und meins. Für Notfälle.«

Meine Kehle schnürte sich zusammen, aber ich schluckte das Gefühl herunter. »Was für Notfälle meinst du?«

Er antwortete nicht. Ihm war klar, dass ich die Antwort bereits wusste.

»Ich sollte wirklich zurückrufen«, sagte er bedauernd.

Ich nickte und ließ mich zurück auf die Decke sinken, während er aufsprang und sich auf seinen Rucksack stürzte. Dann ging er ein paar Meter weiter weg. Entweder suchte er einen Platz mit besserem Empfang, oder er wollte nicht, dass ich mir aus seiner Seite des Gesprächs nervös zusammenstückelte, was geschehen war. Diese Vorsichtsmaßnahme war unnötig, denn ich wollte überhaupt nicht wissen, worin der Notfall bestand, auch wenn ich bei dem Gedanken ein schlechtes Gewissen bekam. Fast hoffte ich, die Nachricht sei so schlimm, dass Simon sie mir verschwieg, und ich noch eine Weile so tun konnte, als sei alles in Ordnung.

»Du hast gar nicht erwähnt, dass Raina gestern einen posthumen Auftritt hatte.«

Ich schoss kerzengerade in die Höhe und musste mir einen Arm vor die Augen halten, um sie gegen die blendende Sonne abzuschirmen. Simon stand direkt vor der Picknickdecke und hielt das Handy umklammert.

»Hatte sie gar nicht.«

»Da erzählt Caleb aber etwas anderes.«

»Caleb war nicht dabei. Woher weiß er –«

»Von Paige. Die gerade versucht hat, dich anzurufen. Als du nicht rangegangen bist, konnte sie sich denken, dass wir zusammen sind, und hat es mit Hilfe von Caleb versucht.«

Ich unterdrückte einen Seufzer, griff nach meinem Top und zog es über den Kopf.

»Jemand hat beim Anglerwettbewerb ein Plüschtier eingereicht, das Rainas Halskette trug«, erklärte ich. »Ich wollte dir noch davon erzählen, Ehrenwort. Aber ich hatte gehofft, zuerst könnten wir wenigstens ein bisschen normale, nette Zeit miteinander verbringen. Bevor sich alles nur noch darum dreht.« Plötzlich wurde mir klar, was er gesagt hatte. Ich stand auf und schaute ihm ins Gesicht. »Aber darum ging es bei dem Anruf gar nicht, oder? Ich wusste schließlich schon über das Halsband Bescheid … also wollte Paige sich bei mir melden, um mir etwas anderes zu erzählen.«

Er schaute zu Boden und versuchte sich offenbar zu entscheiden, welches Thema wir als Erstes besprechen sollten: mein Schweigen über den Vorfall im Restaurant oder die Nachricht von Paige. Nach kurzem Zögern entschied er sich für die Nachricht.

»Die Sicherheitskameras im Fischerhaus haben gefilmt, wie das Paket abgeliefert wurde. Die Bilder sind nicht sehr gut, aber Paige hat einen Verdacht, wer die Kette gebracht hat, und möchte, dass du ihn bestätigst.«

Als mir klar wurde, was das bedeutete, schlang ich mir die Arme um den Bauch und wandte mich ab.

»Vanessa, das ist doch eine gute Nachricht!« Simon stellte sich neben mich. »Natürlich gäbe es schönere Arten, einen Nachmittag zu verbringen, und du kannst mir glauben, dass ich lieber an dem Punkt weitermachen würde, wo wir vor fünf Minuten aufgehört haben. Aber sobald wir wissen, wer die Halskette abgegeben hat, kennen wir wahrscheinlich auch den Absender der E-Mails … und damit den Täter, der für alles andere verantwortlich ist. Je schneller wir diese Information haben, desto eher können wir ihn aufhalten und mit unserem normalen Leben weitermachen. Diesmal endgültig.«

Natürlich hatte er recht. Jedenfalls bei allem außer dem »normalen Leben«.

Denn ganz egal, ob ich auf dem Überwachungsvideo jemanden erkannte, ob wir den Killer fanden und stoppten oder nicht, ich würde nicht einfach weitermachen können.

Erst recht galt das für Simon und mich. Diese Hoffnung hatte Charlotte mir gestern Nacht genommen.

Aber jetzt war nicht der Moment für Selbstmitleid. Dazu würde ich später noch ausreichend Gelegenheit haben, so kurz meine Zeit auch insgesamt sein mochte.

»Okay«, sagte ich und heftete meinen Blick auf den Hafen in der Ferne. »Gehen wir.«

Simon marschierte voran, als wir den Berg wieder herunterstiegen. Ich hatte es auf dem Rückweg weniger eilig, und außerdem waren alle meine Bewegungen verlangsamt. Mein Körper schleppte sich so mühsam voran, als wären meine Wanderschuhe mit dem Felsgestein gefüllt, auf dem wir eben noch gelegen hatten. Wäre Simon jemand anderer gewesen – der sich nicht schon vor meiner Verwandlung in mich verliebt hatte –, dann hätten die Küsse und das wilde Geschmuse mir so viel Energie gegeben, dass ich förmlich den Pfad entlanggeflogen wäre. Stattdessen schien der Körperkontakt mit Simon eher den gegenteiligen Effekt zu haben.

Dieser Gedanke war so niederschmetternd, dass ich ihn sofort verdrängte und mich nur darauf konzentrierte, was als nächste Aufgabe vor mir lag.

Als wir uns dem Jeep näherten, der am Straßenrand geparkt stand, bot Simon mir an zu fahren. Aber ich behauptete, dass es mir bestens ging, und setzte mich ans Steuer. Auf dem Weg in die Stadt redeten wir nicht, aber dafür schien die Strecke auch viel zu kurz. Überraschend schnell bogen wir auf den Parkplatz von Bettys Fischerhaus ein – der fast voll besetzt war.

»So gesehen, war der gestrige Abend wohl wirklich ein Erfolg«, sagte Simon, während ich auf einen leeren Platz im Mitarbeiterbereich fuhr.

Er griff nach meiner Hand, als wir aus dem Jeep stiegen.

Gerade waren wir die ersten Stufen der Hintertreppe hinaufgegangen, als Paige sich über das Geländer des Pausenbalkons beugte und zu uns herunterrief.

»Sorry, dass ich euch beim Turteln stören musste … aber das müsst ihr euch einfach anschauen.«

Simon und ich wechselten einen Blick. Er ließ meine Hand los, um mir die Tür aufzuhalten.

»Wir kennen den Typen«, erklärte Paige, als wir auf den Balkon traten. Sie saß vor einem Notebook, neben sich Caleb und Natalie. »Ich weiß nicht genau, woher … aber ich bin sicher, dass wir ihn kennen.«

Natalie lächelte zu uns hoch, dann beugte sie sich näher an den Bildschirm vor. Ich warf einen Blick auf Simon, der die Augenbrauen zusammenzog und verwirrt mit schmalen Augen auf die Szene blickte. Anscheinend fragte er sich das Gleiche wie ich.

Was hatte sie hier zu suchen?

Paige drehte das Notebook herum, so dass es in unsere Richtung zeigte. »Was meint ihr?«

Okay, über Natalie konnten wir uns später Gedanken machen. Jetzt traten wir erst einmal an den Tisch und schauten uns die schwarzweiße Filmaufnahme an. Sie stammte von der Sicherheitskamera über dem Haupteingang und zeigte zuerst nur einige Seeleute, die auf dem Treppenabsatz rauchten und sich lachend unterhielten. Nach zehn Sekunden tauchte aus dem Schatten am Rand des Kamerabereichs ein junger Mann in Jeans, Parker und Baseballkappe auf. Er hielt den Kopf gesenkt und hatte die Hände in den Taschen vergraben. Unter einen Arm hatte er ein großes, unförmiges Paket geklemmt. Er ging schnell und zielgerichtet auf die Treppe zu.

»Woher willst du wissen, dass wir ihn kennen?«, fragte ich. »Man kann sein Gesicht doch gar nicht sehen.«

Genau in diesem Moment rempelte er unabsichtlich einen der Männer vorm Eingang an, der ihn wütend anschnauzte. Unser Stalker wandte sich dem Mann zu, so dass für den Bruchteil einer Sekunde sein Profil von der Kamera eingefangen wurde.

»Geh mal zurück an die Stelle«, forderte Simon Paige auf und tippte mit dem Daumen auf den Balken, der unten am Computer die Filmminuten anzeigte. »Dann können wir ein Standbild daraus machen und es uns genauer ansehen.«

»Schon okay«, sagte ich. »Ist nicht nötig.«

Denn Paige hatte recht gehabt. Wir kannten den Stalker. *Ich* kannte den Stalker. Und ich hatte genug Zeit mit ihm verbracht, um ihn innerhalb eines Sekundenbruchteils identifizieren zu können.

Der junge Mann auf dem Film war Colin. Der Sohn unserer Maklerin.

Ich hatte schon den Mund geöffnet, um die anderen darüber aufzuklären, als mein Handy sich meldete. Der Klingelton war ein altmodisches Gebimmel, vertraut und beruhigend, denn so hatte Dads vorsintflutliches Telefon in seinem Bostoner Bürozimmer immer geklungen. Genau deshalb hatte ich ihn ausgesucht, um Anrufe von unserem neuen Bungalow anzuzeigen.

»Sorry«, sagte ich und holte das Handy aus meiner Hosentasche, wo ich es auf dem Rückweg vom Berggipfel verstaut hatte, um jederzeit schnell erreichbar zu sein. »Das sind meine Eltern. Ich sollte besser rangehen.«

Ich war dankbar für die Ablenkung. So konnte ich erst einmal verarbeiten, was ich gerade gesehen hatte. Ich wandte mich ab und stellte mich vorn ans Balkongeländer.

»Hi, Dad. Worum geht's?«

»Vanessa, ich bin es.« Moms Stimme klang angestrengt und besorgt. »Du musst sofort nach Hause kommen. Bitte.«

Bevor ich fragen konnte, was denn los war, füllte Charlottes Stimme meinen Kopf.

Vanessa, mein Liebling, gib gut auf dich acht.

Ich weiß, du bist stark … nun wirst du herausfinden müssen, was wahrer Mut für dich bedeutet.

Kapitel 21

»Glaub mir, mein Schatz«, sagte Mom, »da willst du jetzt nicht reingehen.«

Sie hatte sich vor der Tür des Gästezimmers postiert und hielt ein zerknülltes Taschentuch umklammert. Ich trat einen Schritt nach links, dann nach rechts, und sie kopierte meine Bewegungen, als sei ihr Körper eine Schutzmauer, die ich nicht durchbrechen konnte.

»Doch, will ich.« Meine Stimme war ruhig und entschlossen.

»Vanessa«, bat Dad leise und berührte meinen Arm. »Sie ist nicht … ich meine, sie hat … du weißt ja nicht, wie …«

Er verstummte und ließ den Kopf hängen. Mit Daumen und Zeigefinger schob er sich die Brille auf der Nase zurecht und rieb sich unauffällig über die Augen. Trotzdem liefen ihm ein paar Tränen durch die Finger.

»Sie sieht anders aus, als du sie in Erinnerung hast.« Auch Moms Augen waren feucht, aber sie reichte ihr Taschentuch an Dad weiter.

»Ich war doch erst gestern Abend bei ihr«, protestierte ich. »Und mir ist egal, wie schlecht ihr Zustand ist. Ich bin sicher, ich habe im letzten Jahr schon Schlimmeres gesehen.«

Mom blinzelte, wodurch nur noch mehr Tränen ihre Wangen herunterliefen. »Das ist erst recht ein Grund, jetzt nicht ins Zimmer zu gehen.«

»Du hast mich vor einer Viertelstunde angerufen und gesagt, ich solle sofort kommen. Da wolltest du doch anscheinend, dass ich sie sehe. Was hat sich in diesen paar Minuten geändert?«

Dad stieß einen langen, zitterigen Atemzug aus und hob den Blick. »Sehr viel.«

Mom streckte die Hand aus und strich mir das Haar aus dem Gesicht. »Warum gehst du nicht in dein Zimmer und legst dich eine Weile hin? Dein Vater und ich kümmern uns um alles.«

Ich schaute weg. So traurig hatte ich sie seit letztem Sommer nicht mehr gesehen und fürchtete, ich könnte auch gleich anfangen zu weinen. Aber wenn ich die beiden überzeugen wollte, dass ich emotional stabil genug war, um mit eigenen Augen zu sehen, was auf der anderen Seite der Tür lag, dann musste ich mich jetzt zusammenreißen.

An der Tür klingelte es. Mom schniefte noch einmal, richtete sich energisch auf und zog den Saum ihrer Bluse zurecht. Ich ertappte sie nicht dabei, aber sicherlich warf sie Dad einen Blick zu, der klar sagte, er solle mir in ihrer Abwesenheit den Weg verbarrikadieren.

»Charlotte wollte nicht, dass du sie in diesem Zustand siehst«, sagte er, als Mom weg war. »Sie hat extra darum gebeten.«

»Charlotte hat achtzehn Jahre lang ihren Willen bekommen.« Ich schaute auf, und unsere Blicke bohrten sich ineinander. »Ich finde, das ist lange genug.«

»Du bist aufgewühlt und durcheinander. Lass dich jetzt nicht von deinen Gefühlen leiten, sonst bereust du es später.«

Und das war der Moment, an dem ich endgültig genug hatte. Ständig wollten andere Leute mir erzählen, was ich tun und lassen sollte.

»Ich gehe jetzt da rein«, beharrte ich und trat auf die Tür

zu. »Wenn ich bereit bin, wieder rauszukommen, dann tue ich es. Nicht früher und nicht später.«

Er hielt meinen Blick noch für einen Moment fest. Ich fühlte einen Stich im Herzen – es war unübersehbar, wie sehr er ebenfalls litt – und fürchtete schon, ich könnte doch die Nerven verlieren. Aber dann nickte er, trat beiseite und schlurfte auf einen Sessel im Flur zu.

»Ich bin hier, falls du mich brauchst«, sagte er.

Ich wartete, bis er sich gesetzt hatte, dann wandte ich mich der Tür zu. Zuerst tippte ich den Knauf nur vorsichtig an, weil ich erwartete, dass das Metall glühend heiß oder klirrend kalt sein würde ... aber es fühlte sich normal an. Zimmertemperatur. Seltsam beruhigt, griff ich fester zu, drehte den Knauf und schob die Tür auf.

Sofort wurde ich von einem Gestank eingehüllt, der an eine Mischung aus Meersalz, verrottendem Fisch und faulendem Fleisch erinnerte. Er lag so schwer in der Luft, dass ich regelrecht fühlen konnte, wie er sich auf meine Haut legte und in meine Poren eindrang.

Ich würgte, hielt mir die eine Hand vor den Mund und drückte die andere auf meinen Magen. Hätte Dad nicht drei Meter entfernt gesessen und zugeschaut, dann hätte ich die Tür sofort wieder zugeschlagen und wäre in Richtung des nächsten Ausgangs gestürmt. Doch so kämpfte ich gegen den ersten Schock an und zwang mich, die Füße voreinanderzusetzen. Ich übertrat die Schwelle und schloss die Tür hinter mir.

Im Zimmer war die Luft schwül, stickig und warm. Wahrscheinlich versuchte ich unbewusst, den Blick in Richtung des Bettes zu vermeiden, jedenfalls schaute ich zu den Fenstern und stellte fest, dass sie alle geschlossen waren. Ohne die Hand von Nase und Mund zu nehmen, hastete ich durch das Zimmer. Erst als ich beide Hände brauchte, um das Fenster zu öffnen, ließ ich widerwillig los, aber hielt weiter den Atem an. Dann fühlte ich die kühle Meeresbrise in meinem Gesicht. Ich schloss die Augen, presste die Hände gegen das Glas über dem Fenstersitz, wo ich vor wenigen Stunden noch mit Charlotte gesprochen hatte, und atmete tief ein.

Die Übelkeit ließ nach. Ich öffnete die Augen und schaute den Wellen zu, die ans Ufer schlugen. Nach einer Weile wurde mir klar, dass ich nicht einfach nur versuchte, Zeit zu schinden. Ich lauschte nach ihrer Stimme. Ich hoffte, Charlotte würde in meinem Kopf sagen, dass alles okay war und sie sich wieder erholen würde.

Aber sie blieb stumm. Ich hörte nur das Rauschen des Meeres.

Ganz langsam drehte ich mich um und hielt den Blick abgewandt, bis ich mit dem Gesicht zum Bett stand. Noch sah alles ganz normal aus. Der Holzfußboden glänzte. Charlottes weiße Plüschhausschuhe standen ordentlich vorm Nachttisch, wo sie sich auch gestern Abend schon befunden hatten. Die Schlafdecke hing über den Bettrand und sah frisch und sauber aus.

Vielleicht ist alles nur ein Irrtum, dachte ich, während ich den Blick hob. *Vielleicht schläft sie einfach nur oder ist zu schwach zum Sprechen. Wenn ich ihr etwas zu trinken bringe oder ihr Bettzeug mit Salzwasser tränke …*

Meine innere Stimme verstummte, denn es war kein Irrtum gewesen. Die Bettdecke umhüllte eine lange, dünne reglose Gestalt. Man hätte durch das dünne Laken sehen müssen, wie sich die Brust hob und senkte oder wie ihr Atem den Baumwollstoff über ihrem Mund zum Flattern brachte. Als ich neben das Bett trat, wandte sie mir nicht den Kopf zu.

Als letzte Hoffnung hielt ich mich an der Vorstellung fest,

dass dort jemand anderer lag als die Frau, die mich geboren hatte. Denn die Gestalt schien schmaler als Charlotte zu sein.

Es gab nur eine Möglichkeit sicherzugehen. Ich erinnerte mich an ihre Gedankenbotschaft, in der sie von Mut gesprochen hatte, und ging einen weiteren Schritt auf das Bett zu. Dann noch einen und noch einen. Dabei vermied ich es, ihre Hausschuhe zu berühren, lehnte mich nur weit über das Bett vor, ergriff mit spitzen Fingern eine Ecke des Lakens und riss es herunter.

Ein Wirbelwind aus weißen Flocken erfüllte den Raum.

»Nein.« Ich taumelte zurück. Versuchte, das Laken zu packen, aber griff daneben. »Nein, nein, *nein*!«

Trotz der tanzenden weißen Flocken, die meine Sicht verhüllten, erkannte ich Charlotte sofort. Ihr langes Haar war schlohweiß, und ihre blaugrünen Augen standen offen. Sie trug schwarze Jeans, eine kurzärmelige Bluse und ihren Schmuck, als hätte sie gerade das Haus verlassen wollen, bevor die Kraft sie verließ. Durchaus möglich, schließlich war sie entschlossen gewesen, heute abzufahren, obwohl sie sich schon gestern Abend krank gefühlt hatte.

Ihre Haut war grau, vertrocknet und an manchen Stellen aufgerissen, so dass man mumifiziertes Fleisch, Muskeln und sogar Knochen sehen konnte. Ihr Schädel schien keine Lippen mehr zu haben, und auch die Nase war eingesunken. Ihr nackter rechter Fuß war in der Mitte gespalten und so verkrümmt, dass die Zehen die Ferse berührten.

Trotzdem war nirgendwo Blut. Ihr Körper war völlig ausgetrocknet. Er sah aus, als hätte ihre Leiche schon seit Monaten unbeachtet hier gelegen. Oder seit Jahren.

Dabei war Charlotte noch am Leben gewesen, als Mom mich angerufen hatte. Also konnte sie höchstens vor einer Viertelstunde gestorben sein.

Der Wind frischte auf. Eine Böe kam durch das offene Fenster herein und trieb die weißen Flocken wieder in die Höhe. Sie wirbelten um mich herum und bedeckten mein Haar, meine Kleidung, mein Gesicht.

Erst als ich sie von meinem Mund abwischte, wurde mir klar, worum es sich dabei handelte.

Überreste von Charlotte. Sie waren überall.

Ich stieß einen krächzenden Schrei aus, rannte ins Bad und schlug die Tür hinter mir zu. Dann drehte ich das Wasser am Waschbecken auf und schrubbte mein Gesicht. Ich hüpfte wie eine Irre auf und ab, um die Flocken von meiner Kleidung und meinem Haar zu schütteln. Doch ich fühlte Charlotte immer noch an mir kleben, als die letzten Flocken schon lange auf den Fliesen lagen. Erschöpft ließ ich mich schließlich auf den Badewannenrand fallen.

Du bist nicht allein, Vanessa …

Ich schaute auf. Die Stimme klang bekannt. Aber ich war immer noch so außer mir, dass ich nicht wusste, ob ich sie in meinem Kopf oder außerhalb gehört hatte. Mit angehaltenem Atem wartete ich, ob noch etwas folgen würde. Dann hörte ich ein leises Rascheln aus dem benachbarten Raum. Ich stand auf und öffnete zögernd die Badezimmertür.

»Betty?«

Sie saß in einer Ecke des Zimmers auf einem Stuhl, hatte die Hände im Schoß gefaltet und die Blicke aus ihren leicht getrübten Augen auf mich gerichtet. Oliver stand zwischen dem Bett und der Fensterfront und war damit beschäftigt, den flockigen Staub zu einem ordentlichen Haufen zusammenzukehren. Als ich ins Zimmer trat, warf er mir ein bedauerndes Lächeln zu und fuhr mit seiner Arbeit fort.

»Es tut mir so schrecklich leid, Liebes«, sagte Betty.

Ich nickte. Dann fiel mir ein, dass sie die Geste vielleicht nicht sehen konnte, und erwiderte: »Danke.« Ich lehnte mich gegen den Schrank und stellte fest, dass Charlottes Körper und Gesicht wieder mit dem Laken bedeckt waren. »Haben meine Eltern dich angerufen?«

»Ja, aber ich war schon auf dem Weg. Charlotte hat ihre Gedanken zu mir ausgeschickt und mich gebeten, nach dir zu sehen.«

»Hat sie dabei gesagt, dass sie … wusstest du …«

»Dass sie im Sterben lag?« Betty runzelte die Stirn. »Ja, natürlich.«

»Kennst du den Grund? Ich meine, als sie vor ein paar Wochen herkam, kam sie mir zwar ziemlich gebrechlich vor, aber nicht genug für … das hier.«

Betty schaute vielsagend in Olivers Richtung und schwieg. Er schaute auf, verstand ihren Blick und lehnte den Besen an die Wand. Im Hinausgehen drückte er noch kurz meinen Arm, dann schloss er die Zimmertür sanft hinter sich.

»Setz dich, Vanessa. Bitte.«

»Ich bleibe lieber stehen.«

Ihre Lippen wurden schmal, aber sie protestierte nicht. »Hatte Charlotte genug Zeit, um dir alles zu erzählen, weswegen sie hergekommen ist?«

»Sie ist nicht hier gewesen, um mir etwas zu erzählen. Eigentlich war sie nur auf dem Weg nach Kanada und hat hier einen Zwischenstopp eingelegt. Sie hat gesagt, dass sie mich besuchen wollte, weil sie nicht sicher war, wie lange sie wegbleiben würde.«

»Anscheinend wollte sie nicht, dass du dir zu viele Gedanken machst.«

»Worüber?«

Ihre kurze Stille reichte, damit mir die Antwort selber klar wurde.

»Charlotte ... hatte nie vor, die anderen Nenuphars zu besuchen?«, fragte ich.

»Doch, zumindest hat sie darauf gehofft. Sie wollte herausfinden, ob eine Versöhnung möglich ist. Vielleicht hätten die anderen ihr vergeben, dass sie abtrünnig geworden ist, und ihr noch rechtzeitig geholfen. Aber Charlotte wusste auch, dass dazu nicht viel Zeit blieb und ihre Chancen immer geringer wurden, je länger sie in Winter Harbor blieb.«

Ich versuchte, mit diesem Gedanken fertig zu werden. »Du meinst, sie ist extra hergekommen, um mich zu besuchen? Das war nicht nur ein Zwischenstopp?«

»Ja, genau. Einerseits wollte sie dir Freiraum lassen, wie du es letzten Herbst von ihr verlangt hast, aber andererseits wollte sie dir auch noch einiges beibringen, bevor es zu spät für sie war. Wahrscheinlich hat sie so getan, als sei ihr Besuch ganz spontan, damit du sie bereitwilliger aufnimmst.«

»Soll das heißen, indem sie hiergeblieben ist ... bei mir ... hat sie ihr Leben riskiert?«

Betty neigte den Kopf zur Seite. »Sie hat ihr Leben seit Jahren riskiert, Vanessa. Für kurze Zeit hast du es ihr zurückgegeben.«

Ich bemerkte nur unbewusst, dass mir die Knie weich wurden, ging um das Bett herum und sank auf den Fenstersitz.

»Aber was ist mit letztem Herbst?«, fragte ich. »Am Grund des Sees war sie unglaublich mächtig. Sie sah jung und gesund aus.«

»Sie sah so jung aus, wie sie eigentlich war. Weil sie sich die nötige Kraft geholt hat, um Raina und den Sirenenclan zu besiegen. Das heißt, sie hat jemandem das Leben genommen.«

Ich zwang mich, über diesen Punkt nicht näher nachzudenken. »Seitdem sind doch nur ein paar Monate vergangen. Was ist passiert?«

Betty zögerte. »Bevor ich weiterrede, muss ich wissen ... hat Charlotte dir erzählt, was in Zukunft auf dich wartet? Was du tun musst, um zu –«

»Ja«, fiel ich ihr ins Wort, damit sie die Worte nicht laut aussprach. »Darüber weiß ich Bescheid.«

»Nun gut.« Bettys Blick wanderte zu dem Bett und blieb ein Stück über Charlottes verdecktem Gesicht hängen. »Diesen Teil ihres Schicksals wollte deine Mutter nie erfüllen, wie du schon weißt, da sie das Leben deines Vaters verschont hat und nach Boston geflüchtet ist. Doch als Ergebnis verlief der Alterungsprozess bei ihr schneller als gewöhnlich. Deshalb sah sie aus wie deine Großmutter und nicht wie deine Mutter, als du sie zum ersten Mal getroffen hast. Wie du inzwischen weißt, haben Nenuphars stärkere körperliche Bedürfnisse als andere Sirenen. So kam es, dass sie unter den Entzugssymptomen noch sichtbarer litt, als eine gewöhnliche Sirene es getan hätte.«

Ich sah Charlotte vor mir, wie ich sie zum ersten Mal im Café getroffen hatte – bevor ich wusste, wer sie in Wirklichkeit war –, und erinnerte mich an das Getränk aus Seetang, das sie mir serviert hatte. Unwillkürlich kamen mir die Tränen, aber ich blinzelte sie fort.

»Durch die Lebenskraft, die sie einem anderen genommen hat, wurde ihre biologische Uhr zurückgestellt. Sie konnte auf der Stelle über eine scheinbar grenzenlose Energie und Vitalität verfügen«, sagte Betty. »Aber das war auch kein Wunder, denn die Macht, die wir gewinnen, ist beim ersten Mal immer am stärksten.«

Mir stockte der Atem. »Beim ersten Mal?«, flüsterte ich fast.

Bettys Gesicht wandte sich mir zu. »Also hat sie dir nicht

alles erzählt.« Sie seufzte. »Ja, wenn wir ein langes und scheinbar normales Leben führen wollen, müssen wir die Energie von anderen rauben. Ein einziger Mann kann uns für Monate ernähren, doch wenn seine Lebenskraft verbraucht ist, beginnt der Alterungsprozess wieder ... und zwar schneller als zuvor. Charlottes Schicksal war vorgezeichnet. Um es abzuwenden, hätte sie wieder töten müssen. Und obwohl sie dich mehr geliebt hat, als du ahnst, und jeder Moment in deiner Nähe sie überglücklich gemacht hat, konnte sie sich nicht dazu bringen. Solch eine Rolle wollte sie in deinem Leben nicht spielen.«

Erneut traten mir Tränen in die Augen, und diesmal versuchte ich nicht, sie zu unterdrücken. »Also blieb ihr nur die Wahl zu sterben?«

»Charlotte fand, besser sie selbst als jemand anderer.«

Ich drehte mich zum Fenster und presste die Stirn gegen den kühlen Metallrahmen. Dabei konzentrierte ich mich nur darauf, ein- und auszuatmen.

»Und was ist mit dir?«, flüsterte ich. »Heißt das, du hast auch ...?«

»Ja, habe ich. Zwar bin ich nicht stolz darauf, aber ich hatte eine Tochter und später zwei Enkeltöchter zu versorgen. Als klar wurde, dass Raina ihre Kräfte missbrauchte und vorhatte, Zara und Paige dasselbe beizubringen, wurde es noch wichtiger, für sie da zu sein. Also habe ich getan, was ich tun musste.«

An diesem Punkt wurde mir alles zu viel. Eine Katastrophe nach der anderen stürzte auf mich ein: Charlotte, Colin, die getöteten Frauen, die Hilflosigkeit meiner Freunde und Familie, meine unklare Zukunft ... Wie sollte ich damit klarkommen? Das war mehr, als ich verkraftete.

»Was immer du nun tust, Vanessa«, fuhr Betty mit sanfter Stimme fort, »mach dir keine Vorwürfe. Du hast keine Verantwortung für ihren Tod. Charlotte hat sich immer nur zwei Dinge gewünscht, nämlich ein gesundes, glückliches Leben für ihre Tochter und ein möglichst unsirenenhaftes Leben für sich selbst. Am liebsten hätte sie gewollt, dass alle unsere Kräfte wie durch Zauberhand verschwinden. Zumindest sollte nie ein Mensch von uns erfahren oder durch uns leiden müssen. Sie hatte nicht die Macht, den Sirenenclans diese Prinzipien aufzuzwingen, aber zumindest konnte sie selbst danach handeln.« Betty holte tief Luft. »Also musste es so ausgehen, auch wenn ihr beide euch nie begegnet wäret. Ohne dich wäre ihr Tod sogar schneller gekommen.«

Sie schwieg, während mir die Tränen übers Gesicht liefen. Erst nach mehreren Minuten brachte ich es über mich zu fragen: »Was ist mit ihrem Begräbnis?«

»Sie wollte keins. Außerdem wird ihr Körper so schnell zerfallen, dass gar keine Zeit für die Vorbereitungen bleibt. So ist es meistens bei uns.«

»Aber was sollen wir dann … wie können wir …?«

Bettys Stimme war sanft und mitleidig, als sie mir antwortete: »Wir geben sie dem Meer zurück. Mir wäre es eine Ehre, ihre Überreste mitzunehmen, wann immer du möchtest.«

»Nein, ich kann mich selbst darum kümmern.«

»Das ist ein liebes Angebot von dir, Kind, aber –«

»Ich *will* mich selbst darum kümmern«, stellte ich klar. Ich wandte mich Betty zu und sah, wie sie resigniert den Kopf senkte. »Wann?«

»Sobald du dich bereit fühlst. Oliver und ich brauchen für die Vorbereitungen nur ein paar Minuten.«

Ich stand auf und durchquerte das Zimmer. »Dann schicke ich ihn jetzt zu dir rein.«

Im Flur stand Oliver neben meinem Vater, der noch immer zusammengesunken im Sessel hockte. Ich ging zu ihnen und legte Dad meine Hand auf die Schulter. »Sie wollte kein Begräbnis«, sagte ich sanft. »Willst du noch einen Moment mit ihr verbringen, bevor …?« Ich schaffte es nicht, den Satz zu Ende zu bringen.

Sein krisseliges weißes Haar schien durch die Luft zu schweben, als er den Kopf schüttelte. »Nein, ich habe mich schon verabschiedet.«

Ich schaute Oliver an, der kurz nickte und zurück ins Gästezimmer ging.

»Deine Freunde sind eben gekommen«, sagte Dad. »Simon, Paige, Caleb … und ein nettes blondes Mädchen, das ich noch nicht kenne.«

Er musste Natalie meinen. Seltsam. Wieso hatte Paige sie mitgebracht?

»Sie wollten sichergehen, dass mit dir alles in Ordnung ist. Soll ich sie holen?«

Simon und Paige hätte ich tatsächlich gerne dabeigehabt, aber dann überlegte ich es mir anders. Ich fürchtete, wenn ich Besorgnis und Mitleid in ihren Gesichtern sah, könnte ich völlig zusammenbrechen. Also dankte ich Dad, sagte aber, ich würde lieber bis zu meiner Rückkehr damit warten.

Fünfzehn Minuten später kamen Betty und Oliver aus dem Zimmer. Betty griff nach meiner Hand.

»Schwimm hinaus, so weit und solange du willst, und bette sie an einem Ort zur Ruhe, der sich passend anfühlt. Mach dir keine Sorgen, was mit dem Behälter passiert – er wird sich noch vor Sonnenaufgang von selbst auflösen.« Sie drückte meine Hand. »Lass dir Zeit. Wir können warten.«

Fast genau das Gleiche hatte Charlotte gesagt, als sie vor ein paar Wochen aufgetaucht war und ich sie am Pier sitzen ließ, um mit Simon zu reden. Plötzlich steckte mir ein dicker Kloß im Hals. Ich schluckte ihn herunter, aber danach lag er mir nur wie ein Stein auf der Brust.

Dad stand auf, und die drei gingen ins Wohnzimmer. Ich öffnete erneut die Tür vor mir. Das Gästezimmer war so aufgeräumt, als hätte dort seit Ewigkeiten niemand gewohnt. Das Bett war gemacht, Charlottes Habseligkeiten waren verschwunden. Sonnenlicht fiel durch die dünnen faltenlosen Ziergardinen. Als einziger Hinweis, dass der Raum noch vor kurzem benutzt worden war, stand ein quadratischer Rucksack auf dem Fenstersitz.

Das da, dachte ich, *ist meine Mutter*.

Der Rucksack bestand aus einem silbernen faltigen Material, das an dickes Zellophan erinnerte. Er hatte einen Reißverschluss und zwei Schulterriemen. Als ich ihn hochhob, war er überraschend leicht. Fast hätte ich hineingeschaut, um den Inhalt zu überprüfen, aber dann schreckte ich doch davor zurück. Statt ihn auf meinen Rücken zu schnallen, drückte ich ihn an die Brust. So trug ich ihn durch den Flur, über die Terrasse und hinunter zum Strand. Ich setzte den Rucksack nur kurz ab, um meine Wanderschuhe und Strümpfe auszuziehen, dann nahm ich ihn wieder hoch und presste ihn an mich.

Auch im Wasser trug ich ihn nicht auf dem Rücken, sondern paddelte mit einem Arm, während ich mit dem anderen den Rucksack ans Herz drückte. Ich verlor jedes Zeitgefühl, während ich schwamm. Ich konnte nicht sagen, welche Strecke ich tauchte, aber ich hielt erst an, als ich ein großes Korallenriff am Meeresboden erreichte. Im Laufe der letzten Jahre hatten meine Augen sich an das dämmrige Licht in der Tiefe angepasst, so dass sich die ganze Unterwasserlandschaft vor mir ausbreitete, die von bunten Fischen und Pflanzen überquoll. Das Riff wirkte wie ein Ort des Lichts inmitten einer dunklen Welt. Das schien mir passend, wenn ich an Charlotte dachte, und so schwamm ich zu einer kleinen Höhlenöffnung und setzte den Rucksack vorsichtig dort ab.

Damit war die Bestattung vorbei. Keine Zeremonie, keine traurige Musik oder liebevolle Reden zu ihrem Andenken. Sie hatte ein schwieriges Leben gehabt, das zu einem tragischen Ende gefunden hatte, und jetzt blieb nichts weiter übrig als ein kompostierbarer Rucksack auf dem Meeresgrund.

Ich blieb so lange, wie ich mir leisten konnte, ohne meine Familie und Freunde an Land zu beunruhigen. Dann legte ich noch einmal meine Hand auf den Rucksack, wobei ich mir eine junge, gesunde lächelnde Charlotte vorstellte, und verabschiedete mich.

Als ich an die Oberfläche zurückkehrte, war mein Kopf völlig klar. Ich fand alle im Wohnzimmer versammelt, wo Mom sich als Gastgeberin betätigte und Tee und belegte Brote herumreichte. Das meiste davon war unberührt. Ich versicherte, dass es mir gutging, und bat um ein paar Minuten allein mit meinen Freunden. Als meine Eltern, Betty und Oliver sich in die Küche zurückgezogen hatten, setzte ich mich auf das Sofa neben Simon, der mir den Arm um die Schultern legte.

»Ich mache es«, erklärte ich. »Egal, was passiert, ich werde Colin aufhalten.«

Kapitel 22

Fast eine Woche war vergangen, und Paige spielte auf meinem Bett mit ihrem Handy herum, während ich mich für mein Date zurechtmachte. Dazu brauchte ich entschieden länger als geplant, weil mein Körper mich wieder einmal im Stich ließ. Seit ich mir frische Energie vom Besitzer des Outdoor-Ladens gestohlen hatte, waren sechs Tage vergangen, und der Effekt war unübersehbar.

»Wer ist sie bloß?«, stöhnte Paige vor sich hin. »Wieso kann ich sie nicht einordnen?«

»Vielleicht kennst du sie gar nicht.« Ich stand vor dem Badezimmerspiegel und rieb gerade eine dritte Schicht Feuchtigkeitscreme in meine Haut, um Gesicht, Hals und Hände zu schützen.

»Aber Carla und Erica habe ich auch gekannt. Und diese Frau habe ich bestimmt auch schon gesehen. Obwohl es von hinten natürlich schwer zu sagen ist.«

Ich verzichtete auf eine Antwort. An Calebs Mailadresse waren drei Fotos des neuesten Stalking-Opfers gesendet worden. Diesmal handelte es sich um eine zierliche Brünette. Paige hatte sich die Bilder von Caleb weiterschicken lassen und machte sich völlig verrückt bei dem Versuch, die junge Frau zu identifizieren.

»Vielleicht war ich zusammen mit ihr auf der Schule? Oder sie war als Gast im Restaurant?«

Während Paige sich den Kopf zerbrach, schüttelte ich

einen Liter Salzwasser in mich hinein und wartete darauf, ob eine Wirkung eintreten würde. Als meine Haut trocken und blass blieb und die Falten um Mund, Nase und Augen nicht verschwanden, griff ich zur letzten Waffe: Make-up. Ich brauchte Rouge, Lippenstift, Wimperntusche, Kajalstift und eine halbe Flasche Grundierungscreme, aber danach ähnelte ich wieder einer Achtzehnjährigen.

»Wow.« Paiges Blick wanderte von meinem Scheitel zu meinen Zehen, als ich aus dem Bad kam.

»Habe ich übertrieben?« Ich drehte mich zum Spiegel um. »Ich will nicht so wirken, als hätte ich mich zu sehr angestrengt. Das könnte ihn misstrauisch machen.«

Sie stand vom Bett auf und stellte sich neben mich. »Du siehst gerade atemberaubend genug aus.«

Ich lächelte ihr Spiegelbild an und dachte, dass für sie das Gleiche galt. Paige hatte schon immer die Blicke auf sich gezogen, sogar vor ihrer Verwandlung, aber jetzt war ihre Schönheit noch beeindruckender. Ihr langes Haar schimmerte, ihre cremeweiße Haut war makellos, ihre Augen strahlten blauer als je zuvor. Sie trug kein bisschen Schminke … und hatte es auch nicht nötig. Wir waren gleichaltrig, doch während sie jünger aussah als noch vor einem Jahr, wirkte ich unter meiner Kosmetikschicht entschieden älter. Von Charlotte wusste ich, dass dieser Unterschied zum Teil daran lag, dass ich mich früher als Paige verwandelt hatte. Aber der Hauptgrund war, dass ich zu den Nenuphars gehörte und sie nicht. Ein kleiner Teil von mir beneidete Paige. Vor allem war ich jedoch dankbar und erleichtert. Ich wollte nicht, dass meine beste Freundin das Gleiche durchmachen musste wie ich. Nie im Leben.

Ich musterte noch einmal kritisch mein Spiegelbild. Da der Rest meines Körpers genauso ausgetrocknet aussah wie mein Gesicht, hatte ich mir von Mom einen langen Leinenrock geborgt, der meine Beine verbarg. Dazu trug ich ein Top, Jeansjacke und Sandalen. Das Haar fiel mir offen über den Rücken, und da ich es nicht geföhnt, sondern an der Luft getrocknet hatte, kringelte es sich zu leichten Locken.

Wenn Colin nicht allzu genau hinschaute, sollte ich damit durchkommen.

»Bist du sicher, dass ich dich nicht begleiten soll?«, fragte Paige. »Wir könnten ihn beide gleichzeitig anflirten. Dann kann er bestimmt keinen klaren Gedanken mehr fassen.«

Darüber hatte ich auch schon nachgedacht, aber mich dagegen entschieden. Dafür gab es einen guten Grund, den ich Paige gegenüber bisher nicht angesprochen hatte: In letzter Zeit ging sie mit ihren Fähigkeiten ziemlich sorglos um, und ich wusste nicht, warum. Zwar hätte ich gerne Unterstützung gehabt, doch wenn sie wieder einmal aus der Rolle fiel, könnte sie Colin damit misstrauisch machen und unsere Chancen ruinieren.

»Danke«, sagte ich. »Das schaffe ich schon. Außerdem seid ihr ja ganz in der Nähe, also, falls doch etwas schiefgeht –«

»… was nicht passieren wird!«

»Was bestimmt nicht passieren wird … aber jedenfalls kann ich euch rufen, wenn ich euch brauche. Und das Beste ist, dass ich dazu nicht einmal mein Handy benutzen muss.«

Diese Andeutung, dass ich in Gedanken mit ihr sprechen würde, wie Charlotte mir beigebracht hatte, schien sie friedlich zu stimmen. Sie nahm mich in die Arme und drückte mich fest.

»Sei bloß vorsichtig«, flüsterte sie mir zu. »Oder ich spreche nie wieder ein Wort mit dir.«

Wir gingen in die Küche, wo Mom gerade beim Backen war, während Dad die Zeitung las, und erzählten ihnen, dass wir zu Paige wollten, um zusammen zu Abend zu essen und einen Film zu gucken. Sie sahen besorgt aus, als ich ihnen einen Abschiedskuss gab – wie neuerdings immer, wenn ich das Haus verließ –, aber versuchten nicht, zu protestieren oder uns zum Bleiben zu überreden.

Dann stiegen wir in unsere beiden Wagen und fuhren in die Stadt. In der Hauptstraße bog Paige nach rechts zum Fischerhaus ab, während ich geradeaus weiterfuhr und gegenüber von Murph's Grillstube parkte.

»Ich suche mir einen Platz an der Bar.«

Mit einem erschrockenen Keuchen ließ ich den Lippenstift und die Schminkdose fallen, mit denen ich mich im Autospiegel aufgehübscht hatte. »Simon. Was machst du hier?«

Er stand neben der Fahrertür, hatte die Hände in den Jeanstaschen vergraben und runzelte besorgt die Stirn.

»Er wird gar nicht merken, dass ich da bin«, erklärte er.

Mit noch immer beschleunigtem Puls streckte ich die Hand durch das offene Fenster, griff nach seinem T-Shirt und zog ihn sanft zu mir heran. »Kann schon sein, aber ich werde es wissen.«

»Vanessa, ich bin nicht sicher, ob wir das durchziehen sollten.«

»Wir haben sämtliche Möglichkeiten wieder und wieder durchgekaut«, erinnerte ich ihn, »und waren alle der Meinung, dass dieser Weg der beste ist.«

»Aber wieso wehrst du dich dagegen, dass ich mitkomme? Ich bleibe außer Sicht und werde mich nur einmischen, wenn es gar nicht anders geht.«

Ich zögerte mit meiner Antwort. Meine bisherigen Argumente waren gewesen, dass ich mich an einem öffentlichen Ort inmitten von Menschen befinden würde; dass ich mich auf keinen Fall überreden lassen würde, woanders hinzugehen; dass ich die Aktion beim geringsten Anzeichen von

Problemen abbrechen würde; dass ich Simon, Caleb und die Polizei als Schnellwahlnummern auf meinem Handy eingespeichert hatte. Damit hatte er sich beruhigen lassen – bis jetzt.

Schließlich entschied ich mich für die Wahrheit, da ich das Gefühl hatte, dass nichts anderes ihn überzeugen konnte.

»Ich weiß nicht, was alles nötig sein wird.«

»Was meinst du damit? Du hast gesagt, du benutzt deine –« Er hielt inne, schaute sich um, ob jemand ihn gehört hatte, und startete einen neuen Versuch. »Du hast gesagt, du würdest so überzeugend sein, dass er keine andere Wahl hat, als zu gestehen.«

»Ja, stimmt. Ich weiß nur nicht, was ich alles tun muss, um so überzeugend zu sein.«

Seine Miene verfinsterte sich.

»Natürlich gibt es Grenzen«, fügte ich hinzu und wurde rot. »Aber … ich werde mit ihm flirten müssen. Vermutlich lasse ich mich ein bisschen begrapschen. Willst du dabei wirklich zuschauen? Und riskieren, dass du unser eigentliches Ziel aus den Augen verlierst?«

»Ich kann mich zusammenreißen.«

»Bist du sicher?«

Wir beide kannten die Antwort, also schwieg er lieber.

»Wir haben den siebzehnten Juli«, erinnerte ich ihn leise.

Er schaute zu Boden und nickte. »Kannst du mir wenigstens etwas versprechen?«

»Natürlich«, sagte ich und dachte, dass es dabei um das eben erwähnte Begrapschen ging.

»Sei nicht mutiger, als nötig ist.« Er schaute mir in die Augen. »Okay?«

Die Erinnerung an Charlottes Gedankenstimme füllte meinen Kopf. Ich schob sie beiseite.

»Okay«, erwiderte ich. »Bis bald.«

Er zögerte noch einen Moment, dann ging er. Ich war erleichtert, dass er mich nicht zum Abschied küssen wollte. Ich hätte nicht widerstehen können, und falls Colin uns dabei zufällig gesehen hätte, wäre unser Plan ins Wasser gefallen, bevor er überhaupt richtig angefangen hatte. Anscheinend war Simon der gleichen Meinung.

Ich wartete, bis sein Kombi an mir vorbeigefahren und in die Hauptstraße abgebogen war, dann überprüfte ich noch einmal mein Aussehen im Rückspiegel. Zufrieden stieg ich aus und eilte ins Restaurant. Colin wartete bereits an einem Tisch im hinteren Raum. Als er mich entdeckte, sprang er auf und winkte.

Du kannst das, sagte ich mir selbst, während ich mich durch das Gedränge bei der Bar schob. *Er ist nur ein Junge wie jeder andere.*

Doch mein Körper fiel darauf nicht herein. Je näher ich dem Hinterzimmer kam, desto stärker zitterten meine Beine. Als ich den Tisch erreicht hatte, fiel ich auf den nächsten Stuhl und trank das Glas Wasser, das bereits von der Kellnerin gebracht worden war, in einem Zug leer, bevor ich auch nur hallo sagte.

»Hi«, begrüßte mich Colin und schob mir sein Glas zu. »Am besten lassen wir uns wohl gleich nachschenken.«

Er winkte die Bedienung heran, die uns gleich einen ganzen Krug brachte.

»Alles okay mit dir?«, erkundigte er sich.

»Na klar.« Ich widerstand der Versuchung, den Krug mit beiden Händen zu greifen und alles in mich hineinzuschütten. Stattdessen zwang ich mich zu einem Lächeln und fragte: »Wie geht es dir denn so?«

»Fantastisch.« Er grinste. »Jedenfalls seit du angerufen hast.«

Ich suchte nach einer tieferen Bedeutung hinter seinen Worten oder seinem Gesichtsausdruck. Am meisten hatten Simon, Caleb, Paige und ich nämlich befürchtet, meine plötzliche Einladung könnte ihn warnen, dass wir ihm auf die Schliche gekommen waren. Dann würde er von Anfang an vorsichtig sein. Und obwohl er mit seinen Aktionen anscheinend unsere Aufmerksamkeit erregen wollte, wussten wir immer noch nicht, aus welchem Grund. Ein wenig beruhigte mich der Gedanke, wie schnell er damals am Strand auf mich reagiert hatte, als er mich nach meiner langen Schwimmtour aus dem Meer auftauchen sah und ich mich bei meinem Schwächeanfall auf ihn gestützt hatte. Aber vorsichtig war ich trotzdem. Falls Colin gefährliche Hintergedanken hatte, ließ er sich jedenfalls nichts anmerken. Er wirkte glücklich. Aufgeregt. Vielleicht ein bisschen nervös, wie man an der hektischen Röte um seinen Shirtkragen erkannte. Außerdem fiel ihm sämtliches Besteck herunter, das er in die Hand nahm. Aber auch das wirkte eher harmlos.

Meine eigene Nervosität ließ ein bisschen nach, und ich begann mit Small Talk. In kurzer Zeit hatten wir die üblichen Themen durch, also das Wetter, Kinofilme, Lieblingsessen, Lieblingsurlaubsort und sogar Lieblingsfarbe. Die meisten Fragen stellte ich, und er beantwortete alle ohne Zögern.

Nachdem wir unser Essen bestellt und gebracht bekommen hatten, beschloss ich, das Gespräch könne nun persönlicher und ernster werden. Als Vorbereitung schob ich meinen Stuhl näher an seinen heran, bis unsere Arme sich berührten.

»Ich hoffe, das stört dich nicht?«, fragte ich, als er mich erfreut, aber auch überrascht ansah. »Hier drinnen ist es ziemlich laut, und ich will kein Wort von dem verpassen, was du sagst.«

Die Röte wanderte von seinem Hals bis hinauf zu seinen Wangen. »Nein, das macht mir überhaupt nichts.«

»Gut.« Ich lächelte und lehnte mein Knie an seins. »Wie lange wohnst du eigentlich schon in Winter Harbor?«

Er griff nach seiner Gabel ... die ihm natürlich aus der Hand fiel. Als er sich bückte, um sie vom Boden aufzuheben, griff ich schnell in meine Handtasche, die über der Stuhllehne hing, und schaltete das digitale Aufnahmegerät ein.

»Ungefähr zwei Monate«, antwortete er, nachdem er wieder aufgetaucht war.

»Erst so kurz?«

»Ja, und viel länger wird es auch nicht werden.« Sein Lächeln wurde kläglich, als er mir in die Augen blickte. »Leider.«

Warme Energie erfüllte meine Bauchgegend. Ich hätte am liebsten weggeschaut, hielt aber den Blickkontakt. »Wieso denn nicht?«

»Ich muss zurück ans College.«

Mein Puls beschleunigte sich. »Wohin denn?«

»Nach Pomona. Eine kleine Uni in Kalifornien.«

»Das ist ganz schön weit weg.«

Er nickte und sah noch deprimierter aus als vorher. Ich sprach schnell weiter, bevor er ganz in dem Gefühl versank und ich die Verbindung zu ihm verlor.

»Aber deine Mutter lebt in Winter Harbor, oder? Also verbringst du nur die Sommerferien bei ihr?«

»Meine Eltern haben sich vor zwei Jahren getrennt, und sie ist hierhergezogen ... ausgerechnet zu dem Zeitpunkt, als mitten im Sommer plötzlich Winter war.« Er machte eine kurze Pause. »Warst du damals auch hier?«

Ich hatte mir gerade eine Portion Salat in den Mund gestopft und konzentrierte mich aufs Kauen und Schlucken. »Ja«, brachte ich heraus.

»War das so verrückt, wie es klingt? Ich meine, die Stürme und die ganzen Ertrunkenen und das Eis? Was war da los? Mom war völlig panisch und wäre am liebsten gleich wieder verschwunden. Dummerweise konnte sie sich einen weiteren Umzug nicht leisten. Sie hatte gerade ihre ganzen Ersparnisse in ein Haus gesteckt … und dafür gab es keine Käufer, weil diese freakigen Katastrophen alle abgeschreckt haben.«

Er sprach immer schneller und lebhafter. Redeten alle psychopathischen Killer so über ihre Besessenheit?

»Ja, es war ziemlich verrückt.« Ich beobachtete ihn aus dem Augenwinkel, während ich in meinem Essen stocherte. »Und dieser Sommer hat auch nicht gerade toll angefangen.«

»Du meinst wegen der ganzen toten Frauen?« Er schüttelte den Kopf und griff nach seinem Burger. »Stimmt, das ist total schrecklich. Ich habe meiner Mom regelrecht verboten, abends allein aus dem Haus zu gehen. Deshalb bin ich auch vor ein paar Wochen an ihrer Stelle bei eurem alten Ferienhaus aufgetaucht. Du weißt schon, als du da mit deinen Freunden abgehangen hast.«

Er kaute, wischte sich Ketchup vom Kinn, schlürfte sein Getränk. Auch jetzt war ihm nicht anzumerken, falls das Thema ihm unangenehm war.

»Kann ich dir was erzählen?«, fragte er.

Ich hielt den Atem an. Seine Stimme klang anders. Leiser und mit einem seltsamen Unterton. Nervosität? Oder sogar ein Hauch von Angst?

Ich schob meine Reaktion beiseite und lächelte ihn an. »Natürlich.«

»Sogar, wenn es sich völlig durchgeknallt anhört? Schließlich will ich nicht, dass du mich als verrückten Spinner abschreibst und gleich alles vorbei ist, was sonst eine perfekte, traumhafte Beziehung hätte werden können.«

Ich drehte mich ein bisschen, um ihm direkter ins Gesicht schauen zu können … und damit das versteckte Aufnahmegerät einen besseren Empfang bekam. »Eine perfekte Beziehung, was?« Ich beugte mich vor und legte eine Hand auf sein Knie. »Freut mich, dass dir unser Date genauso gut gefällt wie mir.«

Für einen Moment verschlug es ihm die Sprache. Ihm klappte die Kinnlade herunter, aber kein Ton kam heraus. Da ich befürchtete, dass ich zu schnell vorgegangen war, zog ich die Hand wieder weg. Er legte den Burger auf seinen Teller zurück, atmete tief durch und fuhr fort: »Okay, in den Nachrichten haben sie alles auf das seltsame Wetter geschoben, stimmt's? Globale Erwärmung, Mutter Natur schlägt zurück, solche Sprüche eben.«

Ich atmete bewusst aus und ein. Nickte.

»Einige Leute sind anderer Meinung. Sie glauben, dass mehr dahintersteckt.«

Das Verlangen war überwältigend, und so griff ich nach dem Wasserglas und nahm zwei Schlucke. »Was denn zum Beispiel?«, fragte ich.

Plötzlich lag seine Hand auf *meinem* Knie. Die Berührung war elektrisch, und ich spürte sie bis in die Zehenspitzen.

»Habt ihr in der Schule die ›Odyssee‹ gelesen?«

Hatten wir nicht, aber da ich wusste, worauf er hinauswollte, sagte ich: »Ja.«

»Und weißt du noch, welche Geschöpfe Odysseus auf seiner Fahrt nach Ithaka begegnet sind? Die ihn fast umgebracht haben?«

Fast hätte ich genickt, aber bremste mich noch rechtzeitig. »Nicht wirklich. Ist schon eine Weile her.«

Er beugte sich näher zu mir. Seine blauen Augen glitzerten, als er mich durchdringend ansah. »Sirenen«, flüsterte er.

Obwohl ich das Wort erwartet hatte, schockierte es mich

trotzdem. Ich ruckte so schnell auf meinem Stuhl zurück, dass er ins Wackeln geriet.

»Ja, ich weiß. Das klingt schon als griechische Sage ziemlich lächerlich, also wie kann es tatsächlich wahr sein? Aber ob du es glaubst oder nicht, einige Leute hier sind überzeugt davon.«

Ich bemühte mich, ruhig zu bleiben. »Was für Leute?«

»Na ja, meine Kumpel zum Beispiel. Sie sind vor ein paar Wochen aus Kalifornien zu Besuch gekommen, und ich war so dumm, die Sache zu erwähnen. Sie waren von der Idee total begeistert und haben die ganze Zeit, während sie hier waren, von nichts anderem geredet.«

»Du meinst ... sie sind inzwischen wieder weg?«, fragte ich und erinnerte mich an die Stimmen beim Bootsschuppen.

»Am liebsten wären sie den ganzen Sommer geblieben, weil sie alles so spannend fanden, aber sie mussten zurück zu ihren Jobs und ihren besseren Hälften.«

»Hast du denn neue Freunde gefunden?«, hakte ich nach.

»Abgesehen von dem wunderhübschen Mädchen mir gegenüber?« Er blinzelte mir zu. »Nicht wirklich. Obwohl der Immobilienmarkt insgesamt nicht gut läuft, ist Mom ziemlich erfolgreich, und ich war damit beschäftigt, ihr zu helfen.«

Und den Stalker zu spielen. Und mich und andere Mädchen zu verfolgen. Und am helllichten Tag zu töten. Und das alles anscheinend ganz allein.

»Wer hat dir davon erzählt?«

»Was?«, fragte er.

Ich holte angestrengt Luft und stellte die Frage neu. »Du hast gesagt, dass du so dumm warst, es deinen Freunden zu erzählen. Also von wem hast *du* es gehört? Wer glaubt sonst noch daran?«

»Das war ziemlich seltsam. Ungefähr eine Woche, bevor meine Freunde aufgetaucht sind, habe ich eine Mail von einer unbekannten Person bekommen …«

Ich sprang auf. Mein Knie stieß gegen den Tisch und die Stuhllehne gegen die Wand. Ich riss meine Handtasche von der Lehne und stolperte auf den Flur zu, der das Hinterzimmer vom Kneipenbereich trennte.

»Vanessa, wohin –«

»Bin gleich zurück«, rief ich über die Schulter.

Die weißen Flecken in meinem Sichtfeld waren zurück, schienen sich zu Ballongröße aufzublähen und zu zerplatzen. Ich rieb mir die Augen, aber dadurch vermehrten sie sich eher.

Fast blind tastete ich mich in panischer Eile zum Toilettenraum vor, als mich etwas in die Schulter stieß.

»Aber hallo, meine Süße!«

Ich erkannte die Stimme sofort, blieb stehen und ließ meinen Arm vorschnellen. Meine Hand landete auf einer harten Muskelfläche.

Unter meinen Fingerkuppen spürte ich, wie der Herzschlag des Seemanns sich beschleunigte.

»Bereit für eine zweite Runde? Wir können gerne weitermachen, wo wir letztes Mal aufgehört haben.« Er lehnte sich gegen meine Handfläche. »Wenn du mich schon so dazu einlädst … nicht gerade privat hier, aber lass uns loslegen.«

Ein schriller Ton füllte den Abstand zwischen uns. Ich wartete auf einen Energieschub, wie ich ihn im Kino und im Outdoor-Laden gespürt hatte, aber nichts geschah. Erst beim zweiten Versuch verflüchtigten sich die weißen Flecken ein wenig, und ich sah ein grobes Gesicht mit Dreitagebart vor mir, das ich bereits aus der Eisenwarenhandlung kannte. Es füllte mein ganzes Blickfeld. Weiter reichte meine Sicht noch nicht.

»Alles okay bei euch?«, fragte ein bulliger Kellner, der gerade auf dem Weg zur Männertoilette war.

Der Seemann trat einen Schritt zurück. »Könnte nicht besser sein.«

»Siehst du das auch so?«, fragte er mich.

Ich winkte ab. »Ja, alles klar.«

Während der Kellner dem Mann den Weg versperrte, schlüpfte ich in die Damentoilette, die nur eine einzige Kabine hatte. Ich verschloss die Tür, lehnte mich japsend dagegen und versuchte, mich zu beruhigen.

Colin wusste Bescheid. Ihm war klar, dass ich ihn durchschaut hatte. Deshalb spielte er mit mir. Ich musste mich zusammenreißen, wenn ich meinen Plan durchziehen wollte. Wir brauchten ein Geständnis auf Band, das ausreichte, um ihn der Polizei auszuliefern.

Aber konnte ich das schaffen? Seit er das Wort »Sirenen« benutzt hatte, war mein Energielevel gesunken und ins Bodenlose gefallen, als er mir Lügen über geheimnisvolle Mails erzählte.

Und jetzt hatte ich versucht, mir neue Kraft von dem Seemann zu stehlen – obwohl ich mir vorgenommen hatte, nur im absoluten Notfall zu dieser Methode zu greifen, weil ich hoffte, so den Moment hinauszögern zu können, in dem ich laut Charlotte und Betty gezwungen sein würde, zum Überleben etwas Unverzeihliches zu tun – und dann hatte es nicht einmal funktioniert.

Wie üblich, wenn ich an meine Zukunft dachte, fiel mir automatisch auch Simon ein, und ich begann, in meiner Handtasche nach dem Handy zu kramen. Mir war klar, dass seine Besorgnis mit jeder Sekunde größer werden würde, deshalb wollte ich ihn beruhigen. Als ich tippte, zitterten meine Finger so sehr, dass ich für einen Text von fünf Sekunden eine ganze Minute brauchte.

Bisher alles okay. Komme dem Ziel näher. Melde mich bald wieder. Hdl, V.

Auf diese Weise eine Verbindung zu Simon zu haben machte auch mich selbst ruhiger. Nachdem ich die SMS abgeschickt hatte, fühlte ich mich ausgeglichen genug, um einen Blick in den kleinen Spiegel über dem Waschbecken zu werfen. Er war verschmiert und mein Bild unscharf, aber ich konnte trotzdem sehen, dass die dicke Schicht von Make-up Risse bekam, weil die Haut darunter weiter austrocknete und faltig wurde. Nur mit Mühe unterdrückte ich einen Anfall von Panik. Ich drehte das Wasser auf, schüttete den mitgebrachten Salzvorrat hinein und wusch mir das Gesicht. Dann trug ich weitere Feuchtigkeitscreme auf und schminkte mich neu. Gerade wollte ich mir das Haar kämmen, als es an der Tür klopfte.

»Vanessa? Ist alles okay, oder brauchst du Hilfe? Kann ich dir was bringen?«

Colin. Er klang besorgt und richtig süß. Hatte er Carla und Erica auf ähnliche Weise eingewickelt und ihr Vertrauen gewonnen, bevor er sie tötete?

Der Gedanke erfüllte mich mit neuer Entschlossenheit. Ich packte meine Schminksachen ein, legte das Aufnahmegerät wieder ganz oben in meine Handtasche und öffnete die Tür.

»Kannst du mir einen kleinen Gefallen tun?«, fragte ich.

Er lächelte und war anscheinend erleichtert, dass ich nicht in der Toilette umgekippt war, bevor er mich erwürgen konnte.

»Klar, was immer du willst.«

Ich hielt die Tür einladend auf und hob die Augenbrauen. Nach kurzem Zögern trat er ein.

»Nicht gerade viel Platz hier, was?«, stellte er fest, als ich die Tür wieder geschlossen hatte.

Damit hatte er recht. Die Damentoilette war so klein, dass wir Brust an Brust standen.

»Okay«, sagte Colin und schaute sich mit rotem Kopf um. »Brauchst du Hilfe, oder …?«

Da Charlottes Trick bei dem Seemann nicht funktioniert hatte, beschloss ich, Zeit zu sparen und eine direktere Methode zu versuchen.

Ich umfasste sanft Colins Gesicht, bis er mich ansah. Der Energieschub war schwach, aber merkbar, und kribbelte meine Arme entlang. Ermutigt stellte ich mich auf die Zehenspitzen und brachte meinen Mund nah an sein Ohr.

»Ich möchte, dass du mir davon erzählst«, flüsterte ich.

Er atmete ein und wieder aus. »Wovon?«

»Was du getan hast.«

»Was ich … wann getan habe?«

»In den letzten Wochen. Mit den ganzen Frauen.«

»Was für Frauen? Hältst du mich für einen Casanova?« Er versuchte, auf Abstand zu gehen. »Okay, du musstest mich nicht gerade mit Gewalt hier reinzerren, aber glaub mir, normalerweise bin ich nicht so. Ich weiß nicht, wie ich es erklären soll … als ich dich damals am Strand gesehen habe … da waren plötzlich diese Gefühle. Als wären wir füreinander bestimmt, weißt du?«

Auf solch ein Geständnis hatte ich eigentlich nicht gehofft. Aber wie sich herausstellte, kam es meinem Körper gerade recht.

Was dann geschah, würde ich nie jemandem erzählen. Kein Mensch sollte erfahren, wie mein Mund von seinem Ohr über seine Wange zu seinen Lippen wanderte und wir uns minutenlang küssten, ohne Luft zu holen … wie er mich hochhob, auf den Rand des Waschbeckens setzte und sich zwischen meine Beine drängte, während seine Küsse überall landeten. Vor allem sollte nie jemand wissen, wie unglaublich gut es sich anfühlte.

Leider machte Natalie mir einen Strich durch die Rechnung.

»Ups, du lieber Himmel!«

Ich fuhr in die Höhe und stieß Colin weg, der verwirrt zurücktaumelte. Natalie stand mit offenem Mund in der Tür.

»Sorry.« Sie trat einen Schritt zurück. »Ich hatte ja keine Ahnung – ich meine, die Tür war unverschlossen und …«

»Schon okay.« Ich rutschte vom Waschbecken herunter und griff nach meiner Handtasche. »Ich kann alles erklären.«

»Musst du nicht. Wirklich.«

Sie wich zurück und flitzte in den Flur davon. Ich rannte ihr nach. Obwohl ich mich nun fühlte, als könnte ich Bäume ausreißen, war Natalie schneller. Erst als ich sie im Gedränge der Kneipe aus den Augen verlor, wurde mir ganz bewusst, was mein Verhalten für Folgen haben konnte. Das Schlimmste war nämlich nicht, dass Simon eventuell davon erfuhr.

Als ich mich zurück zur Damentoilette gedrängt hatte, stellte ich fest, dass meine Befürchtung eingetreten war. Ich kam zu spät.

Colin war fort.

Kapitel 23

Die Schlagzeile lautete: DRITTE LEICHE GEFUNDEN!

Gretchen Hall, 29, wurde früh am Morgen von Joggern im Seaview Park entdeckt. Wie die Polizei erklärte, waren ihre Verletzungen ähnlich wie bei den vorigen Opfern Carla Marciano und Erica Anderson. Alle Bewohner der Stadt, vor allem junge Frauen, sollten Vorsicht walten lassen, wenn sie sich in der Öffentlichkeit bewegen.

Weitere Updates folgen.

»Kannst du bitte den Computer abschalten?«, fragte Paige.

Ich antwortete nicht. Meine Blicke wanderten zum wiederholten Mal von dem Text zum Foto des Tatorts, einem weißen Holzpavillon, der von der Polizei mit Absperrband versehen worden war.

Paige streckte den Arm aus und klappte das Notebook zu. »Wir können uns vorstellen, wie du dich fühlst.«

Simon, der neben mir auf dem Pausenbalkon des Restaurants saß, griff nach meiner Hand. Ich lehnte mich zurück und starrte auf den Hafen.

Heute hatten wir den achtzehnten Juli. Der Jahrestag eines weiteren Mordes … und ein weiteres Datum, das ich nie vergessen würde. Nur hatte sich der Tag diesmal nicht in mein Gedächtnis eingebrannt, weil eine unschuldige Frau sterben musste.

Sondern weil ich mitschuldig an dem Mord war.

»Wir müssen zur Polizei gehen«, beharrte Caleb.

»Mit welchen Beweisen?«, fragte Paige.

»Den ganzen E-Mails«, antwortete Caleb.

»Komm schon, du und Simon habt euch gestern so ziemlich durch das ganze Internet gehackt, um die IP-Adresse des Absenders herauszubekommen«, sagte Paige, »und was habt ihr entdeckt?«

Caleb seufzte. »Dass jede Mail von einem anderen Ort abgeschickt wurde.«

»Von wo?«, bohrte Paige nach.

»Überall im ganzen Land.«

»Und wie soll diese Information der Polizei helfen?« Als niemand antwortete, fuhr Paige fort: »Damit würden wir nur eines bewirken, nämlich verraten, dass wir wichtige Hinweise auf das nächste Opfer für uns behalten haben. Ich kann mich ja irren, aber dafür wird uns die Polizei vermutlich nicht sehr dankbar sein.«

»Was ist mit der Aufnahme, die Vanessa gemacht hat?« Caleb schaute in meine Richtung. »Wir sollten sie uns alle zusammen anhören. Du hast zwar gesagt, dass du kein klares Geständnis bekommen hast, aber vielleicht fällt uns trotzdem etwas auf, was uns weiterhilft.«

»Ich habe unten die Tür zur Treppe verschlossen«, sagte Paige. »Also kann niemand hochkommen und zufällig mithören.«

Ich versuchte nicht, ihnen die Idee auszureden. Darauf hätten sie sich sowieso nicht eingelassen. Stattdessen drückte ich noch einmal Simons Hand, holte das Aufnahmegerät aus meiner Handtasche und stellte es auf den Tisch. Als ich die Aufnahme abspielte und die Stimmen von Colin und mir erklangen, beobachtete ich Simons Reaktionen. Ich sah jedes kleine Zusammenzucken, obwohl er es zu unterdrücken versuchte. Er bemühte sich wirklich, aber ich kannte ihn zu gut.

»Vanessa, wohin –«

»Bin gleich zurück!«

Ich drückte auf den Knopf und stellte das Gerät aus.

»Gleich danach hast du mir gesimst?«, fragte Simon. »Aus dem Toilettenraum?«

Ich nickte.

»Und als du zurückkamst, war er weg?«, wollte Caleb wissen.

»Ja.« Meine Stimme klang überraschend überzeugend. »Es tut mir wirklich schrecklich leid, dass ich an dieser Stelle des Gesprächs aufgestanden bin. Ich war so durcheinander wegen seiner ganzen Andeutungen, und als er dann behauptet hat, er hätte eine Mail bekommen … da brauchte ich eine Minute, um mich zusammenzureißen.«

Simon beugte sich vor und sagte leise: »Du brauchst dich nicht zu entschuldigen. Wir hatten von vornherein abgemacht, dass du nicht über deine Grenzen gehen solltest. Jetzt werden wir uns eben einen neuen Plan ausdenken. Das ist schon okay.«

Hinter meiner Sonnenbrille wurden mir die Augen feucht, aber nur für eine Sekunde, denn mein Körper war zu ausgetrocknet für Tränen.

»Aber sollten wir der Polizei nicht trotzdem erzählen, was wir wissen?«, fragte Caleb. »Vielleicht können sie dadurch –«

»*Nein*«, widersprachen Paige und ich gleichzeitig.

»Dadurch würden zu viele Fragen auftauchen, die wir nicht beantworten können«, fügte sie hinzu.

Ich war ganz ihrer Meinung. Mehr als jemals zuvor war ich entschlossen, das schreckliche Geheimnis, das Charlotte mir anvertraut hatte, nicht nach außen dringen zu lassen. Das alles ging nur uns Sirenen etwas an.

»Kann ich ihnen wenigstens einen anonymen Hinweis mailen, dass die Morde an genau den gleichen Tagen passieren wie letztes Jahr?«, fragte Caleb. »Nur für den Fall, dass sie noch nicht selbst darauf gekommen sind?«

Dagegen hatte niemand etwas einzuwenden. Wir schwiegen, während er sich einen Text überlegte und ihn dann abschickte. Danach klappte er den Computer wieder zu und schaute auf seine Uhr.

»Es ist schon fast sieben.« Er nickte Simon zu. »Wir sollten wohl besser nach unten gehen.«

Heute Abend sollte im Restaurant ein weiterer Anglerwettbewerb stattfinden. Simon und Caleb hofften, dass Colin sich wieder blicken lassen würde. Sie wollten heimlich den Parkplatz beobachten und schauen, welche Gäste auftauchten.

»Wir sind gleich um die Ecke, falls ihr uns braucht.« Simon stand auf und gab mir einen Kuss auf den Scheitel.

»Sei vorsichtig«, sagte Caleb zu Paige, die es ihm versprach.

»Ich kapiere es einfach nicht«, meinte sie, als die beiden verschwunden waren. »Was will dieser Typ eigentlich beweisen? Dass er stärker und mächtiger ist als wir?«

»Keine Ahnung.« Ich holte eine Salzwasserflasche aus meiner Handtasche und trank. »Aber wenn jemand so verrückt ist, einen anderen Menschen zu ermorden, braucht er dafür vermutlich keinen logischen Grund.«

»Ja, kann schon stimmen.« Paige schaute zu, wie ich die Flasche in einem Zug leerte. »Ist mit dir eigentlich alles okay? Ich meine, rein körperlich. Du wirkst ein bisschen … müde.«

Das war noch freundlich ausgedrückt. Als ich mich heute Morgen im Spiegel angeschaut hatte, war meine Haut schon wieder voller Schuppen gewesen, und ich hatte dunkle Ringe unter den Augen gehabt. Ich hatte sogar ein graues Haar entdeckt und sofort ausgerissen. Entweder war Paige zu rücksichtsvoll, um mir die Wahrheit zu sagen, oder zu abgelenkt.

»Ich fühle mich wirklich nicht so toll«, gab ich zu. »Anscheinend hat mein Körper ein paar Probleme, mit allem zurechtzukommen.«

»Kann man ja verstehen.« Paige griff über den Tisch und legte mir die Hand auf den Arm. »Du solltest nach Hause gehen und dich ausruhen. Wir kommen schon allein zurecht.«

»Wenn ich jetzt auftauche, lassen mich meine Eltern wahrscheinlich nie mehr aus dem Haus. Nachdem sie die heutige Schlagzeile gelesen haben, sind sie vermutlich schon dabei, einen Elektrozaun mit Stacheldraht um das Haus zu ziehen. Nein, vielen Dank.« Ich erwähnte nicht, dass ich sie beschwindelt und damit alles noch schlimmer gemacht hatte. Ich hatte ihnen nicht gesagt, dass ich zum Restaurant fuhr, weil sie schließlich wollten, dass ich meinen Job im Fischerhaus aufgab. Generell war ich bereit zu gehorchen, aber nach den letzten Ereignissen schob ich es lieber noch etwas auf. »Aber mir könnte etwas anderes helfen. Dazu brauche ich allerdings deine Hilfe.«

Ich hatte gerade erst mit meiner Erklärung angefangen, als Paige schon zustimmte.

»Du bist meine beste Freundin«, sagte sie, »und bestimmt würdest du auch das Gleiche für mich tun.«

Wir kehrten nach unten zurück, wo sie in die Küche ging, um mit Louis zu reden, während ich meinen Posten am Empfang einnahm. Die meisten Gäste waren schon beim ersten Wettbewerb hier gewesen und hatten nichts dagegen, sich selbst einen Platz zu suchen. Ich drückte ihnen einfach nur eine Speisekarte in die Hand und sagte, sie könnten sitzen, wo immer sie wollten. Dadurch sparte ich Energie und konnte außerdem an meinem Platz bleiben, so dass ich keine Person verpasste, die durch die Tür kam.

Ich verließ meinen Posten nur einmal, als Natalie auf dem Weg zur Toilette vorbeikam. Mit einer hastigen Entschuldigung in Richtung der beiden Gäste, die gerade am Empfang warteten, lief ich ihr hinterher.

»Hallo«, sagte ich, als sie aus einer der Kabinen kam.

Sie blieb überrascht stehen, dann ging sie zum Waschbecken. »Hi.«

»Ich wollte mich nur bedanken«, fuhr ich mit klopfendem Herzen fort. »Weil du niemandem von der Sache gestern erzählt hast. Das war wirklich nett.«

»Na ja, schließlich warst du auch nett zu mir, als ich damals am Strand meinen kleinen Nervenzusammenbruch hatte.« Sie schüttelte sich das Wasser von den Händen und trocknete sie an ihrer Kellnerschürze ab. »Außerdem geht es mich nichts an.«

»Trotzdem. Vielen Dank. Tut mir leid, dass ich dich in so eine peinliche Situation gebracht habe. Wenn du eine Minute Zeit hast, würde ich dir gerne –«

»Ehrlich, Vanessa, du brauchst mir nichts zu erklären. Beziehungen sind immer kompliziert.« An der Tür drehte sie sich noch einmal um und lächelte mir zu. »Das weiß ich schließlich am besten.«

Sie verließ den Raum. Ich fühlte mich wegen der ganzen Geschichte immer noch unwohl, aber sagte mir, dass die Sache mein Problem war und nicht ihres. Mit einem Schulterzucken versuchte ich, meine gemischten Gefühle abzuschütteln, und kehrte an den Empfang zurück.

Zehn Minuten später gesellte sich Paige zu mir.

»Ich habe ihn gefunden«, flüsterte sie verschwörerisch.

Sofort klopfte mir das Herz bis zum Hals. »Colin?«, flüsterte ich zurück.

»Nein, würde ich dann so happy klingen? Danke für diesen Stimmungsdämpfer.« Unsere Blicke trafen sich. »Ich spreche von dem Gefallen, den ich dir tun sollte. Ich habe genau den richtigen Typen dafür gefunden. Jung und ziemlich süß.« Sie hob anzüglich die Augenbrauen. »Ich bringe ihn jetzt hinten auf die Veranda, falls du zuschauen möchtest.«

Als sie sich umdrehte, war ich kurz davor, ihr nachzulaufen. Ich wollte ihr sagen, dass sie die Idee vergessen sollte, weil ich mich anders entschieden hatte. Aber meine Beine fühlten sich so bleischwer an, dass sie zu schnell außer Hörweite war. Ich schlenderte zum Tisch mit den ausgestellten Fischen und tat so, als würde ich sie bewundern, um ihr genug Zeit für die Vorbereitungen zu lassen. Dann schlängelte ich mich durch die Gästemenge auf die Flügeltüren ganz hinten zu.

Paige hatte ganze Arbeit geleistet. Sie lehnte an der Steinmauer, von der die Veranda umgeben war, und hatte mir den Rücken zugewandt. Ihr gegenüber stand ein attraktiver junger Mann, der vielleicht knapp über zwanzig war. Er hatte hellbraunes Haar und trug eine Outdoor-Hose zu einem rotkarierten Hemd, das weit genug aufgeknöpft war, um das weiße T-Shirt darunter zu sehen. Die beiden redeten, lachten und kamen sich immer näher. Obwohl ich fünf Meter entfernt stand, konnte ich das Aufglitzern in Paiges Augen sehen, als ihre Sirenenkräfte zu wirken begannen und die Welt um sie herum zu verschwinden schien. Er beugte seinen Kopf zu ihr herunter, und ich ging wieder zurück in den Raum, weil ich ihnen nicht beim Küssen zuschauen wollte. Es war peinlich, und außerdem hatte ich ein schlechtes Gewissen. Zwar hatte Paige meiner Bitte ohne Zögern zugestimmt, aber trotzdem konnte ich mich nicht von dem Gedanken lösen, in was für eine ungemütliche Situation ich sie gebracht hatte.

Auch wenn sie ganz und gar nicht so ausgesehen hatte, als ob sie es ungemütlich fand. Als sie ein paar Minuten später zu mir kam, strahlte sie übers ganze Gesicht, ihre blauen Augen wirkten silbern, und ihre Haut schimmerte rosig.

»Er heißt Jaime, ist vierundzwanzig, kommt aus Bar Harbor – und gehört ganz dir.« Sie reichte mir ein Glas Eistee. »Ich habe gesagt, dass ich schnell was zu trinken hole und gleich zurück bin.«

»Danke.« Ich umarmte sie.

»Kein Problem. Lass mich wissen, wenn du mal wieder Hilfe brauchst, und ich bin jederzeit begeistert dabei.«

Sie verschwand in Richtung des Bühnenmikrofons auf der anderen Seite des Raums. Ich machte einen kleinen Umweg zur Bar, um mich mit Salzwasser aufzufrischen, dann ging ich nach draußen. Während Paige den Wettbewerb startete, sammelten sich die Seeleute, die nur noch einen Stehplatz draußen bekommen hatten, an der Flügeltür, um zuzusehen. Ich war froh, dass alle abgelenkt waren, strich meine Bluse und den Rock glatt und ging hinaus.

»Hallo, Jaime.«

Er hob den Kopf und schaute mich mit glasigen haselnussbraunen Augen an. »Wo ist Paige?«

»Sie musste sich drinnen um etwas kümmern und hat mich gebeten, dir das hier zu bringen.« Ich hielt ihm den Eistee entgegen. Er starrte das Glas eine Weile an, als müsse er sich erst erinnern, ob er durstig war. Als er keine Anstalten machte, es zu nehmen, setzte ich es auf die Steinmauer hinter ihm.

»Kommt sie zurück?« Er schaute über meine Schulter.

»Ich weiß nicht genau. Sie hat ziemlich viel zu tun.« Ich

wartete darauf, dass er sich wieder zu mir umdrehte. Aber das tat er nicht. »Ich heiße übrigens Vanessa.«

»Sehr erfreut«, murmelte er, ohne mich anzuschauen.

Ich trat auf ihn zu, bis ich so nah war, dass ich sehen konnte, wie sich seine Brust hob und senkte. »Ganz meinerseits«, sagte ich mit meiner verführerischsten Stimme.

Für den Bruchteil einer Sekunde stockte ihm der Atem.

»Heute ist so ein schöner Abend«, fuhr ich leise fort und verabscheute jedes meiner Worte, »wollen wir einen Spaziergang machen?«

Jetzt drehte er sich zu mir um. Sein Blick war ein bisschen klarer, und er musterte mit schmalen Augen mein Gesicht. Anscheinend brauchte ich mehr Überzeugungskraft. Ich lehnte mich gegen ihn und sang dabei einen einzelnen Ton, der so leise war, dass niemand sonst ihn hören konnte. Da ich wieder auf Charlottes Tricks zurückgriff und damit gestern in Murph's Grillstube kläglich versagt hatte, erwartete ich nicht, dass es funktionieren würde. Ich hoffte nur, dass ich Jaime wenigstens aus Paiges Bann lösen und auf mich aufmerksam machen konnte.

Deshalb war ich total verblüfft, als seine Augen sich weiteten und er mich wie hypnotisiert anschaute. Durch meinen Körper schoss neue Lebensenergie, die so unerwartet kam, dass ich mich mit einem Keuchen an Jaimes Shirt festhielt, um mich zu stützen. Er sah darin eine Einladung und griff nach meiner Taille.

»Lass uns ein Stück gehen«, flüsterte ich.

Er folgte mir willig. In meinem Kopf wirbelten die Gedanken herum, während wir den Anlegepier überquerten und zum Strand gingen, der außer Sichtweite des Restaurants lag. Ein Teil von mir wollte sich mit der Energie begnügen, die ich gerade bekommen hatte, und sofort zum Fischerhaus zurückkehren. Doch ein größerer Teil wollte noch nicht aufhören. Charlotte hatte gesagt, wenn man einen Mann verliebt machte, der eigentlich an einer anderen Frau interessiert war, bekam man am meisten Kraft zum Überleben – zumindest, bis krassere Methoden nötig wurden. Wenn das stimmte und Paige ihre Rolle gut genug gespielt hatte, konnten ein paar weitere Minuten mit Jaime bestimmt nicht schaden. Zumindest sollten sie mir genug Energie liefern, um den Fehler wiedergutzumachen, den ich gestern begangen hatte.

Also schaute ich mich noch einmal um, ob wir weit genug vom Restaurant entfernt waren. Dabei blieb mein Blick an den Autos auf dem Parkplatz hängen, wo Simon und Caleb sich versteckten.

Ich tue das für ihn, rechtfertigte ich mich vor mir selbst, *und für uns alle.*

Dann ließ ich mich im Sand nieder und lächelte zu Jaime hinauf. Er setzte sich neben mich. Als ich behauptete, dass mir kalt sei, legte er sofort den Arm um mich. Ich schmiegte mich an ihn, er begann zu kuscheln, und bald lagen wir umschlungen nebeneinander. Zwar küsste ich ihn nicht – ich weigerte mich, sosehr meine Instinkte mich auch dazu drängten –, aber dafür küsste er mich. Als seine Lippen über mein Gesicht und meinen Hals wanderten, schloss ich die Augen. Ich hörte den Wellen zu, die an den Strand schlugen und wieder zurückwichen. Ich gab mich dem Augenblick hin und ließ meinem Körper seinen Triumph, als seien er und ich zwei unterschiedliche Wesen, die sich gewöhnlich bekämpften, aber nun für das Wohl aller zusammenarbeiteten.

Weil ich mich so hatte mitreißen lassen, merkte ich zu spät, dass wir nicht mehr allein waren.

»Hey!« Die Stimme klang bekannt, aber ich hörte sie nur aus weiter Ferne. Sie klang gedämpft wie durch eine dicke Daunendecke. *»Hey!«*

Dann war der Moment vorbei. Jaime wurde auf die Füße gerissen und gleich wieder zu Boden geworfen ... in mehreren Metern Entfernung. Als er versuchte aufzustehen, landete er sofort erneut im Sand. Ich setze mich aufrecht hin, und in meinem Kopf drehte sich alles. Meine Verwirrung und die Dunkelheit führten dazu, dass ich erst nach langen Sekunden verstand, was eigentlich los war.

Dann rappelte ich mich hastig auf und rannte zu Simon.

»Hör auf! Er hat nichts getan!«

»Bleib hinter mir«, befahl er, ohne sich umzudrehen. »Ich regle das schon alleine.«

»Da gibt es nichts zu regeln!« Ich griff nach seinem Arm und zog daran, als er sich ein drittes Mal auf Jaime stürzen wollte. »Mit mir ist alles okay.«

Simon riss sich los. »*Er* wird aber nicht okay sein, wenn ich mit ihm fertig bin.«

Meine Beine fühlten sich kräftiger an als seit Wochen, und ich flog regelrecht um Simon herum, um mich zwischen ihn und Jaime zu werfen.

»Er hat nichts getan«, wiederholte ich. »Das ist alles meine Schuld.«

Simon hatte noch immer nur Augen für die zusammengeduckte Gestalt vor sich. Er wollte wieder protestieren, doch dann wurde er durch etwas abgelenkt, so dass sein Blick auf mich fiel.

»Vanessa?« Er richtete sich auf, und seine Arme wurden schlaff. »Deine Augen ... wie du aussiehst ... du bist so ...«

»Anders?«, vermutete ich.

Er schüttelte den Kopf. »Wunderschön.«

Ich sagte nichts. Simons fast ehrfürchtiges Erstaunen verwandelte sich in Verwirrung.

»Mit dir ist wirklich alles okay?«, fragte er. »Der Typ hat dich nicht angegriffen?«

»Mir geht es gut. Und nein, hat er nicht.«

Er schaute zwischen mir und Jaime hin und her, der noch immer im Sand lag. »Aber wenn du … wenn er dich nicht …« Er hob die Arme, dann ließ er sie wieder fallen. »Was hast du da eben gemacht?«

Ich hielt eine Hand hoch, damit er mir eine kurze Auszeit gab, dann drehte ich mich um und bot Jaime dieselbe Hand an, um ihn hochzuziehen. Er ergriff sie und stand auf.

»Du solltest zurück zum Restaurant gehen«, sagte ich. »Paige freut sich bestimmt, dich zu sehen.«

Er zögerte, und ich dachte schon, er würde sich weigern. Aber dann nickte er und trottete davon.

Als ich mich wieder umdrehte, stapfte Simon im Sand auf und ab. Er hatte eins und eins zusammengezählt. Wahrscheinlich fehlten noch wichtige Details – zum Beispiel das Warum –, aber jedenfalls war ihm klar, was Jaime und ich getrieben hatten, als er glaubte, ich würde angegriffen. Ich stand einfach nur da, obwohl ich viel lieber zu Simon gegangen wäre und ihn in die Arme genommen hätte, damit er mit dem Herumtigern aufhörte. Doch ich war mir nicht sicher, ob er das Gleiche wollte.

Schließlich sagte er: »Du hast ihn geküsst.«

»Nein, er hat mich geküsst«, widersprach ich möglichst ruhig.

»Und das macht einen Unterschied?«

Eben noch war ich davon überzeugt gewesen. Als ich nun sah, wie verletzt Simon sich fühlte, war ich mir nicht mehr so sicher.

»Ich habe ihn gebraucht«, erklärte ich.

Das brachte Simon zum Stehenbleiben. »Du … was?«

»Nicht unbedingt ihn als Person, aber jedenfalls einen Mann. Seine körperliche Berührung.«

»Wie jetzt? Du konntest dich nicht lange genug bezähmen, um den weiten Weg zum Parkplatz zu schaffen?«

Seine Stimme war laut und anklagend, und seine Worte schmerzten so sehr, dass ich wegschauen musste.

»Das gehört eben dazu, Simon.«

Er trat näher. »Wozu?«

Nachdem mein Körper nun ausreichend gestärkt war, fielen mir die Tränen leicht. Ich wischte sie weg, während ich zu Simon aufschaute. »Zu meinem Leben.«

Sein Gesicht wurde weicher, aber seine Schultern blieben angespannt. Anscheinend wusste er nicht, ob er eher auf mich wütend sein oder mich trösten sollte.

»Ist dir nicht aufgefallen, wie ich in letzter Zeit ausgesehen habe?«, fragte ich. »Müde? Schwach? Gealtert?«

»Müde, ja. Aber bei allem, was passiert ist, hätte ich mich eher gewundert, wenn du *nicht* erschöpft gewesen wärest.«

»Leider steckt mehr dahinter.« Ich blickte ihm ins Gesicht und wünschte, ich könnte den Schmerz lindern, den ich darin sah. »Man könnte sagen, ich bin chronisch krank.«

Er trat einen weiteren Schritt näher. »Krank? Wie meinst du das?«

»Mein Körper versagt ständig. Wegen meiner Herkunft. Er hat Bedürfnisse, die andere Menschen nicht haben.«

»Ja, ich weiß. Salzwasser. Schwimmen im Meer.«

»Und das, was du gerade gesehen hast.«

Er schaute mich sprachlos an und schien darauf zu warten, dass ich April, April sagte. Als ich schwieg, drehte er sich von mir weg, dem Meer zu.

»Mit dir funktioniert es nicht.« Meine Stimme wurde brüchig, und die Tränen flossen nun in Strömen. »Jedenfalls nicht so, wie ich es brauche. Ich wünschte, daran könnte ich etwas ändern ... du kannst dir gar nicht vorstellen, wie sehr ich mir das wünsche. Aber weil du mich liebst ...«

»… kann ich dir nicht geben, was du brauchst? Weißt du, wie sich das anhört? Und wie es sich *anfühlt*?«

Ich holte tief Atem und stieß ihn wieder aus. »Ja. Tue ich.«

Er löste seine verkrallten Hände und beugte den Kopf. Ich ging die letzten Schritte und stellte mich neben ihn. Die Flut kam herein, und die Wellen berührten fast unsere Füße.

»Ich liebe dich, Simon«, sagte ich und starrte auf den dunklen fernen Horizont. »Und gerade deshalb solltest du wissen, dass alles nur noch schlimmer werden wird. Ist es eigentlich schon. Als meine Eltern und ich nach Winter Harbor zurückgekommen sind, war ich mir sicher, ich hätte meinen Körper unter Kontrolle – sonst hätte ich nicht darauf bestanden, den Sommer ausgerechnet hier zu verbringen. Dann begann ich, mich immer schlechter zu fühlen, aber ich habe mir eingeredet, dass alles in Ordnung ist und ich nur noch mehr trinken und länger schwimmen muss. Inzwischen ist mir klar, wie sehr ich mich geirrt habe … und ich kann nicht von dir verlangen, dass du weiter mit mir zusammen bist. Du würdest nur verletzt werden. Das wäre nicht fair.«

Einen langen Moment schwieg er. Ein Teil von mir hoffte, dass er sich mit diesen Andeutungen zufriedengeben würde. Vielleicht musste ich ihm nicht erzählen, was ich von Charlotte erfahren hatte, bevor sie gestorben war. Ich wünschte mir, dass ich mich eines Tages einfach in Nichts auflösen konnte, ohne dass er etwas davon merkte, weil ich sowieso schon lange aus seinem Leben verschwunden war.

Aber dann tat er etwas Unerwartetes. Er zog die Schuhe und Strümpfe aus und marschierte in den Schaum hinein, den die Wogen auf dem Strand hinterlassen hatten. Er ging weiter, übersprang eine brechende Welle und stand bis zu den Hüften im Wasser. Einen Moment starrte er auf den Ozean, dann drehte er sich um und streckte mir eine Hand entgegen.

Ich schaute ihn unentwegt an, während ich auf ihn zuging. Als ich nach seiner Hand fasste, zog er mich an sich. So standen wir und hielten uns in den Armen. Ich hatte meine Wange an seine Brust gelegt, und sein Kinn ruhte auf meinem Scheitel. Die Flut stieg um uns herum, bis wir den sandigen Boden nicht länger unter den Füßen spürten.

Da wusste ich, dass seine Liebe nicht genügen würde.

Nichts würde genügen.

Kapitel 24

Als vier Tage später der nächste Hinweis per Mail kam, saßen Simon und ich gerade im einzigen Coffeeshop der Hauptstraße und hofften, dass Colin vorbeikommen würde, um sich seine morgendliche Dosis Koffein zu holen. Seit dem Date in Murph's Grillstube hatte ich mehrmals bei ihm angerufen und gesimst, um mich ausführlich zu entschuldigen und zu versprechen, dass ich bei einem nächsten Treffen alles wieder wettmachen würde. Aber er reagierte nicht und antwortete auf keine meiner Nachrichten. Ich hatte daran gedacht, meine Eltern nach seiner Adresse zu fragen, schließlich war er der Sohn ihrer Maklerin. Leider fiel mir keine Ausrede dafür ein, die nicht zu unbequemen Fragen geführt hätte. Außerdem gefiel keinem von uns die Idee, einen Serienkiller in seinen eigenen vier Wänden zu stellen. Zwar hatten wir abgemacht, dass ich ein zweites Mal versuchen sollte, ihn zu einem Geständnis zu verleiten – diesmal mit Simon, Caleb und Paige als Verstärkung in der Nähe –, aber wir wollten ihm dabei nicht den Heimvorteil überlassen.

Also blieb uns nur übrig, seine eigenen Stalking-Methoden zu benutzen und ihn in der Öffentlichkeit abzufangen. Dazu gehörte jede Menge Warterei.

»Okay, jetzt geht es also wieder los«, sagte Simon, als auf seinem Handy eine Nachricht von Caleb mit Bildanhang eintraf. »Pünktlich zum nächsten Todesdatum vom letzten Jahr.«

Ich ging näher heran, während das Foto hochgeladen wurde.

»Sie ist im Supermarkt, trägt ein schwarzes T-Shirt und schaut von der Kamera weg.« Er seufzte. »Hilfreich wie immer.«

»Warte mal«, sagte ich, als er das Handy zuklappen wollte. »Kannst du näher ranzoomen? Auf ihr Handgelenk?«

Das Foto verschwamm ein wenig, als ihr Arm immer größer wurde, aber die Schärfe reichte, damit ich meinen Verdacht bestätigen konnte. Ich sackte gegen die Stuhllehne und spürte vage, wie alles Blut mein Gesicht verließ und mein Körper ganz taub wurde.

»Was?« Simon hielt sich das Handy näher vor die Augen. »Was hast du gesehen?«

Die Glocke über der Tür bimmelte, als jemand hereinkam. Mein Kopf fuhr herum, und ich hob meine leere Kaffeetasse wie eine Waffe. Als ich feststellte, dass nur eine ältere Dame hereingekommen war, senkte ich die Tasse wieder, aber ließ sie vorsichtshalber nicht los.

»Ihr Armband«, erklärte ich leise.

»Was ist damit?«

»Eigentlich sollte es eine Halskette sein. Siehst du, wie es mehrmals um ihren Arm gewickelt ist?«

»Ja. Und außerdem baumeln kleine Anhänger daran.«

»Zwei Stück … mit eingravierten Initialen.«

»Der eine Buchstabe ist ein Z«, sagte er und schaute mit schmalen Augen auf den Bildschirm. »Der andere ist halb verdeckt.«

»Ein P«, erklärte ich und konnte es selbst kaum glauben. »Für Paige.«

Simon verstand augenblicklich, worauf ich hinauswollte. »Wieso trägt sie Rainas Kette als Armband?«

Weil man sich nicht aussuchen kann, was für eine Mutter man hat ... oder hatte ... und sich mit ihr verbunden fühlt, selbst wenn sie schreckliche Dinge getan hat. Weil man manchmal einfach so tun muss, als wäre alles gut und als wäre die eigene Familie so normal wie alle anderen.

»Ich weiß auch nicht«, erwiderte ich. »Aber im Moment gibt es Wichtigeres, um das wir uns Gedanken machen sollten.«

»Bist du ganz sicher, dass es sich um Paige handelt? Vielleicht sollten wir auf weitere Fotos warten, bevor wir –«

Sein Handy summte. In dieser SMS war das Gesicht noch immer nicht zu erkennen, doch das Mädchen, das beim Fischerhaus aus dem Range Rover stieg, war auf jeden Fall meine beste Freundin.

Simon klappte das Handy zu und senkte die Stimme. »Wir gehen zur Polizei. Auch ohne handfeste Beweise können wir wenigstens dafür sorgen, dass sie Colin in Verdacht haben. Und sie können Paige beschützen.«

Dagegen konnte ich nichts einwenden. Bestimmt würden jede Menge unangenehme, brenzlige Fragen auf uns zukommen, aber damit mussten wir eben fertig werden, so gut wir konnten.

Wir standen auf, brachten unsere Tabletts weg und eilten aus der Tür. Die Polizeiwache befand sich nur ein paar Straßen weiter, doch wir beschlossen trotzdem, Simons Kombi zu nehmen, weil es damit am schnellsten ging. Ich hatte mich gerade angeschnallt, als mein Blick auf die Uhr am Armaturenbrett fiel.

»Ich kann nicht mitkommen.« Ich schlug mir die Hand an die Stirn. »In drei Minuten sollte ich eigentlich zu Hause sein. Ich habe meinen Eltern versprochen, dass wir zusammen brunchen.«

»Ihr wollt jetzt zu einem Brunch?« Simon starrte mich an. »Ausgerechnet?«

»Ich musste zustimmen, sonst hätten sie mich heute Morgen gar nicht aus dem Haus gelassen. Sie haben schon damit gedroht, dass wir ganz aus Winter Harbor wegziehen, und bei dem nächsten freakigen Zwischenfall machen sie garantiert Ernst damit. Genau deshalb darf ich sie auf keinen Fall merken lassen, was wirklich los ist.«

Er zog mich zu sich heran und gab mir einen Kuss auf die Wange. »Schon gut. Ich rufe Caleb an, damit er mit seinem Notebook herkommt, und du kannst zu uns stoßen, wenn ihr euren Brunch beendet habt.«

Wir verabschiedeten uns, und ich stieg aus. Simon wartete, bis ich in meinem Jeep war und losfuhr, erst dann wendete er und verschwand in die entgegengesetzte Richtung.

Kaum war er außer Sicht, parkte ich am Seitenstreifen und rief Paige an. Ich wollte sie nicht erschrecken, aber sie musste wissen, dass Colin es als Nächstes auf sie abgesehen hatte. Vielleicht würde sie aus Angst so vernünftig sein, zu Hause zu bleiben und sämtliche Türen zu verriegeln, bis der morgige Tag vorbei war – an dem laut Zeitplan der nächste Mord stattfinden musste. Nachdem drei Anrufversuche zur Mailbox weitergeleitet wurden, schrieb ich stattdessen eine SMS.

P, wir müssen reden. Notfall. Ruf mich sofort zurück. V

Kaum war die Nachricht abgeschickt, trat ich aufs Gas. Doch ich kam nicht weit, bevor ich genauso energisch auf die Bremse treten musste, denn vor mir tauchte ein schwarzer sportlicher Wagen auf, der es wirklich nicht eilig hatte. Gerade versuchte ich zu entscheiden, ob ich ihn trotz der durchgestrichenen Linie überholen sollte, da hielt er vor einem Zebrastreifen, und ich kam bei meiner Vollbremsung so nah an ihn heran, dass ich den runden Aufkleber auf der Heckscheibe erkennen konnte. Es handelte sich um ein

College-Logo und erinnerte sehr an den Dartmouth-Aufkleber, den meine Mom voller Stolz am Familienwagen angebracht hatte, sobald meine Aufnahmebestätigung im Postkasten gelegen hatte.

Der Name der Hochschule lautete Pomona … in Kalifornien.

Ich vergaß fast zu atmen, als ich die übrigen verräterischen Details wahrnahm: Der Wagen war ein Audi, auf dem Dach waren zwei Kajaks festgeschnallt, und ein sonnengebräunter Arm lehnte im geöffneten Fahrerfenster.

Colin befand sich direkt vor mir. Er kutschierte durch die Stadt, als sei heute ein Sonntag wie jeder andere. Als wäre er nicht nur ein paar Stunden davon entfernt, sein nächstes Opfer anzufallen.

Ohne den Blick von dem Wagen zu wenden, griff ich nach dem Handy im Becherhalter und drückte die Schnellwahltaste für Simon. Auch hier erwischte ich nur die Mailbox, weil er wahrscheinlich gerade mit Caleb sprach. Ich hinterließ eine kurze Nachricht und rief als Nächstes bei meinen Eltern an, um mich für die Verspätung zu entschuldigen. Ich sagte, dass ich total die Zeit vergessen hätte und so schnell wie möglich kommen würde.

Dann umklammerte ich das Steuer fester und folgte dem Audi.

Colin durchquerte die Stadt und bog in eine Landstraße ab, die an der Küste entlangführte. Je weiter er fuhr, desto lauter wurde die warnende Stimme in meinem Kopf, aber trotzdem drehte ich nicht um, sondern blieb in sicherer Entfernung hinter ihm. Ich dachte nicht darüber nach, was ich eigentlich tat oder was passieren würde, wenn der Audi irgendwann anhielt. In meinem Kopf war nur Platz für den Gedanken, dass ich keinen weiteren Menschen verlieren durfte. Die Person vor mir wollte mir eine Freundin entreißen, die so herzensgut war, dass sie von allen geliebt wurde. Ich durfte ihn nicht aus den Augen lassen.

Eine Viertelstunde außerhalb der Stadt bog der Audi auf einen kleinen ungeteerten Parkplatz ein. Ich folgte ihm, ohne zu zögern. Zwar wurde ich ein bisschen nervös, als ich feststellte, dass keine anderen Autos zu sehen waren, aber dann entdeckte Colin mich, und es spielte keine Rolle mehr. Ich schnappte mir das Aufnahmegerät und ließ es in meiner Jackentasche verschwinden.

»Hi«, sagte ich und zwang mich zu einem Lächeln, als ich aus dem Jeep sprang.

»Hallo.« Er stand neben seinem Wagen und musterte mich misstrauisch. »Was machst du denn hier?«

»Ich bin dir aus der Stadt gefolgt.« Nicht gerade subtil, aber für Feinfühligkeit hatte ich keine Zeit. »Weil ich mit dir reden wollte.«

»Wieso?«

Ich ging auf ihn zu. »Wir haben uns seit unserem Date nicht mehr gesehen, und du hast nicht auf meine Anrufe und SMS reagiert.«

Seine Augen wurden schmal. Er drehte sich von mir weg und begann, die Seile zu lösen, mit denen die Kajaks gehalten wurden. »Du hättest nicht herkommen sollen.«

Mein Herzschlag beschleunigte sich. *Warum* hätte ich nicht herkommen sollen? Gab es vielleicht noch ein weiteres Opfer, von dem wir nichts wussten?

»Tut mir leid«, sagte ich, während sich mir fast der Magen umdrehte, »falls ich beim letzten Mal zu weit gegangen bin oder etwas gemacht habe, was dir unangenehm war. Ich schätze, ich kann meine Gefühle nicht besonders gut ausdrücken. Besonders, wenn sie so stark sind.«

Ich legte ihm eine Hand auf den Arm. Seine Muskeln zuckten kurz unter meinen Fingern, dann schienen sie zu gefrieren.

»Aber ich hatte gehofft, wir könnten noch mal von vorne anfangen und einen zweiten Versuch wagen.«

Er dachte darüber nach. Schließlich sagte er: »Tja, ich schulde dir noch immer einen Schnellkurs im Kajakfahren.«

Im gleichen Moment drehte sich der Wind, und ich roch das Salz in der Luft. Ich war so auf Colin konzentriert gewesen, dass ich gar nicht bemerkt hatte, wo wir uns befanden.

Direkt am Meer. Okay, da ging der Heimvorteil wohl an mich.

»Ich bin dabei, wenn du willst«, versicherte ich.

Seine Miene wurde etwas sanfter, aber er wirkte immer noch skeptisch, und ich verstand den Grund nicht. In der Damentoilette hatte er jedenfalls keine solche Zurückhaltung gezeigt, und ich hatte ihn zu nichts gezwungen. War der Grund, dass wir mittendrin überrascht worden waren? Oder befürchtete er, ich könnte die Wahrheit über ihn wissen? Andererseits schien er doch zu *wollen*, dass ich die Wahrheit kannte. Warum sonst sollte er uns Mailanhänge mit Bildern seiner zukünftigen Opfer schicken?

Vielleicht gefiel es ihm auch einfach besser, selbst die Initiative zu ergreifen, und in Murph's Grillstube war ich ihm zuvorgekommen …

Jedenfalls schöpfte ich durch sein Einlenken wieder Mut und half ihm dabei, die Kajaks loszubinden und vom Wagendach zu heben. Da ich nicht riskieren wollte, dass meine Pläne an unberechenbaren Wellen scheiterten, die eine technische Störung verursachten, kletterte ich noch einmal in meinen Jeep und tat so, als wolle ich etwas trinken. Während Colin mit den Paddeln beschäftigt war, leerte ich eine Wasserflasche, stopfte das Aufnahmegerät hinein, drehte den Deckel zu und steckte die Flasche in die Innentasche meiner Jeansjacke. Kein absolut sicherer Aufbewahrungsort, aber besser als nichts.

Dann trugen Colin und ich die Kajaks nacheinander einen steilen Felspfad hinunter, der zum Strand führte. Für die Paddel mussten wir den Weg ein drittes Mal zurücklegen, danach schleppten wir noch die ganze Ausrüstung ans Wasser.

»Beim Kajakfahren braucht man vor allem genug Kraft in den Armen und im Oberkörper«, erklärte er. »Wenn die Wellen die Oberhand bekommen, bringen sie dich um. Also darf man es nicht so weit kommen lassen.«

Falls das sein »Schnellkurs« sein sollte, war Colin ein erbärmlicher Lehrer. Zum Glück hatte ich genug Erfahrung darin, mich durch Wellen zu manövrieren.

»Alles klar«, sagte ich und fügte dann hinzu: »Bevor wir starten, brauche ich noch eine Kleinigkeit zur Aufmunterung, wenn es dir recht ist.«

Er wandte sich zu mir um, und ich breitete einladend die Arme aus. Dabei stellte ich erleichtert fest, dass sie kein bisschen zitterten.

»Wir sind jetzt ein Team, oder? Nur wir zwei gegen die Wellen. Also finde ich, wir sollten vorher die Vergangenheit begraben, damit wir problemlos von vorne anfangen können.«

Er runzelte die Stirn, senkte den Kopf und starrte zu Boden, als müsse er über etwas nachdenken. Nach einem langen Moment schaute er wieder hoch und schenkte mir ein vorsichtiges Lächeln. Dann ließ er sich von mir umarmen. Ich versuchte, mich nicht zu versteifen, als ich seine Hände an meinen Schultern spürte – in dieser Position wäre es für ihn ein Leichtes gewesen, mir mit einem Ruck den Hals zu brechen.

Glücklicherweise brachte er mich nicht auf der Stelle um. Ganz im Gegenteil, sein Körper wurde in meinen Armen weich wie Butter. Ich machte eindeutig Fortschritte. Selbst wenn ich ihn nicht zu einem klaren Geständnis bewegen konnte, reichten meine Sirenenfähigkeiten hoffentlich, um sein Vertrauen zu gewinnen und so auf verliebt zu machen, dass er tat, was immer ich verlangte … selbst mich zur Polizei von Winter Harbor zu begleiten.

»Bist du dir sicher?«, fragte er, als wir uns wieder voneinander gelöst hatten.

»Gibt es einen Grund, warum ich einen Rückzieher machen sollte?«

Als Antwort richtete sich sein Blick auf etwas hinter meiner Schulter. Ich drehte mich um und traute meinen Augen kaum. Am Horizont hatte der Himmel eine dunkelgraue Sturmfarbe angenommen, dabei war er seit Monaten immer nur blau gewesen.

»Was soll schon passieren?«, erwiderte ich und wandte mich wieder Colin zu. »Über uns ist kein einziges Wölkchen zu sehen, und den ganzen Sommer über hat es höchstens ein bisschen Sprühregen gegeben. Bestimmt klart das Wetter wieder auf, bevor es die Küste erreicht.«

»Wenn du meinst.«

Er setzte seinen Weg zum Wasser fort. Ich zog meine Sandalen aus, krempelte meine Jeans bis zu den Knien hoch und folgte ihm. Wir mussten uns anstrengen, die schweren Kunststoffboote durch die Brandung zu schieben. Die Wellen wollten sie immer wieder zurück an Land schleudern. Ich war froh, dass Paige und ich unser Bäumchenwechsle-dich-Spiel seit dem Erfolg mit Jaime noch zweimal ausprobiert hatten. Zwar wurde ich immer noch schnell müde, aber ich fühlte mich besser als seit Wochen. Und unsere ahnungslosen Mitspieler – zwei Kellner aus dem Lighthouse Wellness Resort, wo wir extra ein paarmal gegessen hatten – hatten nur allzu gerne mitgemacht.

Sobald die Kajaks sich weit genug im Wasser befanden,

kletterten wir hinein und begannen zu paddeln. Ich konzentrierte mich auf Colin, der ein kurzes Stück vor mir blieb, und kopierte seine Bewegungen. Als er einen Bogen schlug, so dass wir uns nun parallel zur Küste bewegten, machte ich es ihm nach und war überrascht, wie weit draußen wir uns befanden. Unsere Autos waren auf dem Stück Steilküste, das wir heruntergeklettert waren, kaum noch zu sehen. Der Strand war nur ein dünner heller Streifen. Ich schätzte die Entfernung auf gut fünfhundert Meter.

»Mache ich alles richtig?«, rief ich und tauchte das Paddel absichtlich zu tief ein, so dass ich aus dem Rhythmus geriet. Das Kajak schlenkerte weit nach rechts, dann ein bisschen nach links und wieder nach rechts. Als Colin mich erreichte, dümpelte ich fast mit dem Rücken zu ihm im Wasser.

»Für eine Anfängerin gar nicht schlecht.«

Er zeigte mir, wie man das Paddel richtig hielt, und ich stellte fest, dass er nun viel entspannter wirkte. Vielleicht war ich nicht die Einzige, die sich in Wassernähe automatisch wohler fühlte. Ich stellte ihm noch ein paar Fragen über die richtige Sitzposition und den Bewegungsablauf und bewunderte ihn dafür, was er alles wusste. Je mehr er redete, desto unbefangener wurde das Gespräch – und desto überzeugter war ich, dass mein Plan funktionieren konnte. Um für Körperkontakt zu sorgen, nahm ich absichtlich eine falsche Haltung ein, so dass er meine Position korrigieren musste und meinen Rücken und die Schultern berührte. Erstens schienen diese kurzen Moment auszureichen, damit er sich deutlich für mich erwärmte, und zweitens sorgten sie in Kombination mit den häufigen Salzwasserspritzern dafür, dass ich genug Energie fürs Weiterpaddeln hatte.

Mir ging es körperlich so gut, dass ich sogar zustimmte, eine Sandbank anzusteuern, die noch ein gutes Stück entfernt lag.

Leider kam das Unwetter, das sich vor einer halben Stunde noch am Horizont befunden hatte, mit überraschender Geschwindigkeit immer näher, während wir paddelten. Die Wellen wurden höher, und als wir uns der Sandbank näherten, hatte sich der blaue Himmel mit dicken dunklen Wolken überzogen. Kalte Regentropfen prasselten herab, und der Wind blies stärker.

»Vielleicht sollten wir umdrehen«, rief ich, »und diesen Abstecher auf einen anderen Tag verschieben!«

Colin vor mir gab keine Antwort. Vielleicht hörte er mich nicht. Er balancierte auf den Wellen und steuerte nur ab und zu ein bisschen, während er das Wasser unter sich beobachtete. Nach ein paar Minuten packte er das Paddel ganz oben am Griff und stieß es wie einen Speer nach unten. Es traf auf Grund und steckte dort fest wie ein Anker. Colin grinste triumphierend über die Schulter und hielt sich fest. Mit der freien Hand wickelte er eine elastische Leine, die eher nach Surfer-Ausrüstung aussah, um den Paddelschaft. Dann kletterte er aus dem Kajak, das nun festgezurrt in den Wellen dümpelte. Unter normalen Bedingungen hätte Colin wahrscheinlich nur bis zu den Knöcheln im Wasser gestanden, aber jetzt schlug es ihm gegen die Knie.

»Das hält doch nie im Leben!« Ich strengte all meine Kraft an, um zu ihm zu kommen. »Die Wellen sind zu hoch!«

Er öffnete den Mund, um zu antworten, als ein Blitz den Horizont durchteilte. Drei Sekunden später folgte ein Donner, der den Boden erzittern ließ, was man sogar bis hier oben auf der Wasseroberfläche spürte. Anscheinend war das Gewitter näher, als es aussah. Als Nächstes folgte ein Wolkenbruch, der mir das Salzwasser von der Haut spülte und den dunkelgrünen Ozean aufschäumen ließ, als hätte jemand ein Kochfeuer darunter angezündet.

»Es tut mir echt leid!«

»Was?«, schrie ich. Nun war ich dem verankerten Paddel nah genug gekommen, um danach zu greifen. Ich streckte mich ... und verfehlte es, weil eine Welle mich aus der Bahn warf. Mit hektischen Ruderschlägen versuchte ich, nicht wieder wegzudriften.

»Ich wollte das nicht tun!«

Mein Kopf ruckte zu ihm herum. Seine Stimme wurde fast von Wind und Wellen übertönt. Hatte er gerade wirklich gesagt, was ich gehört hatte? Wollte er ausgerechnet jetzt ein Geständnis ablegen, während wir mitten in einem Gewitter auf dem Meer trieben?

»Ich wusste ja nicht richtig Bescheid!«

Anscheinend wollte er das tatsächlich. Ich ließ das Paddel mit einer Hand los und griff in meine Jackentasche. Das Aufnahmegerät war klitschnass, aber ich tastete dennoch nach dem größten Knopf und drückte ihn herunter.

»Wenn ich gewusst hätte ... wenn ich auch nur die geringste Ahnung gehabt hätte ...«

Ich ergriff das Paddel wieder mit beiden Händen und strengte meine Armmuskeln an, um schnell wieder näher zu kommen. »Wenn du *was* gewusst hättest?«

Er schaute mich an, und der Regen strömte ihm übers Gesicht. Sein Blick war klar und tieftraurig. Er schüttelte den Kopf und sagte etwas, was ich nicht verstand, denn der Donner übertönte seine Stimme, und ein weiterer Blitz blendete mich, so dass ich nicht einmal seine Lippenbewegungen sah. Bevor ich ihn auffordern konnte, den Satz zu wiederholen, brandete eine Welle von hinten auf ihn zu und traf ihn im Rücken. Er schaffte es, auf den Füßen zu bleiben, doch das im Sand verankerte Paddel wurde losgerissen und riss das Kajak mit sich fort.

Für den Bruchteil einer Sekunde starrte Colin reglos seinem Boot hinterher, Augen und Mund vor Schreck weit aufgerissen.

Einen Wimpernschlag später wurde sein Gesicht ganz ruhig, und er sprang kopfüber von der Sandbank in die Wellen.

Ich schaute mit angehaltenem Atem auf die Wasseroberfläche. Gleich musste sein Kopf wieder irgendwo auftauchen. Aber das tat er nicht, und das Kajak driftete immer weiter fort. Ich zog die Knie an, hockte mich aufgerichtet hin und schaute über den Bootsrand in die dunkle Tiefe, während ich mich krampfhaft an den Kajakrändern festhielt. Doch der strömende Regen wirbelte das Wasser so auf, dass man nicht das Geringste sehen konnte.

Was bedeutete, dass ich jetzt zwei Möglichkeiten hatte. Entweder konnte ich zurück ans Ufer paddeln oder schwimmen und Colin seinem Schicksal überlassen ... oder ich versuchte, ihn zu retten, damit die Justiz entscheiden konnte, was als Nächstes mit ihm geschah.

Ich hatte mich noch nicht entschieden, als eine Woge mein Kajak hochriss, hart aufprallen ließ und mich herausschleuderte. Gleich darauf kenterte das Boot. Ich sah es kaum noch, denn ich wurde augenblicklich von einer starken Strömung erfasst und nach unten gerissen. Sie schien meine Taille zu umklammern und mich von einer Seite zur anderen zu schütteln. Als ich mich schwimmend zu befreien versuchte, packte sie meine Brust, presste gegen meinen Mund und meine Stirn, schnürte mir den Hals zu und drückte mir das Wasser aus der Kehle. Zwischen meinen Füßen sah ich ein zweites Paar strampeln.

Da wurde klar, dass mich nicht die Strömung umklammerte und würgte.

Sondern Colin.

Er war überraschend stark. Ich stieß ihm einen Ellbogen

in den Magen und befreite meinen Hals aus seinem Griff. Gerade wollte ich herumwirbeln, um eine bessere Kampfposition zu bekommen, da packte er meine Arme und verdrehte sie hinter dem Rücken. Das Meer war so aufgewühlt, dass ich sein Gesicht nicht sehen konnte, selbst als wir uns der helleren Oberfläche näherten. In kurzen Abständen stieß er hart mit den Beinen, um aufzutauchen und nach Luft zu schnappen, bevor er wieder versank.

Meine Handgelenke brannten von dem harten Griff, in dem er sie hielt. Mit der anderen Hand hielt er mir Mund und Nase zu, um mich zu ersticken. Ich stieß beide Beine nach hinten und hoffte, seine empfindlichste Stelle zu treffen, aber der Winkel war nicht richtig, und mein Tritt ging ins Leere. Nachdem ich mich mehrere Sekunden lang in seinem Griff gewunden hatte, war ich kurz davor, das Bewusstsein zu verlieren. Was mich rettete, war das bisschen Wasser, das zwischen seinen Fingern hindurchsickerte. Ich atmete es gierig ein und hoffte, dass er nichts davon merkte.

Vermutlich verstand er nicht, warum ich so lange durchhielt, jedenfalls verlor er die Geduld. Ich fühlte, wie der Druck um meine Handgelenke nachließ, und dann gab er sie plötzlich ganz frei. Bevor ich einen Fluchtversuch machen konnte, hatte er stattdessen wieder meinen Hals gepackt und würgte mich nun mit beiden Händen fester als zuvor. Vor meinen Augen erschienen die weißen Flecken, die ich inzwischen nur allzu gut kannte. Diesmal wurden sie mit der Zeit jedoch nicht heller, sondern verblassten immer mehr. Gleichzeitig fühlte es sich an, als würde er mir den Kopf abreißen, so sehr schmerzte sein Griff. Gleich würde ich in zwei Stücken durch die Gegend treiben.

Jetzt war also alles vorbei. Ich würde sterben. Hier, in der Tiefe des Meeres. Genau wie Justine. Genau wie die ganzen

Opfer letztes Jahr. Hatte sich ihr Tod genau so angefühlt? So kalt? So dunkel?

Ein weiterer Donnerschlag ertönte. Dann noch einer und noch einer. Gleißende Blitze erleuchteten das Meer. Ich war überzeugt, dass mein Ende unabwendbar war, und begann, die Augen zu schließen, um das grelle Licht nicht mehr sehen zu müssen … aber etwas ließ mich innehalten.

Ein Paddel. Von einem der Kajaks. Es war unter die Oberfläche gesogen worden und trudelte nun in der Nähe meiner Füße herum.

Vorsichtig und langsam, damit Colin nichts bemerkte, angelte ich mit den Zehen nach dem flachen Ende. Ich stieß es nach oben, streckte gleichzeitig die Arme aus, und meine Finger packten den Griff.

Dann schwang ich das Paddel nach hinten, so heftig ich konnte. Der harte Kunststoff rammte in Colins Rücken. Sein Würgegriff löste sich, und ich schoss nach vorne, in das tiefere dunklere Wasser, wohin er mir nicht folgen konnte.

Mein erster Impuls war, so schnell wie möglich wegzukommen. Aber dann wendete ich in einer Überkopfdrehung und tauchte zurück zur Sandbank.

Als ich ihn fand, krallte er sich mit den Händen im Schlick der kleinen Erhöhung fest, die noch übrig war und die wahrscheinlich sehr bald vom Sturm fortgewaschen sein würde. Ich konnte sehen, wie sich sein Kopf der Oberfläche entgegenstreckte und kleine Luftblasen aus seiner Nase und seinen zusammengepressten Lippen strömten. Seine Wangen waren ganz aufgebläht von der Atemluft, die er bei sich zu behalten versuchte. Mir war klar, dass er nicht mehr lange durchhalten würde, wenn ich ihn einfach hierließ. Und er würde in dem Glauben sterben, dass ich dem Tod genauso nah war. Wie sollte er auch ahnen, dass ich hier unten herumschwamm und zu ihm zurückgekehrt war?

Bestimmt hatte er den Tod verdient, trotzdem brachte ich es nicht über mich, ihn einfach dem Meer zu überlassen.

Aber wenigstens konnte ich ihm eine Lehre erteilen. Also begann ich zu singen. Ich wollte, dass er mich hörte. Er sollte begreifen, dass ich Bescheid wusste und die ganze Stadt über seine Taten aufklären würde. Aus meinem Mund drang ein zarter, süßer Ton, der schnell lauter wurde und die ganze Umgebung erfüllte: von der Sandbank bis zum Meeresboden, vom Horizont bis zu den Wolken über mir. Bald konnte ich nichts anderes mehr hören, weder den Donner noch die brausenden Wellen direkt an meinen Ohren.

Anscheinend ging es Colin genauso. Denn seine Finger entkrampften sich. Er ließ die Sandbank los und trieb gegen die Strömung auf mich zu. Seine Lippen öffneten sich, seine Wangen entließen die festgehaltene Luft. Noch immer singend, schoss ich mit einem Beinschlag auf ihn zu. Ich wusste, dass ich ihn auf diese Weise ertränken konnte, wenn nötig, aber so weit mussten wir nicht gehen. Schließlich brauchte ich ihn in guter Verfassung – zumindest körperlich –, damit wir auf der Fahrt nach Winter Harbor diskutieren konnten, was genau er der Polizei sagen sollte.

So lautete jedenfalls mein Plan.

Aber die Strömungen waren unberechenbar geworden. Plötzlich rissen sie ihn in die Tiefe von mir fort. Ich bewegte mich schneller, aber je mehr ich mich anstrengte, desto größer schien der Abstand zwischen uns zu werden.

Endlose Sekunden vergingen, und dann begann er zu lächeln.

Ich verstummte. Im Meer wurde es totenstill. Colin driftete mit ausgestreckten Armen auf mich zu und sah glücklicher aus als jemals zuvor. Seine Hand berührte meinen Bauch, und im gleichen Moment erlosch das Licht in seinen Augen. Sein ganzer Körper wurde schlaff.

Während ich ihn noch anstarrte, erklang ein Hilferuf von Paige in meinen Gedanken.

Vanessa, bitte komm schnell.

Ich bin im Restaurant … und er ist hinter mir her!

Kapitel 25

Ich versuchte, ihn zu retten. Ich zog ihn ans Ufer und presste rhythmisch seine Brust, damit er atmete. Jedes Mal, wenn ich auf sein Gesicht herunterschaute, dachte ich, dass ich es geschafft hatte und sein Mund zuckte, um gleich nach Luft zu ringen. Dann erkannte ich, dass er nur lächelte.

»*Nein.*« Ich hielt ihm die Nase zu und drückte meinen Mund auf seinen. Sein Brustkorb blähte sich auf und fiel wieder zusammen. Ich versuchte es ein Dutzend Mal.

Er grinste die ganze Zeit.

Vanessa … bitte … beeil dich …

Ich atmete immer heftiger und hämmerte auf seine Brust ein. Der Regen strömte nieder und vermischte sich mit den Tränen, die über meine Wangen liefen, aber ich spürte beides kaum. Ich fühlte überhaupt nichts mehr.

Genauso wenig wie Colin. Alle paar Sekunden tastete ich nach seinem Puls, aber vergebens. Sein Herz blieb still.

O Gott … er ist mit mir hier drin …

Ich hockte mich aufrecht hin und schaute die Küste entlang in Richtung des Restaurants. Es war mehrere Meilen entfernt, also hätte ich es selbst bei klarem Wetter nicht sehen können, aber ich hoffte, dass Paige fühlen konnte, wie ich meine Gedanken zu ihr sandte. Ich stellte mir ihr Gesicht vor, wenn sie lächelte und lachte, dann schickte ich meine Antwort.

Wo denn?

Ich wartete, aber hörte nur das Rauschen des Regens und das Tosen der Wellen. Also versuchte ich es noch einmal.

Sprich mit mir, Paige. Ich komme, so schnell ich kann.

Noch immer lauschend, beugte ich mich über Colin, bis mein Mund ganz nah an seinem Ohr war, und flüsterte: »Ich weiß nicht, was du mit den ermordeten Frauen zu tun hattest ... aber dafür weiß ich genau, was du gerade bei mir versucht hast.« Ich wischte mir über die Augen und konnte einfach nicht aufhören zu weinen. »Trotzdem tut es mir leid. Ich wollte, dass du für deine Taten bezahlst ... aber nicht so. Nicht durch meine Hand.«

Ich konnte ihm nicht ins Gesicht sehen und wandte den Blick ab, während ich aufstand, meine durchweichte Jeansjacke auszog und sie ihm über die leeren Augen legte. Nach einer weiteren lautlosen Entschuldigung schlüpfte ich in meine Sandalen, die noch immer an der Stelle warteten, wo ich sie ausgezogen hatte, und rannte den steilen Pfad zum Parkplatz hoch.

Die nächsten Minuten vergingen wie im Rausch. Ich erreichte den Jeep, der voller Wasser stand, da ich mit offenem Verdeck gefahren war. Ich rief die Polizei an, um zu melden, dass ich eine Leiche gefunden hatte und wo sie zu finden war ... und dass dringend jemand zu Bettys Fischerhaus kommen sollte. Dann hinterließ ich eine gehetzte Nachricht auf Simons Mailbox und teilte ihm mit, dass es mir gutging, aber Paige in Schwierigkeiten steckte und unsere Hilfe brauchte. Während ich den Motor startete und mit quietschenden Reifen rückwärtsfuhr, drückte ich die Schnellwahltaste für meine Eltern und versicherte, dass mit mir alles okay war und ich so bald wie möglich zu Hause sein würde.

Ich dachte nicht darüber nach, was ich gerade getan hatte. Das konnte ich einfach nicht. Sonst wäre alles vorbei gewesen. Ich hätte in meinem offenen Jeep gesessen und das Süßwasser des Regens über meine Haut laufen lassen, bis es mich langsam vergiftet hätte.

Aber Paige brauchte mich. Ich konnte Colin nicht mehr retten ... genauso wenig wie Justine oder Charlotte ... doch bei meiner besten Freundin hatte ich noch eine Chance.

Ich war so in meinen Gedanken versunken, dass ich fast vom Parkplatz gerast wäre, ohne das Auto zu bemerken, das vorhin noch nicht hier gewesen war und nun versteckt zwischen einem Müllcontainer und einer Düne stand. Als ich es sah, trat ich so hart auf die Bremse, dass der Jeep einen Satz machte.

Der Wagen war ein orangefarbener Pick-up-Truck. Hinten ragten Angelruten heraus. Da Paige sich in Gefahr befand, obwohl Colin ihr nichts mehr antun konnte, musste er die ganze Zeit doch mit Komplizen zusammengearbeitet haben. Vielleicht hatten sie ihm auch helfen sollen, mich aus dem Weg zu räumen? Lauerten sie hier irgendwo und warteten nur darauf, den Job zu Ende zu bringen?

Vanessa!

Ich schüttelte den Kopf und trat aufs Gas. Die Reifen durchpflügten den matschigen Boden, drehten zuerst durch, aber dann katapultierten sie mich regelrecht aus dem Parkplatz heraus. Ich bog schlitternd in die Straße ein und raste in Richtung der Stadt.

Das Unwetter wurde immer schlimmer, während ich fuhr. Der Himmel färbte sich pechschwarz, und der Regen war wie eine graue Mauer, die meine Scheinwerfer nicht durchdringen konnten. Ich war geradezu dankbar für die Blitze, von denen die Straße alle paar Sekunden erhellt wurde. Mit beiden Händen umklammerte ich das Lenkrad und schaute starr geradeaus. Dabei dachte ich nur an Paige.

Als mein Handy klingelte, warf ich einen Blick auf das Display und stellte fest, dass es nur meine Eltern waren. Also ließ ich die Mailbox rangehen.

Inzwischen musste ich ein gutes Stück näher am Ziel sein und versuchte, wieder Kontakt mit Paige aufzunehmen.

Ich bin fast da. Geht es dir gut?

Eine halbe Ewigkeit kam keine Antwort. Ich hielt den Atem an und starrte durch die Windschutzscheibe auf den verschwommen sichtbaren Mittelstreifen. Gerade wollte ich meine Frage mit mehr Nachdruck wiederholen, als ihre Stimme in meinem Kopf erklang.

Ja, sagte sie und wirkte ganz zitterig. *Aber er ist hier.*

Wer? Wo?

Sie sagte noch etwas, doch ihre Stimme wurde vom Donner übertönt. Ein Blitz erhellte den gesamten Himmel und schlug direkt neben der Straße in einen Baum ein, der in zwei Hälften gespalten wurde. Ich sah den gesplitterten Stamm in meine Richtung kippen und trat aufs Gas – aber ich hatte keine Chance. Der Baum landete vor mir auf dem Asphalt. Ich brachte den Wagen rutschend zum Stehen, warf den Rückwärtsgang ein und versuchte, das Hindernis zu umfahren.

Der Stamm war schmal, aber lang. Er blockierte die gesamte Straße, und die obersten Äste hatten sich im Gebüsch am Waldesrand verfangen. Ich riss die Tür auf, sprang aus dem Jeep und rannte zu dem halbierten Baum, um irgendwie einen Durchgang zu schaffen. Doch selbst als ich mit aller Kraft schob und zerrte, rollte er nur ein bisschen hin und her. Da er sich in einem schrägen Winkel verkeilt hatte, war er auch zu hoch, um mit meinem Geländewagen einfach darüber hinwegzufahren. Auf der Fahrbahn hinter dem Baum sah ich nirgendwo Scheinwerfer. Bei einem Unwetter wie diesem würden die meisten Leute lieber am

Straßenrand halten und warten, bis das Schlimmste vorbei war. Also standen die Chancen schlecht, dass jemand auftauchen, meine Notlage bemerken und mich in die Stadt bringen würde. Außer vielleicht irgendwann die Polizei.

Ich war immer noch eine Meile vom Restaurant entfernt.

In meinem Kopf hörte ich Paige gedämpft wimmern.

Mir blieb nur eine Möglichkeit. Ich fuhr den Jeep an den Straßenrand, schnappte mir mein Handy, die Handtasche und die Autoschlüssel … und rannte los.

Meine Beine stampften rhythmisch auf den Asphalt, meine Füße flogen über Schotter und heruntergefallene Äste. Mein Puls ging schnell, aber stetig. Lange bevor ich es erwartet hatte, sah ich gedämpft die Lichter der Hauptstraße auftauchen.

Bist du immer noch im Restaurant?, fragte ich Paige.

Ja …

Wo genau?

Auf dem …

Sie verstummte.

Paige? Ist alles okay mit dir?

Nichts.

Ich wurde noch schneller und sprintete im Rekordtempo durch die Stadt. Als Bettys Fischerhaus in Sichtweite kam, schnappte ich mir mein Handy und versuchte noch einmal, Simon zu erreichen. Er antwortete nicht, also hinterließ ich eine weitere Nachricht und erklärte, dass ich jetzt bei Paige im Restaurant war und er sich bitte beeilen sollte, um uns dort zu Hilfe zu kommen.

Ich rannte die Eingangstreppe hinauf und wollte die Tür aufreißen. Sie rührte sich nicht. Ich griff fester zu und versuchte es noch einmal.

Die Tür war verriegelt. Mitten am Tag, wenn eigentlich Essenszeit sein sollte. Das Fischerhaus hatte nie einfach so geschlossen. Paige behauptete gerne, selbst wenn ein Schneesturm den Rest der Stadt lahmlegte, könnte man sich mit Skiern zum Hafen durchschlagen und sicher sein, dass dort eine heiße Fischsuppe warten würde. Das heutige Unwetter war zwar ungewöhnlich stark, aber das Restaurant hatte schon schlimmere erlebt … also was war hier los?

In diesem Moment sah ich es: Ein handgeschriebener Zettel klebte an der Innenseite des Schmuckfensters, das in die Tür eingelassen war.

Geschlossene Gesellschaft! Bitte kommen Sie morgen wieder!

Paige hatte nichts von einer größeren Veranstaltung erwähnt. Aber tatsächlich konnte ich Musik hören, die bis nach draußen dröhnte. Und als ich von der Treppe sprang und durch ein Fenster in die Gaststube spähte, stellte ich fest, dass eine Party im Gange war. Ich erkannte viele der Seeleute, die in letzter Zeit zu Stammkunden geworden waren. Sie schlenderten herum, lachten und unterhielten sich mit einer Gruppe junger Frauen, die ich noch nie zuvor gesehen hatte. Keiner der Gäste saß an einem Tisch oder aß, sondern alle standen beisammen wie auf einer Cocktailparty. Vielleicht war das auch der Grund, warum ich keine Kellner sah. Tatsächlich entdeckte ich absolut niemandem vom Personal, als ich meinen Blick durch den Raum huschen ließ.

Paige, versuchte ich es noch einmal, *ich bin hier. Wo steckst du?*

Nichts. Ich rannte ums Gebäude herum zum Personaleingang, der jedoch ebenfalls verschlossen war. Das überraschte mich inzwischen nicht mehr. Zu meiner Erleichterung stellte ich durchs Fenster fest, dass drinnen niemand war, der mich entdecken konnte. Nachdem ich mich kurz umgeschaut hatte, um sicherzugehen, dass ich nicht verfolgt wurde, entriegelte ich die Tür mit meinem Mitarbeiterschlüssel. Paige hatte ihn mir gegeben, als ich angefangen hatte, am Empfang zu jobben.

Als Nächstes nahm ich mir den Keller vor, aber er war leer. Also ging ich wieder hoch und schaute in den Vorratsraum, die Besenkammer und den Kühlraum. Paige war nirgends zu finden. Ich duckte mich hinter einen Turm aus gestapelten Tellern und dachte darüber nach, wie ich in die Gaststube gelangen sollte, ohne dass jemand mich bemerkte. Da hörte ich plötzlich ein Poltern über mir. Gleich darauf ertönte oben ein schabendes Geräusch, das links von mir begann und rechts endete.

Auf der Küchentheke in meiner Reichweite lag ein Messer neben einem Berg nur halbaufgeschnittener Tomaten. Anscheinend war das Personal mitten in der Arbeit unterbrochen worden. Ich schnappte mir das Messer und ging auf die Treppe zu.

Während ich die Stufen erklomm, hörte ich Stimmen. Paiges leises Wimmern wurde lauter, aber ich begriff erst nach einem Moment, dass es nicht länger in meinem Kopf erklang, sondern von draußen kam.

Als ich das Ende der Treppe erreicht hatte, packte ich das Messer fester und betrat den Pausenbalkon.

Ich hatte mir keinen Plan überlegt, aber das wäre auch nutzlos gewesen, denn die Szene vor mir war so unerwartet, dass ich wie angewurzelt stehen blieb und einfach nur starrte.

Genau wie die Gaststube unten war auch der Balkon wie für eine Party geschmückt. Runde Papierlaternen hingen an der Decke und schwangen im Wind. Teelichter unter schützenden Glasglocken waren überall auf den Tischen, dem Holzboden und dem Geländer verteilt. Auf der Mitte des Tisches, an dem ich unzählige Male mit meinen Freunden gesessen hatte, stand ein silberner Eimer mit drei Champagnerflaschen und Gläsern.

Paige hockte in der entferntesten Ecke auf einem Plastikstuhl. Ihre Hände waren gefesselt und ihr Mund zugeklebt. Ihr Kopf hing schlaff zu einer Seite, als habe sie nicht mehr die Kraft, ihn aufrecht zu halten. Neben ihr stand Jaime, der süße Seemann, den wir vor ein paar Tagen umgarnt hatten. Simon und Caleb kauerten in der gegenüberliegenden Ecke auf dem Boden, ebenfalls geknebelt und mit gefesselten Händen. Als Simon mich bemerkte, ging ein Ruck durch seinen Körper, als wolle er aufspringen und mich beschützen. Ich schüttelte den Kopf, damit er still blieb und mich nicht verriet. Denn die Person, die das alles inszeniert hatte, saß mit dem Rücken zu mir.

Paige, bist du –

»Vanessa!«

Bei dem Ausruf hob Paige den Kopf. Ich wich einen Schritt zurück.

Natalie drehte sich um.

»Wie schön, dass du endlich zu uns gefunden hast.« Sie rutschte vom Schoß des jungen Mannes, an den sie sich geschmiegt hatte, und kam auf mich zu. Ihr Kleid war feuerrot und so lang, dass der Rock eine Schleppe bildete. »Darauf sollten wir anstoßen!«

Ich blieb stumm, als sie mich erreichte, in die Arme zog und auf beide Wangen küsste.

»Du Arme bist ja ganz durchweicht!« Sie schaute mich an, und als sich unsere Blicke trafen, begann sie zu lächeln. »Und du hattest einen recht aufregenden Morgen, wie ich sehe.«

Mit einem glücklichen kleinen Lachen drehte sie sich um und hüpfte regelrecht zum Tisch zurück. Ich warf einen fragenden Blick auf Simon, doch er musterte mich stirnrunzelnd von oben bis unten. Caleb und Paige betrachteten mich mit ebenso seltsamen Blicken.

»Wie fühlst du dich?«, fragte Natalie. Sie naschte von einer Erdbeere und goss gleichzeitig Champagner ein.

Endlich fand ich meine Stimme wieder. »Gut.«

Sie trat auf mich zu. »Nur gut? Mehr nicht?«

Ich wollte nicken, doch dann wurde mir klar, was für eine Untertreibung das war. In der letzten Stunde war ich in einem Unwetter Kajak gefahren, war angegriffen worden und hatte mich frei gekämpft, hatte einen achtzig Kilo schweren Körper über den Strand geschleppt, war im Auto mit Süßwasser überschüttet worden und am Ende eine Meile gerannt. Nach dieser enormen körperlichen und seelischen Anstrengung sollte ich eigentlich gar nicht hier stehen, sondern halbtot am Strand liegen.

Stattdessen fühlte ich mich unglaublich lebendig. Tot war nur Colin.

Mir war klar, dass er der Grund war, warum ich vor Stärke und Gesundheit sprühte. Wahrscheinlich konnte man mir die Folgen meiner Tat auch äußerlich ansehen, und deshalb starrten meine Freunde mich an, als würden sie mich kaum wiedererkennen.

Ich bemühte mich, meine unmenschliche Energie für die Konfrontation mit Natalie zu benutzen.

»Was ist hier los?«, fragte ich ganz ruhig.

Sie zuckte mit den Schultern und grinste. »Wonach sieht es denn aus?«

»Ein schwerer Fall von Kidnapping?«

»Hach, und dabei hatte ich eigentlich einen Schickimicki-Empfang mit künstlerischem Touch im Sinn«, erwiderte sie und zog eine Schnute.

Sie kam mit einem Glas Champagner auf mich zu und wollte es mir reichen. Als ich es nicht entgegennahm, fiel ihr Blick auf meine Hand, in der ich immer noch das Messer aus der Küche hielt.

»Oh, das wirst du nicht brauchen.«

Bevor ich reagieren konnte, hatte sie meinen Arm gepackt und umgedreht. Das Messer fiel mir aus der Hand, und der junge Mann, auf dessen Schoß Natalie gesessen hatte, sprang auf und hob es auf.

»Danke, Liebling«, sagte sie.

Während die beiden sich küssten, wurde mir klar, dass ich ihn schon einmal gesehen hatte. Am Strand. Als er Natalie das Herz gebrochen hatte und sie sich hinterher von mir hatte trösten lassen.

»Ist das nicht dein Ex-Verlobter?«, sagte ich, als sie zum Tisch zurückkehrte.

»Also, eigentlich ist er mein Ehemann. Wie lange sind wir jetzt schon verheiratet, Schatz? Fünf Jahre?« Sie schaute fragend in seine Richtung, und er nickte. »Ich habe das ganze Drama am Strand nur inszeniert, weil uns Mädels nichts so gut zusammenschweißt wie Männerprobleme. Du solltest dich mit mir anfreunden, und das ist mir auch gelungen. Aber mach dir keine Sorgen, wenn alles gut läuft, kannst du mit Simon genauso glücklich werden wie ich mit Will. Und zwar für immer.«

Eine Tür knallte zu. Schwere Schritte kamen die Treppe heraufgestampft. Ich ging zur Seite und hoffte, dass die Polizei auf den Balkon stürmen würde … aber stattdessen erschien einer der Männer von dem orangefarbenen Pick-up-Truck.

»Sam?«, fragte Natalie, als er in der Tür erschien. »Wie kommst du denn …?« Sie runzelte die Stirn, dann zuckte sie ein wenig zusammen und nippte an dem Champagner, den sie eigentlich für mich eingeschenkt hatte. »Also hat es Colin erwischt und nicht dich. Das war nicht geplant, aber was soll's.«

Gerade wollte ich fragen, von welchem Plan sie sprach,

als Sam sich auf mich warf. Er war klitschnass und starrte mich mit leeren Augen an. Bevor ich ausweichen konnte, erklang ein kurzer schmerzhaft hoher Ton, der an eine Glocke erinnerte und für einen Moment den Sturm, Regen und Donner übertönte. Weißes Licht explodierte vor meinen Augen, und mir wurde plötzlich alles klar.

Als ich wieder sehen konnte, saß Sam neben Natalies Mann und starrte mit leerem Gesichtsausdruck geradeaus. Natalie stand vor mir und lächelte.

»Du bist eine …«

Sie hob eine Augenbraue und hielt sich die Hand hinters Ohr. »Ja? Was wolltest du sagen?«

Ich versuchte es noch einmal. »Du bist … eine Sirene.«

»Natürlich.« Sie schaute mich herablassend an.

»Aber mein Kopf … ich habe nichts gespürt.« Zwar hatte ich mich in den letzten Wochen oft ganz furchtbar gefühlt, doch von den Migräneanfällen, die mir die Nähe einer anderen Sirene anzeigten, war nichts zu merken gewesen.

»Denkst du wirklich, ich würde mich so leicht verraten?« Sie warf einen Blick auf Paige. »Obwohl ich überrascht bin, dass deine liebe Freundin – deine *beste* Freundin – dir nichts davon erzählt hat.«

Ich starrte Paige an.

Es tut mir so leid, Vanessa. Ich habe wirklich nicht –

»Ruhe!«, schrie Natalie.

Paige zuckte zusammen, und ihre Gedankenstimme verstummte. Ich versuchte, mir den Rest selbst zusammenzureimen.

»Du hast die Fotos geschossen«, sagte ich, »und uns die Mails geschickt.«

»Falsch.« Natalie nippte an ihrem Glas. »Und noch mal falsch.«

Sie wartete darauf, dass ich weiterriet, doch den Gefallen

tat ich ihr nicht. Da trippelte sie über den Balkon auf mich zu und lehnte sich gegen die Brüstung.

»Ich habe so lange auf dich gewartet«, sagte sie. »Obwohl ich natürlich nicht wusste, dass du diejenige sein würdest. Aber nach letztem Sommer gab es keinen Zweifel mehr.«

Ich schluckte. »Keinen Zweifel, woran?«

»Du bist dazu bestimmt, dich mir anzuschließen«, erklärte sie, und ihre silberblauen Augen glitzerten. »Wir beide werden die Anführerinnen der nächsten Generation.«

Kapitel 26

Ein Blitz zerriss den Himmel. Donner dröhnte. Alle außer Natalie und mir zuckten zusammen.

»Versteh mich nicht falsch«, sagte sie lässig und wedelte mit ihrem Glas durch die Gegend, »ich will mich nicht darüber beschweren, was die Ladys vor uns geschafft haben. Schließlich sprechen wir von Jahrhunderten harter Arbeit mit einfachsten Mitteln. Ohne sie wären wir heute nicht hier. Aber sie hatten kein größeres Ziel, keine echte Vision. Ihnen ging es vor allem ums schlichte Überleben, und das ist bei den meisten Sirenen immer noch so.«

Ihr Mund verzog sich zu einem breiten Lächeln. »Dabei eignen sich unsere Fähigkeiten für so viel mehr.«

Ich hatte das dringende Verlangen, Simon anzuschauen. Wenn er sich auf mich konzentrierte, würde er vielleicht nicht auf Natalie hören. Aber ich fürchtete, sie könnte die Geste falsch auffassen und ihm weh tun, also blickte ich starr geradeaus, während sie fortfuhr.

»Rainas Versuch letzten Sommer war beeindruckend, wenn auch fehlerhaft geplant. Soweit ich weiß, war sie die Erste überhaupt, die nicht länger im Verborgenen existieren wollte, sondern ihre Kräfte dazu benutzt hat, um eine Aktion im großen Stil durchzuführen. Ein kühner Plan, und wenn er funktioniert hätte, ist kaum vorstellbar, was sie noch alles hätte erreichen können.«

Jetzt hätte ich am liebsten Paige angeschaut, aber schreckte auch diesmal davor zurück.

»Ich habe schon seit Jahren die Aktivitäten der mächtigsten Clans beobachtet, und als die Nachricht von Rainas Erfolgen mich erreichte – übrigens an der Nordküste Kaliforniens und nicht in Vermont, wo es weit und breit kein Meer gibt –, da begann ich aufzuhorchen. Wenig später wurde mir zugetragen, durch was oder genauer gesagt *wen* sie aufgehalten wurde, und ich war von der Story fasziniert. Also beschloss ich, den Sommer an der Ostküste zu verbringen.« Sie grinste. »Na ja, außerdem gibt es hier tollen Hummer.«

»Ich verstehe immer noch nicht«, sagte ich. »Was hat das alles mit den E-Mails zu tun? Mit den Fotos von den ermordeten Frauen?«

»Du warst widerspenstig. Du hast dich gegen das Geschenk gewehrt, das die Natur dir gegeben hat. Also musste ich dir zeigen, wie wertvoll es tatsächlich ist und dass du etwas ganz Besonderes bist. Nur so konnte ich hoffen, dass du dich mir anschließen würdest.«

»Aber wenn mich der letzte Sommer schon nicht überzeugt hat, wieso sollte ich jetzt anders darüber denken?«, hakte ich nach.

»Weil die Todesopfer diesmal weiblich waren. Bis eben hast du geglaubt, die Täter seien männlich, nicht wahr? Und du wolltest, dass sie angemessen bestraft werden?«

»Aber stattdessen hast du dahintergesteckt?«, fragte ich. »*Du* hast die ganzen Frauen umgebracht? Um mich von etwas zu überzeugen, was ich niemals akzeptieren werde?«

Natalie runzelte die Stirn. »Du neigst wirklich zu voreiligen Schlüssen. Das solltest du dir abgewöhnen, wenn wir erfolgreich zusammenarbeiten wollen.«

»Ich habe nicht vor, mit dir …«

Wieder erklang der schmerzhaft hohe Ton. Alles wurde weiß. Mein Kopf war wie leer geblasen.

»Ich habe niemanden getötet«, erklärte Natalie, als das grelle Licht nachließ. »Jedenfalls nicht in diesem Fall. Das brauchte ich gar nicht.«

Sie stand noch immer an das Geländer gelehnt und winkte mich zu sich. Während ich gehorchte, fragte ich mich, wo eigentlich die Polizei blieb.

»Tatsächlich habe ich überhaupt nichts getan«, versicherte Natalie und senkte vertraulich die Stimme, »außer aus dem Hintergrund zu dirigieren.«

Sie schaute über die Brüstung zum Strand. Als ich ihrem Blick folgte, sah ich die ganzen Männer aus der Gaststube auf den Hafen zuschlendern. Die weiblichen Partygäste, das wusste ich nun, waren keine gewöhnlichen Frauen.

»Ich habe sie alle kontrolliert«, trällerte sie mir leise ins Ohr, als seien wir beste Freundinnen, die ein Geheimnis miteinander teilten. »Damit man die Mails nicht zurückverfolgen konnte, habe ich sie von jungen Sirenen überall an den US-Küsten abschicken lassen. Eine ausgewählte Gruppe habe ich hergeholt, damit sie euch die Kamera zuspielten. Vorher haben wir damit Bilder geschossen, die an den letzten Sommer erinnerten. Wie ich gehofft hatte, habt ihr die Hinweise erkannt und sofort gedacht, ein verrückter Stalker sei hinter Sirenen her.«

»Was war mit der Gruppe, die ich am Bootsschuppen belauscht habe?«, wollte ich wissen.

»Ein glücklicher Zufall. Ich habe Colin einen anonymen Tipp mailen lassen und ihn mit Informationen über letzten Sommer gefüttert, weil ich wusste, dass du mit ihm in Kontakt kommen würdest. Er sollte als Ablenkung dienen, während ich mir die anderen Männer vornahm. Dann tauchten Colins Freunde auf und waren ganz begeistert von der Sirenengeschichte, was mir gerade recht kam.«

»Mit den anderen Männern meinst du die Seeleute? Besonders die beiden mit dem orangefarbenen Truck?«

»Ganz genau. Colin sollte eigentlich nur eine kleine Nebenrolle spielen. Aber dann wurden die beiden Männer, die ich eigentlich auserwählt hatte, ein bisschen zu aggressiv. Ich hatte eine junge, talentierte Sirene damit beauftragt, sie zu umgarnen, und leider hat sie aus Unerfahrenheit die Kontrolle verloren. Die beiden wussten, dass du die Zielperson bist, und begannen, Spiele mit dir zu spielen, als sich die Gelegenheit ergab. Dann ging einer von ihnen so weit, im Restaurantkeller handgreiflich zu werden. Also musste ich Colin mehr in den Vordergrund spielen, damit du nicht misstrauisch wurdest und zu früh alles durchschautest. Ich brauchte mehr Zeit.«

»Du hast ihn losgeschickt, um Rainas Halskette im Restaurant abzuliefern«, folgerte ich.

»Ganz genau. Die Sicherheitskameras haben sehr geholfen, muss ich sagen.«

Ich beobachtete die Männer und die Sirenen unter mir. Obwohl ein Unwetter um sie herum tobte, redeten und lachten sie, als sei alles in bester Ordnung.

»Also war das Ziel des Ganzen«, sagte ich, »mir zu zeigen, wie bösartig Männer sein können? Du hast die beiden Seeleute dazu gebracht, unschuldige Frauen umzubringen, damit ich sie aufhalte und mir mit meinen Sirenenkräften plötzlich edel und heldenhaft vorkomme?«

»Ja, zum Teil. Vor allem aber solltest du genau das tun, was du heute Morgen getan hast. Dabei hat mir Paige enorm geholfen, auch wenn sie nicht wusste, welche Rolle sie eigentlich spielte. Als Köder war sie jedenfalls perfekt. Mir war klar, dass du absolut alles für sie tun würdest. Ich gebe zu, die Ereignisse haben sich ein bisschen überschlagen und sind anders gelaufen, als ich geplant hatte …« Sie zuckte mit den Schultern. »Aber das Endergebnis war schließlich dasselbe.«

»Was soll das heißen?«

»Ich wusste, dass du Colin folgen würdest. Dadurch bekam ich genug Zeit, um Paige aus dem Verkehr zu ziehen, ohne dass du mir in die Quere kommen konntest. Danach brauchte ich dich wieder hier, um heldenhaft für deine Freundin zu kämpfen, also schickte ich dir Sam hinterher. Ich wollte Jaime auf Paige hetzen und war sicher, in der Hitze des Gefechts würdest du … na ja, du weißt schon.« Sie warf einen Blick über meine Schulter auf Simon, dann beugte sie sich näher zu mir. »Keine Sorge, er wird sich schon an den Gedanken gewöhnen. Das tun sie alle.«

Ich weigerte mich, näher darüber nachzudenken, und schaute stattdessen in Sams Richtung, der noch immer tropfend am Tisch saß. Der ganze Holzboden unter ihm war nass. Vom Regen konnte das Wasser nicht stammen, denn im Gegensatz zu meinem Jeep hatte sein Truck ein Verdeck gehabt.

»Er war im Meer?«, fragte ich flüsternd. »Mit Colin und mir?«

Natalie folgte meinem Blick. »Tja, wenn ich mir den Tang in seinen Haaren anschaue, würde ich darauf tippen. Als ich eben festgestellt habe, wie umwerfend du aussiehst, dachte ich noch, Sam sei der Grund. Deshalb war ich so überrascht, als er hier lebend auftauchte. Aber wie schon gesagt, das sind nur nebensächliche Details.«

Ich drehte mich wieder zum Hafen um und umkrallte das Holzgeländer so fest, dass sich kleine Splitter ablösten und in meinen Handflächen stecken blieben.

Colin hatte niemanden ermordet. Er hatte auch nicht

versucht, mich im Meer zu ertränken. Sondern Sam. Was bedeutete, dass ein völlig Unschuldiger sein Leben gelassen hatte … durch meine Hand.

Ich war ein Monster. Genau wie der Rest meiner Spezies.

»Du musst doch zugeben«, tuschelte mir Natalie ins Ohr, »dass es sich fantastisch anfühlt. Was für ein Rausch! Was für eine Energie! Und dieses Gefühl braucht niemals zu enden. Stell dir nur vor, welche Möglichkeiten dir jetzt offenstehen!«

»Natalie«, sagte ich möglichst ruhig und hoffte, mehr Zeit für die Polizei zu schinden. »Was genau soll ich für dich tun?«

»Dich meiner Gruppe anschließen!« Sie klang ganz aufgeregt. »Du sollst mir helfen, junge, talentierte Sirenen zu finden und auszubilden, die dann ihr Wissen an andere weitergeben können.«

»Worin willst du sie denn ausbilden? Wie man tötet?«

Sie zuckte mit den Schultern. »Das gehört nun einmal dazu. Aber gemeinsam können wir so viel mehr erreichen. Wir können Neuland erobern … ganz buchstäblich und auch, was die Ideologie angeht. Unser Clan könnte der Erste werden, der sich über Staatsgrenzen erstreckt, und mehr Männer kontrollieren als sonst eine Gruppe in der Geschichte. Wir brauchen sie ja nicht alle zu töten. Es reicht schon, dass wir sie nach unserer Pfeife tanzen lassen, damit sie alles für uns tun, was uns gerade einfällt. Jahrhundertelang hatten die Männer immer die Oberhand. Es wird Zeit, dass wir sie in ihre Schranken weisen.«

Eigentlich hatte ich weitere Fragen stellen wollen, um sie am Reden zu halten, aber ihr Vorschlag machte mich ganz sprachlos. Glücklicherweise plapperte sie von selbst weiter.

»Hier geht es nicht darum, was du ›für mich tun sollst‹,

wie du es ausgedrückt hast. Ganz im Gegenteil, ich biete dir eine fantastische Chance. Wenn du dich mir anschließt, wirst du stärker und mächtiger werden, als du dir vorstellen kannst. Natürlich können dann auch deine Freunde am Leben bleiben. Paige kann sich sogar unserer Gruppe anschließen, obwohl sie keine so beeindruckenden Fähigkeiten geerbt hat wie du. Und du kannst mit Simon zusammen sein. Kurz gesagt, du bekommst das Leben zurück, von dem du dachtest, dass du es letzten Sommer durch deine Verwandlung verloren hättest … nur noch viel besser.«

»Was ist, wenn ich mich weigere?«, fragte ich.

Sie lachte. Als ihr klar wurde, dass ich nicht scherzte, verfinsterte sich ihre Miene. »Dann bist du dümmer, als ich dachte. Und außerdem …«

Sie wandte bedeutungsvoll den Kopf und blickte auf die Szene unter uns.

Die Gruppe hatte sich dem Wasserrand genähert. Und sie bestand nun aus einigen weiteren Personen.

»Simon.« Mir blieb fast das Herz stehen. Noch immer gefesselt und geknebelt, versuchte er, sich aus Sams Griff zu winden, während dieser ihn über den Strand schleifte. Hinter ihnen folgte Natalies Ehemann, der Caleb gepackt hielt, und dahinter Jaime mit Paige. Ich war durch das Gespräch mit Natalie so abgelenkt gewesen, dass ich gar nicht gemerkt hatte, wie sie den Balkon verließen.

»Du kannst es dir leicht oder schwer machen«, sagte sie liebenswürdig. »Das liegt ganz bei dir. Jedenfalls wird die Party, die ich hier zu deinen Ehren veranstalte, wie geplant weitergehen.«

Damit stellte sie das Sektglas beiseite, stützte sich mit beiden Händen auf die Brüstung und sprang vom Balkon. Ihr rotes Kleid bauschte sich auf, als sie durch die Luft segelte und mit einem dumpfen Geräusch auf den Füßen landete.

Sie spazierte auf die Gruppe aus Männern und Sirenen zu, die weiterhin redeten und lachten, während sie ins Wasser hineinschritten.

Die Sirenen wollten ihre Opfer offensichtlich ins Hafenbecken locken und damit genau das tun, was Raina letzten Sommer nicht gelungen war. Wenn ich Natalies Spiel nicht mitspielte, würden sie Simon, Caleb und Paige mit in die Tiefe nehmen.

Vanessa, was passiert hier? Was sollen wir tun?

Paiges furchtsame Stimme durchdrang meine Gedanken. Für einen Moment wusste ich nicht, ob ich antworten sollte. Wenn Natalies Behauptung stimmte und Paige die ganze Zeit gewusst hatte, dass sie eine Sirene als Kellnerin eingestellt hatte ... war sie in alles Übrige auch eingeweiht gewesen?

Fang an zu singen, Paige. Damit Jaime dich gehen lässt.

Das würde ich an deiner Stelle lieber nicht versuchen, schoss Natalie sofort zurück. *Entweder schließt ihr beide euch dem Clan an, oder ihr seid hoffnungslos in der Unterzahl. Ich muss nur das Signal geben, und meine Sirenen betrachten euch ebenfalls als Beute.*

Mehr brauchte ich nicht zu hören. Damit war klar, dass Paige und Natalie keine Verbündeten waren. Natalie hatte meine Freundin nur zu ihren eigenen Zwecken ausgenutzt. Da ich die beiden keine Sekunde aus den Augen verlieren wollte, stützte ich ebenfalls die Hände aufs Geländer und sprang vom Balkon. Ich landete überraschend problemlos und rannte auf sie zu.

Dabei bemerkte ich, dass ich nicht als Einzige die Verfolgung aufgenommen hatte. Polizeikommissar Green war endlich zusammen mit einem Kollegen aufgetaucht und rannte über den Strand ... direkt auf mich zu, wie sich herausstellte.

»Vanessa Sands!«, dröhnte eine tiefe Männerstimme hinter mir.

Ich wurde langsamer, aber hielt nicht an.

»Sie sind verhaftet! Alles, was Sie sagen, kann vor Gericht …«

»Verhaftet?« Natalie hatte das Wasser erreicht und wandte sich zu uns um, wobei sie dramatisch eine Hand aufs Herz drückte. »Aber weshalb denn nur?«

Ich blickte aufs Meer. Die Sirenen und ihre Opfer waren inzwischen so weit gekommen, dass ein paar Männer keinen Boden mehr unter den Füßen hatten und mit den Beinen strampeln mussten, um die Köpfe über Wasser zu halten.

»Weil sie Colin Robbins ermordet hat«, lautete die Antwort.

Jetzt blieb ich stehen. Aber ich wandte mich nicht um.

Stattdessen blickte ich direkt auf Simon. Er stand mit Sam kaum einen Meter vom Wasser entfernt. Bei Kommissar Greens Anklage schüttelte er den Kopf und starrte mich mit aufgerissenen, verwirrten Augen an.

»Das muss ein Irrtum sein«, sagte Natalie. »Unsere süße, harmlose Vanessa Sands … eine Mörderin?«

»Ich wünschte, Sie hätten recht«, erwiderte Green und kam vor uns zum Stehen. »Das können Sie mir glauben. Aber wir haben ihr Geständnis auf Band.«

Mir sackte das Herz in die Kniekehlen, als er mein Aufnahmegerät aus der Tasche zog, das ich im Kajak dabeigehabt hatte. In der Hitze des Gefechts hatte ich es total vergessen.

»Wir haben es in der Jeansjacke gefunden, mit dem sie das Opfer bedeckt hatte.« Kommissar Green schaute mich an. »Darauf ist alles zu hören: wie Sie im Wasser gekämpft und seinen Leichnam an Land gezogen haben. Wie Sie sich entschuldigt haben. Einfach alles.«

Natalie schnalzte mit der Zunge. »Also wirklich. Das war ziemlich gedankenlos von dir.«

Zum ersten Mal schaute Green von mir weg und auf das Wasser. »Was ist hier eigentlich los? Was machen die ganzen Leute da in den Wellen?«

»Nur ein paar Freunde, die eine kleine Strandparty veranstalten«, antwortete Natalie.

»Bei diesem Sturm?«, fragte der Kommissar ungläubig.

»Wir sind alle sehr gute Schwimmer.« Sie lächelte.

Der andere Polizeibeamte – laut Namensschild handelte es sich um Wachtmeister Tompkins – trat hinter mich und packte mich am Handgelenk. Währenddessen ging Kommissar Green auf das Wasser zu, gerade als ein Blitzstrahl den Himmel erhellte – und die Gesichter der Gefangenen erkennbar machte, die sich noch am Ufer befanden.

»Paige Marchand?«, fragte er. »Sind Sie das? Was –«

Er wurde von einem ohrenbetäubend hohen Ton unterbrochen, der wieder einmal jeden Gedanken aus meinem Kopf fegte und alles weiß werden ließ. Doch diesmal hielt der Gesang länger an als vorhin auf dem Balkon, und nach ein paar Sekunden schien mein Körper sich daran zu gewöhnen. Meine Sicht kehrte zurück, wenn auch verschwommen. Ich konnte die Menschen in meiner Nähe sehen, doch alles wirkte grau und krisselig wie bei einer Bildstörung.

Mehr war allerdings auch nicht nötig. Kommissar Green stand stocksteif da, hatte den Mund erschrocken aufgerissen und beide Hände gegen die Ohren gepresst. Alle anderen wirkten ebenfalls wie eingefroren: Simon, Caleb, Paige und ihre Aufpasser, die Sirenen und die Männer im Hafenbecken. Nur die Wellen schwappten immer noch wie vorher um ihre Gestalten. Auch Wachtmeister Tompkins stand völlig reglos hinter mir.

Natalie war die Einzige, die sich bewegte. Noch immer

singend, marschierte sie auf den Kommissar zu. Anscheinend hatte sie nicht gemerkt, dass meine Sinne zurückkehrten. Eine bessere Chance würde ich nicht bekommen. Ich wollte mich aus dem Griff des Wachtmeisters lösen – aber wurde von etwas Kaltem, Hartem aufgehalten.

Handschellen. Er hatte ein Ende bereits um mein Handgelenk geschlossen und hielt das andere mit festem Griff.

Ich weiß, du bist stark … nun wirst du herausfinden müssen, was wahrer Mut für dich bedeutet.

Charlottes letzte Worte hallten in meinen Gedanken wider.

Da hatte ich keine Zweifel mehr, was ich tun musste.

Ich riss die Handschelle aus Tompkins' verkrampften Fingern. Ohne Natalie aus den Augen zu lassen, die mit dem Rücken zu mir stand und gerade die Hand auf Kommissar Greens Brust legte, rannte ich durch den Sand auf Caleb zu. Er schien mich gar nicht zu bemerken, selbst als ich die Fesseln von seinen Händen löste und ihm das Klebeband vom Mund riss. Ich musste gegen die Tränen ankämpfen. Kurz umarmte ich ihn, dann ging ich zu Paige weiter. Ich befreite sie ebenfalls und drückte sie etwas länger und fester an die Brust. Sollte ich ihre beiden Aufpasser von ihnen wegschubsen, um meinen Freunden einen größeren Vorsprung zu geben? Nein, damit könnte ich die Männer vielleicht wecken oder Natalie auf mich aufmerksam machen. Mir blieb nur die Hoffnung, dass Caleb und Paige schnell genug flüchten würden, wenn sie von dem Bann befreit waren.

Als Letztes ging ich zu Simon. Er hatte den Blick noch immer auf Tompkins geheftet, denn dort hatte ich gestanden, als Natalie zu singen begann. Nun konnte ich die Tränen nicht länger zurückhalten. Sie liefen mir übers Gesicht, während ich seine Fesseln aufknotete und das Klebeband von seinem Mund zog. Ich beeilte mich, denn mir blieb nicht viel Zeit, und außerdem durfte ich mir keine Gelegenheit zum Nachdenken geben. Sonst würde ich vor lauter Verzweiflung nicht weitermachen können. Das alles war so schrecklich unfair.

Aber hätte es nicht sowieso auf diese Weise enden müssen? Hatte ich mich nicht schon vor einer Weile damit abgefunden, dass uns das Schicksal auseinanderreißen würde … und dass der Tod auf mich wartete? Da sollte es lieber früher als später vorbei sein, genau wie Charlotte gesagt hatte.

Ich warf einen Blick über die Schulter. Natalie hatte beide Hände auf die Brust des Kommissars gedrückt, starrte ihm hypnotisch in die Augen und bewegte fast unmerklich die Lippen.

Ich wandte mich wieder Simon zu und küsste ihn ein letztes Mal. Sein Mund fühlte sich noch immer weich und warm an. Meine Tränen strömten heftiger.

»*Ich liebe dich*«, formte ich mit den Lippen und strengte mich an, die Worte nicht zu laut zu denken. »*Es tut mir leid.*«

Ich strich ihm sanft das Haar aus der Stirn, dann marschierte ich entschlossen auf Natalie zu. Meine Füße wurden wie von selbst immer schneller, bis ich regelrecht sprintete. Ich bremste direkt vor ihr ab, so dass ich sie fast gerammt hätte, griff nach dem baumelnden Ende der Handschelle und klickte es um ihr Handgelenk fest.

»Vanessa!«, stieß sie hervor, und der Bann war gebrochen. »Was –«

Sie kam nicht weiter, denn ich riss sie nach hinten und schleifte sie durch den Sand. Um uns herum erwachten alle langsam aus ihrer Trance, doch waren immer noch benommen. Ich nutzte die Zeit, solange ihre Verwirrung anhielt. Als sich die Ersten erinnerten, wo sie waren und was hier passierte, hatte ich Natalie schon unter Wasser gezerrt.

Netter Versuch, aber total nutzlos!, schrie sie in meinem Kopf. *Du hast ja keine Ahnung, wie stark ich bin!*

Dann werde ich das wohl herausfinden.

Sie wand sich in meinem Griff und trat um sich, aber ich hielt ihre Schultern nur fester gepackt. Einmal gelang es ihr, sich loszureißen, doch ich reagierte sofort und schnitt ihr den Weg zurück zur Oberfläche ab. Als sie an mir vorbeischießen wollte, riss ich sie mit einer einzigen Bewegung zurück und packte sie erneut.

Natalie mochte stark sein ... aber ich hatte gerade ein Leben geraubt und war stärker.

Was hast du vor?, protestierte sie, als wir immer tiefer tauchten. *Willst du mich auf dem Meeresgrund begraben?*

Keine schlechte Idee.

Wenn du mich töten wolltest, hättest du einfach nur dem Wachtmeister seine Pistole abnehmen und mich erschießen müssen.

Aber ich wollte sie gar nicht töten. Nie wieder sollte jemand durch meine Hand sterben. Selbst wenn das die einzige Möglichkeit gewesen wäre, sie aufzuhalten und unzählige Leben zu retten, hätte ich es nicht über mich gebracht. Nun ja, vielleicht hätte ich mich gleich darauf ebenfalls erschießen können, aber das wollte ich Simon und meinen Freunden nicht antun. Außerdem kam mir diese Lösung viel angemessener vor.

Wir würden einfach immer weiter schwimmen. Uns treiben lassen, uns dem Ozean hingeben und nie mehr an die Oberfläche kommen. Vielleicht für Stunden, Tage, Wochen ... solange es eben dauerte, bis unsere Körper aus Sauerstoffmangel ins Koma fielen. Wir mochten Kreaturen des Meeres sein, aber unendlich lange konnten auch wir nicht ohne Atemluft auskommen.

Du bist ja verrückt. Soll das etwa besser sein als das Leben, das ich dir angeboten habe?

Das war kein Leben!, gab ich zurück. *Und auf diese Weise muss wenigstens niemand mehr unter uns leiden.*

Sie lachte. *Vielleicht habe ich mich in dir getäuscht, Vanessa. Du bist doch dümmer, als ich dachte. Bildest du dir wirklich ein, du kannst alles beenden, indem du mich aus dem Spiel nimmst?*

Ich gab keine Antwort, sondern beschleunigte und tauchte tiefer. Sie stieß einen schrillen Sirenenschrei aus, der mir einen Moment lang die Sicht nahm. Ohne darüber nachzudenken, ahmte ich den Klang nach und bemühte mich mit aller Kraft, sie zu übertönen.

Gleich darauf waren wir in silbernes Licht gehüllt.

Siehst du? Sie tätschelte meinen Arm, mit dem ich ihre Schultern umklammert hielt. *Ich habe sie wirklich gut trainiert.*

Die Sirenen waren gekommen. *Ihre* Sirenen. Eben hatten sie noch die Männer ins Meer gelockt, aber nun umkreisten sie uns mit silbern glitzernden Augen. Sie umgaben uns von allen Seiten, so dass ich unmöglich entkommen konnte. Dann fielen sie über uns her, griffen nach unserem Haar, unseren Armen, unseren Kehlen. Zuerst kämpfte ich dagegen an und versuchte, mich loszureißen, aber es hatte keinen Sinn.

Also ergab ich mich in mein Schicksal. Ich ließ Natalie los, die so weit von mir forttrieb, wie die Handschellen es erlaubten, und schloss die Augen.

Dann begann ich zu singen, doch leise und nur für mich. Ich stellte mir Justine vor und sagte ihr, dass wir bald wieder zusammen sein würden. Licht umhüllte mich, und ich gab mich ihm hin.

Kapitel 27

Das kleine Zimmer lag im obersten Stockwerk eines alten Backsteingebäudes. Die Wände waren aus weißgestrichenem Beton, der Boden mit grauem Linoleum bedeckt. Die Decke war mit Leuchtsternen beklebt, die von einer früheren Bewohnerin stammten. Es gab zwei Betten, zwei Kommoden, zwei Tische, zwei Bücherregale, aber nur ein einziges Waschbecken, das zwischen die Kleiderschränke gequetscht war. Über der uralten eisernen Heizung befand sich ein großes Fenster, von dem aus man eine Reihe ähnlicher Gebäude voller ähnlicher Räume sah.

»Nun ja«, sagte Mom und schaute sich um. »Das Hilton ist es nicht gerade.«

»Stimmt«, sagte ich. »Hier ist es viel besser.«

Ihre Augen wurden feucht, und sie lächelte mich an. Um ihren Anfall von Rührseligkeit niederzukämpfen – wie sie es schon seit Tagen tat –, wandte sie sich dem Stapel Bettwäsche zu, der auf einem der Tische lag. Sie nahm ein Laken, schüttelte es zurecht und breitete es über dem einen Bett aus.

»Fünf ganze Etagen«, japste Dad und trat zu uns in den Raum, »und kein Fahrstuhl weit und breit.«

»Was kein Problem wäre, wenn eine gewisse Studentin nicht darauf bestanden hätte, ihren gesamten Besitz mitzubringen.« Paige folgte Dad ins Zimmer und verdrehte scherzhaft die Augen. »Du bist so eine Prinzessin.«

Sie machte nur Spaß. Wir waren an mehreren Wagen vorbeigekommen, die so vollgestopft waren, dass fast die Fenster rausgedrückt wurden. Dagegen hatten meine Mitbringsel ohne Schwierigkeiten in den Kofferraum von Moms Range Rover gepasst. Es war sogar noch freier Platz geblieben. Paige war so überrascht gewesen, dass sie gefragt hatte, ob ich den Rest mit einem Möbelwagen vorausgeschickt hatte. Auf mein Kopfschütteln hatte sie als Nächstes vermutet, dass der Range Rover aufgebrochen worden war und jemand alles Übrige geklaut hatte. Sie hatte die ganze Fahrt nicht aufgehört, mich damit aufzuziehen.

Dad hängte meinen Wintermantel in einen der Kleiderschränke. Vorhin hatte er noch meinen Koffer getragen, aber anscheinend hatte Paige darauf bestanden, ihm das Schleppen abzunehmen, sobald den beiden klar wurde, dass es keinen Fahrstuhl gab. Jetzt rollte sie den Koffer zu einer der Kommoden. Mom war mit dem Bett fertig, stand in der Mitte des Raums und stützte die Hände in die Hüften.

»Wir sollten deine Kleidung wegpacken«, schlug sie vor. »Und wo möchtest du deine Waschsachen haben? Beim Waschbecken oder lieber im Schrank? Was ist mit deinem Laptop und den Heften? Wir sollten uns überlegen, wie du deinen Schreibtisch am besten organisierst.«

»Mom.« Ich streckte die Hand aus und drückte ihren Arm. »Ich habe nicht viel auszupacken und zu organisieren. Das kann ich später in Ruhe tun.«

Sie runzelte die Stirn. »Dann sollten wir jetzt einkaufen gehen. Du brauchst einen Teppich. Vorhänge. Und ein zusätzliches Kissen, falls du im Bett sitzen und lesen möchtest.«

»Nicht zu vergessen einen kleinen Kühlschrank«, fügte Paige hinzu. »Wenn ich nächstes Frühjahr nach San Francisco gehe, schaffe ich mir garantiert einen an. Oder auch zwei.«

»Bei dir macht das auch Sinn«, sagte ich. »Schließlich lernst du Restaurant-Management. Irgendwo musst du ja die ganzen leckeren Gerichte verstauen, mit denen deine zukünftigen Angestellten versuchen werden, dich zu bestechen. Aber ich komme ohne Kühlschrank aus. Wirklich.«

»Du brauchst doch etwas zu essen!«, protestierte Mom. »Und deine Wasserflaschen. Daran hätte ich wirklich denken müssen. Warum ist mir das nicht eingefallen?«

»Wahrscheinlich, weil du genug damit beschäftigt warst, an alles andere zu denken.«

Mom war nicht überzeugt. Sie kaute auf ihrer Lippe herum und trommelte mit den Fingern gegen ihre Hüfte.

»Ich habe schließlich ein eigenes Auto«, erinnerte ich sie. »Falls ich meine Meinung ändern sollte, kann ich mir immer noch selbst einen Kühlschrank holen.«

»Wie willst du den hier raufbringen?«, entgegnete sie. »Ohne Fahrstuhl?«

»Ich werde ihr beim Tragen helfen«, erklang eine bekannte männliche Stimme hinter mir.

Mom drehte sich um. Ich lächelte.

Simon stand in der offenen Tür.

»Immerhin habe ich vor, ziemlich viel Zeit hier zu verbringen«, fügte er hinzu. »Ich werde schon dafür sorgen, dass Vanessa alles bekommt, was sie braucht. Du musst dir keine Sorgen um deine kleine Tochter machen.«

Schon wieder standen Mom die Tränen in den Augen. Sie ging zur Tür und zog Simon in die Arme. Als sie ihn endlich wieder losließ, gab Dad ihm die Hand und fragte, wie die Fahrt von Bates gewesen war. Die drei begannen mit Small Talk, und währenddessen fing Paige meinen

Blick auf und sprach in meinem Kopf, so dass nur ich sie hören konnte.

Du wirkst verdächtig ruhig. Ist alles okay?

Alles ist perfekt. Ehrlich.

Gut. Und mach dir keine Sorgen um deine Eltern. Klar sind sie ein bisschen gerührt, aber ich sehe schon zu, dass sie auf dem Rückweg nicht die ganze Gegend unter Wasser setzen.

Danke, das weiß ich zu schätzen, sagte ich und dachte einmal wieder, wie froh ich war, dass Paige bei meinem Umzug mitgemacht hatte. Sie war extra mit dem Zug nach Boston gekommen, hatte das Wochenende bei uns verbracht, war in meinem Jeep mit hierher zur Uni gefahren und würde meine Eltern hoffentlich ablenken, wenn sie später am Nachmittag abreisten. Sie würden alle zusammen nach Winter Harbor fahren, wo meine Eltern das Haus winterfest machen wollten.

Ganz nebenbei, sagte sie, *Telepathie ist so viel genialer als E-Mails. Solange ich deine Stimme hören kann, wann immer ich will, überstehe ich sogar die ewig lange Zeit, bis du wieder nach Winter Harbor kommst.*

Ich schaute sie an. *Wir haben schon Schlimmeres überstanden.*

Wenn ich zurückdachte, konnte ich tatsächlich kaum glauben, was wir alles durchgemacht hatten. Justines Ermordung. Rainas und Zaras wiederholte Attacken in Winter Harbor und Boston, und ihr endgültiges Ableben. Bettys Rettung in letzter Sekunde, nachdem die beiden sie benutzt und manipuliert hatten. Der Verlust von Paiges Baby. Das plötzliche Auftauchen von Charlotte und ihr genauso plötzlicher Tod. Unsere Umwandlung und die endlosen Probleme und Herausforderungen, die wir deshalb zu meistern hatten.

Und natürlich Natalie.

Es gab so viele Gründe, warum ich die letzten Monate

eigentlich nicht hätte überleben sollen. Unzählige Male war ich dicht davor gewesen zu sterben. Mein Körper hätte fast versagt, weil ich nicht wusste, was er brauchte. Im Keller des Restaurants hätte der von Natalie hypnotisierte Seemann mich umbringen können, wenn ich ihn nicht instinktiv zurückgeschlagen hätte. Später im Meer wäre es ihm fast gelungen, mich zu erwürgen. Und nachdem ich wie durch ein Wunder all diese Vorfälle überstanden hatte, hätte ich eigentlich am Grunde des Hafenbeckens sterben sollen ... mit Handschellen an Natalie gekettet und von rachsüchtigen Sirenen erdrosselt.

Aber selbst das hatte ich überlebt. Denn ausnahmsweise hatten sich meine Nenuphar-Kräfte einmal als nützlich erwiesen. Natalies Sirenen hatten nicht etwa ihren Ruf gehört und waren ihr zu Hilfe geeilt, wie wir gedacht hatten. Meine Stimme war stärker gewesen ... und sie hatten sich stattdessen auf Natalie gestürzt. In einem Wirbel aus Wasser und Klängen, in dem ich jeden Moment meinen Tod erwartete, hatten sie Natalie vernichtet. Und als sie damit fertig waren, hatten sie sich mir zugewandt und erwartet, dass ich nun die Führung übernahm.

Ich brauchte eine Weile, bis mir bewusst wurde, was passiert war. Dann reagierte ich ganz automatisch. Den meisten Sirenen gab ich den Befehl, zu den Männern zurückzukehren und dafür zu sorgen, dass ihnen nichts passierte. Außerdem sollten sie ihre Stimmen benutzen, um die Erinnerungen der Opfer abzuschwächen, so gut sie konnten. Zwei Sirenen gab ich den Auftrag, Natalies Leichnam weit hinaus ins Meer zu tragen, wo er zerfallen würde, bevor jemand ihn finden konnte. Dazu musste ich natürlich erst einmal die Handschellen loswerden, aber ich zerbrach sie so leicht, als wären sie aus Seetang statt Metall. Dann schwamm ich zurück zur Küste, wo ich mich der Polizei ausliefern wollte.

Doch anscheinend hatte Paige sich einiges von Natalie abgeschaut. Ich hatte den Strand noch nicht ganz erreicht, da waren die beiden Beamten schon verschwunden … und glaubten, sie wären nur deshalb zum Hafen gekommen, weil sich jemand über den Lärm beschwert hatte. Das Aufnahmegerät mit meinem Geständnis hatte Paige ihnen auch abgenommen. Jaime, Sam und Natalies Ehemann hatte sie auf die gleiche Weise unschädlich gemacht, wie ich es für die übrigen Männer geplant hatte: indem sie ihnen mit süßen Tönen den Kopf verwirrte, bis sie alles glaubten, was man ihnen sagte. Nun hatten sie das meiste vergessen und hielten mich für völlig unschuldig. Die Einzigen, die immer noch Bescheid wussten, waren Paige, Caleb, Simon und ich.

Danach hatten wir ein Gespräch, das mehrere Stunden dauerte. Da Natalies Erklärungen oben auf dem Balkon für die anderen unhörbar gewesen waren, wiederholte ich alles, was ich von ihr erfahren hatte. Am Ende sagte ich, dass ich mich wegen Colin der Polizei ausliefern wollte. Aber die drei redeten es mir aus. Sie waren überzeugt, dass ich nur aus Notwehr gehandelt hatte und Colins Tod ein Unfall gewesen war. Außerdem konnte ich der Polizei kaum erklären, was passiert war, ohne auch den ganzen Rest aufzudecken. Ich musste zugeben, dass sie damit recht hatten. Also verzichtete ich auf eine Selbstanzeige, auch wenn ich furchtbare Schuldgefühle hatte … und bis heute habe.

Da Natalie noch nicht lange in der Stadt gewesen war, hatte niemand außerhalb unseres kleinen Kreises sie näher gekannt. Ihr Verschwinden fiel nicht auf, und auch ihr Leichnam blieb unentdeckt. Colins Tod wurde als tragischer Kajakunfall abgeschrieben. Die übrigen seltsamen Todesfälle – Carla, Erica und Gretchen – blieben unaufgeklärt. Nachdem Wochen vergangen waren, in denen nichts weiter passierte, begann die Stadt, sich zu beruhigen, und das Leben in Winter Harbor nahm seinen gewohnten Gang.

Sogar Paige entkrampfte sich langsam wieder, auch wenn das am meisten Zeit brauchte. So wie ich mich für Colins Tod verantwortlich fühlte, hatte sie Schuldgefühle wegen Natalie. Ihre Freundschaft hatte ganz harmlos begonnen, aber Natalie hatte die Tatsache ausgenutzt, wie verzweifelt Paige das Restaurant wieder in Schwung bringen wollte. Sie hatte den richtigen Zeitpunkt abgewartet, um zu beichten, dass sie ebenfalls eine Sirene war. Angeblich hatte sie Paige kennenlernen wollen, nachdem sie in der Zeitung von den Ereignissen des Sommers gelesen hatte, und wollte ihr helfen, nach diesen schrecklichen Erlebnissen einen Neuanfang zu machen. Da Paige dringend neue Kunden brauchte und außerdem neugierig war, was eine scheinbar vertrauenswürdige Sirene mit größerer Erfahrung ihr beibringen konnte, ließ sie sich schnell auf Natalies Vorschläge ein – und benutzte sogar ihre Fähigkeiten, um Männer zu den Angelwettbewerben ins Fischerhaus zu locken. Sie hatte mir eigentlich davon erzählen wollen, aber sich aus zwei Gründen dagegen entschieden. Erstens fürchtete sie, dass ich ihr Verhalten missbilligen könnte, und zweitens wollte sie mir nicht noch zusätzliche Sorgen machen.

Inzwischen hatte sie sich schon unzählige Male entschuldigt, obwohl ich ihr immer wieder versicherte, das sei nicht nötig. Nach allem, was ich getan hatte, konnte ich sie wohl kaum verurteilen.

Ich könnte einen Kaffee gebrauchen, stellte Paige plötzlich fest. Dann sagte sie laut: »Wer will einen Kaffee? Ich spendiere eine Runde.«

Zu meiner Überraschung gingen meine Eltern darauf ein. Anscheinend waren sie sogar dankbar für den Vorwand, Simon und mich allein lassen zu können, denn sie behaupteten, ganz dringend Koffein zu brauchen. Nachdem wir verabredet hatten, uns ein bisschen später beim Speisesaal zu treffen, verschwanden sie hastig aus dem Zimmer. Als sie gegangen waren, kam Simon ganz herein und schloss die Tür hinter sich.

»Hi«, sagte er lächelnd.

Ich ging zu ihm, legte ihm die Arme um den Hals und drückte ihn fest. »Danke, dass du gekommen bist.«

»Soll das ein Witz sein? Um nichts in der Welt hätte ich dieses Ereignis verpasst!«

Er sagte zweifellos die Wahrheit, denn ich hatte ihm genug Gründe geliefert, sich möglichst weit entfernt von mir zu halten ... und trotzdem war er hier.

»Hast du schon einen Blick auf deine Mitbewohnerin werfen können?«, fragte er einen Moment später.

Ich ließ ihn widerstrebend los. »Nein, aber wir haben uns ein paarmal gemailt, und sie scheint nett zu sein. Ihr Name ist Sarah. Sie kommt aus Nebraska.«

»Wie beruhigend. Weit weg von irgendwelchen Küsten.«

»Stimmt.« Das war auch mein erster Gedanke gewesen.

»Soll ich dir ein paar Tipps zum Thema Mitbewohner geben?«

»Na klar.«

Er ließ sich aufs Bett fallen. »Einigt euch auf die wichtigsten Grundregeln. So schnell wie möglich. Am besten gleich nachdem sämtliche Eltern weg sind und bevor ihr beide schlafen geht. Denn wenn du morgen davon geweckt wirst, dass ihr Wecker vor Sonnenaufgang klingelt oder sie nackt Yogaübungen macht, kann es sein, dass euer Zusammensein sich von diesem unrühmlichen Anfang nie wieder erholt. Glaub mir, ich spreche aus Erfahrung.«

Ich grinste und setzte mich neben ihn.

»Und noch was. Bist du sicher, dass du diese Seite des Zimmers behalten willst? Das ungeschriebene Gesetz lautet, wer zuerst kommt, mahlt zuerst. Aber wie ich dich kenne, bräuchte Sarah dich nur nett anzulächeln, und du würdest alles wieder umpacken. Also, wenn du wirklich auf dieser Zimmerseite bleiben möchtest, sollten wir uns überlegen, wie du auf höfliche Weise ablehnen kannst. Oder du wartest, bis sie ankommt, und ihr diskutiert gemeinsam, wer welche Möbel bekommt. Aber das schafft nach meiner Erfahrung nur neue Probleme.«

Ich hörte amüsiert zu, ohne etwas zu sagen. Als er mein Schweigen bemerkte, wandte er sich mir zu und hob die Augenbrauen.

»Sorry«, sagte ich. »Du meinst, darüber soll ich ernsthaft nachdenken?«

»Warte nur bis morgen früh. Wenn du vor Sonnenaufgang aufwachst und deine Mitbewohnerin plötzlich sehr viel besser kennst, als dir lieb ist ... dann wirst du dir wünschen, du hättest auf mich gehört.«

Ich stupste ihn mit der Schulter an. »Was würde ich nur ohne dich tun?«

Er griff zärtlich nach meinem Kinn und hob es, bis ich ihm in die Augen schaute. Dann sagte er liebevoll: »Das wirst du nie herausfinden müssen.«

Er drückte sanft seine Lippen auf meine. Und während wir uns küssten, stellte ich fest, dass ich ihm das erste Mal glaubte. Ich glaubte daran, dass Simon und ich immer zusammenbleiben würden, egal, was uns erwartete. Weil er jetzt nämlich über alles Bescheid wusste. Er wusste von Colin. Er wusste, dass Natalie zwar von den anderen Sirenen ermordet worden war, aber dass ein Teil der Schuld bei mir lag, weil der Clan auf meinen Hilferuf reagiert hatte. Er wusste, dass ihr Tod mich noch stärker gemacht hatte als der von Colin. Er wusste sogar, was ich tun musste, wenn ich den beschleunigten Alterungsprozess aufhalten wollte.

Und trotzdem wollte er immer noch mit mir zusammen sein.

Wir küssten uns eine Weile länger, und dann stand Simon seufzend auf und hielt mir eine Hand entgegen.

»Am besten sollten wir zu deinen Eltern gehen, bevor deine Mutter sämtliche Kühlschränke im Umkreis von hundert Meilen für dich reserviert.«

Ich nahm seine Hand und ließ mich von ihm hochziehen. »Gehst du schon mal vor? Ich will mich nur kurz frisch machen.«

»Ich kann warten.«

»Nein, schon okay. Ich brauche nicht lange.«

Er bestand nicht darauf, sondern drückte nur kurz meine Finger, bevor er sie losließ. Dann küsste er mich auf die Wange und sagte: »Lass dir Zeit.«

Ich schaute ihm nach, als er ging. Nachdem die Tür ins Schloss gefallen war, schaute ich mich noch einmal im Zimmer um. Von den Möbeln und dem bezogenen Bett abgesehen, sah es unbewohnt aus. Und meine Seite würde auch nicht viel voller werden. Beim Packen hatte ich an Charlottes Haus am Südrand von Boston gedacht und daran, wie ihr Gästezimmer in unserem Bungalow ausgesehen hatte. Sie hatte immer nur eine minimale Einrichtung gehabt. Schlicht und praktisch. Keine Bücher auf den Regalen, keine Spuren von Feuer im Kamin, und obwohl sie in Winter Harbor eine ganze Reihe von Tagen bei uns verbracht hatte, war ihr Zimmer bis auf den Koffer und die Pantoffeln leer geblieben.

Charlotte hatte alles so einfach und übersichtlich wie möglich gehalten. Sie hatte sich an keinen Ort binden wollen und gar nicht versucht, sich irgendwo zu Hause zu fühlen. Denn es hatte keinen Zweck, sich an die Gegenwart zu klammern, wenn die Zukunft sich jederzeit ändern konnte.

Deshalb hatte ich nur das Nötigste mitgenommen. Ich wusste ebenso wenig, was meine Zukunft für mich bereithielt. Im Moment war es das Studium. Simon. Meine Freunde und Familie. Ein fast normales Leben.

Aber später? In einem Monat, einem Jahr oder auch zweien? Wenn weder Salzwasser noch Flirten ausreichen würden, um mir die Energie zu geben, die ich brauchte, um den Alltag zu bewältigen? Wenn es Zeit war, zu einem Mittel zu greifen, das ich eigentlich nie wieder anwenden wollte?

Ich hatte keine Ahnung, was dann geschehen würde.

Trotzdem fühlte ich mich hoffnungsvoller als seit langem. Deshalb hatte ich doch einige Kleinigkeiten eingepackt, die aus meinem Zimmer ein Zuhause machen würden.

Meine Handtasche lag auf dem Bett, und ich holte den Umschlag heraus, den ich gestern Abend eingepackt hatte. Damit ging ich zur Wand über dem Schreibtisch – wo bereits eine braune Pinnwand hing.

Ich tat, was Simon mir geraten hatte, und nahm mir Zeit. Sorgfältig arrangierte ich alles so, wie ich es haben wollte. Als ich fertig war, trat ich einen Schritt zurück und betrachtete das Ergebnis.

Oben in der Mitte prangte der dunkelgrüne Autoaufkleber mit dem Dartmouth-Wappen, den ich zusammen mit meiner Aufnahmebestätigung geschickt bekommen hatte. Darunter befanden sich dutzend Fotos: Meine Eltern lümmeln sich auf Klappliegen am Strand. Paige tanzt mit Betty, während Oliver im Hintergrund kocht. Caleb grinst und tut so, als würde er mit einer Hummergabel den Fotoapparat attackieren. Simon beim Lesen, beim Wandern und mit einem Blick in den Augen, als wollte er nie wieder von dem Mädchen hinter der Kamera wegschauen.

Die Fotos waren kreisförmig um ein weiteres in der Mitte angeordnet. Es war ein wenig größer als die anderen und mein Lieblingsbild. Justine und ich sitzen beim Angeln in unserem alten roten Ruderboot. Justine hat mir den Kopf zugewandt, und ich schaue in den Himmel. Meine Schultern sind fast bis zu den Ohren hochgezogen, was mir immer passiert, wenn etwas mich so zum Lachen bringt, dass mir die Tränen kommen.

»Das ist alles ziemlich beängstigend«, flüsterte ich und tippte vorsichtig eine Fingerkuppe gegen ihr lächelndes Gesicht, »aber auch aufregend. Dir hätte es gefallen.«

Ich blieb noch eine Minute dort stehen ... bis eine bekannte Stimme von draußen mich aus meinen Gedanken riss. Ich ging zu dem offenen Fenster und schaute hinunter auf den Gehweg, der voller Leute war.

»Mucke in der Bude!«, schrie Paige und wedelte mit zwei Eiskaffees – einen für jeden von uns, nahm ich an. »Keine Ahnung, was das heißt, aber dieser obercoole Studententyp hat behauptet, das darf man nicht verpassen. Kommst du runter?«

Ich grinste. Hinter ihr standen meine Eltern und studierten den Lageplan vom Campus. Neben ihr befand sich Simon, der die Hände in den Hosentaschen vergraben hatte und zu mir hochlächelte. Überall um sie herum schwärmten meine neuen Kommilitonen und ihre Familien. Gespräche und Gelächter erklangen.

»Bin gleich da«, rief ich nach unten.

Dann schnappte ich mir meine Handtasche, warf einen letzten Blick auf mein Zimmer und ging los, um herauszufinden, was der heutige Tag für mich bereithielt.

Danksagung

Mein herzlicher Dank gilt Rebecca Sherman, Regina Griffin und allen von Writers House und Egmont, die geholfen haben, meine Sirenengeschichten an die Leser zu bringen. Meine Mutter, Michael, Sean, Kristin, Honey, Megan, Bobby und der Rest meiner Freunde und Familie, die mich mit unveränderter Begeisterung unterstützt haben, bekommen hiermit eine ganz liebe Umarmung!